北京市社会科学理论著作出版基金资助
教育部人文社会科学研究重大项目成果
东南亚古典文学翻译与研究丛书／马来卷

《马来纪年》翻译与研究

SEJARAH MELAYU:
Terjemahan dan Hasil Kajian

罗杰 傅聪聪 等 译／著

北京大学出版社
PEKING UNIVERSITY PRESS

图书在版编目(CIP)数据

《马来纪年》翻译与研究/罗杰,傅聪聪等译/著.—北京:北京大学出版社,2013.7
(东南亚古典文学翻译与研究丛书)
ISBN 978-7-301-22585-1

Ⅰ.马… Ⅱ.①罗…②傅… Ⅲ.①《马来纪年》—文学翻译—研究 Ⅳ.①I338.062

中国版本图书馆 CIP 数据核字(2013)第 115195 号

书　　　名：《马来纪年》翻译与研究
著作责任者：罗　杰　傅聪聪　等　译/著
组 稿 编 辑：张　冰
责 任 编 辑：刘　爽
标 准 书 号：ISBN 978-7-301-22585-1/I·2633
出 版 发 行：北京大学出版社
地　　　址：北京市海淀区成府路 205 号　100871
网　　　址：http://www.pup.cn　新浪官方微博:@北京大学出版社
电 子 信 箱：nkliushuang@hotmail.com
电　　　话：邮购部 62752015　发行部 62750672　编辑部 62759634
　　　　　　出版部 62754962
印 刷 者：北京汇林印务有限公司
经 销 者：新华书店
　　　　　　650 毫米×980 毫米　16 开本　20.25 印张　400 千字
　　　　　　2013 年 7 月第 1 版　2013 年 7 月第 1 次印刷
定　　　价：42.00 元

未经许可,不得以任何方式复制或抄袭本书之部分或全部内容。
版权所有,侵权必究
举报电话：010－62752024　电子信箱: fd@pup.pku.edu.cn

本书出版得到
"北京大学创建世界一流大学计划"
经费资助

编委会

主　编：裴晓睿
编　委：(以姓氏笔画为序)
　　　　吴杰伟　罗　杰　林　琼　赵玉兰

目　录

前言 …………………………………………………………… 1
《马来纪年》译文
　第一章 ……………………………………………………… 3
　第二章 ……………………………………………………… 8
　第三章 ……………………………………………………… 14
　第四章 ……………………………………………………… 22
　第五章 ……………………………………………………… 24
　第六章 ……………………………………………………… 30
　第七章 ……………………………………………………… 48
　第八章 ……………………………………………………… 54
　第九章 ……………………………………………………… 63
　第十章 ……………………………………………………… 88
　第十一章 …………………………………………………… 90
　第十二章 …………………………………………………… 93
　第十三章 …………………………………………………… 100
　第十四章 …………………………………………………… 104
　第十五章 …………………………………………………… 117
　第十六章 …………………………………………………… 134
　第十七章 …………………………………………………… 139
　第十八章 …………………………………………………… 141
　第十九章 …………………………………………………… 145
　第二十章 …………………………………………………… 155
　第二十一章 ………………………………………………… 161
　第二十二章 ………………………………………………… 165
　第二十三章 ………………………………………………… 176

第二十四章	182
第二十五章	185
第二十六章	193
第二十七章	196
第二十八章	201
第二十九章	210
第三十章	216
第三十一章	221

研究论文

《马来纪年》：版本、作者、创作理念及其他	227
《马来纪年》研究现状综述	258
试析《马来纪年》的语言风格	273
浅析《马来纪年》中的神话与传说	286
参考文献	304

总　序

　　2006岁末,教育部批准了北京大学东方文学中心申报的人文社会科学重大研究项目"东南亚古典文学的翻译与研究"。该项目组全体成员经过三年多的努力,于2010年春天按计划完成了全部工作。最终成果便是这套即将出版的五卷本丛书"东南亚古典文学翻译与研究":《〈帕罗赋〉翻译与研究》、《〈金云翘传〉翻译与研究》、《〈马来纪年〉翻译与研究》、《菲律宾史诗翻译与研究》、《缅甸古典小说翻译与研究》。该丛书每卷的内容均由两部分组成:一是作品的中文译文并附有详细的学术性注释;二是项目组成员撰写的研究文章以及外国学者的相关研究成果的译文。

　　我们设计这一课题的初衷是,想把东南亚古代文学中有代表性的经典作品介绍给汉语读者。长期以来,我国东方文学领域中更受关注并为人所知的,一般局限于印度文学、阿拉伯文学和日本文学。而东南亚作为东方的一个重要组成部分,其文学,尤其是古代文学一向鲜为人知或知之甚少。其原因是,东南亚古典文学作品的阅读和翻译难度很大,其原典研究成果也极其有限;此外,不熟悉东南亚国家语言的东方文学学者,想借助译文进行研究的需要虽然迫切,但译著的缺乏或质量的不尽人意使这一要求始终难以得到满足。因此,填补这一空白,无论从当下,还是长远,都是东方文学学科发展所必需的。

　　本项目由五个子项目组成,项目组成员分别来自北京大学外国语学院东南亚学系的泰国语言文化、越南语言文化、印尼马来语言文化、菲律宾语言文化和缅甸语言文化五个专业。每个子项目分别从上述五种语言的古典文学名著中各选一部或几部翻译成汉语,这些作品分别是:泰国古典叙事诗《帕罗赋》;越南古典叙事诗《金云翘传》;印尼马来史话《马来纪年》;菲律宾史诗五部:《呼德呼德》、《拉姆昂传奇》、《拉保东公》、《达冉根》和《阿戈尤》;缅甸古典小说两部:《天堂之路》和《宝镜》。所选原典著作均为上述国家文学史上公认的经典文学作品,具有鲜明的代表性。这些作品的体裁有长篇叙事诗、史话、史诗、小说四类。作品产生年代大约在公元12世纪至19世纪中叶期间。

这个时期的东南亚已经从早期许多分散的城邦国家逐步发展成几个强大的、以农耕为社会基础的封建王国。经济和贸易的发展,推动了同质文化和异文化之间的交流、互补,使东南亚各国的民族文化特征和地域文化特征逐渐形成。从印度传入的婆罗门教(印度教)文化和佛教文化,经过数百年的浸润早已融入到越南除外的半岛国家的本土文化之中;海岛国家继接受印度教之后又接受了伊斯兰文化和天主教文化;独具特色的越南则发展到汉文化的全盛阶段。在此背景下,东南亚地区呈现的文学景象亦是蔚然可观。从文学种类来看,民间文学和作家文学并驾齐驱;从文学样式来看,多以韵文为主、散文为辅;从作品内容来看,宗教故事、历史传说、王室故事、英雄传奇、爱情故事、民间故事等等,可谓五光十色,异彩纷呈。各国古代经典文学作品的诞生和繁荣正是这个时代的必然产物。我们出版这套丛书,就是为了尽可能地体现这些特点于万一,从而使读者得以管中窥豹。

《帕罗赋》是产生在大约15世纪末至16世纪初年的一部伟大的爱情悲剧作品。它开创了泰国以爱情为题材的文学作品的先河,更是泰国古代文学仅有的两部悲剧作品之一,被誉为泰国的《罗密欧与朱丽叶》。作品以"立律"诗体写成,格律严谨、语言清新古朴、韵味醇厚,故事情节感人至深。1914年,权威的"泰国文学俱乐部"将其评选为"立律体诗歌之冠",使之成为后世诗人仿效的典范。《帕罗赋》在泰国文学历史上享有崇高的地位,至今仍为当代文学家进行不间断地解读、研究和评论,堪称泰民族古典文学的瑰宝。此次即将问世的《帕罗赋》是泰国古典文学作品的第一部汉译本,译文后所附多篇文章以国内外学者的不同视角对这部长诗本身以及相关学术问题进行了探讨,这将有助于学者们对作品的深入理解和研究。

《金云翘传》是越南大诗人阮攸以最具越南民族特色的"六八"体写就的一部叙事长诗。作品以女主人公王翠翘的人生遭际为主线,演绎了一桩凄美感人的爱情故事。作品自19世纪初面世以来,一直在越南广为流传,可谓家喻户晓,妇孺皆知。从20世纪50年代起,就先后有我国学者对《金云翘传》进行翻译和研究,但实践证明,在如何挖掘这部越南文学名著的语言艺术和文化内涵方面,尚显不足,仍有深入探讨的必要和空间。《〈金云翘传〉翻译与研究》课题研究者在认真查阅大量资料之基础上,对其进行了再次翻译和深入研究,从而为中越文学的比较研究提供了一个可信的文本,相关研究文章亦颇具借鉴价值。

《马来纪年》是印尼马来古典文学中最重要和最有影响的作品之一,并被马来人奉为马来历史文学的经典之作。该书涉及的内容十分广泛:马来民族的起源、马来王朝的历史演变、马来民族伊斯兰化的经过,以及马来封建社会的政治、宗教、文化等多方面的情况。作为官廷文学,《马来纪年》为巩固王权统治起了重要作用;该书汇集了不少马来民间文学的精华,其语言被视为马来古典文学的最高典范,是马来语言发展史上的一个里程碑,对马来古典文学产生过重大影响。

菲律宾的口头文学传统具有悠久的历史,包括史诗、神话传说、民间故事、谚语、歌谣等诸多文类,其中史诗是菲律宾古典文学的主要代表形式。本书选取了菲律宾不同民族的五部(组)史诗,包括来自菲律宾北部吕宋岛伊富高族的《呼德呼德》、伊洛戈族的《拉姆昂传奇》,菲律宾中部比萨扬地区苏洛德族的《拉保东公》,菲律宾南部棉兰老岛地区马拉瑙族的《达冉根》、马诺伯族的《阿戈尤》。这五部史诗覆盖了菲律宾的不同地区,代表不同民族文化背景的口头文化传统。《呼德呼德》和《达冉根》还被收录进联合国教科文组织《人类口头与非物质文化遗产代表作名录》。本课题还研究了菲律宾史诗作为"活形态"史诗的流传情况,运用民俗学研究方法,分析史诗叙事形态,阐释史诗的深层文化内涵。

缅甸从16世纪初到19世纪末前后400年,出现过三种类型的小说,即:本生小说、神话小说和宫廷小说。本书选择了两部典型代表作进行译介、研究,即1501年阿瓦王朝的国师高僧信摩诃蒂拉温达所写"本生小说"《天堂之路》;1752至1760年间(一说在1776至1781年间)宫廷作家瑞当底哈杜所写"神话小说"《宝镜》。通过这两部小说的译本和项目组成员的研究文章以及缅甸文学家相关研究著述的译文,可以了解古代缅甸文学的源头、发展轨迹、传承脉络、特色与影响。

翻译作品是文化交流的重要组成部分。高质量的文学翻译，本身是一个艰苦的学术研究过程，古典名著的翻译更是如此。"东南亚古典文学翻译与研究"丛书的执笔者以虔诚和认真的态度努力去呈现文学经典的面貌，从比较文学文化学、译介学、人类学、民俗学等视角对东南亚古代文学进行跨文化的重新解读。这对丰富东方文学研究的内涵，扩展研究视域，促进文化交流，为东方文学研究向广度和深度的发展无疑将提供更多的有利条件。

"东南亚古典文学翻译与研究"是一项意义重大的研究课题，但由于是初次尝试，其稚嫩和瑕疵依然难以避免。我们把它呈现在读者面前，期待着方家的指教和读者的批评，也期盼着更多的东方文学名著译作进入汉语读者的视野，让世界共享东方文学的盛宴。

感谢教育部对本项研究的资助；感谢北京市社会科学理论著作出版基金资助；感谢北京大学创建世界一流大学建设经费对"东南亚古典文学翻译与研究"丛书出版的大力支持；感谢北京大学出版社外语部主任张冰及责任编辑孙莹、李娜、刘爽、刘虹、叶丹等为这套丛书的面世所付出的艰辛。没有这些，东南亚古典文学翻译与研究仍会一如既往地栖身冷宫，鲜为人知。

裴晓睿

2013年5月

百望山麓

前　言

《马来纪年》(*Sejarah Melayu*，又称 *Sulalatus Salatin* 或 *Sulalat al-Salatin*)是马来古典文学作品中的经典名著,在当今使用马来语或印尼语的马来西亚、印度尼西亚、文莱和新加坡等多个东南亚国家可谓家喻户晓。英国的东南亚学者温斯泰德(Richard O. Winstedt)评价这部作品是马来文学中"最著名、最有特点和最优秀的作品"。

一般认为,《马来纪年》是由作者敦·室利·拉囊(Tun Seri Lanang)根据先有的口传马来王族的世谱故事以及后来从果哇(Gowa)[①]带回来的《马来传记》(*Hikayat Melayu*)进行编纂加工而于1612年完成的。该书内容广泛,涉及马来王族的起源,马来王朝的历史演变,东南亚海岛地区的伊斯兰化过程以及马来封建社会政治、宗教、文化等各方面的情况,是一部描绘马来民族发展和马来王朝更迭的历史长卷。1831年该书以阿拉伯字母整理出版;1952年以拉丁字母整理出版;1967年牛津大学出版了一个更为详尽的版本,此外还有其他多个版本。由于版本较多,各版本之间不乏内容细节上的较大差异,有的版本只保存在荷兰莱顿大学图书馆或英国伦敦皇家亚洲学会,有的版本也仍然有待整理和研究。

如今,《马来纪年》在全世界范围内已经有多种语言的不同译本。至于《马来纪年》的中文译本已知最早的是1954年新加坡南洋商报社出版的许云樵译本,当时就采用了《马来纪年》这个书名。该译本在1966年和2004年由新加坡的青年书局再版,采用竖版繁体字并增加了不少相关注释。中国内地的第一个译本是1999年山西北岳文艺出版社出版的黄元焕译《马来传奇》,后来该译本在2004年由马来西亚学林书局再次出版时也采用了许云樵的译名,更名为《马来纪年》。在

[①] 一说果阿(Goa)。

其他一些中文著述中,该书还有《诸王世谱》、《国王后裔》、《马来由史话》和《马来由传记》等不同名称,然而最为人所熟知和普遍接受的仍是《马来纪年》这个译名。本次译文是根据1997年马来西亚吉隆坡语文出版局出版的马来文文本译出,该版本是首次被译成中文,仍沿用广为人知的中文译名《马来纪年》。

本着严格忠实于原著的翻译原则,译者按照原书逐句翻译,不加删改。原书行文中出现的多处阿拉伯语,译者请教了阿拉伯语的学者,所幸,译者之一也曾研习过阿拉伯语。原书中的人名、地名、古代王朝名称和官职名称,分别参照了《古兰经》(马坚,中国社会科学出版社2003年)、《印度尼西亚古代史(上下册)》(王任叔,中国社会科学出版社1987年)、《剑桥东南亚史》(尼古拉斯·塔林,云南人民出版社2003年)、《印度尼西亚文学史》(梁立基,昆仑出版社2003年)等已出版物中的权威中文译法。译文采用规范化的现代书面汉语,对于原文中的诗歌和谚语也尽量照顾到了体裁及修辞特点,必要时增加了相应的注释。

全书译文之后附有四篇研究论文,第一篇《〈马来纪年〉:版本、作者、创作理念及其他》题目由译者所加,是原书正文之前马来西亚国民大学穆罕默德·哈支·萨莱(Muhammad Haji Salleh)撰写的一篇研究性论述,该文对《马来纪年》的版本、年代、作者、创作理念等各方面做了全景式的翔实介绍,极具研究参考价值,是首度译成中文。第二篇论文《〈马来纪年〉研究现状综述》简介了目前《马来纪年》在多国的研究现状,所述涉及马来文、印尼文、英文、中文和日文共计五种语言文字出版物中的有关文献与观点。第三篇论文《试析〈马来纪年〉的语言风格》和第四篇论文《浅析〈马来纪年〉中的神话与传说》分别从语言风格和神话传说两个角度对《马来纪年》进行了一定程度的探析,这种针对《马来纪年》进行的文学内部专题研究是颇有价值的学术尝试。

《马来纪年》被认为是马来语古典文学作品中水平最高的经典名著,对于研究古代马来半岛及东南亚海岛地区的王朝历史、政治与文化、社会习俗和语言等都具有重要的参考价值,在该研究领域内仍有很多值得探索的空间。希望这个中文译本和相关的研究文章也能起到抛砖引玉的效果。

本书的具体分工如下：

张玉安:翻译顾问。

罗　杰:全书组稿和统稿;全书文稿校改;第二至三章翻译;撰写前言。

傅聪聪:全书译文校对;第二十至三十一章翻译;原创研究论文一篇。

骆永昆:第一章翻译;原创研究论文一篇;翻译研究论文一篇;拟定翻译体例。

郄莉莎:第四至七章翻译。

郭晓春:第十四至十九章翻译。

焦　阳:第八至十三章翻译。

薛　松:研究现状综述论文一篇。

【关键词】马来纪年　马六甲王国　东南亚古典文学　东南亚历史

《马来纪年》译文

Sulalat al-Salatin

《马来纪年》
(据 1997 年马来西亚吉隆坡语文出版局首次出版的文本译出)

第一章

　　已赞美过安拉,并向真主的使者祈祷,愿真主保佑他,并给他安宁。愿安拉赐予他和他的所有朋友们恩惠。在苏丹·阿劳丁·里瓦亚特·沙(Sultan 'Alauddin Ri'ayat Syah)统治时期的都城巴希尔拉惹(Pasir Raja),伊斯兰教纪元1021年3月12日,星期日,晨祷时分,室利·阿伽尔·罗阇·法塔尼(Syeri Agar Raja Fatani)之子室利·那拉·旺萨(Seri Nara Wangsa)即敦·班邦(Tun Bambang)奉希里(Hilir)国王圣旨前来寻找笔者。敦·班邦是那个时代、那个王朝和所有宗教徒的荣耀。他把所有具备忠诚和善行的国家点亮。安拉赐予他慷慨之气,让他公正对待所有的国家。

　　陛下传旨:"国王要求我为所有马来国王的后裔创作一部带有马来风俗文化的传奇故事,以致我们的子孙后代可以听到知晓这些习俗,并从中获益。"

　　我感到自己才疏学浅,听到圣旨后,诚惶诚恐,奉旨而行。我祈求真主的帮助和先知的指点。于是,我根据从祖先那里收集而来的传奇故事写下了这部传记,来取悦国王。我为这部著作取名《诸王世谱》,即《所有国王的后代谱系》。任何读者都不可把它当做完美的故事来读,因为先知说过:"你可以阅读真主的伟大,但不可思考真主的本质。"

　　这就是由故事讲述者讲述的《诸王世谱》的开头部分。罗阇·达拉布(Raja Darab)的孩子伊斯坎达·左勒盖尔奈英[①](Raja Iskandar Zulkarnain)是罗马国王,在马其顿(Maqaduniah)立国。一日,伊斯坎达想去看日出,于是便来到天竺国(Hindi)边界。有一位国王名叫吉达·兴迪(Raja Kida Hindi),他统治的王国疆域辽阔,半个天竺都在

---

① 左勒盖尔奈英,沿用的是马坚教授在《古兰经》中的译法。

其控制之下。

兴迪王听说伊斯坎达王来到,便命令大臣召集所有臣民和各地诸侯。集合完毕,兴迪王挺身出战,迎击伊斯坎达。双方兵马相交,正如《伊斯坎达传》(Hikayat Isikandar)中所记述的一样。结果,伊斯坎达活捉了兴迪王,并命令兴迪王皈依伊斯兰教。于是,兴迪王皈依了伊斯兰教。伊斯坎达王赐予兴迪王锦袍,命令他回到自己的国度。

话说,兴迪王有一女儿名叫莎赫尔·巴丽娅(Syahr al-Bariyah),花容月貌,举世无双。巴丽娅行为优雅,贤淑智慧,脸上容光焕发,犹如太阳的光辉。兴迪王把宰相叫到一个僻静处,说:"我把你找来,想跟你商量一件事。我的女儿举世无双,我想把她献给伊斯坎达王,不知你有何高见?"

宰相答道:"陛下所言极是。"

兴迪王对宰相说:"感谢真主保佑,明天你去拜见黑德尔(Khidir)先知,把事情的来龙去脉禀告他。"

于是,宰相前去拜访黑德尔先知。宰相离开之后,兴迪王命令把伊斯坎达王的名字刻在银币上,写在旗幡上。宰相找到黑德尔先知后,向先知行礼。先知还礼后,让宰相坐下。于是宰相对先知说:"我的主人,您听我说,兴迪王十分钦慕伊斯坎达王,难以言表。兴迪王有一个女儿,美丽动人,举止优雅,品质端正,天下无双。兴迪王有意将女儿献给伊斯坎达王做妻子。"

话说黑德尔先知听完宰相的话,便去找伊斯坎达王,并把事情告诉了他。伊斯坎达王同意了兴迪王的请求。随后,伊斯坎达王上朝,于是各地诸侯、文武百官、教士学者、各路英雄都前来觐见。特选侍从以及国王亲信站在后排。兴迪王也前来朝拜,坐在镶满宝石的宝座上。兴迪王坐定之后,黑德尔先知起身站立,口念至高无上的真主安拉的名字,向先知易卜拉欣(Ibrahim)以及之前的所有先知祈祷,并为伊斯坎达王的婚事作布道,并将此事告知兴迪王。

黑德尔先知这样说道:"兴迪王你听清楚,至高无上的真主把世界各国都托付给我们的国王。现在,听说你有一位美貌的女儿。陛下想向你求亲,希望你能把他收为女婿,以便让兴迪王和伊斯坎达王的子孙后代能得以延续,一直到世界末日都不中断。不知你意下如何?"

听了黑德尔先知的话后，兴迪王立即离开宝座，站起身来，向伊斯坎达王朝拜，说道："安拉的先知，以及所有在座的大臣，你们听着，我是伊斯坎达王的臣民，我的孩子也是他的孩子，侍奉他的不仅仅是我一个人。在座的大臣，你们听着，黑德尔先知是我和我女儿莎赫尔·巴丽娅的监护人。"

黑德尔先知听了兴迪王的话后，转身朝觐伊斯坎达王，宣布："陛下与兴迪王的女儿莎赫尔·巴丽娅结婚，聘礼三十万金币。陛下是否同意？"

伊斯坎达王回答道："同意。"

于是，依据真主安拉的挚友易卜拉欣先知的教义，黑德尔先知当着众人的面，把兴迪王的女儿莎赫尔·巴丽娅嫁给了伊斯坎达王。

所有在朝的国王、大臣、宰相、武官以及教士长老都起身向伊斯坎达王表示祝贺，并把金银珠宝撒到伊斯坎达王的脚下。于是金银珠宝便在伊斯坎达王面前堆积起来，像两三座义冢。这些财富被伊斯坎达王用来赈济穷人。夜幕降临，兴迪王带着自己的女儿和嫁妆来到伊斯坎达王面前。莎赫尔·巴丽娅公主佩戴着各种祖传的宝石。伊斯坎达王看见公主如此美貌，大为惊异，欣喜万分。

第二天，伊斯坎达王赐给公主一套锦袍和无数财宝。伊斯坎达王还赐予其他国王珍贵的衣袍和镶嵌各种珠宝的金子以及三个被打开的财宝箱。兴迪王则被赐予一身锦袍、一百个装满各种珍贵宝石的金盒子、一百匹骏马和镶嵌宝石的金安辔。人们看到伊斯坎达王的这些举动，非常羡慕。

之后，伊斯坎达王在那里停留了十天。第十一天时，伊斯坎达王带着公主按照古时的仪式启程回国。他向日出的地方走去，就像著名的传奇中所描述的一样。看完日出之后，伊斯坎达王便班师回朝，途中在天竺国停留。兴迪王带着珍贵的贡礼和奇异的珍宝出朝拜谒伊斯坎达王。

兴迪王向伊斯坎达王表达了仰慕之情和对女儿莎赫尔·巴丽娅的想念。兴迪王请求伊斯坎达王让自己的女儿留下。伊斯坎达王让莎赫尔·巴丽娅公主回到了兴迪王身边，并赐予她一百件衣袍和无数金银珠宝。兴迪王表示效忠伊斯坎达王。于是，伊斯坎达王又赐予他一百件锦袍。之后,锣鼓敲响、号角吹起,伊斯坎达王开始启程。按照古时的仪式,伊斯坎达王准备去征服那些从未向他臣服的国王,正如那部传奇中记述的一样。

话说兴迪王的女儿莎赫尔·巴丽娅公主与伊斯坎达王结婚后不久便怀孕了,但是伊斯坎达王却不知自己妻子已经怀孕。莎赫尔·巴丽娅公主也不知道自己已怀有身孕。莎赫尔·巴丽娅公主回到父亲身边一个月后才知道自己身怀六甲,因为她已一个月没有来月经了。

于是,莎赫尔·巴丽娅公主告诉父亲:"父亲大人,我已经两个月没有来月经。"兴迪王听了女儿的话后非常高兴,因为莎赫尔·巴丽娅公主已经怀有伊斯坎达王的小孩,于是兴迪王细心照顾自己的女儿。足月之后,莎赫尔·巴丽娅公主生下一个男孩,兴迪王为孙子取名阿拉使敦·沙(Raja Arasythun Syah)。兴迪王非常疼爱自己的外孙。几个月之后,阿拉使敦·沙长大成人,一表人才,就像父亲伊斯坎达王一样。兴迪王为阿拉使敦·沙娶了一个土耳其斯坦国王的公主为妻。于是阿拉使敦·沙有了自己的孩子,取名阿福德乌斯(Raja Afdhus)。45年之后,伊斯坎达王回到了马其顿,兴迪王则归西了。兴迪王的孙子阿拉使敦·沙接替兴迪王担任了天竺王朝的国王。阿拉使敦·沙统治天竺355年。① 阿拉使敦·沙死后,其孙子阿福德乌斯继位。阿福德乌斯王在位120年。阿福德乌斯王死后,一个名叫阿斯凯纳特(Askainat)的国王登基,统治了3年。阿斯凯纳特王死后,卡斯达斯王(Raja Kasdas)继位,统治12年。卡斯达斯王死后,阿穆塔布斯王(Raja Amtabus)登基,统治13年。阿穆塔布斯王死后,卡鲁阿松凯纳特王(Raja Kharuaskainat)继位,统治30年。卡鲁阿松凯纳特死后,阿尔哈德·阿什凯纳特王(Raja Asykainat)登基,统治9年。阿尔哈德·阿什凯纳特王死后,阿穆塔布斯王的儿子古达尔·扎古汉王(Raja Kudar Zakuhan)继位,统治70年。古达尔·扎古汉王死后,尼卡布斯王(Raja Nikabus)继位,统治40年。

之后,古达尔·扎古汉王的儿子哈鲁西里比坎王(Raja Arusiribi-

---

① 原文如此。下文的"阿福德乌斯王在位120年。"和"乌拉姆扎德王(Raja Uramzad)继位,在位126年。"也是按照原文译出。

kan)继位。哈鲁西里比坎王与威震天下的努希尔万·阿迪王（Raja Nusyirwan 'Adil）的女儿结婚。婚后育有一子，名叫达利亚·努萨王（Raja Dariya Nusa）。哈鲁西里比坎王活了100岁后便死去。其儿子达利亚·努萨王登基，在位90年。达利亚·努萨王死后，卡斯迪王（Raja Kastih）继位，在位4个月。卡斯迪王死后，拉姆基王（Raja Ramji）继位，统治80年零9个月。拉姆基王死后，沙·塔拉姆希王（Raja Syah Taramsi）登基。沙·塔拉姆希王是达利亚·努萨王的儿子，在位20年。沙·塔拉姆希王死后，德加王（Raja Teja）继位，统治70年。德加王之后是伊吉卡尔王（Raja Ijqar）继位，在位10年。

伊吉卡尔王死后，沙西·塔尔希（Syahi Tarsi）国王的儿子乌拉姆扎德王（Raja Uramzad）继位，在位126年。

之后，亚兹迪卡达王（Raja Yazdikarda）继位，统治42年零4个月。亚兹迪卡达王死后，柯非·古达尔王（Raja Kofi Kudar）登基，在位43年。

后来，塔尔希·巴尔达拉斯王（Raja Tarsi Bardaras）继位。塔尔希·巴尔达拉斯王是乌拉姆扎德王的儿子，沙西·塔尔希王的孙子，达利亚·努萨王的重孙，哈鲁西里比坎王的第五代子孙。哈鲁西里比坎王是古达尔·扎古汉王的儿子，阿穆塔布斯王的孙子，萨布尔王（Raja Sabur）的重孙，阿福德乌斯王的第五代子孙。阿福德乌斯王是阿拉使敦·沙王的儿子，阿拉使敦·沙王是伊斯坎达·左勒盖尔奈英国王的儿子。塔尔希·巴尔达拉斯王娶阿姆丹·纳卡纳王（Amdan Nakana）的女儿为妻。婚后，生下两个孩子，一个名叫古达尔·沙·贾汉（Kudar Syah Jahan），另一个名叫苏兰·帕德沙王（Raja Suran Padsyah），两个孩子都非常英俊。

第二章

话说在羯陵伽(Benua Keling)①的土地上有个国家叫纳卡·帕塔姆(Naga Patam),那里的国王名叫苏兰王(Raja Syulan)。苏兰王是努希尔万·阿迪王的孙子,东西方之王考巴德·夏利阿王(Raja Kobad Syahriar)的儿子,而至高无上的真主(Allah Subhanahu wa Ta'ala)也知道他。但是苏兰王是王中之王,所有信德(Sindi)和天竺的国王全都臣服于这位陛下。所有风下之国②的国王都臣服于他。有一次,苏兰王召集了数不清的部队。来自各国的国王及其臣民也聚集起来,数不胜数,剑拔弩张。万事齐备之后,苏兰王大举进发,意图征服从东到西的所有国家。无数民众也随军征进,密林变成草原,高地夷为平川,比肩接踵,蹈石为坪。于是苏兰王所到之处莫不俯首称臣,所有的风下之国皆甘愿归顺。

苏兰王到了一个名叫康卡·沙·纳卡拉(Gangga Syah Nagara)的地方,那里的国王叫灵吉·沙王(Raja Linggi Syah)。却说这个国家地处山坡之上,从前望去地势高耸,从后望去地势低伏。这个城邦现今在霹雳州(Perak)的天定(Dinding)附近。

灵吉·沙·佐汉王(Raja Linggi Syah Johan)③听说苏兰王到来的消息,召集民众,紧闭城门,蓄水为池,把守城郭。于是苏兰王的人就来进攻灵吉·沙王的城池,遭到抵抗。看到这种情况,苏兰王骑上战象,趁城上防守的人不备(顶住城上防守士兵的几番进攻),靠近康卡·沙·纳卡拉城门,用棍棒撬开了它。于是康卡·沙·纳卡拉城门

---

① Benua 意为"大陆,陆地,洲,国家";此处的 Keling 源出于梵文,音译作 Kalinga。译名"羯陵伽"可参照季羡林等《大唐西域记校注》卷十。
② 指古代印度尼西亚和马来西亚地区。
③ 此处的灵吉·沙·佐汉(Raja Linggi Syah Johan)与上文中的灵吉·沙王(Raja Linggi Syah)应是同一人,原文有异,据原文译出。

垮塌，苏兰王和他的将官进了城。灵吉·沙·佐汉王看到苏兰王来了以后，起身持箭，立即射出一箭，射中苏兰王战象的额头，大象扑倒在地。苏兰王一面腾身跳起，一面挥刀向灵吉·沙·佐汉王砍去，砍中他的脖颈，人头摔落地上。于是灵吉·沙·佐汉王死了。康卡·沙·纳卡拉国的人民看到国王死去了，也都呜呼哀哉。康卡·沙·纳卡拉国战败以后，苏兰王就离开了那里。在路上走了没多远，到了兰卡威国（Langkawi）边界。古时候这是一座黑石头建造的大城，至今仍然存在。相传最初的名字是克朗奎（Kelangkui），意思是宝石库，不知怎么的念成了兰卡威。据说国王名叫朱林王（Raja Culin），这位陛下是位大王，所有风下之国都在他的律法管辖范围之内。

朱林王听说苏兰王来了以后，就吩咐召集全体臣民和属国国王。人员全部聚齐之后，朱林王就出发迎战苏兰王。人潮汹涌，象奔马嘶，旗帜层峦叠嶂，矛枪鳞次栉比。

大约走了三四十里地之远，遇到苏兰王的人即拔刀相向，杀声震天，难分彼此，双方的战象相互冲撞，战马相互撕咬，刀光剑影，短兵相接。各种武器犹如密雨，即使天空里的雷鸣也被将官们的震天杀声所遮蔽，只能听到各种武器交锋的声响。

陛下仰天长啸，白昼立即变得如同日食一样昏天黑地，所有作战的人也都心慌意乱，杀红了眼。有的人甚至狂性大发，刺中了自己的同伴。

双方军队的官兵、战象和战马伤亡惨重，鲜血染红了大地。陛下不见了踪影，只看到人们狂暴喧嚣，毫不退缩。朱林王驾着战象在苏兰王数不清的军士中间穿行，到处是堆积的尸体，羯陵伽人也死了很多，然后撤退了。

苏兰王看到朱林王以后，立即开始追赶他。苏兰王所骑的战象有八腕尺①那么高，而朱林王的战象也勇猛无比，两方相遇，激战正酣，声音如同闪电劈开山丘，象牙的声响如同连绵不断的雷声，难分胜负。朱林王站在大象上举起矛枪刺向苏兰王，刺中了苏兰王的象轿，偏斜了约一虎口的距离。苏兰王立即刺向朱林王，刺中了胸部，朱林王从

---

① Hasta，长度单位，从手肘到中指指尖的长度，约合 45.72 厘米。

大象上坠地身亡。

朱林王的人民看到国王已死,立即溃散奔逃,羯陵伽人乘胜追击,几乎全歼敌军。于是羯陵伽人进入兰卡威的城池抢掠。

不知道抢掠了多少东西,朱林王有一个容貌姣好、名叫奥囊秋公主(Tuan Puteri Onangkiu)的女儿被献给苏兰王为妻。

此后苏兰王凯旋。到了羯陵伽之后,苏兰王建造了一个非常大的城邦,城市用黑石砌成,七噂①厚,九噂高,能工巧匠都无法发现它的接缝,如同浇铸而成。大门是用镶着金玉的熟铁做成。

起初这个城市的面积可以容纳七座山峰,后来在城邦中间有了一个宽阔如海的湖泊。如果大象站在湖的一边,另一边都无法看到。各种各样的鱼被放养其中。在湖的中央有一个地势很高的岛屿,常年冒烟,仿若雾气缭绕。在这个岛上种植着各类花果树木,世间所有,此处俱全。苏兰王想要热闹一下的时候就去那里。在湖边还造出了大片的森林,各种野生动物放养其间,苏兰王想要打猎或者捉象就去这片森林。这个城邦建成以后被苏兰王命名为贲扎国(Benca Nagara)。说到苏兰王的事迹就好似厚厚的《哈姆扎传》(Hikayat Hamzah)②。所记述的一样。

若干时间之后,这位国王和朱林王之女奥囊秋公主生了一个女孩,容貌出众。那时候还未成人,其父王给她取名为金达妮·瓦希斯公主(Tuan Puteri Cendani Wasis)。名叫苏兰·帕德沙的王子娶其为妻,未几,产下三个男孩:一个名叫纪兰王(Raja Ciran),是潜德拉吉利国(Cenderagiri Nagara)的国王;一个名叫朱兰王(Raja Culan);另一个被祖母带走的男孩名叫班代安王(Raja Pandaian),是纳卡·帕塔姆的国王。

一段时间以后,苏兰王不知所终,朱兰王继承了外祖父的王位。

---

① 原文为depa,古代度量单位,相当于两臂张开的距离,大约等于四腕尺或六英尺。

② Hikayat Hamzah,阿拉伯古典文学《阿米尔·哈姆扎传》。梁立基教授撰写的《印度尼西亚文学史》上册第204页提到,"从宗教宣传的效果和对马来古典文学的影响来看,最突出的还是伊斯兰教的英雄故事。这类故事数量不少,其中对马来民族和马来古典文学影响最大的有三部:《伊斯坎达传》(Hikayat Iskandar Zurkarnain)、《阿米尔·哈姆扎传》(Hikayat Amir Hamzah)、《穆罕默德·哈乃斐传》(Hikayat Muhammad Hamzah)。"

所有天竺和信德国家均在其法典之中。所有东西方的国王都向朱兰王陛下臣服。

朱兰王图谋进攻中国。陛下命令召集所有的部队,来自国中各方人士群集一处,不计其数。所有国家的国王及其臣民都向朱兰王臣服,国王有一千二百名之多。这些人汇集之后,朱兰王启程进攻中国大陆。人数众多,丛林被夷为原野,地动山摇,气吞山河,高山变平川,江河成旱地。不间断行军六个月,漆黑的夜晚也被武器的寒光映照成圆月般明亮,天空的雷电也淹没在将士们的号子之中。

不久到达了淡马锡(Temasik)。有消息传到中国大陆说:"朱兰王来攻打咱们了!带领大军无数,现在已经到淡马锡了。"中国国王听到这消息慌了神。

中国国王立即降旨给大臣和随从们:"你们说,如何拦住这支大军?倘若羯陵伽王到了这里,中原是否必亡?"

宰相上奏:"皇上万岁万万岁,让微臣来对付他们。"

中国国王降旨:"由爱卿来理论吧。"于是宰相吩咐装备好了一只船,船上装满了绣花针,种着已经结过果子的枣树和柿子树,船上的人选的都是掉光牙齿的老人,命他们向淡马锡划去。

到了淡马锡,这艘船被献给朱兰王,禀报说:"有从中国来的一艘船。"

朱兰王降旨说:"你去问问中国离这里有多远?"于是那人就去问船上的人。

于是那中国人说:"我们从中国大陆出来的时候还都是十几岁的年轻人,这些果树还都是种下的种子。现在我们都老了,牙齿都掉光了,我们种下的种子都长成树结完果了,我们才到达这里。"于是拿过几根针给羯陵伽人看,说:"我们从中国大陆带出来的铁原来有胳膊大小,现在都磨损成这样了。路上的情形就是如此,我们也不知道过了多少年。"

羯陵伽人听了这些立即回去禀报了朱兰王,一点儿都没有遗漏。朱兰王听完这些降旨:"果真如这中国人所言,中国大陆实在太遥远,什么时候咱们才能到?咱们还是回去更好一些。"

所有的将官都说:"陛下所言极是。"

于是朱兰王心里自忖："所有的陆地我都已经知晓,而所有的海洋到底是什么样子呢?莫若我进到海里,一探究竟。"朱兰王这样想着就吩咐召集能工巧匠,建造一个里面有锁、有机关的玻璃柜子。于是能工巧匠们就建造了一个合朱兰王心意的玻璃柜子。后来又加上金链子,送给朱兰王。陛下看着这个玻璃柜子喜爱万分,毫不吝惜地奖赏了法官和能工巧匠们。

朱兰王进到柜子里,外面的一切都能看到。陛下从里面锁上柜子,柜子被人放入海中。柜子沉下去,朱兰王也从柜子里观赏着至高无上的真主创造出的各类造物。也许是天意所为,朱兰王的柜子降落到一片名叫迪卡(Dika)的土地上。

朱兰王从柜子里出来,漫步欣赏美丽的景物。陛下遇到一处城邦,样貌秀丽,广阔坚固。朱兰王进入这个城邦,发现巴萨木(Barsam)阶层人数众多,至高无上的真主方知其具体数字。但是他们一半是穆斯林,一半是异教徒。这里所有的人都惊讶地看着朱兰王的外貌和服饰。于是有人把他带去见国王。他们的国王名叫阿富塔·阿德(Raja Aftab al-Ard)。国王看到朱兰王以后就问下边的人:"这是哪里人?"

下边的人禀报:"主公,这人是刚来的,我们也都不知道他是哪里人。"

于是阿富塔·阿德王就问朱兰王:"你是哪里人?从什么地方来到这里的?"

朱兰王回答说:"在下是从世间来的,在下是人世之王,名叫朱兰王。"

听了朱兰王的话,阿富塔·阿德王很吃惊,他说:"在我的世界之外还有世界吗?"

于是朱兰王回答说:"寰宇之大,无奇不有。"阿富塔·阿德王听了他的话,非常惊奇,于是说:"赞美威力无比的安拉。"于是阿富塔·阿德王就扶持朱兰王坐上了王位。

且说阿富塔·阿德王有个女儿,名叫玛特哈勃·巴哈丽公主(Tuan Puteri Mathab al-Bahri),美得不可方物。

阿富塔·阿德王就请朱兰王与玛特哈勃·巴哈丽公主完婚,三年后两人生养了三个儿子。陛下看到这三个儿子,郁郁不乐地说:"我的孩子居住在这地下结果会怎样？我有什么能力把他带出去？"

于是朱兰王就去找阿富塔·阿德王说："在下的孩子大了，在下想把他们带出去，与伊斯坎达·左勒盖尔奈英王的王国接近，不要久而久之断了联系。"

阿富塔·阿德王回应说："好啊。"

然后朱兰王就向阿富塔·阿德王请求到世间去，也与妻子玛特哈勃·巴哈丽公主相互泣别。阿富塔·阿德王让他选一匹名叫法拉斯·巴哈力（Faras al-Bahri）的雄飞马，将马赐给他。朱兰王骑到马上，这匹马将他带出海面，飞到空中。马在海面上行走，朱兰王的臣民看到飞马背上的人就是国王。朱兰王命宰相选了一匹好的母马，将飞马和自己带到奔提利斯（Bentiris）海边。

当飞马法拉斯·巴哈力看到母马以后就登陆了，靠近那匹母马。马背上的朱兰王下了地，那飞马也回到海里。

朱兰王降旨给所有的法官和工匠："希望你们能建造一个标志物铭记咱们曾经到过海里。我希望这个标志物可以永存直到世界末日，你们要书写咱们的所有经历，以便日后子子孙孙都能知晓或听闻。"所有的法官和工匠都听到了朱兰王的旨意，于是工匠们劈开一大块石头，他们用印度斯坦（Hindustan）的语言记录着。随后朱兰王又命令录入金银珠宝以及各种奇珍的数量。

朱兰王传旨说："日后将有我的子孙中的一位国王获得这些财宝，这位国王将会征服所有的风下之国。"

此后朱兰王回到羯陵伽。到了贲扎国之后，陛下娶了库达尔·沙·贾汗公主（Kudar Syah Jahan）为妻，她是印度斯坦国王塔尔西·巴尔达拉斯王之女。然后朱兰王回到羯陵伽。他再次去贲扎国之后，育有一子，取名为阿提罗阇·罗摩·门德利亚王子（Adiraja Rama Mendeliar）。不久，朱兰王不知去向。于是阿提罗阇·罗摩·门德利亚王子接替父王在贲扎国登上王位。从此阿提罗阇·罗摩·门德利亚陛下的子孙开始在贲扎国执掌朝政。

第三章

话说在安达拉斯(Andalas)这片土地上有一个国家叫巨港(Palembang),国王叫德芒·勒巴·达文(Demang Lebar Daun),也是苏兰王的后裔。那里的河名叫穆拉塔堂(Muara Tatang),在这条河的源头上有一条河叫马来游(Melayu),其中有座山名为须弥(Seguntang Mahameru)。

有两个女人刚在这里住下来,名叫万·恩布克(Uwan Empuk)和万·马里尼(Uwan Malini)。她们两人在须弥山耕种旱田,旱田非常宽广,后来种满了旱稻,多到没法形容。旱稻快熟的时候,有一天晚上,万·恩布克和万·马里尼看到她们在须弥山的房子好像着了火一样,她们说:"那光亮想必是着火了吧?看见它心里感到害怕。"

于是万·马里尼说:"咱们不用害怕,如果着火,烟会很大。"万·恩布克和万·马里尼惴惴不安地歇下,后来两人都睡着了。

第二天,万·马里尼睡醒后洗脸,万·恩布克对她说:"咱们去看看昨晚那光亮是什么烧着了吧。"

万·马里尼说:"走啊。"

她们俩登上须弥山,看见旱稻都变成了金旱稻,叶子变成了银叶子,稻秆变成了黄铜稻秆。

她们看到这种情况说:"这就是昨晚咱们看见的。"于是朝须弥山走去。

她们看到山峰上的土也变成了金子,据说山峰的土到今天都是金色的。万·恩布克和万·马里尼在这片变成金子的土地上看到三个仪容俊美的年轻人。他们三人身穿宫廷服饰,头戴镶嵌美玉和宝石的王冠,骑在白象上。万·恩布克和万·马里尼惊讶不已,好奇地打量着三个年轻人的容颜、气质和无比华美的服饰,心里想:"就是由于这三个年轻人,我们的旱稻变成了金的,叶子变成银的,稻秆变成黄铜的,山上的土也变成了金子。"

于是万·恩布克和万·马里尼就问三个年轻人:"阁下从何方来?是神之子还是魔之子?因为我们在这里很久了,从来没有一个人来过这里,今天我们刚看到阁下。"

三个年轻人回答:"我们不是神魔一族的,我们是伊斯坎达·左勒盖尔奈英国王的后代。我们家族来自东西方之王努希尔万,我们是苏莱曼国王(Raja Sulaiman'alaihissalam)的后代。我们三人的名字一个叫曼西特拉姆(Mancitram),一个叫巴拉度塔尼(Paladutani),一个叫尼拉·塔纳姆(Nila Tanam)。"

于是万·恩布克和万·马里尼说:"如果阁下是伊斯坎达·左勒盖尔奈英国王的后代,为什么要来到这里?"于是三个年轻人就把伊斯坎达·左勒盖尔奈英国王娶吉达·兴迪王之女为妻和朱兰王潜入深海的所有故事讲给万·恩布克和万·马里尼。后来万·恩布克和万·马里尼问:"阁下有什么信物啊?"

三个年轻人答道:"这王冠就是信物,是伊斯坎达·左勒盖尔奈英国王后裔的标志。夫人如果不相信我们,这就是证据:因为我们落在此处,旱稻变成金的,叶子变成银的,稻秆变成黄铜的,山上的土变成了金子。"

万·恩布克和万·马里尼相信了三位王子的话,兴高采烈,把他们带回家。收割完稻子,万·恩布克和万·马里尼变成了富人,因为她们有王子相助。此外,说书人还说巨港这个国家就在现今的巨港这里,从前疆域辽阔,在安达拉斯无可匹敌。

当巨港的国王德芒·勒巴·达文听说万·恩布克和万·马里尼发现天国王子下凡的消息之后,他就来到万·恩布克和万·马里尼家一探究竟。德芒·勒巴·达文把三位王子带到他的国度。于是乎所有的国家都知道伊斯坎达·左勒盖尔奈英国王后裔在须弥山下凡,正在巨港,来自各方的国王们纷纷来朝见。最长的一位王子被安达拉斯人迎走,在米南加保(Minangkabau)被推举为王,尊称为桑·瑟波巴(Sang Seperba)国王;之后来了丹戎普拉(Tanjung Pura)人,迎接走二王子,在丹戎普拉举其为王,尊号桑·马尼亚卡(Sang Maniaka)国王;最小的王子住在巨港的德芒·勒巴·达文这里,由德芒·勒巴·达文举其在巨港称王,尊号为桑·乌拉塔玛(Sang Uratama)王,德芒·勒巴·达文自降为宰相。

万·恩布克和万·马里尼的一头银白色的活牛,奉真主安拉之命,口吐白沫,生出一个名叫巴特(Bat)的人。他一站起来,就念念有词。① 这样那位国王就被巴特尊称为室利·特里·布瓦纳(Seri Teri Buana)。巴特的后代就是古时候开始讲述故事的人。

室利·特里·布瓦纳国王非常著名。来自全国各方的男男女女都带着贡品朝见陛下,室利·特里·布瓦纳给来朝见他的所有人都赏赐衣服。后来男人被称为阿旺(Awang),女人被称为达拉(Dara),这就是阿旺和达拉两种称谓的由来。

室利·特里·布瓦纳当了国王以后就准备娶妻,很多相貌姣好的王家女孩都被带来供陛下选择。这些女孩夜间与陛下同寝,白天却被发现由于与陛下接触都生了皮肤病,被陛下所厌弃。如此这般有三十九人之多。

德芒·勒巴·达文告诉室利·特里·布瓦纳说,他有一个在当时美丽无双的女儿,名叫万·苏达利公主(Tuan Puteri Uwan Sundari)。室利·特里·布瓦纳于是提出要娶德芒·勒巴·达文的女儿为妻。德芒·勒巴·达文上奏说:"如果您娶了我的孩子,她一定也会生病。倘若圣上为了微臣的孩子愿意与微臣订立一个契约,微臣将把女儿献于圣上。"至此他用了"圣上"(Duli Yang Dipertuan)和"微臣"(patik)两个词。

室利·特里·布瓦纳降旨说:"爱卿您想与我订立什么契约呢?"

德芒·勒巴·达文上奏说:"主公啊,我的所有子孙都愿意做圣上您的臣民。希望主公能因为鄙人的子孙而有所获益。日后即便他们犯了很严重的过错,也请圣上不要用恶言羞辱和责难他们。若罪责太大,可杀之,这也是符合伊斯兰教法律(syar'i)的。"

---

① 原文为 Aho susati paduka srimaharaja srimat srispst suran bumi buji bal pekerma sklng krt makota rana muka tri buana prsang sakrit bna tngk derma rana syaran kt rana. Besinggahasana rana wikerma wdt rtt plawik sdidi dewi di perabudi kala muli malik sri derma raja-raja permaisuri.

于是陛下降旨说:"我同意与爱卿德芒·勒巴·达文订立契约。但是我也想提出一个契约。"

德芒·勒巴·达文启奏:"是何契约,圣上?"

于是室利·特里·布瓦纳说:"直至永久,爱卿的子孙都不可以忤逆背叛,无论我的子孙如何暴戾及行为不端。"

德芒·勒巴·达文说:"好的,陛下。但是如果您的子孙先违背誓约,那微臣的子孙也会违背誓约。"

室利·特里·布瓦纳说:"好的,我同意。"

于是两个人相互起誓,谁背着至高无上的真主违反了契约就会家破人亡。① 这是至高无上的真主的赐福:马来亚的历代君王不羞辱马来亚的臣民,即使臣民罪恶深重,也不实施捆绑、吊挂或以恶言羞辱。如果有一位国王羞辱臣民,真主将会令其国家倾覆。而无论君王如何暴戾和行为不端,马来亚的臣民也不忤逆和背弃他,这样可得到至高无上的真主的庇佑。

在订立契约之后,德芒·勒巴·达文便把那名叫万·苏达利的女儿献给室利·特里·布瓦纳陛下。于是室利·特里·布瓦纳与万·苏达利公主完婚,夜间共枕。第二天,室利·特里·布瓦纳发现万·苏达利公主没有生皮肤病,大喜过望。于是召德芒·勒巴·达文前来,德芒·勒巴·达文发现女儿没有生病,平安无恙,十分开心。

德芒·勒巴·达文准备给室利·特里·布瓦纳进行沐浴礼。他盼咐建造一个七层高的浴台。

完工后,德芒·勒巴·达文连续守候四十个昼夜,与所有的国王、大臣、宦官、传诏官、下属和人民一起吃喝说笑。那守夜时的欢笑声如同雷鸣一般。人们宰杀了马、牛、羊,饭锅巴堆积如小山,开水好似海洋,牛头仿若小岛。整整四十昼夜的欢宴,沐浴用水由人们列队抬来,盛水的容器都镶着黄金珠宝。室利·特里·布瓦纳和万·苏达利公主夫妇也列队绕行浴场七圈。在巴特主持下,陛下夫妇在浴场中沐浴。沐浴后,室利·特里·布瓦纳用布遮住身体,穿上绫罗绸缎,而

---

① 原文为 bubungan rumahnya ke bawah, kaki tiangnya ke atas。直译为"屋脊向下,柱脚朝上"。

万·苏达利公主则穿上丝帛锦绢,两人全都身着皇家服饰,端坐于黄金宝座①之上。

人们呈上饭菜,陛下夫妇用餐完毕,人们又献上仪式旗帜。巴特将旗帜盖在陛下夫妇头上。室利·特里·布瓦纳起身赐给大臣们衣服,然后他就进屋了。参加宴会的所有人也各自回家。

不久之后,住在巨港的室利·特里·布瓦纳想去看海。他召见德芒·勒巴·达文前来,对他说:"如果我想去海边找个地方建立国家,阁下有何高见?"

德芒·勒巴·达文启奏:"好啊,我的主公。如果您启程,臣愿意一路陪同,因为微臣不能与陛下分开。"

室利·特里·布瓦纳道:"既是如此,您就打点行装吧。"于是德芒·勒巴·达文出来召集人们做好准备。一切收拾停当之后,德芒·勒巴·达文年纪尚轻的弟弟被留在巨港。德芒·勒巴·达文对弟弟说:"你留下来管理这个国家吧,因为我要跟陛下一起走,追随陛下而行。"

于是他弟弟答道:"好的,我一定听你的话。"

其后,室利·特里·布瓦纳启程,乘坐着龙船御舟(lancang pemujangan lancing perak)。德芒·勒巴·达文和所有的大臣、随从也都有各自的船只。船只多得数不清,船杆仿佛木林,旗帜云蒸霞蔚,君王们的伞盖如同朵朵浮云。追随室利·特里·布瓦纳的船只遍布海面,从巨港的港口出发,渡海到士拔海峡(Selat Sepat),又从士拔海峡抵达黑鹿海峡(Selat Sambar)。

刚出发,就有消息传到宾坦(Bentan)说:"须弥山的国王,伊斯坎达·左勒盖尔奈英国王的族裔,现正在黑鹿海峡。"

宾坦的女王名叫万·室利·伯妮(Uwan Seri Beni),也有说她名叫萨吉达·莎女王(Permaisuri Sakidar Syah)。陛下也是位伟大的国王,在那个时代便曾去过叙利亚(Benua Syam)。女王第一个登基为王,其他国王都是继承她的王业。陛下听到消息后,即命宰相因德拉·博卡拉(Indera Bokala)和阿里亚·博卡拉(Aria Bokala)前去欢

---

① 原文为 peterana singgahsana yang keemasan。

迎室利·特里·布瓦纳。那时候宾坦国的船只就有四百艘之多。

万·室利·伯妮对因德拉·博卡拉说道:"如果那位国王年长,就称小妹请安;如果他年轻,就说母后问候他。"

因德拉·博卡拉和阿里亚·博卡拉从丹戎龙阿斯(Tanjung Rungas)直奔黑鹿海峡,欢迎船队绵延不绝。遇到室利·特里·布瓦纳后,这两人发现他非常年轻,于是启禀说:"母后问候您,欢迎主公。"室利·特里·布瓦纳动身前往宾坦,来到万·室利·伯妮的国度。万·室利·伯妮原本的意图是嫁给室利·特里·布瓦纳,让他做自己的夫婿,但是发现他太年轻了,于是将其认作自己的儿子。她非常喜爱这位国王,让他代替自己登上了宾坦的王位。

不久,室利·特里·布瓦纳向万·室利·伯妮要求去丹戎博马岩(Tanjung Bemayan)游乐。万·室利·伯妮说:"孩子你想要去玩什么?围栏里不是有麋鹿么?笼子里不是有羌鹿刺猬吗?不是有池鱼果木吗?园子里也有各类花草。孩子你为什么还要到远处去玩?"

室利·特里·布瓦纳说:"如果母后不放儿臣去,儿臣坐也是死,立也是死,全都会没命。"

万·室利·伯妮说:"与其没命,孩子你还是去吧!"

于是陛下吩咐因德拉·博卡拉和阿里亚·博卡拉备船。准备好之后,室利·特里·布瓦纳和女王启程了。陛下的船舶舰艇①星罗密布,栉比鳞臻。随行的船只数不胜数。

到了望万(Bemban)以后,陛下到沙滩上玩,女王也和阔太太们到沙滩上观光,撷取各种珊瑚。女王坐在阿檀树下,阔太太们拜见她。陛下看着宫女们玩耍,赏心悦目:有的捡蜗螺,有的挖贝壳,有的采珊瑚上的红花,有的用红花榄李制成发饰,有的摘香蕉叶子来煮,有的采棋盘足树叶,有的玩珊瑚花,有的拿海藻做杂拌酱,有的用琼脂做泡菜。宫女们玩得不亦乐乎,各得其所。

室利·特里·布瓦纳和男人们一起去打猎,收获甚丰。一头鹿从陛下面前跑过,陛下用矛枪刺中了它的背部。鹿落荒而逃,陛下紧追不舍,再刺中其背部。鹿侧身倒下,不能再跑,然后死了。室利·特

---

① 原文为 pelang peraduan, jong pebujangan, bidat kekayuhan dan jong penanggalan。

里·布瓦纳站到石头上看见一块巨石与自己等高,于是爬上巨石向对岸眺望。他看见对岸的沙滩洁净如同白布①,于是陛下问因德拉·博卡拉:"看得见的那是哪片沙滩?哪里的土地?"

因德拉·博卡拉道:"那片土地叫淡马锡。"

室利·特里·布瓦纳吩咐:"咱们去那里吧。"

因德拉·博卡拉禀报:"谨遵王命。"

于是室利·特里·布瓦纳乘船渡海。来到海中央,突然起了暴风雨,船只进水。淘水的木桶不够用了,船长命令丢弃多余物品,扔掉不少贵重东西。淘水还是不管用,船靠近了贝兰卡海滩(Teluk Belanga)。

船长向室利·特里·布瓦纳禀报:"主公,小的斗胆说,因为您的王冠,这船很难浮起来,所有能扔掉的贵重物品都扔掉了,如果您的王冠不丢掉,臣等没有办法保证船只不沉。"

于是室利·特里·布瓦纳下令:"既是这样,就把王冠丢掉。"

王冠被扔掉了,暴风雨平息,船继续漂浮在海面上。人们向陆地滑行,将船只靠近岸边。室利·特里·布瓦纳到了沙滩上,和随行的人玩耍,捡珊瑚。后来陛下又到淡马锡河口的平原玩。

他们一行人看见一头动作非常敏捷的动物,红躯干,黑头颅,白胸脯,神态傲岸勇武,个头比公山羊大一点儿。它一看到人就转身消失了。

室利·特里·布瓦纳于是问随行的人,没有一个知道这是什么动物。

德芒·勒巴·达文禀报说:"主公,微臣听说从前的狮子就是这般模样,依微臣之见,这就是狮子。"

于是乎室利·特里·布瓦纳对因德拉·博卡拉说道:"先生请去禀告女王,咱们不回去了。如能蒙女王垂爱,赐予人马和大象,我们就在这里建国。"

因德拉·博卡拉回到宾坦,拜见万·室利·伯妮,将室利·特里·布瓦纳的话如实禀告。万·室利·伯妮说:"好的。孩子他要怎样,我们也不会违背他的意愿。"于是送了数不清的人马和大象。于是

---

① 原文为 kain buka mafar。

室利·特里·布瓦纳在淡马锡建国,取名为僧伽补罗①(Singa Pura)。

室利·特里·布瓦纳在僧伽补罗定居不久,就和德芒·勒巴·达文的女儿万·荪达利生了两个王子。万·室利·伯妮故去后,留下两个孙女。于是两位王子就娶了宾坦王的两个孙女。时光荏苒,在这里执政四十八年后,室利·特里·布瓦纳和德芒·勒巴·达文都去世了,人们将其埋葬在僧伽补罗山上。年长的王子继承王位,在王国里的尊号为巴杜卡·室利·比克拉玛·维拉(Paduka Seri Pikrama Wira),宰相是敦·波尔巴蒂·布蒂·博慕卡·伯加嘉(Tun Perpatih Putih Permuka Berjajar)。当巴杜卡·室利·比克拉玛·维拉不上朝的时候,敦·波尔巴蒂·布蒂·博慕卡·伯加嘉就代替其在大殿里接见民众。

当敦·波尔巴蒂·布蒂·博慕卡·伯加嘉端坐于大殿内,即使王子到来也不退位,如果王子要代替他主政,他就会退下位来。

当他来面见国王,他坐的地方会铺上一块地毯。国王亲政以后,敦·波尔巴蒂·布蒂·博慕卡·伯加嘉就卸任了,所有的达官贵人都来送他返乡。

德芒·勒巴·达文也有一个儿子,被巴杜卡·室利·比克拉玛·维拉封为宰相,号敦·波尔巴蒂·博慕卡·西卡拉(Tun Perpatih Permuka Sekalar),与封号为敦·加纳·布伽·丹宕(Tun Jana Buga Dendang)的宰相平级,在封号为敦·加纳·尤(Tun Jana Putera Yul)的财相②天猛公③之上,在封号为敦·特姆布隆·格莫拉图坎(Tun Tempurung Gemeratukan)的天猛公大将之下。那时代所有的达官贵人、武士和宦官、丞官和随从,都依照惯例,荣耀加身。后来巴杜卡·室利·比克拉玛·维拉生了个男孩,谓之僧伽补罗国的罗阇·慕达(Raja Muda)。僧伽补罗日渐昌盛,商贾云集,名闻天下。

---

① Singapura,一译"信诃补罗",其中 singa 意为"狮子",pura 意为"城市",故 Singapura 直译为"狮城",即今天的新加坡。

② Penghulu Bendahari,财政大臣(财相),掌管征税和接受纳贡事项,兼管宫廷内部事务,即宫廷大臣。

③ Temenggung 或 Tumenggung,俗称"天猛公",一译"德芒公"、"德莽公"或"杜孟公"。古代官衔名称,位居宰相之下,管理国防、司法、市场兼警察总监和治安长官。亦用作殖民时期对地方行政长官的尊称。

第四章

　　话说麻喏巴歇国王（Betara Majapahit）是天国的后裔。他娶丹戎普拉的公主为妻,也就是须弥山国王的女儿,婚后育有两子,长子继承了麻喏巴歇的王位。由于麻喏巴歇的国王是瑟莽昂拉特（Semangangrat）公主的后裔,所以被人们尊称为麻喏巴歇大人。他的王国疆域辽阔,整个爪哇岛的君主都向他称臣,全印度尼西亚群岛也有半数被他征服。

　　麻喏巴歇国王听说僧伽补罗国力强大,而且不向他朝贡,甚为恼怒,便派遣使者前往僧伽补罗。使者所带礼物是一张薄如纸张的木片,长七噚,铺平不会折断,卷起好似耳环。于是使者便启程,航行一段时间后到达僧伽补罗,巴杜卡·室利·比克拉玛·维拉接见了他。使者参见了比克拉玛·维拉并奉上书信和礼物。巴杜卡·室利·比克拉玛·维拉见信中写道:

　　　　贤弟巴杜卡·室利·比克拉玛·维拉,爪哇有工匠技艺超群,不知僧伽补罗可有技艺如此否?

　　巴杜卡·室利·比克拉玛·维拉打开好似耳环的薄木片卷,顿时明白了麻喏巴歇国王的用意,他面露微笑,说道:"麻喏巴歇国王不把我们的男人放在眼里,所以送了只耳环来!"

　　使者回答道:"陛下,您兄长之意并非如此,他是询问贵国是否有这等能工巧匠。"

　　巴杜卡·室利·比克拉玛·维拉听了使者的回话便说道:"我们有技巧更胜一筹之人。"他命人传召一名工匠,这工匠名为宾坦大佬（Sang Bentan）。工匠到达后,巴杜卡·室利·比克拉玛·维拉又让人带了一个小童来,之后命工匠在使者面前给小童剃头。工匠领命开始剃头,但那小童一直在哭闹,不停晃头,而工匠照剃不误,很快就将头发剃光。爪哇使者看得目瞪口呆。

之后巴杜卡·室利·比克拉玛·维拉对使者说:"看到我们工匠的能耐了吧,给小童剃头尚且如此,刨木片又有何难呢?把这斧子带回麻喏巴歇献给我的兄弟!"爪哇使者不解,便向国王辞行,并将那给小童剃头的斧子也一并带着,从僧伽补罗启程返回。

几天后回到爪哇,使者拜见了麻喏巴歇国王并奉上僧伽补罗国王的书信与礼物。使者讲述了工匠给小童剃头之事并将巴杜卡·室利·比克拉玛·维拉的话启奏国王,国王听后大为震怒。

他说道:"僧伽补罗国王的意思是,如果我们敢到他们那里去,我们的头也会被剃光,正如那小童一样!"于是麻喏巴歇国王召集将士,装备船只,准备攻打僧伽补罗。共有帆船一百艘,大木船、独木舟等不计其数。麻喏巴歇国王封一名大将为统帅,率领全军向僧伽补罗进发。

海上航行一段时间后,(船队)到达僧伽补罗,爪哇人立即登陆与僧伽补罗人展开鏖战。战斗非常激烈,只听得兵刃交接声与喊杀声震天动地。双方均伤亡惨重,鲜血浸染大地。直至黄昏爪哇人才退回船上。却说这僧伽补罗与爪哇交战的故事太过冗长,若全部讲来难免使听者生厌。对于睿智之人来说,冗长的讲述太过乏味,所以此处长话短说。

爪哇未能击败僧伽补罗,于是爪哇人撤回麻喏巴歇。

第五章

　　话说阿提罗阇·罗摩·门德利亚是贡扎国国王朱兰王之子,他有一子名为加布卡·罗摩·门德利亚(Jambuga Rama Mendeliar)。阿提罗阇·罗摩·门德利亚驾崩后,由其子加布卡·罗摩·门德利亚继承王位。国王有一女儿名为塔拉·本查蒂(Talla Puncadi),公主美貌绝伦,远近闻名。许多国王前来求婚却都未能得到国王加布卡·罗摩·门德利亚的应允,理由是(前来求婚的国王地位)都配不上公主。

　　后来,羯陵伽国公主的美貌传到了僧伽补罗,国王巴杜卡·室利·皮克拉玛·维拉便派遣玛哈·因德拉·巴胡布拉(Maha Indera Bahupala)为使者前往羯陵伽国,为儿子罗阇·慕达向塔拉·本查蒂公主求亲。于是玛哈·因德拉·巴胡布拉便起航前往羯陵伽国,另有几艘船随行。到贡扎国后,罗摩·门德利亚迎接了(僧伽补罗)的书信和礼物,并绕行全城一周,极为隆重。书信被诵读给加布卡·罗摩·门德利亚听,他得知书信内容后大喜,对玛哈·因德拉·巴胡布拉说:"我们兄弟提出的这门亲事我们答应了,不过我的兄弟无需让王子远道而来迎接,我们会将公主送到僧伽补罗去。"

　　之后玛哈·因德拉·巴胡布拉告退,加布卡·罗摩·门德利亚为僧伽补罗王回信并送上礼物。玛哈·因德拉·巴胡布拉从羯陵伽国起航,不久便返回了僧伽补罗。受巴杜卡·室利·比克拉玛·维拉之命,将书信绕城一周,这是对待大国的最高礼遇。(书信)到王宫后由传诏官迎接,并呈送巴杜卡·室利·比克拉玛·维拉。国王命人宣读书信,听后大喜。玛哈·因德拉·巴胡布拉也前来叩见国王并转达加布卡·罗摩·门德利亚之意,巴杜卡·室利·比克拉玛·维拉得知后更是心中大悦。

　　下一季到来,国王加布卡·罗摩·门德利亚下令准备航船,一切就绪后,国王命一名将军护送公主(前往僧伽补罗)。塔拉·本查蒂公主登上航船，随行的还有侍女五百名。将军护送公主起航，另有双桅船及轻舟紧随其后（护航）。

抵达僧伽补罗时，国王巴杜卡·室利·比克拉玛·维拉亲自到丹戎布拉斯（Tanjung Buras）迎接，场面极其宏大，隆重无比。回到僧伽补罗后，巴杜卡·室利·比克拉玛·维拉开始设宴欢庆王子与羯陵伽国公主的婚事，通宵达旦欢宴达三个月之久。王子与公主成婚，婚礼后，羯陵伽将军告辞准备回国，巴杜卡·室利·比克拉玛·维拉又给羯陵伽国王回信并送上礼品，使者便启程归国了。

巴杜卡·室利·比克拉玛·维拉执政十五年，时移事往，国王驾崩。罗阇·慕达继承父位，封号室利·那拉·维克腊玛（Seri Rana Wikrama）。他与羯陵伽公主塔拉·本查蒂生有一儿一女，男孩名为丹·罗阇（Dam Raja）。

却说敦·波尔巴蒂·博慕卡·伯加嘉去世，其子成为宰相，封号敦·波尔巴蒂·杜鲁斯（Tun Perpatih Tulus）。他膝下一儿一女，女儿名叫德米·布特丽（Demi Puteri）。室利·那拉·维克腊玛为其子丹·罗阇与德米·布特丽完婚，并将女儿嫁与敦·波尔巴蒂·杜鲁斯之子。

室利·那拉·维克腊玛拥有一名武将，威武强壮，名为巴当（Badang）。却说这巴当是沙翁（Benua Sayung）①人，原是一名奴隶，每天受主人之命在树林砍树。有一次他在鱼骨河中放置鱼筌捕鱼，等把鱼筌拉起来却发现其中几乎没有鱼虾，只有鱼鳞和鱼骨，而且每天如此。他把鱼鳞抛入河中，因此这条河被叫做鱼骨河。

巴当心生疑问："究竟是什么吃掉了鱼筌中的鱼呢？我最好在暗中监视，弄个明白。"打定主意后，一天他就躲在沼泽对面（观察），看到一个魔鬼走来，把鱼筌中的鱼都吃掉了。那魔鬼双目通红似火，发如藤条，胡须长达肚脐。巴当鼓足勇气，手提长刀，追上去抓住了魔鬼的胡须。

巴当喝道："原来每天鱼都被你吃了，这次我就要你的命！"

魔鬼听了吓得魂飞魄散，试图从巴当手中挣脱，却难以脱身。于

---

① Sayung，地名，即今马来西亚柔佛州沙翁（Sayong）。

是他说："你不要杀我啊,我可以满足你任何愿望,无论你想变得富有还是强壮,或是想学会隐身术,我都肯定满足你,但你千万别杀我啊!"

巴当心想："如果我要求财富,那一定会被我的主人占有;如果我要求隐身术最后也难免被人所杀。既然这样我不如要求力量,来完成主人给我的工作!"

于是巴当对魔鬼说："给予我力量吧,让我能连根拔起并折断那些大树,就算是一两人才能合抱的大树我也能用一手拔起。"

魔鬼便说："好吧,既然你要求力量,我满足你,但你必须吃下我的呕吐物才行。"

巴当说："那你吐吧,我会吃的。"

于是魔鬼便开始呕吐,吐出很多脏物。巴当将呕吐物全部吃下,但他一直抓着魔鬼的胡须,不肯松手。吃完后他小试身手,果然将大树连根拔起并悉数折断,他这才放开了魔鬼。巴当在主人的树林里走过,所有大树都被他拔起折断,那一两人才能合抱的大树他只用一只手就能连根拔起。他手一挥,那些小树纷纷倾倒。转眼间茂密的树和草都不见了,眼前变成了一片平地,广阔无边。

他的主人看到后问："是谁开的荒地呀?真够干净的啊!"

巴当回答说："是我开的。"

主人说："你怎么这样快开出一望无际的荒地呢?"于是巴当向主人讲述了整件事的来龙去脉,主人便恢复了他的自由。

当国王室利·那拉·维克腊玛听说这件事立即派人找到巴当,封他作将军。奉国王之命,他制造了石头锁链以防止船只漂流到僧伽补罗去。①

国王想吃生菜杂拌(ulam kuras)②,就命巴当去沙翁河口采摘。巴当一人前往,撑一只八噚长的船,以甘巴豆(kempas)树干为船桨。他到达沙翁河口后,便爬上库拉斯树(kuras),树枝折断了,他摔了下来,头撞到了石头,(那石头)裂开了,而巴当的头却安然无恙。至今那

---

① 原文为 Ialah yang dititahkan baginda meretangkan rantai yang menjadi batu rantai segala orang itu supaya kapal jangan beroleh lalu dari Singa Pura。

② 此处疑原文有误,似应为 ulam kudas,意即"生菜杂拌"。

块石头都在沙翁河口,而他的船和桨也一直在那里。

于是巴当当天便返回,船上装满了香蕉和青芋。当他顺流航行到柔佛(Johor)时,(东西)已经全被他吃光了。

有一次室利·那拉·维克腊玛在宫殿前建造了一艘船,船长十二噚。船造好后,二三百人来推这艘船,船却纹丝不动。于是国王命巴当来推,巴当一个人便把船推到对岸。

僧伽补罗武将巴当强壮无比的消息传到了羯陵伽国,羯陵伽国王也拥有一名将军,威武强壮。于是国王便派遣这将军带七艘船前往僧伽补罗,并对他说:"你到僧伽补罗去和那里的武将比武,如果你输了,就将这七艘船所载之物送给他;如果你赢了,就向他索取七艘船的财物。"

武将行礼领命:"好的,陛下。"之后便带领七艘船起航前往僧伽补罗。抵达僧伽补罗后,已有人向室利·那拉·维克腊玛启奏说:"羯陵伽国的武将前来挑战巴当,并带了七船财物作为赌注。"

于是室利·那拉·维克腊玛上朝,羯陵伽武将前来拜见。国王命他与巴当比武,那武将败下阵来。宫殿前有一块巨石,羯陵伽武将对巴当说:"我们来比试力量,谁不能举起那块石头就算输了!"

巴当答道:"好吧,您先举吧!"于是羯陵伽武将去搬那石头,没能搬动,他用尽全力去举,只搬到膝盖(的高度)就扔了下来。

他对巴当说:"现在轮到您了。"

巴当说道:"好吧。"巴当高高举起石头并把它扔到僧伽补罗河口对岸去。于是羯陵伽武将把七艘船连同财物一起送给了巴当,由于输掉了比武,他羞愧难当,悲伤离去。

后来消息传到了八儿剌(Perlak),说僧伽补罗有一名武将名叫巴当,他英武强壮,当世无人可敌。八儿剌也有这样一名将军名为班德朗(Bendarang),威武远近闻名。当人们谈论巴当时,班德朗上殿朝见八儿剌国王,启奏道:"陛下,难道那巴当比小人力气更大?如若得陛下恩准,小人愿去僧伽补罗与巴当一决高下。"

于是八儿剌国王说:"好吧,准你前去僧伽补罗。"之后他传召宰相敦·波尔巴蒂·班达克(Tun Perpatih Pandak),对他说:"现派遣班德朗前往僧伽补罗,您也一同前去吧。"

敦·波尔巴蒂·班达克行礼领命:"是,陛下。"他从王宫退下,就开始命人准备船只,一切就绪后敦·波尔巴蒂·班达克受八儿剌国王之命同班德朗前往僧伽补罗,并带着国王的书信,扬帆起航。

几天后到达僧伽补罗,有人向室利·那拉·维克腊玛启奏说:"陛下,八儿剌国王的宰相敦·波尔巴蒂·班达克前来,带着八儿剌的武将班德朗,奉国王之命来与巴当比武。"室利·那拉·维克腊玛听到后立即上朝,所有王侯贵族、宰相大臣、武将及侍官等全数上朝拜见。室利·那拉·维克腊玛又命玛哈·因德拉·巴胡布拉用大象去迎接八儿剌国王的书信。书信被迎入宫殿进行诵读,信中语句极为委婉动听,敦·波尔巴蒂·班达克向国王致敬,国王赐他与加纳·布伽·敦宕同坐,赐班德朗与巴当一席而坐。

室利·那拉·维克腊玛向敦·波尔巴蒂·班达克问道:"我的兄弟叫您来有何贵干?"

敦·波尔巴蒂·班达克启奏:"小臣奉您的兄弟旨意带班德朗前来与巴当比武。如果班德朗输了,您的兄弟将把一仓库的财物奉献陛下;如果巴当比武输了,(你们)也是这样。"

于是室利·那拉·维克腊玛下旨:"好的,明天我们就一比高下。"

说完后室利·那拉·维克腊玛便起身退朝,文武百官也各自退去。室利·那拉·维克腊玛召见巴当,于是巴当前来面见国王。

"巴当,明天我们与班德朗一决高低。"

巴当答道:"陛下,班德朗是当世英雄,勇猛无比,举世闻名。小臣若是不敌他,岂不有辱陛下之名?以小臣之见,若要明日比武,今晚先召他过来,赐他酒食,让小臣看看情形。如若能敌,则(小臣明日)与他比武;如若不能,陛下就不要让小臣与他比试。"

室利·那拉·维克腊玛说:"所言有理。"当晚便召见敦·波尔巴蒂·班达克、班德朗与众随员,设宴款待,饮酒享乐。

却说班德朗坐于巴当身边不远处,巴当挪近班德朗,班德朗将大腿压在巴当腿上,用力下压。巴当将腿上举,班德朗的腿也被举了起来。巴当又压住班德朗的腿,班德朗想要把腿抬起,却怎么都抬不起来。

在场众人没有人留意到巴当与班德朗的举动,只有他们二人心知肚明。一个钟点后,众使者酩酊大醉,纷纷告辞回到船上。

使者离去后,室利·那拉·维克腊玛问巴当说:"是否能胜班德朗?"

巴当回答道:"托陛下洪福,小臣可以胜他,明日陛下安排我们比武吧!"

国王说:"那好。"说完便回宫去,众人也各自离去。

却说敦·波尔巴蒂·班达克这边,他回到船上,班德朗便对他说:"如果您能启奏,请不要让小人与巴当比武,依小人之见,巴当实在力大过人,小人恐不敌他。"

敦·波尔巴蒂·班达克回答说:"好吧,启奏此事不难。"

(商议完后)天快亮了。(次日)室利·那拉·维克腊玛早早上朝,敦·波尔巴蒂·班达克前来叩见。室利·那拉·维克腊玛对他说:"我们让班德朗与巴当比试一番吧!"

敦·波尔巴蒂·班达克回答道:"陛下,还是不要比试了,如果一方输掉难免会伤了您与您兄弟的和气。"室利·那拉·维克腊玛听后会心微笑。

国王说道:"好吧!敦·波尔巴蒂·班达克宰相之言怎可充耳不闻?"于是敦·波尔巴蒂·班达克辞行,室利·那拉·维克腊玛为八儿剌国王修书一封并送上礼品。之后敦·波尔巴蒂·班达克便启程回国。在关于班德朗的传说中有记载他曾弄断了僧伽补罗的石头锁链。

当敦·波尔巴蒂·班达克回国后,八儿剌国王用大象将书信迎至王宫。听到书信内容,国王大喜,之后又问敦·波尔巴蒂·班达克:"班德朗与巴当究竟为何没有比武?"敦·波尔巴蒂·班达克把酒宴之事全部讲给国王听,八儿剌国王听后沉默不语。

之后巴当去世,被葬于布鲁(Buru)。羯陵伽国王闻讯后派人送来碑石,这块碑石至今仍在。

室利·那拉·维克腊玛在位十三年后驾崩。其子丹·罗阇继承父位成为国王,封号巴杜卡·室利·摩诃罗阇(Paduka Seri Maharaja)。王后德米·布特丽怀孕,足月后产下一子。临盆时男婴的头被撞到地,于是中间凹下,两边高起。国王为他取名罗阇·伊斯坎达·左勒盖尔奈英(Raja Iskandar Zulkarnain)。

第六章

话说巴赛王(Raja Pasai)①：据说书人讲述，故事是这样开始的。巴桑安(Pasangan)附近居住着麦拉两兄弟，他们本是桑贡(Sanggung)山人，兄长名为麦拉·扎卡(Marah Jaga)，弟弟叫麦拉·希路(Marah Silu)。麦拉·希路挂鱼筌捕鱼，却捕到蚯蚓，被他抛入海中。之后再捕，还是捕到蚯蚓。反复多次后，麦拉·希路将蚯蚓放入水中煮，蚯蚓都变成了黄金，泡沫变成了白银。于是麦拉·希路继续挂鱼筌，捕来的蚯蚓像往常一样一煮便成了黄金。

麦拉·希路因此得到了大量黄金，但有人禀告麦拉·扎卡说麦拉·希路吃蚯蚓，麦拉·扎卡大怒，要杀了弟弟。麦拉·希路闻讯后逃到了附近丛林中。而麦拉·希路捕到蚯蚓的地方至今都被称作"蚯蚓坪"(Padang Gelang-gelang)。

话说麦拉·希路居住在附近丛林中，把黄金分给那里的人，所以他们都听他的指挥。一天，麦拉·希路外出打猎，他的狗巴赛(Si Pasai)突然狂吠。麦拉·希路看到巴赛在向一块高地狂吠，那高地好似堆起的一般。他登上高地看到一只蚂蚁，足有猫一般大。于是麦拉·希路将蚂蚁捉住吃掉，那块高地被他占据，命名为须文达剌(Samudera)，意为大蚂蚁。

却说真主使者（愿真主保佑他并赐他安宁）曾对他的同伴说："将来风下之地将建立一个国家，名为须文达剌。你若听说这个国家，就立即到那里去，使他们皈依伊斯兰教，因为在须文达剌国会出现许多真主的贤人。不过有一名马阿波利(Ma'abri)国的托钵僧(fakir)，要与你一同前去才行。"

真主使者（愿真主保佑他并赐他安宁）说出这番话一段时间后，麦

---

① Pasai,巴赛，《岛夷志略》中作"须文答剌"，《明史》中称为"苏门答剌"。

加的人果然听说了须文达剌国。于是麦加的圣人(syarif)便命人准备航船，装载一切御用之物，并吩咐船先停靠马阿波利国。航船的船长名叫谢赫·伊斯玛仪(Syeikh Isma'il)。

航船杨帆启程，到马阿波利国时船长谢赫·伊斯玛仪将船停靠。

这国的君主名为苏丹·穆罕默德(Sultan Muhammad)，他派人问道："这艘船从何而来？"

船员回答说："我们是麦加驶来的航船，前往须文达剌国去。"而这国王苏丹·穆罕默德正是艾布·伯克尔(Abu Bakar bin al-Siddik radiallahu'anhu)的后裔。

船上的人说："我们此去是奉真主使者（愿真主保佑他并赐他安宁）之命。"于是(国王)将王位传于长子，自己却与幼子换上托钵僧衣服离开王宫登上航船。他对船员说："将我们也带去须文达剌吧。"

船上的人心中暗想："这应该就是真主使者（愿真主保佑他并赐他安宁）所说的托钵僧了吧。"于是他们带他一起扬帆起航了。

在海上航行了一段时间后他们到达了一个叫凡苏芮(Fansuri)的国家，这个国家的人民全部皈依了伊斯兰教。

第二天托钵僧带《古兰经》上岸，让凡苏芮人来诵读，可是没有一个人能读。于是托钵僧心想："这应该不是先知穆罕默德（愿真主保佑他并赐他安宁）所说的国家。"

于是船长谢赫·伊斯玛仪继续航行，过了一阵子到达另外一个国家——道埠瑞(Thobri)。那里的国人也都信奉了伊斯兰教。于是托钵僧再次拿《古兰经》上岸找人诵读，还是没有一个人会读。

托钵僧回到船上继续启程，之后到达了哈鲁(Haru)①国，哈鲁人已经全数皈依伊斯兰教。托钵僧上船拿《古兰经》出来叫人诵读，依然没有一个人可以读出来。于是托钵僧问这里的人："须文达剌国在什么地方？"

哈鲁人答道："（您）已经驶过了。"

于是托钵僧回到船上继续航行，到了八儿剌国，他在那里传播了伊斯兰教后，航船便向须文达剌进发。

---

① Haru，哈鲁，一称哑鲁。《瀛涯胜览》作"哑鲁"，《明史》三二五《哈鲁传》作"哈鲁"。

到达须文达剌后,托钵僧上岸,看到麦拉·希路正在海边采贝。他问道:"这是什么地方?"

麦拉·希路回答道:"这里是须文达剌国。"

托钵僧又问:"这国首领是谁?"

麦拉·希路说:"小人便是。"

于是托钵僧向麦拉·希路传教并教他清真言(kalimat al-syahadan)。麦拉·希路皈依伊斯兰教后便回到家中,托钵僧也回到船上。麦拉·希路晚上睡觉时梦到真主使者(愿真主保佑他并赐他安宁)。

真主使者(愿真主保佑他并赐他安宁)对他说:"嗨,麦拉·希路,把你的嘴张开。"于是麦拉·希路便张开嘴,真主使者(愿真主保佑他并赐他安宁)将口水吐入他口中。麦拉·希路醒来,闻到浑身散发出甘松的香味。

第二天托钵僧将《古兰经》带上岸让麦拉·希路诵读,麦拉·希路立刻诵读如流。

托钵僧对船长谢赫·伊斯玛仪说:"这里就是真主使者(愿真主保佑他并赐他安宁)所说的须文达剌国了。"

于是谢赫·伊斯玛仪即刻将船上所载的御用物品卸下,并为麦拉·希路加冕,封号苏丹·马立克·沙里(Sultan Malik al-Saleh)。话说国内有两名大人物,一个叫室利·卡亚(Seri Kaya),另外一个名为巴瓦·卡亚(Bawa Kaya)。他们二人也皈依了伊斯兰教,室利·卡亚被赐名希地·阿里·吉亚图丁(Sidi'Ali Ghiatuddin),巴瓦·卡亚得名希地·萨马尤丁(Sidi Samayuddin)。

谢赫·伊斯玛仪启程回麦加,而托钵僧留在须文达剌国向当地人民传教。

后来苏丹·马立克·沙里派遣希地·阿里·吉亚图丁前往八儿剌国向公主求婚。八儿剌国王有三个女儿,其中两个是(王后所生的)嫡出公主,另外一个是王妃所生,名为布特丽·庚港(Puteri Genggang)。希地·阿里·吉亚图丁到达八儿剌国后国王请他看三个公主。两位嫡出公主坐于下席,而布特丽·庚港被安排在上席就座剥槟榔。她的两个姐妹穿玫红色裙,桃红色上衣,戴棕榈叶形耳环,手执荆柯乐楠(jengkelenar)花,看上去娇美无比。

希地·阿里·吉亚图丁对国王说:"不知布特丽·庚港是庶出公主!"

八儿剌国王大笑道:"好!哪个都行!"于是国王命人准备航船一百艘,派敦·波尔巴蒂·班达克送公主前往须文达剌。到达后,苏丹·马立克·沙里亲自来到莲雾(Jambu Air)迎接布特丽·庚港,以最隆重盛大的礼仪接公主进入城内。到达须文达剌后通宵达旦连续欢庆数日,国王与公主完婚。婚礼后,国王以金银赏赐百官并施舍救济国内贫民,还重赏了敦·波尔巴蒂·班达克。婚庆完毕后,敦·波尔巴蒂·班达克告辞回八儿剌国。苏丹·马立克·沙里与布特丽·庚港婚后育有两子,长子名为苏丹·马立克·扎伊尔(Sultan Malik al-Zahir),幼子名叫苏丹·马立克·曼苏尔(Sultan Malik al-Mansur)。国王将长子苏丹·马立克·扎伊尔交予希地·阿里·吉亚图丁(教导),而幼子苏丹·马立克·曼苏尔交予希地·萨马尤丁。后来两王子长大成人,而八儿剌被他国攻陷,许多人逃往了须文达剌。苏丹·马立克·沙里心中思量为王子修筑城池之事。

于是苏丹·马立克·沙里对所有官员贵族说:"明日我们去打猎!"

一早苏丹·马立克·沙里便坐上大象帕尔玛达·布瓦纳(Parmada Buana),出发(打猎)。他们到达海边,猎狗巴赛突然开始狂吠,苏丹·马立克·沙里循声过去,看到巴赛正对着一块高地吠叫不止。那高地大小正适于修筑宫殿及配套建筑,非常合意,就好似特意堆出来的一样。于是苏丹·马立克·沙里下令清除高地上的(树木杂草),在那里修城建筑宫殿,并用狗的名字巴赛命名。

国王册封王子苏丹·马立克·扎伊尔为巴赛国王,封希地·阿里·吉亚图丁为宰相。苏丹·马立克·沙里将全部民众、大象、马匹、器具分为两部分,一部分给苏丹·马立克·扎伊尔,另一部分给苏丹·马立克·曼苏尔。

后来苏丹·马立克·沙里一病不起,他召集须文达剌文武百官,并唤来两个儿子。众人到齐后,苏丹·马立克·沙里对大家说:"我的儿子,诸位爱卿,我已时日无多。在我离去后,你们要好好守住基业。

我的儿啊,千万不要贪图他人财产,不要垂涎他人妻眷,遇事二人协商,切勿同室操戈。"之后他对希地·阿里·吉亚图丁和希地·萨马尤丁说:"我的兄弟啊,以后要好好辅佐我的两个儿子,不要让他们兄弟相争。希望你们能对他们忠心耿耿,(除他们二人外)不事他主。"

希地·阿里·吉亚图丁和希地·萨马尤丁二人痛哭跪拜,他们说:"我们爱戴的陛下,我们以崇高万能的真主名义起誓,我们将永远效忠王子,绝不变节。"

于是苏丹·马立克·沙里立苏丹·马立克·曼苏尔为须文达剌国王。三天后,老国王驾崩,葬于宫殿旁,至今被人称为"卒于须文达剌"。

老国王离去后,苏丹·马立克·扎伊尔与苏丹·马立克·曼苏尔命令将所有部队、民众、象匹及物品召集一处,于是巴赛更加强大繁荣起来。

话说沙·努威国王(Raja Syahr Nuwi),其国国力强盛,兵士众多,民众不计其数。国王沙·努威听说须文达剌昌盛繁荣,国内商旅云集,国力强大。

于是沙·努威国王对将士们说:"谁可将须文达剌国王捉来?"有一名叫阿威·第祖(Awi Dicu)的将军,勇猛无比,他回答道:"陛下,如得您恩准,赐小将四千兵士,小将必能活捉须文达剌国王,带来见陛下。"

于是沙·努威国王调集四千兵士与一百艘船,交给这名将军。船只准备就绪后,将军下令起航前往须文达剌,但名义是经商。他本人则号称是沙·努威国王派遣的使者。

当须文达剌国王听说沙·努威国王派使者前来便立即命武将迎接。船靠岸后就有人送来书信。阿威·第祖安排四名强壮的武士躲进一个箱子里。

阿威·第祖对箱中的四名武士说:"你们到须文达剌国王面前时就打开箱子从里面出来,将国王擒住。"然后箱子从里面被锁住,谎称是沙·努威国王所送的礼物,被抬入王宫。

到须文达剌国王面前,有人将书信读给他听,信中措词极为委婉。箱子被抬到国王面前,武士打开箱子跳出来一举将国王擒住。须文达刺兵士纷纷拔出武器要与沙·努威国王的武士搏斗。

沙·努威国王的武士说道:"你们如果动手,我们就杀了你们的国王!"于是巴赛人纷纷停手,不敢对沙·努威国王的武士有所行动。然后阿威·第祖与沙·努威国王的武士带巴赛国王返回船上,起航回国去了。

到达后,巴赛国王被阿威·第祖带到沙·努威国王面前,沙·努威国王大喜,重重赏赐了阿威·第祖以及同行武士,赐他们以贵族锦衣华服。而巴赛国王则被命令去养鸡。

却说巴赛国内,希地·阿里·吉亚图丁正召集众年长大臣商议对策。他们建造一艘船,买入许多阿拉伯货品。当时的巴赛人都会讲阿拉伯语,希地·阿里·吉亚图丁与船上将士全部换作阿拉伯装束。希地·阿里·吉亚图丁登上航船,万事俱备后起航前往沙·努威的国家。在海上航行了一段时间,抵达了目的地,希地·阿里·吉亚图丁上岸后拜见了沙·努威国王,献上礼物。(礼物是)他制作的一株黄金树,树上果实由各种宝石制成,大约有一巴哈拉(bahara)①的黄金。

沙·努威国王看到礼物后问希地·阿里·吉亚图丁说:"你有什么要求?"

希地·阿里·吉亚图丁与众随行回答:"我们并无所求。"于是国王欣赏着他们的礼物,惊叹不已。

沙·努威国王心中暗想:"他们献上这样的礼物给我,究竟有何所图?"后来,一行人便回到船上。

过了一阵子,船长又来拜见国王,再次送上礼物——一副黄金棋盘,配以宝石棋子,大概价值一巴哈拉黄金。于是沙·努威国王问道:"你们要我答应什么要求?"

他们回答道:"我们并无所求,陛下。"之后便回去了。

几天后,(季风)季节来到,希地·阿里·吉亚图丁整顿航船准备返航。他们再次拜见沙·努威国王,又献上礼物——两只镶有宝石的黄金鸭子,一雄一雌,约有一巴哈拉黄金。另有一只盛满水的黄金盆,将鸭子放入水中,鸭子便浮游、潜水,动个不停。沙·努威国王看到这

---

① 重量单位,因货不等。1 bahara 的黄金相当于 7.5 公斤。

神奇的鸭子心中暗暗称奇。

于是沙·努威国王说:"你们究竟有什么要求,如实道来。我以神的名义起誓,无论你们要求什么我都答应你们。"

希地·阿里·吉亚图丁说:"陛下,如您愿意对在下有所赏赐,我们希望陛下能将那个养鸡人赐予我们。"

沙·努威国王说:"那个人是巴赛的国王,但是既然你们提出要求,我就将他赏给你们。"

他们答道:"我们之所以要求他(作为赏赐),是由于他也是信奉伊斯兰教的。"

于是沙·努威国王将苏丹·马立克·扎伊尔交给希地·吉亚图丁,他们将他带上船去。上船后为他沐浴更衣。季风来时他们扬帆起锚,开始航行。

话说苏丹·马立克·曼苏尔在须文达剌。一天他对希地·萨马尤丁说:"我想去看望我的兄长,不知他现在怎么样?"

萨马尤丁答道:"陛下最好不要去,免得遭人诽谤。"希地·萨马尤丁多次劝阻,可是苏丹·马立克·曼苏尔固执己见,希地·萨马尤丁只得默许。于是他命人敲锣昭示,内容如下:"苏丹·马立克·曼苏尔将启程去兄长国内探访,希地·萨马尤丁并不赞同,他是老臣见多识广,深知(此举)必遭非议。"

但是苏丹·马立克·曼苏尔坚持己见,启程前往巴赛。他到达后进入王宫,看到苏丹·马立克·扎伊尔的一名宫女,心生爱慕,将其带回自己的宫殿。

他对希地·萨马尤丁说:"相父,现在我面临一个棘手的问题。我被情欲冲昏头脑失去判断力,我的欲望毁灭了我的事业。"

希地·萨马尤丁说:"真主的律法适用于每一个人。"

后来,听说苏丹·马立克·扎伊尔已经回到了莲雾,也得知了苏丹·马立克·曼苏尔的行为。苏丹·马立克·扎伊尔怀恨在心,却不向任何人透露。他要求苏丹·马立克·曼苏尔以隆重仪式迎接他,苏丹·马立克·曼苏尔便从须文达剌城亲自到河口迎接。却说苏丹·马立克·扎伊尔从格蒂里(Keteri)河口上岸,径直去往王宫。于是苏丹·马立克·曼苏尔只得回到须文达剌城,他想到自己曾经做过的事,都是由于不听从希地·萨马尤丁,而现在后悔已经无济于事,因为苏丹·马立克·扎伊尔对他心意已决。

苏丹·马立克·扎伊尔有一子,名叫苏丹·艾哈迈德(Sultan Ahmad)。在他被掳走时王子还年幼,可是苏丹·马立克·扎伊尔从沙·努威回来时王子已经长大。希地·阿里·吉亚图丁(告老)身退,于是大臣敦·波尔巴蒂·杜鲁斯·杜康·瑟加拉(Tun Perpatih Tulus Tukang Segara)接替他成为了宰相。

一日,苏丹·马立克·扎伊尔问道:"敦·波尔巴蒂·杜鲁斯·杜康·瑟加拉,对于苏丹·马立克·曼苏尔所做之事,你有何计?"

敦·波尔巴蒂·杜鲁斯·杜康·瑟加拉答道:"我们有计策(应对)。"

苏丹·马立克·扎伊尔说:"如若苏丹·马立克·曼苏尔死了……"

敦·波尔巴蒂·杜鲁斯·杜康·瑟加拉说:"杀死苏丹·马立克·曼苏尔不算是妙计。陛下为苏丹·艾哈迈德举行割礼仪式,将苏丹·马立克·曼苏尔接来,之后再做行动。"

于是苏丹·马立克·扎伊尔吩咐装点宫殿及王城,并开始通宵达旦欢宴。苏丹·马立克·曼苏尔也被请来,苏丹·马立克·扎伊尔请他和希地·萨马尤丁进入王宫,而所有武将留在宫外。(进宫后)苏丹·马立克·扎伊尔命人捉住苏丹·马立克·曼苏尔和希地·萨马尤丁,令一名将军将苏丹·马立克·曼苏尔带往曼戎(Manjung)。

之后苏丹·马立克·扎伊尔对希地·萨马尤丁说:"你且留在这里,不要跟随苏丹·马立克·曼苏尔了。如果你执意要去,我就砍了你的头。"

希地·萨马尤丁回答说:"我宁愿身首异处也不会与我主分开!"

于是苏丹·马立克·扎伊尔下令将希地·萨马尤丁砍头,他的头被抛入大海,尸体挂在帕哑河口(Kuala Paya)。

苏丹·马立克·曼苏尔被人带上船一路东去,到达莲雾附近,舵手(pawang)看到有颗人头在船舵上,于是报告给苏丹·马立克·曼苏尔,陛下派人去取,拿来后发现是希地·萨马尤丁的头颅,陛下向岸上望去。

他问:"这是什么地方?"于是此地至今被称作巴东玛亚(Padang Maya)①。

苏丹·马立克·曼苏尔上岸,派人向苏丹·马立克·扎伊尔请求要回希地·萨马尤丁的尸体,于是国王将尸体交给苏丹·马立克·曼苏尔,苏丹·马立克·曼苏尔将希地·萨马尤丁的头身安葬在巴东玛亚。

之后苏丹·马立克·曼苏尔便去往曼戎。他离开后,苏丹·艾哈迈德由父亲为他举行了割礼仪式。苏丹·马立克·曼苏尔去曼戎三年后,苏丹·马立克·扎伊尔想起了他这个兄弟,他说:"唉,我实在太过残暴,为了一个女人居然将我的兄弟赶下王位,还杀死了他的宰相。"

国王后悔不已,于是派将军带几艘船到曼戎去接他的兄弟。(他们)以王室礼仪接苏丹·马立克·曼苏尔回来,途中经过巴东玛亚,苏丹·马立克·曼苏尔靠岸来到希地·萨马尤丁墓前。

苏丹·马立克·曼苏尔行礼致意,他说:"祝您平安,我的相父,我的兄长要接我回去,我即将离开,愿您在这里安息。"

希地·萨马尤丁在墓中答道:"陛下要去哪儿呢?不如留在这里。"

听到这些话,苏丹·马立克·曼苏尔找来祈祷用水,祷拜两次。祷拜完毕后,他便倒在希地·萨马尤丁墓旁的地上,就此辞世。

有人禀告苏丹·马立克·扎伊尔说,苏丹·马立克·曼苏尔在玛亚希地·萨马尤丁的墓前离世,国王听后立即启程前往看望他的弟弟。到达巴东玛亚后,将苏丹·马立克·曼苏尔的遗体以君王之礼隆重安葬。国王怀着悲痛回到巴赛,将王位传于其子苏丹·艾哈迈德,自行退位。

后来,苏丹·马立克·扎伊尔一病不起,临终前训喻苏丹·艾哈迈德说:"我的孩儿,你是我的宝贝,我的心肝。你千万不要对臣民的谏言充耳不闻,每做一件事前最好与众臣商议,不要轻易伤害臣民的感情,面对卑鄙丑恶之事要克制自律。要崇拜至高无上的真主,不可

---

① 意为"什么地方"。

松懈。不要以不合理的方式占有他人财物。"苏丹·艾哈迈德听着父亲的训诫恸哭不已。几天后，苏丹·马立克·扎伊尔辞世，被安葬在清真寺旁。他的儿子苏丹·艾哈迈德开始统治国家。

在巴赛有一个人，叫敦·加纳·哈迪卜(Tun Jana Khatib)。他到僧伽补罗去，到达后他在僧伽补罗的市集上行走，他的两个朋友一个来自朋古兰(Bunguran)，一个来自雪兰莪。一次当敦·加纳·哈迪卜至僧伽补罗王宫附近，恰巧王后正远望，被敦·加纳·哈迪卜看到了。

在王宫旁边有一棵槟榔树，被敦·加纳·哈迪卜注视后变成两棵树。巴杜卡·室利·摩诃罗阇见状大怒，他说："看那敦·加纳·哈迪卜啊，他明知王后在眺望，故意卖弄本领。"

于是国王下令处死他，将他带往刑场。那附近有人在做蒸糕。敦·加纳·哈迪卜被人刺死，他的鲜血滴在地上，他的尸体被运到兰卡威。卖糕的小贩用蒸笼盖子将敦·加纳·哈迪卜的血迹盖住，那血迹变成了石块，直至今日仍在。

后来，僧伽补罗遭到剑鱼袭击，剑鱼纷纷跳起（刺向）岸上的人，有的人（被剑鱼）穿胸而过致死，有的被刺中脖颈则倒地死去，有的被穿透腰部死亡。许多人死于剑鱼的袭击，人们惶恐不安，纷纷奔走相告："剑鱼来袭啦，很多人被杀死啦！"

巴杜卡·室利·摩诃罗阇在文武百官和王侯贵族的簇拥下，坐着大象来到岸边。国王看到剑鱼来袭的状况也十分震惊，人但凡被剑鱼刺中都会丧命。越来越多的人死于剑鱼的攻击，国王于是下令众人（排成人墙），用小腿作为城墙（抵挡），但是剑鱼刺来人们还是会受伤致死。剑鱼密密麻麻而来，死去的人不计其数。

当时有一个孩子说道："我们何必要用人的腿去抵挡呢？我们为什么不想想办法，用香蕉树干排成墙岂不更好？"

国王巴杜卡·室利·摩诃罗阇听说后下令道："那孩子言之有理。"于是国王命人将香蕉树干筑成围墙。剑鱼来袭时跳上岸，嘴便插在香蕉树干上（动弹不得）。人们拿刀来砍，很多鱼被砍死。后来再没有剑鱼跳上岸了。

于是巴杜卡·室利·摩诃罗阇回宫，众大臣启奏："陛下，那孩子长大后必定足智多谋，不如现在取他性命。"

于是巴杜卡·室利·摩诃罗阁说："众卿说得有理。"便命人将那孩子杀死。那孩子死去,在自己的国土上遭逢不幸。

国王(执政)十二年六个月后驾崩,其子苏丹·伊斯坎达·沙(Sultan Iskandar Syah)继位。他娶封号敦·波尔巴蒂·杜鲁斯女儿为妻,生下一男孩,人称格吉尔·伯沙王子(Raja Kecil Besar)。有一名宰相,封号桑·拉朱纳·塔帕(Sang Rajuna Tapa),是僧伽补罗人。他有一个女儿,容貌极为俊俏,被国王纳为王妃,深得陛下宠爱。国王其他妃嫔恶意诋毁,诽谤她行为不端。苏丹·伊斯坎达·沙大怒,命人将她示众在集市一角。桑·拉朱纳·塔帕看到后感到无比羞辱。

他说:"如若我的女儿真有不端之举,直接将她处死好了,何苦要如此羞辱她?"

于是桑·拉朱纳·塔帕致信爪哇王,信文如下:

>若麻喏巴歇国王有意攻打僧伽补罗请即刻行动,小人愿做内应。

麻喏巴歇国王看到僧伽补罗宰相的信后立刻命人准备帆船三百艘,另有大木船、独木舟等不计其数。有二十万爪哇人前往,整个爪哇都动员了。到达僧伽补罗后,他们与僧伽补罗人展开鏖战。战斗进行了几天,苏丹·伊斯坎达·沙命宰相向士兵发放粮饷。

桑·拉朱纳·塔帕心存谋反之意,于是禀告道:"粮饷已尽。"破晓时分,他便打开城门,爪哇人涌入城内,肆意攻击僧伽补罗人。双方都伤亡惨重,鲜血在海边的僧伽补罗城流淌成河。那血迹至今依然在僧伽补罗。僧伽补罗战败,苏丹·伊斯坎达·沙从城侧溜走,逃往麻坡(Muar)。

奉崇高的真主之意,桑·拉朱纳·塔帕的家化为石头①,在僧伽补罗壕沟处留存至今。

打败僧伽补罗后,爪哇人回到麻喏巴歇。苏丹·伊斯坎达·沙也到达了麻坡,在那里住下。夜晚时分很多巨蜥爬来,白天时人们看到巨蜥到处都是,于是把巨蜥杀死抛入河中,也有一些被人吃掉。每到

---

① 另有两个译文版本是"他们夫妇二人化为石头"。

夜晚又有无数巨蜥爬来,堆积如山,白天人们只得继续砍杀巨蜥扔掉。但是到了夜里还是会有巨蜥再来,于是那里变得腐臭无比,至今被人们叫做"臭蜥"(Biawak Busuk)。

苏丹·伊斯坎达·沙只得搬离那里到另外一地,在那里建筑城池。在白天刚刚建好的城墙,在晚上便坍塌了,于是人们把那里称作布鲁克城(Kota Buruk)①,流传至今。于是苏丹·伊斯坎达·沙从那里离开,登上陆地,几天后到达西塘乌荣(Setang Ujung)。苏丹·伊斯坎达·沙看到那个地方很好,于是留一名大臣在那里,那地方延续至今。苏丹·伊斯坎达·沙从那里折返,向海边前行,到达波尔塔姆(Bertam)河。苏丹·伊斯坎达·沙打猎,在一棵树下伫立,他的猎狗被一只白麝香鹿踢倒。

苏丹·伊斯坎达·沙说:"此地甚好,麝香鹿都如此强壮,我们就在这里筑城。"

众官员回答:"陛下所言极是。"于是国王命人开始在那里修筑城池。

苏丹·伊斯坎达·沙问道:"我们所驻足的这棵树是什么树?"

众人回答道:"这树叫马六甲(Melaka)。"

于是苏丹·伊斯坎达·沙说:"既然如此,这城就叫马六甲好了。"苏丹·伊斯坎达·沙在马六甲城定居下来,他还颁布朝廷新规,首先国王任命四名大臣在朝上(为他)垂询指导;令传诏官立于旁边传达国王旨意,一边四十名;命王侯贵族的孩子为侍从,为国王携带御用物品。

苏丹·伊斯坎达·沙在僧伽补罗执政只有三年,僧伽补罗就被爪哇攻破,之后他到了马六甲。在马六甲定居二十年,在位时间一共二十三年。之后世事变迁,苏丹·伊斯坎达·沙驾崩,其子格吉尔·伯沙继承父位,封号苏丹·玛柯达(Sultan Makota)。

却说封号敦·波尔巴蒂·杜鲁斯去世后,他的儿子成为了宰相。格吉尔·伯沙娶宰相女儿为妻,育有三个儿子,一个名叫拉登·巴古斯(Raden Bagus),一个叫罗阇·登阿(Raja Tengah),另外一个名为

---

① 意为"破烂的城市"。

拉登·阿努姆(Raden Anum)。①

苏丹·玛柯达在位二十年后辞世,他的儿子罗阇·登阿承袭父位,他娶敦·波尔巴蒂·姆卡·伯加加尔(Tun Perpatih Muka Berjajar)之女,婚后生有一个男孩,名叫班邦王子(Raja Kecil Bambang)。

罗阇·登阿执政期间,行事公正,爱民如子,当时各国君主无人能及。

话说有一天夜里,国王梦到了真主使者(愿真主保佑他并赐他安宁),真主使者(愿真主保佑他并赐他安宁)对罗阇·登阿说:"你来诵念,我证万物非主,唯有真主。"于是罗阇·登阿按真主使者(愿真主保佑他并赐他安宁)的吩咐照做。

真主使者(愿真主保佑他并赐他安宁)又对罗阇·登阿说:"你的名字是穆罕默德,明天午后,会有一艘船由吉打驶来,船上的人在马六甲海边上岸,你最好听从他的吩咐。"

于是罗阇·登阿回答:"好的。"之后真主使者(愿真主保佑他并赐他安宁)就从罗阇·登阿眼前消失不见了。

第二天罗阇·登阿醒来,他发现自己已经被行了割礼,口中反复诵念:"我证万物非主,唯有真主。"宫中所有宫女听到国王口中的话都惊讶不已。

大臣说:"陛下是着魔了吧,要么就是疯了?最好即刻禀告宰相。"于是宫女马上通知了宰相,宰相闻讯进宫,看到国王口中一刻不停诵念:"我证万物非主,唯有真主。"

宰相问道:"陛下所说是何方语言?"

国王回答:"昨夜梦中见到真主使者(愿真主保佑他并赐他安宁)驾临。"便将梦中之事悉数讲给宰相听。

宰相又问:"如何证明陛下的梦是真实的呢?"

罗阇·登阿说:"我已被行割礼,这就是我梦到真主使者(愿真主

---

① 此处原文为 Maka Baginda beranak tiga orang, laki-laki seorang, bernama Raden Bagus... 直译为"国王育有三个子女,一个是男孩,名叫拉登·巴古斯。"但是从后两个名字看来,三个孩子都是男孩,所以原文可能是标点出现错误,应为 Maka Baginda beranak tiga orang laki-laki, seorang bernama Raden Bagus...

保佑他并赐他安宁)的明证。真主使者还告诉我,午后会有从吉打驶来的船,船上将有人在马六甲上岸,你要听从他的吩咐。"

宰相说:"如果午后时分果真有船驶来,那么陛下的梦就是真的,如果没有船那便是有魔鬼侵扰陛下。"

国王说:"言之有理。"宰相便告退回家。

午后时分,果然有一艘船由吉打而来,船靠岸停泊,从上面下来一位名叫希地·阿卜杜尔·阿齐兹(Sidi'Abdul'Aziz)的长老,开始在岸边祷拜。人们看到他的举动都感到奇怪,纷纷问道:"这又跪又拜的是干什么呀?"

于是人们争先恐后来看他,挤来挤去,围得水泄不通,场面吵闹混乱。后来消息传到宫中,国王立即骑上大象,在群臣的簇拥下出发。国王看到那长老祷拜的举动竟与梦中无异。

国王对宰相和众臣说:"我的梦境中也是这样。"

在希地·阿卜杜尔·阿齐兹长老祷告完毕后,国王命大象俯下身来,请长老登上象背一起回王宫。于是宰相与文武百官都皈依了伊斯兰教,马六甲的官员与民众也都听从国王之命信奉伊斯兰教。之后国王拜长老为师,封号苏丹·穆罕默德·沙(Sultan Muhammad Syah),宰相封号室利·阿玛尔·提罗阁(Seri Amar Diraja)。国王封敦·波尔巴蒂·博萨尔(Tun Perpatih Besar)为财相,封号室利·那拉·提罗阁(Seri Nara al-Diraja),他有一个女儿,名叫拉特娜·苏达丽(Tuan Puteri(Ratna)Sundari)。

苏丹·穆罕默德·沙还制定了宫廷礼仪。他首次规定黄色不得为宫廷之外的人所用,不得使用黄色手巾、幔帐镶边、枕套或是褥单,黄色不得用于器物(karang-karang benda),不得用于房屋装饰。只有衣料、衣服与头巾例外,这三种可以使用。禁止建造悬梁的、有露台的房屋,也就是说屋柱必须从房顶直通地下。如果建造有窗口或密封的船(berpenggadap),也是不被允许的。至于罗伞,白色比黄色更加(高贵),白色罗伞只有国王可以使用,而黄色是王子所用的。

宫廷之外的人不可佩戴短剑上的金银饰物,平民的孩子不可带金质的脚环,即便是点银的金制品也是被马来国王所禁止的。如有违反,便是冒犯国王,将处死刑。无论多么富有的人,都不可以佩戴金饰,但是如果得到国王恩准,则可永久佩戴。此外,如果想进入王宫,必须穿长衣戴披巾,佩戴短剑于身前,否则不可进入,无人例外。如果将短剑佩于身后,将被宫门卫士收缴,如有违反者处以死刑。

如国王上朝,则文武大臣及侍官坐于王殿之上,王室后裔在左廊处,武士后裔在右廊,年轻的传诏官与武将佩剑立于王殿上。在左边的是有资格出任宰相、财相和天猛公的文臣后裔,右边传诏官长是可以任命为海军都督或室利·毗阇·阿提罗阇(Seri Bija al-Diraja)的武官后裔。凡是封号为桑·古纳(Sang Guna)的将成为日后的海军都督人选,而封号为桑·瑟迪亚(Sang Setia)的是未来室利·毗阇·阿提罗阇人选,此外凡是封号为敦·比克拉玛(Tun Pikrama)的日后将成为宰相人选。拜见国王时,最前面的是传诏官长四五人,然后是坐于王殿上的侍官,之后是众大臣。遴选出的未来船长与官宦子弟坐于王殿走廊。国王的御用物品如痰盂、水瓶、扇子、盾牌与弓箭安放有序,而盛放蒌叶的盒子放于回廊。国王的宝剑由海军都督或室利·毗阇·阿提罗阇的后裔负责,他们是坐在左侧回廊的。

此外,如果有使者到来,迎接书信的是右侧的传诏官长,而国王旨意由左侧的传诏官长向使者传达。如果派出或迎接使者,侍从将从宫中拿出高腿盘或浅托盘,高腿盘被右边的传诏官接过,并放于财相处,而浅托盘则递给带来书信的人。如果是诸如巴赛的国家来信,那要用全套的宫廷乐器迎接——长喇叭、铜鼓和两只白色罗伞。大象并排立于王殿旁。由于两个国王都是大国君主,无论年长年幼都要有礼数。如果是其他国家来信,则没有那么隆重,只有大鼓、风笛和黄罗伞。(根据规格不同)应当骑象迎接的骑象,应当骑马迎接的骑马,书信在王宫门外卸下。如果是比较强大的君主来信,则吹喇叭迎接,两只罗伞一白一黄,大象停在宫门前卸下书信。此外,外国使者归国将给予赏赐。即便是罗干(Rokan)国使者也不例外。本国使者出访,也会照例行赏。国王在给人封官授爵时会上朝,如同接见使者礼仪一样,并派人将接受封号的人接来(王殿)。如果那人是高官,则由两人迎接;如果是小人物,就由中等官员迎接。(迎接时按礼仪)应当用大象的骑大象,应当用马的骑马,如果二者都不适合则步行前往,有罗伞、大鼓与风笛迎接。罗伞有绿色、蓝色和红色之别。最高级别可用黄色罗伞,因为黄色是王族后裔与高官使用的。红色与紫色是侍官、传诏官与武将所用,而蓝色是但凡受封之人都可用的。接受册封之人来到,先停下等候。由人在国王面前诵读祈祷词,祷词念诵完毕被送出王宫,(放祷词的)托盘由受册封者的家属迎接。之后念诵祷词之人传授册封者进宫。由国王指定地点铺好地席,供其就座。

之后开始行赏。如果(受封的)是宰相,则赏赐五个托盘,分别装有——锦衣、头巾、披巾、腰带和衣服。如果是王子、文臣或贵族,则赏赐托盘四个——放腰带的那个没有。如果是武将、传诏官或侍官,则托盘一共三个——衣服、锦衣、头巾与披巾在同一托盘中。也有赏赐两个托盘的——衣服一盘,锦衣与头巾同在另外一盘。有时所有物品都盛放在一个托盘中。也有时候不使用托盘,花裙、锦衣与头巾整齐叠好,由人托举至受封者面前,受册封者将赏赐抱好带出王宫。若赏赐使者,仪式大致相同,依礼仪行事。

接受赏赐后,受册封者便退下更衣,更衣后再次上殿,有人为他戴上额带与臂镯。当时受册封之人都佩戴臂镯,但依礼仪各有不同——有人佩戴的臂镯雕刻龙的图案并有护符(penyanggung),有人的臂镯镶有宝石,有的则只有护符。有的样子好像海芋毛,也有的臂镯是银质的。(受赏)之后拜谢,告辞回家,护送的人依照礼仪也有不同,有时是由迎接受册封者的人来护送。受封者(回家时)列队游行,有的仅伴以大鼓和风笛,有的吹喇叭或敲铜鼓,还有的撑白色罗伞。但是在当时撑白罗伞敲大铜鼓是极为显贵的,甚至撑黄罗伞与吹喇叭的都很少见的。

如果国王在节日出行,则坐轿子。财相扶轿前,而天猛公在轿子右侧,在左侧的是海军都督,轿子后面由两名传诏官长来扶。国王膝边的链子右边在海军都督手中,左侧由室利·毗阁·阿提罗阁握着。传诏官与武将按级别列队走在国王前方。另有人手持御用物品走在前方,长矛一根在左,一根在右,均列于国王之前。佩宝剑的传诏官后面的人佩短矛。王旗也在国王前面,再前方右边是大鼓和铜鼓,左边是喇叭。在步行时右边(的官员)地位比较高,而就座的时候左边的级别较高。在上朝拜见国王的时候也是这样,出游时级别低的官员走在前面,最前面的应当是手执长矛的人和侍从们。宰相跟随在国王后面,另有大臣与法官簇拥。

如若国王骑大象,则天猛公在象头,海军都督或室利·毗阁·阿提罗阁背国王的宝剑坐于象尾。在国王召见时,高级官员在御鼓左侧,一般官员在鼓右侧。

若国王赐食蒌叶则王子与宰相最先获得,然后是财相、天猛公、四位大臣①、海军都督和室利·毗阁·阿提罗阁,之后是年长的侍官及贵族。只有在宰相上朝时(国王)才可能赐食蒌叶,如果宰相不在朝上,即便王子上朝也不会赐食。

如果国王举办宴会,财相在宫中指挥,在殿中铺设地席,装点大厅,张开天幕,悬挂幕帷,检查菜品,派人通知和邀请宾客,因为宫廷内所有侍从和官员都属财相管理,诸如港务总管和掌管国家税收的官员也都由财相管辖。因此差人邀请来宾的是财相,而接待来宾在王殿就餐的却是天猛公。来宾四人一席,按座次就座。如若少一人,则三人(一席);如果少两人,则两人(一席);如果少三人(一席)只剩一人的话,照样就餐。不可由下席的人越级而上,替补座位。宰相独自一席,或与王子同席。这就是马六甲当时的礼仪,除此之外还有很多,若全部讲来必定令听者困惑不已。

如果到二十七日②,白天时天猛公驾象将祈祷用的垫席送到清真寺,还带去蒌叶盒、国王御用之物及大鼓。天色晚些国王出发前往清真寺,如往常一样进行昏礼与宵礼,之后回宫。次日海军都督将头巾送入宫内,因为按照礼仪马来亚国王出发去往清真寺要戴头巾,穿长袍。(这种装扮)是禁止平民在婚礼时穿着的,除非获得国王恩准方可穿戴。而羯陵伽的穿戴习惯是在结婚和节日祷拜时穿戴——但是原来有这种服装的人可以穿着。

无论大小节日,宰相与文武百官都要进宫,轿子也从财相家中被抬入宫中。看到轿子进入,所有王殿上的官员都要下来(迎接)。国王从宫内骑象出来,去往内殿(astaka)。国王进入内殿,所有人须席地而坐。轿子停于内殿,宰相上前迎接国王上轿,出发前往清真寺,仪式如

---

① 国王任命四位大臣在王殿上随时咨询意见。
② 即伊斯兰历的九月二十七日。

同前面所说。这是为了矫正——如果有不当就纠正。如果有记得当时情况的人不要妄自揣测。

苏丹·穆罕默德·沙在位执政,行事公正,爱民如子。马六甲繁荣强大,商贾云集。马六甲的疆土也逐步扩大,西起木歪①之头(Beruas Ujung),东至丁加奴之边(Terengganu Ujung Karang)。由风上之国②到风下之国,马六甲的强盛无人不知,而且那里的国王是伊斯坎达·左勒盖尔奈英的后裔。于是各国君主纷纷来到马六甲朝见苏丹·穆罕默德·沙。国王对所有来马六甲的君主都以礼相待,给予重赏,赏赐金银财宝无数。

---

① 霹雳(吡叻)州地名。
② 指阿拉伯、伊朗、印度等地,后来又指欧洲大陆。

第七章

  传说在羯陵伽有个国家帕希里（Pahili），国王叫尼扎姆·穆鲁克·阿克巴尔·沙（Nizam al-Muluk Akbar Syah）。这位国王是一名伊斯兰教徒，信奉真主使者先知穆罕默德的宗教。国王膝下有两儿一女，长子名为玛尼·布林丹（Mani Purindan），次子名为罗阇·阿克巴尔·穆鲁克·巴沙（Raja Akbar Muluk Padsyah）。老国王尼扎姆·穆鲁克·阿克巴尔·沙驾崩后，由次子阿克巴尔·穆鲁克·巴沙继承王位。

  按照真主的律法，国王三兄妹将财产分为三份，每人一份。有一副棋由黄金制成，一半棋子是红宝石，一半是绿宝石。

  于是玛尼·布林丹对其弟罗阇·阿克巴尔·穆鲁克·巴沙说："我们将这副棋留给小妹吧，因为我们用都不合适。"

  但是罗阇·阿克巴尔·穆鲁克·巴沙说："我不同意，我认为应该给这棋估价，如果小妹真的想要，就得照价付钱给我们。"

  玛尼·布林丹陛下看到弟弟不愿听取自己的意见，感觉极为难堪。他心想："连这样的小事我的兄弟都不愿听从（意见），何况有重大的事情呢？既然这样我不如去流亡，如若留在国内，也并非我执掌政权。但是我该去哪儿好呢？还是去马六甲吧，马六甲国王不正是当世伟大的君主么？他也是伊斯坎达·左勒盖尔奈英国王的后裔，我最好投靠他去。"

  打定主意后，玛尼·布林丹陛下开始准备行装，他备好几艘船便启程前往马六甲。到达莲雾时，狂风大作，船只沉没，玛尼·布林丹陛下也掉落水中。他（恰好）落在鲆鱼背上，被鲆鱼带到岸边。到了岸边，他攀扶着甘达苏利（gandasuli）树，才上了岸。这就是玛尼·布林丹陛下禁止后代吃鲆鱼或佩带甘达苏利花的原因。玛尼·布林丹陛下又来到了巴赛，国王将女儿许配给他，他们的子孙世代在巴赛做国王。因此罗阇·苏瓦特(Raja Suwat)失散的父亲苏丹·卡米斯(Sultan Khamis)有马来血统。

在巴赛住了一段时间,玛尼·布林丹陛下便返回羯陵伽国。他准备停当,等到(季风)季节来到就带领部队起航向马六甲出发。部队统帅一个名叫和卓·阿里(Khoja'Ali),另外一个叫丹第·穆罕默德(Tandil Muhammad),另有五艘船随行。到了马六甲后被室利·那拉·提罗阇收为女婿,将女儿敦·拉特娜·苏达丽(Tun Ratna Sundari)许配给他。二人婚后育有一子一女,男孩名叫尼那·马迪(Nina Madi),女孩取名敦·拉特娜·瓦蒂(Tun Ratna Wati)。女孩(长大后)被财相室利·阿玛尔·提罗阇娶为妻子,生下一子,名为敦·阿里(Tun'Ali)。

话说财相室利·阿玛尔·提罗阇去世后,波尔巴蒂·山当(Perpatih Sandang)成为了财相,封号室利瓦·罗阇(Seriwa Raja)。室利·那拉·提罗阇驾崩后,他与敦·拉特娜·瓦蒂之子敦·阿里成为了财相,封号室利·那拉·提罗阇。他的母亲是玛尼·布林丹陛下的女儿。苏丹·穆罕默德·沙娶罗干(国)公主(Puteri Rokan)为妻,生下一子取名罗阇·易卜拉欣(Raja Ibrahim)。国王娶财相之女为妻,育有一子名为罗阇·卡西姆(Raja Kasim)。

却说罗阇·卡西姆比罗阇·易卜拉欣年长,但王后希望(次子)罗阇·易卜拉欣能够继承父位,她的愿望得到了国王苏丹·穆罕默德·沙的准许,虽然国王更喜欢罗阇·卡西姆,但因畏惧王后所以也无能为力。苏丹·穆罕默德·沙对罗阇·易卜拉欣放任不管,而对罗阇·卡西姆(管教严格)就算他拿了别人一片蒌叶也大加呵斥。因此人民都憎恶罗阇·易卜拉欣,爱戴罗阇·卡西姆。

话说罗干(国)国王来到马六甲,受到苏丹·穆罕默德·沙隆重接待,因为罗干国王是王后的家人。国王安排罗干国王与财相平起平坐,但是如遇进餐时则居其之下。

于是罗干国王的武将们拜见说:"为何我们像鸡一样,在屋顶上睡觉,屋底下吃食呢?我们干脆告辞算了。"

于是当罗干国王在位居财相之下用餐时,苏丹·穆罕默德·沙也与罗干国王并坐。这样,罗干国王便心平气和地甘居财相之下了。

国王在位五十七年后,世事变迁。国王苏丹·穆罕默德·沙仙逝。

国王驾崩后,其子罗阇·易卜拉欣登上王位,封号为苏丹·阿布·沙希德(Sultan Abu Syahid)。马六甲国(王权)似乎被罗干国王所掌控,他命罗阇·卡西姆与渔夫同住并让他出海打鱼。罗干国王在马六甲俨然君主,因为苏丹·阿布·沙希德还年轻。于是文武百官聚集至财相府邸商议(对策)。

大家纷纷表示:"现在我们国内掌权者似乎是罗干国王,而不是罗阇·阿布·沙希德,这是怎么回事?"

财相室利瓦·罗阇回答道:"罗干国王与陛下寸步不离,我们又能怎么办呢?"

听到财相的话,大家都默不作声,各自离去。室利·那拉·提罗阇心中一直惦念此事。他经常请罗阇·卡西姆至家中并赐以食物,因为他们是兄弟。

后来,从风上之国驶来一艘船,船靠岸后,渔夫纷纷向船上的人兜售鱼类。卡西姆也像渔民一般前来卖鱼。船上有一长老,他叫加拉鲁丁(Maulana Jalaluddin)①。

他看到罗阇·卡西姆后立即唤他上船,恭敬对待。

罗阇·卡西姆说:"您为何对我如此尊敬?我不过是个卖鱼的渔民而已。"

加拉鲁丁说:"您是这国家的王子,以后会成为马六甲的国王。"

罗阇·卡西姆问道:"我如何才能成为国王呢?若借长老神力相助我才能登上王位。"

长老回答:"请您回到岸上,寻找一个能辅佐您的人,有真主保佑您必成大业。但您要答应我,(事成之后)要把罗干国王娶的公主赐给我②。"

罗阇·卡西姆说:"如果我成为国王,一定兑现。"

长老说:"请您现在就上岸,今晚就行动,至高无上的真主会保佑

---

① Maulana,对大学者的尊称。
② 原文此句可能有误。根据行文,此句似应改为"把王太后罗干公主赐予我"。

你。"

罗阇·卡西姆回到岸上,心中思量:"我到哪儿去呢?既然如此我最好去找室利·那拉·提罗阇,因为他是我的堂兄弟,应该会助我一臂之力。"

打定主意后,罗阇·卡西姆便前往室利·那拉·提罗阇处,将长老的话悉数讲给他听,之后问他:"您是否愿与我共成大业?"

室利·那拉·提罗阇回答:"好的!"

他们相互约定遵守诺言,室利·那拉·提罗阇便开始召集人员。罗阇·卡西姆坐在名为朱鲁·德芒①(Juru Demang)的大象背上,室利·那拉·提罗阇坐在大象头上操纵,船上的人都装备兵器下船。

室利·那拉·提罗阇对罗阇·卡西姆说:"如果少了财相的参与,我们是没法成功的,您看如何是好?"

罗阇·卡西姆说:"您意下如何?"室利·那拉·提罗阇说:"我们现在就去请财相。"

罗阇·卡西姆说道:"好的,您说去哪里,我跟从便是。"于是他们二人去往财相府邸。

他们到达财相府门外,室利·那拉·提罗阇说:"立即通报财相室利瓦·罗阇,陛下在外面等候。"财相听到通报立即从家中出来,都没来得及佩剑,边走边系上头巾。当天晚上场面混乱,财相走到大象跟前,室利·那拉·提罗阇便让大象俯身跪下。

他说:"财相,(陛下)请您上座。"财相登上大象,大象便起身行走。财相看到兵器众多,寒光闪闪,而且(坐在象上的)国王不是苏丹·阿布·沙希德,他大吃一惊。

室利·那拉·提罗阇对宰相说:"如若罗阇·卡西姆要除掉罗干王,您意下如何?"

财相没有办法,他附和道:"小臣赞成,因为罗阇·卡西姆也是小臣的君主。而且小臣一直都想对罗干王采取行动。"

罗阇·卡西姆听到财相的话后大喜,便(率人)冲入王宫。人们震

---

① Juru Demang,意为"地方首领"。

惊不已,大喊罗阇·卡西姆进攻王宫啦!众官员、王侯与武将纷纷赶来抵抗宰相,他们问道:"财相现在何处?"有人回答:"财相与罗阇·卡西姆在一起!"于是众官员心中思量:"原来是财相策动了进攻。"

于是他们都投奔财相,归顺罗阇·卡西姆,因为他们心中是很爱戴罗阇·卡西姆的。于是王宫被攻破了。

却说罗干国王寸步不离苏丹·阿布·沙希德,故室利·那拉·提罗阇说道:"如若下令抢夺苏丹·阿布·沙希德,恐怕罗干国王会对他下毒手。"于是人们高呼:"先不要刺杀罗干国王!"但是由于场面混乱,很多人都完全没有听到。大家一拥而上,向罗干国王刺去。罗干国王发觉被袭便立刻刺向苏丹·阿布·沙希德,陛下就这样被刺死。至此,苏丹·阿布·沙希德执政共一年五个月。

国王驾崩后,罗阇·卡西姆继承王位登基,封号苏丹·穆扎法尔·沙(Sultan Muzaffar Syah)。

长老要求国王兑现承诺,陛下便命人找来一名美貌的宫女,精心打扮,配以锦衣华服,赐予长老,号称是罗干公主。长老信以为真,即刻将她带回风上之国去了。

苏丹·穆扎法尔·沙执掌政权时行为端正,对待人民公正无私,仁慈谨慎。他下令编纂法典,让官员依法行事。

室利·那拉·提罗阇深得国王宠信,他的话国王都很重视。后来苏丹·穆扎法尔·沙娶拉登·阿努恩(Raden Anun)为妻,生下一子,容貌俊美,取名罗阇·阿卜杜尔(Raja'Abdul)。

一次,苏丹·穆扎法尔·沙上朝,许久后财相也来参见。但是国王并不知财相到来,加之他上朝已久,于是退朝回宫。一阵风吹来门也被关上了。财相室利瓦·罗阇暗自思量:"国王一定对我不满,见我来了就回宫并关上宫门。"

于是财相室利瓦·罗阇回到府邸服毒自尽,毒发身亡。有人将财相服毒之事禀告国王,把来龙去脉都讲给他听。

国王听后悲痛无比,按照王族礼数安葬了财相。由于怀念财相,国王七日没有上朝。之后封室利·那拉·提罗阇为财相。财相室利瓦·罗阇留有三个子女,一名长女和两名幼子。长女名为敦·姑杜(Tun Kudu),容貌秀美,被国王苏丹·穆扎法尔·沙娶为王妃。次子名为敦·霹雳(Tun Perak)，幼子名为敦·波尔巴蒂·布蒂(Tun Perpatih Putih)。

敦·霹雳并未参与政事，他到巴生(Kelang)娶妻成家，定居在那里。后来巴生人反对他们的首领，便来马六甲拜见(国王)要求册封新的首领。苏丹·穆扎法尔·沙问他们："你们希望谁来做首领呢？"

巴生人启奏："陛下，如得陛下恩准，我们希望敦·霹雳来做首领。"

苏丹·穆扎法尔·沙说："好吧！"于是敦·霹雳成为了巴生的首领。

第八章

话说暹罗国国王的故事。在很早以前,暹罗国被人称为沙·努威国。风下之国的所有王国都向其俯首称臣。当听说马六甲这样一个大国不肯向其称臣后,布本陛下(Paduka Bubun)便派人到马六甲王国去索要朝贡书。但苏丹·穆扎法尔·沙并没有任何想向暹罗国国王称臣的表示。这让布本陛下大为恼怒,于是,他命令军队厉兵秣马准备攻打马六甲王国。阿维·扎克里(Awi Chakri)为将军,率兵众多。

且说有人立刻将暹罗国军队来犯的消息报告给了苏丹·穆扎法尔·沙,说暹罗国国王派阿维·扎克里将军率部来攻,士兵人数之多无法估量,正直奔上彭亨①而来。苏丹·穆扎法尔·沙听到这个消息之后,命令集合所有臣众,各诸侯国的臣民也被要求溯流而上到马六甲来。于是,各诸侯国的臣民都成群结队地来到马六甲。敦·霹雳也率领巴生人和他们的妻儿一起溯流而上来到马六甲。

巴生人晋见国王,禀明整件事情的原委。最后禀告苏丹:"陛下,周围一带的所有臣民都已经来到陛下面前,所有男子都来了,臣和臣的妻儿也一起来了。"

苏丹·穆扎法尔·沙听了巴生人的禀告,就对一位名叫室利·阿马拉特(Seri 'Amarat)的官员下旨说:"敦·霹雳前来晋见时,你就把刚才巴生人禀告的话再跟他说一遍。"这个叫室利·阿马拉特的官员是巴赛人,本名叫作帕提·瑟默达尔(Patih Semedar)。因其聪明且善于言辞被苏丹赐名室利·阿马拉特。苏丹还专门在自己的王座下为他安排了一个座位。室利·阿马拉特坐在那里,背着长刀,传达苏丹的圣旨。

在此之后,敦·霹雳前来晋见苏丹,室利·阿马拉特向他转述了

---

① 原文为 hulu Pahang,即"彭亨河上游"之意。

巴生人说的话:"所有的巴生人都向尊敬的苏丹陛下禀告说:其他城邦的人都只带兵士前来,而你却把巴生人和他们的妻儿也都一并带来了。你为什么要这样做呢?"敦·霹雳没有回答他的问话,于是室利·阿马拉特又问了一遍,但敦·霹雳还是没有回答。

直到室利·阿马拉特问了三遍之后,敦·霹雳才回答说:"室利·阿马拉特大人,希望您好好保管您背上背着的那把长刀,别让它生锈,也别让它的刀刃磨损。我们这些平民下人的工作您又哪里了解呢?陛下在这个国家里与自己的妻儿团聚在一起,所有用品一应俱全。大人想一想,我们仅仅一群男子从那么远的地方来到这里,这个国家的一切事物对我们来说又有什么意义呢?因此,我们带上妻儿,也算是对自己的安慰,好让我们能够奋勇杀敌,与其说是他们保护陛下,不如说是他们努力保护自己的妻儿。"

苏丹·穆扎法尔·沙听了敦·霹雳的话后笑了起来。于是,苏丹说:"敦·霹雳所言极是。"并拿来蒌叶盒赐给敦·霹雳。苏丹陛下下旨说:"巴生已经没有适合敦·霹雳的位置了。敦·霹雳还是入朝为官吧。"

话说暹罗国的军队已兵临城下,并与马六甲人陷入交战之中。战争持续了很久,许多暹罗国士兵阵亡。马六甲并没有被暹罗国打败。于是,暹罗国军队班师回朝。暹罗国军队撤退时,将原来用于捆绑军用物资的藤条全部堆积在麻坡河上游。这些藤条生根发芽,如今被人们称为暹罗藤。那些木头做成的枷锁也落地生根,如今仍然生长在麻坡河的上游。

暹罗军队当时所用的煮饭炉灶中遗留下来的小木桩也在那里生长至今。暹罗人撤离之后,各诸侯国的人也都回到各自领地去了。然而敦·霹雳却没被苏丹批准离开,而是被留在了马六甲。

有一个巴生人,自称在巴生曾受到敦·霹雳的虐待,于是他到苏丹陛下面前来控诉这件事。于是,苏丹·穆扎法尔·沙派室利·阿马拉特去向敦·霹雳传旨,告知他巴生人对他虐待的指控。但敦·霹雳并没有回应。

在接连传旨三次之后,敦·霹雳才回答说:"室利·阿马拉特大人,苏丹陛下赐你有形的宝刀,希望你好好保管,不要让它磨损。我们这些掌管虚幻无形的朝政的官员大人您又如何能够了解呢？即便是椰壳大点儿的小事，我们也要当做朝政大事来处理，因为苏丹陛下并不了解什么是坏的，什么是好的。但是如果国王陛下想要判决我们与他之间的是非，那就请陛下先免去微臣的官职，然后再对微臣进行审判。如果不罢免微臣的话，微臣怎么能作为一名官员接受审判呢？"

当苏丹·穆扎法尔·沙听了敦·霹雳的回答后，内心也赞同他的话。于是苏丹·穆扎法尔·沙下旨说："敦·霹雳不适合再做宫廷侍从了。"敦·霹雳被苏丹陛下授予封号巴杜卡·罗阇（Paduka Raja）。国王让他坐在自己接见臣民的高台上，与室利·那拉·提罗阇阁下平起平坐。

室利·那拉·提罗阇阁下年事已高，膝下无子。他与小妾生有一子，名叫敦·沙希德·马迪（Tun Shahid Madi），但没有承认他的身份。后来，敦·沙希德·马迪长大成人，生儿育女。某天，室利·那拉·提罗阇正在会客，正好敦·沙希德·马迪从此经过，被室利·那拉·提罗阇叫住。敦·沙希德·马迪进来之后，被室利·那拉·提罗阇抱在膝上。

室利·那拉·提罗阇对前来拜见的人说："这是我的儿子。"

于是前来拜见的人们纷纷说道："我们也都知道了，但由于阁下一直没有承认他，因此我们也都不敢提起他。"室利·那拉·提罗阇闻听此言后便笑了起来。

由于玛尼·布林丹陛下也已经去世，他的一个儿子，名叫尼那·马迪（Nina Madi），继承了他敦·比加亚·玛哈·门特里（Tun Bijaya Maha Menteri）的封号。

巴杜卡·罗阇成为大人物之后，马来人分成了两派，一派支持巴杜卡·罗阇，另一派支持室利·那拉·提罗阇，因为两人的出身都非常高贵。巴杜卡·罗阇与室利·那拉·提罗阇意见不合，最后连苏丹·穆扎法尔·沙都知道了这件事。苏丹·穆扎法尔·沙想要调和巴杜卡·罗阇与室利·那拉·提罗阇之间的矛盾，因此派人去叫室利·那拉·提罗阇。于是室利·那拉·提罗阇前来晋见。

苏丹·穆扎法尔·沙说："室利·那拉·提罗阇想不想娶妻啊？"

室利·那拉·提罗阇回禀国王说："如果是陛下的恩赐，臣当然是愿意的。"

苏丹·穆扎法尔·沙又说："那室利·那拉·提罗阁想不想娶敦·古玛拉（Tun Kumala）？"

室利·那拉·提罗阁回禀道："臣惶恐。"

国王陛下又问道："你愿意娶敦·布兰（Tun Bulan），西达姆大人（Hitam）的女儿吗？"

室利·那拉·提罗阁回禀道："臣惶恐。"

苏丹·穆扎法尔·沙提了好几位名门之女，室利·那拉·提罗阁都没有接受。最后苏丹·穆扎法尔·沙又问道："那你愿意娶敦·姑杜吗？"

室利·那拉·提罗阁回禀道："臣遵旨谢恩。"

敦·姑杜是巴杜卡·罗阁的姐妹，室利瓦·罗阁宰相之女，被苏丹娶为王妃。当国王听到室利·那拉·提罗阁愿意娶她为妻后，就立刻把她送回了巴杜卡·罗阁家中。室利·那拉·提罗阁的孩子们都问道："父亲大人已经年迈，连眉毛都变白了，怎么还想要娶妻呢？"

室利·那拉·提罗阁回答说："你们哪里知道，如果我不娶妻，我父亲从羯陵伽买来的一斤金币不就白白浪费了吗？"

在下了聘礼之后，室利·那拉·提罗阁与敦·姑杜结为夫妻，从此与巴杜卡·罗阁成为了姻亲。他们关系亲密，亲如兄弟。

于是，室利·那拉·提罗阁向苏丹启奏说："陛下，您应该封巴杜卡·罗阁为宰相，因为他本就是前任宰相的儿子。"

苏丹·穆扎法尔·沙说："准奏。"于是，巴杜卡·罗阁被封为宰相。

巴杜卡·罗阁被人们奉为能臣。因为在他任职的时代，有三个大国，第一个是麻喏巴歇，第二个是巴赛，第三个是马六甲。在这三个国家中有三位能臣，麻喏巴歇的能臣名叫阿里亚·加查·玛达（Aria Gajah Mada），巴赛德能臣名叫罗阁·格纳严（Raja Kenayan）大人，而马六甲的能臣就是巴杜卡·罗阁宰相。室利·那拉·提罗阁也成了宰相的伯乐。

不久，暹罗再次派兵进攻马六甲。军队统帅名叫阿威·第祖。马六甲也听说了这个消息。苏丹·穆扎法尔·沙命令巴杜卡·罗阇宰相协同室利·那拉·提罗阇调动所有的武将准备驱逐暹罗人。

室利·那拉·提罗阇是马来人,他的祖先是从牛嘴里吐出来的。他又被称为"驼背大人"——因为他不论是走路还是坐着,都是驼着背的。由于他非常勇猛,因此他获悉敌人情报最快最准确,故被封为室利·那拉·提罗阇,成为最高级别的将领,地位高于其他武将。

军队集结完毕之后,巴杜卡·罗阇宰相也与室利·那拉·提罗阇和其他将领一起出征,迎击暹罗人。暹罗人此时已经逼近峇株巴辖①(Batu Pahat)。室利·那拉·提罗阇有个儿子,名字叫敦·乌玛尔(Tun 'Umar),非常勇敢,因此,被宰相派去侦察敌情。敦·乌玛尔独自划船出发。他的船左摇右摆,向众多的暹罗船冲去。遇到一些暹罗船,便一下撞沉两三艘。然后敦·乌玛尔掉转船头又向暹罗船冲去,又撞沉两三艘。接着他如此这般地再次撞击敌船。最后,他顺利返回,暹罗人对此非常惊恐。

入夜之后,阿威·第祖来到营中。巴杜卡·罗阇宰相下令把所有的红树、栲树、木榄、海榄雌都用火把点燃。暹罗人看到这片密密麻麻的火把后,一名暹罗武将说道:"马六甲的船只太多了。如果这些船都冲过来我们如何是好?之前我们不是连他们的一条船都没能拦住吗?"

于是暹罗将军阿威·第祖说道:"你说得有道理,我们还是撤退吧。"于是暹罗军队全线撤退。据说,暹罗人在峇株巴辖还挖了一口井。

马六甲宰相巴杜卡·罗阇一直尾随暹罗军队到了僧伽补罗。随后巴杜卡·罗阇宰相回到马六甲晋见苏丹·穆扎法尔·沙。宰相向国王禀明了战争的整个经过,苏丹大喜,赏赐衣袭冠带给宰相及其属下的所有将领。

话说暹罗的军队撤退之后,回到沙·努威的阿威·第祖也晋见了他的国王并向国王禀明了战争的全部经过。国王的一个儿子,名叫

---

① 峇株巴辖位于今马来西亚柔佛州。

昭·班丹(Cau Pandan)①,向他的父亲请求去攻打马六甲。他的父王于是命令军队再次集结前往攻打马六甲。有人这样唱道:

> 国王之子昭·班丹
> 想去攻打马六甲
> 戒指镶满宝石花
> 宝石花上泪水洒

消息传到马六甲,说是暹罗国王将要派他的儿子昭·班丹前去攻打马六甲。有一位希地(sidi)②,真主的臣民,居住在马六甲。此人平时喜欢射箭,不管走到哪里都随身带着弓箭。苏丹正在接受众人朝见,这位希地也在朝见苏丹的人群当中。当听说暹罗人即将来犯的消息之后,这位希地在苏丹面前拉起弓弦,将箭射向暹罗方向。并且一边射箭一边说道:"昭·班丹死了!"

昭·班丹此时正在暹罗,此刻他感到胸部仿佛中了箭。于是,昭·班丹吐血而死。暹罗进攻马六甲的计划因此未能得以实现。

昭·班丹仿佛胸部中箭而死的消息传到马六甲,苏丹听后说道:"果然像那位希地先生所说。"于是,苏丹重赏了这位希地。

苏丹同时也对所有的文臣、武将、朝廷官员和侍从下旨说道:"依你们看,我们是否应该派使者前往暹罗国,我们与暹罗国之间的争斗是否应该结束了?"

外交大臣回禀道:"陛下所言极是,多个朋友要好过多个敌人。"于是,巴杜卡·罗阇宰相的儿子敦·德拉奈(Tun Telanai)受国王的派遣出使暹罗,大臣贾那·布特拉(Jana Putra)将随同前往。于是,敦·德拉奈备齐了行装。且说敦·德拉奈的领地是索亚尔(Syoyar),当时,

---

① Cau,《东南亚史》中作 Chao,解释为"泰族头人"。Cau 一词在泰文中为"王子、主、君"的意思,应是一种称号、头衔。译文中直接将 Cau 译在了人名中,是因为在东南亚当称呼有封衔的人时,通常会连同封衔一并称呼,久而久之封衔成为名字的一个重要的组成部分,彰显一个人的社会地位。Cau 译为汉字"昭",参考的是我国学者对《越人歌》中"缦予乎昭澶秦踰"一句中对"昭"的解释,即王子、王、首。(详见 周流溪,'《越人歌》解读研究',《外语教学与研究》,1993 年 03 期)

② 原文 sidi,其意本不详。

他只有三桅快艇二十艘。正如人们所歌咏的①：

> 哪条桅索扬起帆
> 德拉奈的货呀在哪边
> 哥哥的货呀在丹戎加蒂

当一切都准备齐全之后，苏丹·穆扎法尔·沙对巴杜卡·罗阇宰相和各位大臣下旨说："希望各位都愿意随同前往暹罗国。我们不想俯首称臣，不想去问安，也不想递交朝表。"

听到苏丹的旨意后，巴杜卡·罗阇宰相对各位大臣说："诸位臣工，有谁愿意写一封陛下所说那样的信？"

没有一个人开口说话。于是，宰相问了每一个人，甚至来到一个拿着蒌叶盒和水罐的人面前，在场的人没有一个人知道如何写这样一封信。于是，宰相写了那封信，内容如下：

> 忧虑战争会造成流血和牺牲，在战争中，十分敬畏国王陛下；祈求得到陛下谅解，于是派敦·德拉奈和贾那·布特拉出使贵国。

之后是一些其他的话。苏丹听后御准了信的内容。信写好后被护送到大象上，并把大象赶近大殿。携带信件的是一位刹帝利之子，牵大象的是宫廷侍卫，护送信件的是朝廷的大臣。后面跟随着白色罗伞、两面腰鼓、唢呐、长喇叭和大鼓。敦·德拉奈和贾那·布特拉拜别苏丹，并蒙赐衣袭。之后敦·德拉奈和贾那·布特拉就出发了。

到达暹罗之后，大臣向国王奏道，"马六甲使节到了"。国王命人接过书信，并命人将信迎进大殿，向众大臣宣读。

国王听完读信后问道："是谁写的这封信？"

敦·德拉奈回答道："此乃马六甲国王的宰相所撰，陛下。"

国王又问敦·德拉奈说："马六甲的国王叫什么名字？"

敦·德拉奈回答道："苏丹·穆扎法尔·沙。"

---

① 原文为：Lalai mana butan dikelati
Kaka(k) Tun Telanai mana pungutan?
Pungutan lagi di Tanjung Jati

国王又问道:"穆扎法尔·沙是什么意思?"

敦·德拉奈沉默不语。于是,贾那·布特拉回答道:"穆扎法尔·沙的意思就是与对手相持时得到真主帮助的国王。"

暹罗国王说:"暹罗进攻时,为什么马六甲没有战败?"

于是,敦·德拉奈叫来一位两脚水肿的老年索亚尔男子。敦·德拉奈命令他在国王面前演示投掷短矛。只见索亚尔人将短矛高高抛起,然后用背部抵挡短矛。于是,短矛落下,从他的背上弹起,而他却一点儿也没有受伤。

敦·德拉奈禀告道:"这就是原因,陛下。暹罗进攻时,马六甲之所以没有战败,是因为马六甲人都刀枪不入。"

暹罗国王心里暗暗说道:"也难怪。连这般残缺之人都刀枪不入,何况身体强健之人呢?"

此后,布本国王又进攻暹罗的一个邻国。敦·德拉奈和贾那·布特拉也被带着一起出征。暹罗国王让他们进攻一个坚固的城堡,但城堡的位置在日落方向。于是敦·德拉奈和他的大臣贾那·布特拉商量对策。敦·德拉奈说:"我们怎么办,进攻一个坚固的城堡,但我们人数又这么少。"

贾那·布特拉大臣说:"我愿意面见国王,凭我的口才去说服他。"于是,敦·德拉奈和贾那·布特拉一起去面见国王。

于是贾那·布特拉大臣向国王禀告说:"陛下,我们有个宗教习俗,祈祷时必须朝着日落的方向,如果战斗时朝着日落的方向,就会一无所获。如果能得到陛下的恩惠,就让微臣去攻打另外一个方向的城堡吧。"于是,暹罗国王说:"既然你们面对日落的方向会无法获胜,那么就改攻其他城堡吧。"于是,国王(Pra-Chau)下令让他们攻击另外一个城堡,朝着日出的方向。

却说他们进攻的地方船只少,兵器也不齐全,更是因真主的前定,那个国家被攻破了。但是,马六甲人最先发动进攻,之后才是暹罗人。当他们战胜那个国家之后,国王也赏赐了敦·德拉奈、贾那·布特拉及其所有随行人员。国王还赐给敦·德拉奈一位公主,名叫乌当·密囊(Utang Minang),敦·德拉奈于是娶她为妻。

且说敦·德拉奈向国王辞别。于是,国王请他转送书信和礼品。

书信和礼品被护迎上船,随即敦·德拉奈扬帆起航。不久,回到马六甲。苏丹·穆扎法尔·沙命人接过书信,命人用护送书信的礼节迎取书信。当他们来到大殿前,大象跪地,宫廷传诏官将信呈递苏丹,而后苏丹命诵经人读信。

苏丹·穆扎法尔·沙听完信的内容后,非常高兴。于是,赏赐了敦·德拉奈和贾那·布特拉以及暹罗国的使节。到了返回季节,暹罗国使节便向苏丹请辞。于是,马六甲苏丹赏赐他们锦衣各一套,并给暹罗国王写了封回信。暹罗使臣于是取道回国。

据讲故事的人说,敦·德拉奈与乌当·密囊育有几个儿女,其中一个名叫敦·阿里·哈鲁(Tun Ali Haru),后来成了一位海军都督。

时移世易,苏丹·穆扎法尔·沙在位四十年之后,驾崩离世了。

于是,苏丹·穆扎法尔·沙的儿子苏丹·阿卜杜尔继承了父亲的王位,在位时封号为苏丹·曼苏尔·沙(Sultan Mansur Syah)。这位国王年仅17岁,便娶了室利·那拉·提罗阁的妹妹为妻,但没有生育。他与妃子育有一女,名叫巴格尔公主(Puteri Bakal)。苏丹·曼苏尔·沙在位期间公正而慷慨,且天颜俊朗,在那个时代没有人能与他齐名。

第九章

话说有一位麻喏巴歇国王已经去世,没有留下儿子。只有一个女儿,名叫拉丹·嘉璐·阿维·格苏玛(Raden Galuh Awi Kesuma),被巴蒂·阿里亚·加查·玛达(Patih Aria Gajah Mada)封为国王。

一天,一个割胶工人带着妻子出海游玩。当他来到海上时,他看到一个孩子抱着一块木板在海中漂浮。于是他把那个孩子捞到自己的船上。他看到这个孩子由于在海上漂浮了很久,没有进食也没有喝水,已经陷入了昏迷状态,但仍然没有死。就像哈里发阿里所说的,"命不该绝时不会死"①。于是,这个割胶工人把米汤滴进孩子的嘴里。孩子睁开了眼睛,看到自己在一条船上。割胶工人把孩子带回了家,像对待亲生孩子那样将他抚养长大。

不久之后,孩子恢复了健康。

于是,割胶工人问孩子说:"你是谁?为什么随一块木板在海上漂流?"

孩子回答说:"我是丹戎普拉国王的孩子,是第一个从须弥山上下来的马尼亚卡的玄孙。我的名字叫拉丹·博尔朗古(Raden Perlangu)。我母亲在我之后还生了两个孩子,其中一个是女孩。我的父亲丹戎普拉国王带我们到博尔梅因岛(Permain)上游玩,来到海中间时,海上起了暴风,卷起了大浪。我们的船失去了控制,被海浪摧毁。我的父母没来得及爬上小船,于是,游向了别的船只。我抓着一块木板,被风浪带到了海中央。我在海上漂流了七天七夜,没有进食也没有喝水。机缘巧合与伯伯见面,被伯伯您关爱。不过如果您真的疼爱我,就请您把我送回丹戎普拉我父母那里去,您会得到数不清的财宝的。"

割胶工人于是说:"你说得对,但是我哪里有能力把你送回丹戎普

---

① 原文为 Seperti kata baginda 'Ali radiallahu 'anhu, لاموت الاباطل。

拉？你就先住在我这里，等你的父亲来接你吧。况且我也没有孩子，而且我觉得你也的确长得很好看。"

拉丹·博尔朗古于是说："好吧，我听伯伯您的话。"

于是，割胶工人给拉丹·博尔朗古起名叫齐·马斯·吉瓦（Ki Mas Jiwa），夫妻二人对他非常疼爱，经常捧举着他玩耍，说："将来你成了麻喏巴歇国王，跟娜亚·格苏玛公主（Naya Kesuma）①结婚。但是如果你成了麻喏巴歇国王，我可要像阿里亚·加查·玛达一样做宰相。"

齐·马斯·吉瓦回答说："好的，如果我成了麻喏巴歇国王，我就让您坐阿里亚·加查·玛达的位子。"

麻喏巴歇国王的女儿娜亚·格苏玛公主已经坐上王位一段时间了，阿里亚·加查·玛达辅佐她。有部分臣民都称赞他，说他想要跟公主结婚。一次，阿里亚·加查·玛达身穿破烂的衣服，跟一群下人一起划桨，没什么人认出他来。下人们便在一起聊天。

一个人说："假如我是阿里亚·加查·玛达，我一定要娶公主，自己做国王。那样多好！"

又有一个人说："公主只能被阿里亚·加查·玛达娶走，他是大人物，在这个国家就像是国王，谁能指责他？"

阿里亚·加查·玛达听了那些下人的话，心里想："倘若真如他们所言，我的忠诚可就白白付出了。"

过了中午，阿里亚·加查·玛达前去觐见公主。他向公主禀告说："陛下，依臣所见，陛下已经长大成人了。公主最好还是结婚，若陛下没有夫君，看起来反而不好。"

娜亚·格苏玛公主说："如果叔叔您想要我结婚，就集合所有的臣民，好让我从中选一个中意的。"

阿里亚·加查·玛达回禀道："是，陛下。臣这就去召集民众。只要是陛下您中意的，无论是谁，臣也会赞同的。"于是，阿里亚·加查·玛达立即下令在整个麻喏巴歇召集人选，因为公主想要挑选夫婿。

---

① 即上文的拉丹·嘉璐·阿维·格苏玛（Raden Galuh Awi Kesuma），原文有异，据原文译出。

命令一下达，所有的属国君主、公子、宫廷官员、侍从、武将和所有大大小小、老老少少，甚至驼背、跛子都聚集到了麻喏巴歇，没有受到召集而自发前来的人们为数更多，因为他们心里都希望能被娜亚·格苏玛公主选中。

当众人聚齐之后，娜亚·格苏玛公主便登上了凉亭，向下面的道路上看去。所有人按照阿里亚·加查·玛达的吩咐正一个个地从公主面前走过。所有人都走过了，公主却连一个中意的都没有。众人走过之后，那个割胶工人收养的孩子来到了公主面前。娜亚·格苏玛公主看到他，立刻对他倾心不已。

于是，娜亚·格苏玛公主对阿里亚·加查·玛达说："那个割胶工人的孩子，本公主十分中意。"

阿里亚·加查·玛达回禀道："好的，陛下。不管是什么人，陛下都可以与他成亲。"于是，那个割胶工人的孩子被阿里亚·加查·玛达命人叫来，并带回家悉心照料。

阿里亚·加查·玛达还开始了对他七天七夜的守护，使他能够和公主结为夫妻。在逗留了七天七夜之后，这个割胶工人的孩子被安排到全国各地巡游，然后与娜亚·格苏玛公主结为了夫妻。

结婚之后，夫妻两人十分恩爱。于是，这个割胶工人的孩子成了麻喏巴歇的国王，被授予阿吉·宁拉特（Aji Ningrat）的封号。

那个割胶工人，就是国王的养父，进宫晋见。割胶工人说道："国王陛下先前对小人许诺，让小人成为巴蒂·阿里亚·加查·玛达，该当如何呢？"

麻喏巴歇国王说道："先耐心一点儿，伯伯，让我再考虑一下。"于是，割胶工人就先回到家中。麻喏巴歇国王也在心里思索着这件事，"阿里亚·加查·玛达就像麻喏巴歇的支柱，他有什么对不住我的呢？如果没有他，麻喏巴歇就会灭亡。但是，先前向养父许下的诺言，又叫我如何回复呢？"

国王陛下怀着这种想法，心里十分忧伤，接连三天都没有出门。阿里亚·加查·玛达看到国王的这种举动之后，前来觐见国王。阿里亚·加查·玛达向国王问道："陛下，您为什么三天都没有出门呢？"

麻喏巴歇国王回答道："朕身体不适。"

阿里亚·加查·玛达说道:"依臣看,陛下还有些伤心的事。陛下不妨告诉臣,或许臣能跟陛下商量商量。"

于是,麻喏巴歇国王对阿里亚·加查·玛达说:"是有一些事,叔叔。我并不是那个割胶工人的孩子,我是丹戎普拉国王的孩子,须弥山国王的玄孙。"于是,国王把当年他和父亲出海游玩时,如何因为船只被毁而失散、如何被割胶工人所救并收为养子的前因后果,原原本本地告诉了阿里亚·加查·玛达。"如今我的养父要求我兑现诺言,让他来取代您的位置。这件事让我心绪不宁。"

阿里亚·加查·玛达听到麻喏巴歇国王说自己是丹戎普拉国王的孩子,心里非常高兴。他说道:"陛下,就让割胶工人取代我的位置吧。请让臣辞官退隐吧,臣也已经年迈了。"

麻喏巴歇国王说:"我并不想罢黜叔叔您,因为在我心中没有人能够肩负起您的工作。"

阿里亚·加查·玛达向国王启奏道:"如果日后他来向陛下要求兑现诺言,陛下就这样对他说,'伯伯,虽然阿里亚·加查·玛达的地位很高,但他的工作也很难做,伯伯您是无法胜任的。但还有一个职位比他的地位更高,如果伯伯愿意,我封给您这个头衔,就是把全国的割胶工都交给您管,伯伯您就是他们的首领。'对他来说,没有比这更高兴的了。"

于是,麻喏巴歇国王对阿里亚·加查·玛达说:"叔叔,您的主意甚妙。"

阿里亚·加查·玛达便请辞返回。第二天,那个割胶工人就来觐见国王,要求国王兑现诺言。麻喏巴歇国王就把阿里亚·加查·玛达说的话告诉了割胶工人。割胶工人果然十分欣喜。

从此,麻喏巴歇不断发展壮大,整个爪哇臣民都向麻喏巴歇俯首称臣。丹戎普拉国王也得知麻喏巴歇国王是他的儿子的事。于是,丹戎普拉国遣使去看望麻喏巴歇国王。使者来到麻喏巴歇,看到麻喏巴歇的国王果然是丹戎普拉国王的儿子。于是,他立即返回丹戎普拉向国王报告。丹戎普拉国王也非常高兴。于是,麻喏巴歇国王是丹戎普拉国王儿子的消息传遍了整个爪哇。

麻喏巴歇国王也与娜亚·格苏玛公主生下了一个女儿,名叫拉丹·嘉璐·赞德拉·吉拉娜(Raden Galuh Cendera(Kirana)),美貌无双。她的美貌传遍四方,马六甲王国也听闻了这个消息。

苏丹·曼苏尔·沙也对拉丹·嘉璐·赞德拉·吉拉娜公主的美貌心生向往,想要动身到麻喏巴歇去。于是,国王陛下授予巴杜卡·罗阇宰相一道圣旨,要他筹备动身的装备。巴杜卡·罗阇宰相叫人准备了精良的装备,光是大船就有五百条之多,小船更是数不胜数。因为在那个时代,即便是僧伽补罗也有四十艘三桅船。于是,宰相、室利·那拉·提罗阇以及所有的大臣都被国王留下治理国家。国王陛下挑选了四十个出身名门的孩子和四十个出身高贵的少女,敦·毗阇·苏拉(Tun Bija Sura)任首领。

敦·毗阇·苏拉名叫敦·瑟巴布(Tun Sebab),他是敦·宰纳尔·納伊纳·室利·比加亚·提罗阇的父亲。除了杭·杜亚(Hang Tuah)、杭·杰巴特(Hang Jebat)、杭·勒克尔(Hang Lekir)、杭·卡斯杜里(Hang Kasturi)、杭·勒克尤(Hang Lekiu)、杭·哈拉姆巴克(Hang Khalambak)、杭·阿里(Hang 'Ali)和杭·伊斯坎达(Hang Iskandar)之外,他没有带其他随从。

杭·杜亚从一开始便表现出过人的智慧和勇敢。与其他人一起玩耍的时候,如果他与其他年轻人一起理发或者开玩笑,他就会挽起袖子说道:"海军都督(Laksamana)才是我的敌手。"因此他被年轻人们称为"海军都督",渐渐地人们就把"海军都督"当成他的名字来叫了。苏丹·曼苏尔·沙也命令摩尔隆(Merlung)国王前往英得腊其利(Inderagiri),并邀请巨港国王、占碑国王、通卡(Tungkal)国王和凌牙(Lingga)①国王一起前往麻喏巴歇。而那些国王也都非常愿意跟随苏丹·曼苏尔·沙。等这些国王都到齐后,苏丹·曼苏尔·沙在巨港国王、占碑国王、通卡国王和凌牙国王陪同下,一起动身前往麻喏巴歇。年轻的大臣也都被苏丹·曼苏尔·沙带上同去。而官位较高的大臣们则被留下治理国家。

经过一段时间的路程,他们抵达了爪哇。消息传到麻喏巴歇国王

---

① Lingga,中国古籍中称为"凌牙"、"龙牙",见《诸蕃志》(三佛齐国条)、《岛夷志略》(三佛齐条)。今译为"林加群岛"。

的耳中。于是国王陛下命令所有的国务大臣和高官前往迎接。

与此同时,达哈(Daha)国王和丹戎普拉国王,以及麻喏巴歇国王的一对弟弟妹妹,也来觐见麻喏巴歇国王。马六甲国王也来了,被麻喏巴歇国王奉为上宾,并赐予镶着各种宝石的衣物。他的座位也被安排在众王之上,并被赐予一把甘加喇荣(Ganja Larung)格里斯剑。另有四十四把格里斯短剑赐给他的随从们,但都是没有剑鞘的。

达哈国王以及他的随从们也被分别赐予甘加喇荣格里斯剑和格里斯短剑,但他们也都没有剑鞘。于是,达哈国王命令他们四十个人配上剑鞘。但麻喏巴歇国王派人把那四十把剑偷了回来。丹戎普拉国王也得到了同样的赏赐。丹戎普拉国王也同样命令随从们去配剑鞘。麻喏巴歇又派人把剑偷了回来。马六甲国王和随从到来时,也得到了同样的赏赐。马六甲国王也让随从们去配剑鞘。整个配剑鞘的过程中他们都在旁边等候,一天的时间所有的剑鞘都配好了,剑没能被麻喏巴歇国王派去的人偷走。于是,麻喏巴歇国王说道:"马六甲国王果然比其他诸王要精明。"

晋见国王的大殿十分雄伟,有三层台阶,台阶上有一只用金链子拴着的狗,被带到马六甲国王面前。敦·毗阇·苏拉看到这种情形,运用了击剑的方法,拿着带铃铛的盾牌,唱着赞美歌在麻喏巴歇国王的大殿前舞剑。国王陛下于是让他到大殿上面来,他就到大殿上来舞剑。他把带铃铛的盾牌在那只狗前卖弄地晃动了两三次,狗于是挣脱了链条,跑进森林里去了。那里再也不拴狗了。

从前,国王接受朝觐的大殿是个禁地,无论谁踏入了这个大殿,都会被所有爪哇人以矛相刺。因此,从来没有人敢踏入这个大殿。杭·杰巴特对杭·卡斯杜里说:"我们试试到那个禁止进入的大殿里去。"

杭·卡斯杜里说:"好的。"

于是,有一天,当国王正在接见诸王,大臣们也齐聚一堂时,杭·杰巴特和杭·卡斯杜里踏进了那个禁止进入的大殿。爪哇人看到之后,纷纷跑来用矛刺杭·杰巴特和杭·卡斯杜里。杭·杰巴特和杭·卡斯杜里用力拔出格里斯剑,将爪哇人的矛头砍断,一根都没有刺中他们。爪哇人纷纷捡起被砍断的矛头,人群中一片骚乱。

麻喏巴歇国王问道:"何故骚乱?"于是,杭·杰巴特和杭·卡斯杜里的事被禀告给国王。麻喏巴歇国王说:"就让他们坐在那个大殿里吧,不要去阻止他们。"

爪哇人听了麻喏巴歇国王的旨意后,也停止了攻击。于是,杭·杰巴特和杭·卡斯杜里就坐在了那个被禁止踏入的大殿里,之后每天都是如此。当麻喏巴歇国王坐在大殿上接受朝见时,杭·杰巴特和杭·卡斯杜里也同样坐在那里。

由于有威武的体态,杭·杜亚不管走到哪里都会引起人群的骚动。如果他到朝觐大殿,就会在大殿引起喧闹,如果去市场就会引起市场的骚动。如果他到村里,村里也一片喧嚣。所有的爪哇人都为他的体格着迷,如果杭·杜亚走过,即使依偎在丈夫臂弯中的女子也受到吸引,想要看杭·杜亚一眼。这就是为什么后来爪哇人会唱歌来歌颂他:

> 萎叶迎君
> 慰藉整日思慕

> 妇女嬉笑
> 争睹马六甲将帅

> 铁匠之子技艺高
> 磨炼不歇未能及

> 膝上少儿亦惊叹
> 原来彼岸将军到

> 追随左右
> 相遇相知
> 生死相伴
> 百顺百依

> 市井人声鼎沸

皆因马六甲将帅

盼可忘却
思念偏又来袭
爱恨交集
满怀不能放下

人声喧嚣
艳羡将军威仪

长发飘飘
为君饮泣
空长叹
青丝一缕
随风去

这就是杭·杜亚将军在麻喏巴歇受到女子爱慕的事迹。同样地，青春少艾也为他而歌唱：

露滴绿叶
朱兰子孙
热情富裕
一见倾心

未知幸否
牵动心扉
明朝羞怯
无处追寻

这位马六甲的海军都督当真举世无双，唯有达哈国王的武将桑坎宁格拉(Sangkaningrat)略可匹敌。爪哇人是这样吟唱的：

厅中人群喧闹，桑坎宁格拉来到，

桑坎宁格拉将军，达哈国之骄傲。

　　这就是那个时代马六甲人在麻喏巴歇发生的事。
　　一段时间之后，麻喏巴歇国王看到苏丹·曼苏尔·沙的智慧如此过人，所有的举止都比其他诸王更加出色，其手下的大臣也都举止优雅，口齿伶俐。于是，暗暗下定决心："我要选马六甲国王作我的女婿，为他和我的女儿拉丹·嘉璐·赞德拉·吉拉娜公主举行婚礼。"
　　于是，麻喏巴歇国王派守卫看守了四十天四十夜。所有的乐器都演奏起来，铜锣声、鼓声、唢呐声、喇叭声、大鼓声、长鼓声、爪哇竖琴、汽笛、敲琴、大鼓、蛙鼓、铜锣、摇鼓、铜鼓声、三弦、琴瑟、横笛、竹笛、琵琶、笛子(medali)，轰轰地响了起来①，无法想象还能有比这更大的声响。表演的演员也人数众多。有的鼓掌、有的跳舞、有的跳浪迎舞②、有的手脚并用敲大鼓③、有的表演哇扬戏、有的表演格斗、有的演木偶戏、有的跳面具舞、有的清点人数、有的操办婚礼、有的拍打和声。每个人又有专门的技能知识。每一个观看的人也都非常高兴，人头攒动，多得难以想象。
　　麻喏巴歇国王命令马六甲国王说："所有的爪哇人都已经表演了各自的节目。但是马六甲人还没有表演。"
　　于是，苏丹·曼苏尔·沙向敦·毗阁·苏拉转达了麻喏巴歇国王命令马六甲人表演的旨意。敦·毗阁·苏拉禀告说："陛下，我们马来人表演么？只有这种萨布萨布灵隐(sapu-sapu ringin)游戏④，是否可以？"
　　苏丹·曼苏尔·沙向麻喏巴歇国王转述了敦·毗阁·苏拉的奏告。
　　麻喏巴歇国王说道："这种萨布萨布灵隐游戏怎么玩？敦·毗

---

①　此处还有其他古代乐器名已无从查考：sambian, bheri, sanka, perawan, sakati, boning, ganrang, selukat, gangsa, musti kumala, udingan。
②　浪迎舞：爪哇妇女跳的一种舞蹈。
③　Serama 鼓：鼓的一种，鼓的一面用鼓槌敲击，另一面用手敲击。
④　原文 sapu-sapu ringin，古时候的一种儿童游戏。

阁·苏拉来表演一下,拉丹·嘉璐想看一看。"

于是,敦·毗阁·苏拉从王子当中选了十四五个人一起来玩这个游戏。敦·毗阁·苏拉和所有的王子一起两腿伸直站在国王面前,膝盖上绑上了布条。

他开始玩萨布萨布灵隐游戏。爪哇人看到之后,就阻止了游戏,并说道:"你的行为真没有礼貌,不可以在国王陛下面前伸直腿。"

敦·毗阁·苏拉回答说:"我们这都是奉了陛下的旨意来表演这个游戏的,这只是游戏而已。如果不是奉了陛下的旨意难道我们都疯了不成?如果国王陛下要打断的话,我们的游戏就停止吧。"

国王说道:"让他们继续玩吧,不要打断他们。"

于是,敦·毗阁·苏拉又继续玩下去。游戏结束后敦·毗阁·苏拉和所有一起玩游戏的人都得到了赏赐。

国王说:"怎么马六甲人会比其他国家的人都聪明?就连玩游戏都比不过马六甲人。"

麻喏巴歇国王还命人叫来了一个技术高超的小偷。国王对他说:"你试试去偷敦·毗阁·苏拉的格里斯剑,因为我看他非常聪明。"

士兵回禀道:"小人怕是拿不到他的格里斯剑,因为那个马来人把格里斯剑佩戴在身前。如果他把格里斯剑佩戴在身后,我就能偷到他的剑了。"

于是,国王说:"那好吧,我就让他把格里斯剑背在身后。"

第二天,国王出现在众人面前。于是,诸王都前来觐见。苏丹·曼苏尔·沙也来朝见国王。

于是,国王问敦·毗阁·苏拉说:"敦·毗阁·苏拉知不知道爪哇人的穿衣方法?"

敦·毗阁·苏拉回禀道:"请陛下恕罪,小人并不知道。"

于是,国王陛下命人为他按照爪哇的方式着装。敦·毗阁·苏拉按照爪哇的方式着了装,并把格里斯剑背在身后。国王从王座上下来观看斗鸡。斗鸡的人大声地欢呼,高兴得好像上了天。在这种混乱之中,那个小偷成功地偷走了敦·毗阁·苏拉的格里斯剑。敦·毗阁·苏拉扭头看向背后,发现格里斯剑已经不见了。

敦·毗阁·苏拉说道:"我的剑居然被爪哇人抽走了。"于是,他靠近替国王捧梽叶盒的侍从,并拿了国王的格里斯剑戴在自己身上。

斗鸡结束后,国王坐回宝座,众人也都纷纷坐回自己的位置。敦·毗阁·苏拉的格里斯剑被国王压在腿下。国王把敦·毗阁·苏拉叫到跟前:"敦·毗阁·苏拉你过来。"敦·毗阁·苏拉于是走到前面来坐下。国王从腿下拿出一把格里斯剑给他看,说:"我们刚刚得到一把非常好的剑。敦·毗阁·苏拉,你见过这么好的剑吗?"敦·毗阁·苏拉一看到那把剑,就知道是自己的那把格里斯剑,立即从腰间拔出自己佩戴的格里斯剑。

敦·毗阁·苏拉回禀国王说:"与小人的这把剑比哪个更好呢?"

国王一看到敦·毗阁·苏拉手里的那把格里斯剑,就认出那是自己的剑,因为爪哇国王的传统装饰都要有格里斯剑才齐全。负责这项事务的人也出席了。

于是,国王说道:"毗阁·苏拉你真是太聪明了,没有被我们所愚弄。"

国王把敦·毗阁·苏拉的格里斯剑还给了他,并且还把自己的那把格里斯剑也赏赐给了他。

守卫的人逗留了四十天四十夜之后,吉时已到。于是,苏丹·曼苏尔·沙与拉丹·嘉璐举行了婚礼。婚礼之后苏丹·曼苏尔·沙与拉丹·嘉璐入了洞房,婚后两人十分恩爱。

且说国王非常喜欢苏丹·曼苏尔·沙,让他和自己一起坐在国王的宝座上。国王上朝的时候和苏丹·曼苏尔·沙一起,私下闲坐时也和苏丹·曼苏尔·沙在一起。

苏丹·曼苏尔·沙在麻喏巴歇逗留了一段时间之后,想要返回马六甲。他向麻喏巴歇国王奏请携拉丹·嘉璐·赞德拉·吉拉娜公主回国。麻喏巴歇国王答应了他的请求。于是,苏丹·曼苏尔·沙开始整装准备。船队就绪之后,苏丹·曼苏尔·沙派敦·毗阁·苏拉去向麻喏巴歇国王请准要英得腊其利。于是敦·毗阁·苏拉前去觐见麻喏巴歇国王。

敦·毗阁·苏拉向麻喏巴歇国王启奏道:"国王陛下,您的女婿请求您把英得腊其利赐给他。您给,我们要得到;您不给,我们也要得到。"

于是，麻喏巴歇国王对着这些高官说："你们有什么意见？我的女婿想要英得腊其利。"

高官们说："好吧，陛下您就赏赐给他吧，也免得我们再分离。"

于是，麻喏巴歇国王说道："那好吧，我把英得腊其利赏赐给我的孩子，因为我们商议后决定，不让英得腊其利与爪哇土地像我跟我的孩子们这样分离。"

敦·毗阁·苏拉叩谢过国王然后就回来了。他向苏丹·曼苏尔·沙禀明了事情的经过。苏丹·曼苏尔·沙非常地高兴。

苏丹·曼苏尔·沙又派杭·杜亚去向国王陛下请赐锡安坦（Siantan）。

于是，海军都督和杭·杜亚也去觐见国王陛下。来到国王面前，杭·杜亚启禀国王说："陛下，小人请国王赐予锡安坦。不论您给不给，我们都要得到。"

国王陛下说："好吧，别说是锡安坦了，就是都督您向我要巨港，我也会赏赐给你的。"这就是海军都督的子孙世代掌管锡安坦的原因。这之后，苏丹·曼苏尔·沙返回了马六甲。

在路上行走了一段时间后，一行人回到了马六甲。回到马六甲的乌鲁西畔台（Ulu Sepantai）后，所有的高级大臣、财政大臣以及所有的大人物和有钱人都带着各种乐器——铜锣、鼓、唢呐、喇叭以及各种国王的用具前来迎接苏丹·曼苏尔·沙。船只的众多就更不用说了。见到苏丹·曼苏尔·沙之后，所有的高官显贵都到苏丹·曼苏尔·沙的面前叩拜。

到达马六甲后，国王和赞德拉·吉拉娜公主回到了宫殿。苏丹·曼苏尔·沙把英得腊其利和摩尔隆的国王招为了女婿，把自己的大女儿巴格尔嫁给了英得腊其利的国王，于是，生下了那拉·辛阿国王（Nara Singa），被封为苏丹·阿卜杜尔·加利尔·沙（'Abdul Jalil Shah）。过了一段时间，苏丹·曼苏尔·沙也与赞德拉·吉拉娜公主生下了一个王子，苏丹为他取名叫做巴生之王。

有一天，国王的马掉进了茅厕，于是人们都围过来想要把马拉上来。但没有一个人说要跳下去。杭·杜亚看到这件事之后，立刻跳入了茅厕之中。他把绳子拴在马脖子上，让人把马拉了上来。马被拉上来之后，杭·杜亚才爬上来，去洗澡并用合欢树洗发液洗发。

苏丹·曼苏尔·沙看到自己的马被拉了上来，非常地高兴。杭·杜亚也被国王陛下大大夸奖了一番，国王陛下还赏赐了他一套衣服。

此后，一个爪哇人发烧，年轻人都耻笑他。这个爪哇人感到非常羞耻，便拿着巽他人的砍刀发起狂来。于是，很多人被这个发狂的爪哇人砍死了。没有人能够制服他，众人纷纷四散逃走。杭·杜亚立刻赶到。那个爪哇人看到他之后就立即开始追赶他。杭·杜亚急急忙忙撤退，手里拿的格里斯剑也掉在地上。那个爪哇人看到之后，立即扔掉自己的砍刀，拣起杭·杜亚的格里斯剑。他心里认定那把格里斯剑一定是好东西，因为杭·杜亚非常重视它。杭·杜亚看到爪哇人扔掉了砍刀。杭·杜亚被那个爪哇人用格里斯剑逼刺。杭·杜亚一下就跳开了，没有被刺中。那个爪哇人也被杭·杜亚用巽他砍刀砍伤，他胸部以下被砍刀刺中。最后，那个爪哇人终于死了。

有人把爪哇人已被杭·杜亚砍死这件事报告给了苏丹·曼苏尔·沙。于是，杭·杜亚被国王召来，并赏赐了衣物。

过了一段时间，灾难降临在杭·杜亚身上。杭·杜亚与国王宫殿里的宫女私通，这件事被国王得知了。于是，苏丹·曼苏尔·沙命令室利·那拉·提罗阁处死杭·杜亚。

但室利·那拉·提罗阁心想："我要处死的这个杭·杜亚并没有犯下死罪啊。"于是，室利·那拉·提罗阁叫人给杭·杜亚戴上枷锁，藏在一个村子里，并回禀国王说杭·杜亚已经被处死了。苏丹·曼苏尔·沙听了之后沉默不语。

过了一年，杭·卡斯杜里也和国王的一位颇受宠爱的宫女私通。苏丹·曼苏尔·沙和王后往另外的宫殿去了，于是，杭·卡斯杜里就到宫里和他的情人相会。但国王和王后其实就坐在一个小偏殿里监视杭·卡斯杜里，宫廷侍从们和侍卫首领以及高官和富人们都来到国王面前觐见。于是，人们将杭·卡斯杜里团团围住，但没有人能够靠近他。杭·卡斯杜里把宫殿里所有的门都关上，但他面前还是有一扇门被冲开了。于是铜钵、果盘、铜盘都被扔到地上，他从果盘上面走过。他的爱人的脸和肚子也被砍裂，衣服也被剥光。苏丹·曼苏尔·沙下令逮捕杭·卡斯杜里，但没有人应答。

在那个时代,杭·卡斯杜里不是普通的人,于是,苏丹·曼苏尔·沙想起了杭·杜亚。国王说:"杜亚不在实在是太遗憾了。如果杜亚还在,他一定能够为我洗刷耻辱。"室利·那拉·提罗阁听了这话默不作声。当国王又提起杭·杜亚两三次之后,室利·那拉·提罗阁才向国王禀告说:"陛下,依臣之见,陛下十分怀念杭·杜亚。如果杭·杜亚还活着,陛下您能够饶恕他吗?"

苏丹·曼苏尔·沙问道:"杭·杜亚被你藏起来了吗?"

室利·那拉·提罗阁说:"臣难道疯了吗?敢违抗陛下的旨意。臣已经奉陛下的旨意将杭·杜亚处死了啊。"

苏丹·曼苏尔·沙说:"如果杭·杜亚还在,就算他犯了天大的罪我也会饶恕他的。跟室利·那拉·提罗阁你说心里话,我还是很怀念杭·杜亚的。"

室利·那拉·提罗阁回禀道:"陛下所言极是。当时陛下下旨处死杭·杜亚,但臣认为杭·杜亚罪不至死。所以臣把他关押起来,但杭·杜亚不是普通的犯人,这些天来臣一直害怕,不敢向陛下禀告。"

苏丹·曼苏尔·沙听了室利·那拉·提罗阁的话非常高兴。他说:"室利·那拉·提罗阁真是个能臣啊。"还赐给室利·那拉·阿尔·提罗阁一些衣物。

苏丹·曼苏尔·沙说:"室利·那拉·提罗阁你立刻把杭·杜亚带到这里来。"于是室利·那拉·提罗阁立刻派人去把杭·杜亚叫到苏丹面前。由于被关押得太久,杭·杜亚走起路来还不十分利落,有些跌跌撞撞。当杭·杜亚来到苏丹面前时,苏丹·曼苏尔·沙把自己腰上佩戴的格里斯剑取下来递给他。

苏丹·曼苏尔·沙下旨说:"拿着我的格里斯剑,去杀了卡斯杜里。"

杭·杜亚回答道:"是,陛下。"并向国王行礼致敬。

杭·杜亚找到杭·卡斯杜里,当他走上台阶时杭·杜亚喊道:"杭·卡斯杜里,下来!"

杭·卡斯杜里看到杭·杜亚来了,说:"你又活了?我还以为你已经死了,所以才想要做这件事。我们见面正是时候,你快上来!"

杭·杜亚说:"好的。"

于是,杭·杜亚走上了台阶。杭·杜亚刚刚登了两三级台阶,就被杭·卡斯杜里猛地扑倒,摔了下来。他又再次上去,同样又这样被扑倒。

这样反复两三次之后,杭·杜亚对杭·卡斯杜里说:"我怎么上得去呢?我才上了两三级台阶你就把我扑倒。如果你还是男子汉就下来,我们找一个人,让他看着,一对一单挑,好让他做个见证。"

杭·卡斯杜里说:"我怎么能下去呢?外面有这么多人在监视。我跟你对打、互相刺杀,然后别人再来刺杀我。"

杭·杜亚说:"我一个帮手都没带,我们只要找到一个人,在他面前对打就行了。"

杭·卡斯杜里说:"在哪里打还不都是一样?如果我下去了,就很容易被人刺杀。要是你想杀我,你就上来吧。"

杭·杜亚说:"要是你想让我上去,你就闪开一点儿。"

杭·卡斯杜里说:"好吧。"杭·卡斯杜里向一边闪开,杭·杜亚于是登上了台阶。杭·杜亚看到宫殿的墙上有许多小圆盾牌,就立即拿了下来。杭·杜亚与杭·卡斯杜里互相刺杀。但是杭·杜亚有盾牌而杭·卡斯杜里没有。杭·杜亚看到与杭·卡斯杜里私通的国王的小妾已经被杀死并且剥光了衣服,就一边与杭·卡斯杜里厮杀一边用脚把一块布踢到那个女子的尸体上,看起来像是穷人裹着毯子一样。

杭·杜亚刚刚被解除枷锁,站立时还有些不稳,但他厮杀时样子仍然十分勇猛。杭·杜亚与杭·卡斯杜里厮杀时刺向宫殿的墙壁,他的格里斯剑插在了墙上。眼看就要被杭·卡斯杜里刺中,杭·杜亚说:"真正的男子汉会刺杀像我这样的人吗?如果你是个男子汉,就让我把格里斯剑拔下来。"

杭·卡斯杜里说:"把你的剑拔下来吧。"

于是,杭·杜亚拔下剑并把它弄好。之后杭·杜亚又继续和杭·卡斯杜里厮杀。之后杭·杜亚又把格里斯剑插到墙上和柱子上,杭·卡斯杜里又让他把剑拔下来。因此杭·杜亚把剑拔了下来,刺了他两三下。真主有眼,杭·卡斯杜里的格里斯剑也刺在门板上,插了上去。他立即被杭·杜亚刺中,一剑就从背后直插到前心。

杭·卡斯杜里说道:"我说杜亚,你这个人怎么翻脸不认人啊。有两三次你的剑卡住了,我都让你拔了下来,怎么我的剑一卡住你就趁机刺我啊。"

杭·杜亚回答道:"你这个大逆不道的家伙,谁跟你信守承诺啊。"

于是,他又被杭·杜亚接连刺中,最后终于被杭·杜亚杀死了。

杭·卡斯杜里死了之后,苏丹·曼苏尔·沙非常高兴,把自己穿的衣物全都赐给了杭·杜亚。杭·卡斯杜里的尸体被人们拖了出去,扔到了海里。他的妻子儿女也都被处死。他土地上柱子的基座也都被挖出来扔到了海里。

在这之后,杭·杜亚被封为了海军都督,并以王子之礼相待,与室利·那拉·提罗阁平起平坐。杭·杜亚是第一个成为海军都督的人。即便是室利·那拉·提罗阁也没有这样的封号。海军都督代替室利·那拉·提罗阁拿着镇国长刀,坐在栏杆上。按原有的礼仪,室利·那拉·提罗阁才是手持镇国长刀的人。这一礼仪一直被人们奉行至今。

由于苏丹·曼苏尔·沙不想再住在杭·卡斯杜里被杀死的宫殿里,所以下令让巴杜卡·罗阁宰相兴建新的宫殿。新的宫殿非常庞大,有十七间内殿,每间内殿都有三个张开的手臂那么宽。宫殿里安装了灯,每个灯上都配有庇檐①,庇檐上还配有横的屋脊。所有的屋脊都是翼状的,并且雕刻精美。所有的天窗都做成了多棱的百叶窗(bilalang),可以单独分开,像山脉似的。宫殿里所有的天窗都刷了金色的油漆,并镶上了红色的玻璃。当阳光照射在天窗上时,会散发出火一般的光线。宫殿的墙壁也挂上了穗状的装饰物,并贴上了中国镜子。日光强烈时,这些镜子闪闪发光,使人不能直视。

宫殿柱与柱之间固定地板的横木都由古利姆树②做成,有一腕尺那么宽,有三拃厚。宫殿的栏杆有两腕尺厚,一共有四十个门闩,都雕刻着花纹。整个宫殿都刷上金漆,建造得非常漂亮。在那个时代,没有一个国王的宫殿能这么漂亮。宫殿的屋顶是用铜和锡做成的瓦片建成的。

---

① 斜顶棚。
② 一种木质坚硬的热带树。

当宫殿即将建成的时候,苏丹·曼苏尔·沙动身前去看他的宫殿。国王走进宫殿,臣民们也从宫殿下面走了上来。国王接着来到了御膳房。苏丹·曼苏尔·沙看到御膳房的横木颜色又黑个头又小。于是苏丹·曼苏尔·沙问道:"这是什么横木?"

于是所有的大臣们回答道:"这是奥润桐①,陛下。"

苏丹·曼苏尔·沙又问道:"你们真的想要财相吗?"

之后苏丹·曼苏尔·沙从宫殿返回。这个时候敦·因陀罗·瑟加罗(Tun Indra Syegara)也跟随着国王。

敦·因陀罗·瑟加罗原来是宦官出身,他立即跑去向大臣们说:"国王陛下因为刚才那根小横木非常生气。"

大臣们听了敦·因陀罗·瑟加罗的话后,立即命人去采集一腕尺宽、三拃厚的古利姆树。很快采集古利姆树的人就来了。巴杜卡·罗阇宰相亲自到御膳房,亲自用锤子雕刻这根横木。安装横木的声音传到了苏丹·曼苏尔·沙的耳朵里。

苏丹·曼苏尔·沙问道:"怎么这么吵啊?"敦·因陀罗·瑟加罗回禀道:"陛下,那是大臣在亲自安装并且雕刻那根横木。"于是,苏丹·曼苏尔·沙立刻吩咐赐予那个大臣一套锦衣。于是,敦·因陀罗·瑟加罗被人称为"利器"(Syahmura)。宫殿终于建成了。苏丹·曼苏尔·沙立刻赏赐了所有的工作人员,并立即搬进了这座新的宫殿。

也许是真主的安排,一段时间之后这座宫殿就被烧毁了。宫殿顶上突然着火。国王、王后和所有宫女都跑出宫殿。宫殿里的皇族和人们都跑来救火,但已经无法挽回了。人们也只能听凭那些财宝留在宫殿里。

宫殿的锡制屋顶已经破碎,从房顶的檐沟里流下来。整个宫殿也像大雨落下那样倒塌了,人们纷纷到流下来的锡当中抢救财宝。

敦·穆罕默德·班达斯(Tun Muhammad Pantas)也进去抢救财物,别人进去抢救一次,他能进出两三次,因此被人们称为"敦·穆罕

---

① 一种无刺,果实有毒的棕榈。

默德·班达斯"①。由于敦·穆罕默德·班达斯一次抢救出来的财宝相当两三个人的,因此,人们称他为"敦·穆罕默德·温达"②(Tun Muhammad Unta)。于是,宫殿里所有的财宝都被抢救出来,被烧掉的没有多少。整个宫殿都烧焦了,大火也熄灭了。

苏丹·曼苏尔·沙对所有抢救宫殿里财宝的人都给予了赏赐。应该得到衣服的就赏赐衣服,应该得到剑的就赏赐剑,应该得到长刀的就赏赐长刀。苏丹·曼苏尔·沙又命令巴杜卡·罗阇宰相建造寝宫和大殿。因此,巴杜卡·罗阇宰相就去寻找建造宫殿的人。于是,温加尔人(Ungaran)和苏格尔人(Sugal)建造王宫,班丹·噶朗安人(Bentan Karangan)提供原料,班祖尔·瑟拉彭人(Pancur Serapung)建造大殿,索亚尔人建造前厅,苏达尔人(Sudar)建造右殿,沙翁人建造左殿,阿彭人(Apung)建造象厩,摩尔宝人(Merbau)建造台阶,萨旺人(Sawang)建造浴池,通卡人建造清真寺,邓代人(Tentai)建造宫殿围墙的大门,麻坡人建造内湖。新建的宫殿比以前的更加精美豪华。宫殿建成之后,苏丹·曼苏尔·沙赏赐了所有参与建设的工人。国王于是长久地住在这座新的宫殿里。

室利·那拉·提罗阇与敦·古杜生下了三个孩子,长子叫敦·达希尔(Tun Tahir),老二是个女孩,名叫敦·沙(Tun Shah),最小的儿子叫敦·穆塔希尔(Tun Mutahir),长得非常英俊。敦·古杜去世,从人间到永恒世界去了。室利·那拉·提罗阇于是又续弦,娶了一位马来姑娘,生下了两个孩子,儿子名叫敦·阿卜杜尔(Tun 'Abudul),喜欢装模作样,女儿名叫敦·娜佳(Tun Naja)。

当马六甲王国国势强盛的消息传到中国之后,中国的皇帝决定到马六甲去。中国皇帝派人送去了书信,并送去了满满一船针。到达马六甲之后,国王命人接过中国皇帝的书信,送到宫里来。宫廷侍从接过信,把信送到了宣礼官那里。于是宣礼官宣读了这封信,内容如下:

  天子朝皇帝贻书马六甲国王。
  吾听闻马六甲国君乃大邦领主,吾欲与贵国交好。世间再无

---

① 班达斯,原文为 pantas,意为"敏捷、迅速"。
② 温达,原文为 unta,意为"骆驼"。

比两国更大之国家,两国子民,不计其数。今每户各取一针,装满一船,发往马六甲。

苏丹·曼苏尔·沙听了这封信后,会心微笑。他命人把船上的针卸下来,并在船上装满了炒西米。巴杜卡·罗阇宰相的兄弟敦·波尔巴蒂·布蒂奉国王之命出使中国。敦·波尔巴蒂·布蒂于是动身上路了。

经过一段时间的路程,敦·波尔巴蒂·布蒂到达了中国。中国皇帝命人接过了马六甲王国国王的书信,并将来使安顿在宰相李珀(Li Po)的家中。接近天亮时分,李珀和所有的大臣都进宫去朝见皇帝。敦·波尔巴蒂·布蒂一同前往,乌鸦也飞落了下来一起前去。走到宫殿大门外面时,李珀和所有的大臣都停了下来,于是乌鸦也停下。召见的锣声如雷鸣一般响起。李珀和所有的大臣这才走进门里,乌鸦也跟了飞进去。到了下一道门时,大家又停了下来,乌鸦于是又跟着停了下来。锣声再一次雷鸣般响起,于是大家才又走了进去。走过接下来的七道门都是如此。直到天色大亮,他们才走到大殿上坐了下来,前来上朝的人非常之多,以致大家的膝盖都撞在一起。这时,乌鸦展开翅膀,笼罩在人们上方。此刻钟鼓齐鸣,隐约可见中国皇帝从精致的御舆走出,登上了朝堂。朝见的人们都低着头坐着,并不把头抬起来。

马六甲国王的书信便由人宣读。中国皇帝听了信后非常高兴,命人把西米抬进来。当西米被抬到皇帝面前时,皇帝开口问道:"这些西米是怎么做成的?"

敦·波尔巴蒂·布蒂回禀道:"陛下,这是我们的国王吩咐臣民们一个人搓一粒搓成的。我们臣民的数量非常之多,谁也不知道到底有多少。"

中国皇帝说:"马六甲国真是大啊,人民如此众多,与我们的人民不相上下。我就把马六甲国王召为女婿吧。"于是中国皇帝对宰相李珀说:"连马六甲国王都让他的臣民们搓这些西米,更不用说我了。以后我吃的米也要这样一个一个地剥壳,不要再舂捣了。"

宰相李珀回答道:"是,陛下。"

这就是中国皇帝直到现在都不再吃春捣的大米,而是吃去壳大米的原因。

敦·波尔巴蒂·布蒂前去朝见中国皇帝时,所有的手指都戴满了戒指。无论谁把目光盯在他的戒指上,敦·波尔巴蒂·布蒂都会把戒指送给他。其他时候别人这样,他也同样这么做。每天敦·波尔巴蒂·布蒂朝见皇帝时都是如此。

有一次,中国皇帝问敦·波尔巴蒂·布蒂:"你们马来人都喜欢吃什么食物?"

敦·波尔巴蒂·布蒂回答道:"陛下,臣喜欢吃空心菜,不要切开,就做成长长的。"

于是,中国皇帝就命人照敦·波尔巴蒂·布蒂所说的做了一道菜。菜做好之后就送到了敦·波尔巴蒂·布蒂面前,其他的马来人也跟着一起吃。吃空心菜时,他们把脸向上扬,从菜的一头吃起。这样敦·波尔巴蒂·布蒂和所有的马来人便看到了中国皇帝的天颜。

到了该启程回国的季节。中国皇帝命宰相李珀准备行装将公主送往马六甲。于是,李珀下去筹备。一切准备齐全之后,国王命五百名少女和一位官职最高的大臣送公主杭柳(Hang Liu)①前往马六甲,同时还挑了几百名漂亮的宫女陪嫁。船队准备就绪之后,敦·波尔巴蒂·布蒂奏请回国。中国皇帝派人把书信送到船上。于是,敦·波尔巴蒂·布蒂启程回国了。

在路上行走了一段时间后,敦·波尔巴蒂·布蒂回到了马六甲。于是,有人向苏丹禀告,说敦·波尔巴蒂·布蒂已经回国并带回中国皇帝的公主。苏丹·曼苏尔·沙大喜,命所有的大臣和贵族前去迎接。见面之后,将他们以万分隆重和尊贵的礼节迎进宫里。苏丹·曼苏尔·沙见到中国公主沉鱼落雁之容,感到十分惊讶。

国王让公主皈依伊斯兰教。公主皈依了伊斯兰教之后,苏丹·曼苏尔·沙就与杭柳成婚了。公主生下了一个儿子,取名叫巴杜卡·米玛特(Paduka Mimat)。米玛特又生下了巴杜卡·室利·中国(Padu-

---

① 通常认为,此即明代嫁给马六甲苏丹的中国公主汉丽宝。此次译名是根据原书的马来文音译而来。

ka Seri Cina),巴杜卡·室利·中国又生下了巴杜卡·艾哈迈德（Paduka Ahmad），即巴杜卡·伊萨普（Paduka Isap）的父亲。陪嫁的五百名宫人都被安置在中国山（Bukit Cina），那里至今仍然被称作中国山。那些人的后代被称作中国侍从。

苏丹·曼苏尔·沙给护送公主的中国官员以赏赐。于是，中国官员也奏请回国。苏丹·曼苏尔·沙命令敦·德拉奈和贾那·布特拉前往中国。苏丹·曼苏尔·沙做了中国皇帝的女婿，于是，向中国皇帝纳表称臣。敦·德拉奈和贾那·布特拉扬帆前往中国。天降大风，所以敦·德拉奈和贾那·布特拉偏离航道，到了文莱国（Berunai）。于是敦·德拉奈和贾那·布特拉前去朝见文莱国王。

文莱国王对敦·德拉奈说："马六甲国王给中国皇帝的信中都写了些什么？"敦·德拉奈回答："写的是：臣子马六甲王致书父皇中国皇帝千万敬拜。"

文莱国王对敦·德拉奈说："苏丹·曼苏尔·沙向中国皇帝纳表称臣了？"

大臣贾那·布特拉回禀道："不是的，信中的'臣'在马来语里是指臣民①。是臣民们给中国皇帝写的奏表，不是您父王写的。"文莱国王沉默不语。

到了该回国的季节，敦·德拉奈和贾那·布特拉向文莱王奏请回国。文莱王给马六甲寄了一封信，信中写道：

　　臣子文莱王致书父皇马六甲苏丹阙下。

敦·德拉奈和贾那·布特拉于是回到了马六甲。文莱国王的书信也被呈给马六甲国王。事情的整个经过也向国王禀明。国王听后十分高兴。于是，国王赏赐了敦·德拉奈和贾那·布特拉，并大大表扬了贾那·布特拉一番。

苏丹·曼苏尔·沙命令巴杜卡·罗阇宰相攻打彭亨。于是，宰相率室利·那拉·提罗阇、海军都督、桑·瑟迪亚、桑·古纳桑·纳亚（Sang Naya）、桑·加亚·比克拉玛（Sang Jaya Pikerama）以及所有武

---

① Sahaya 在马来语中既有"臣民"的含义，又有下臣自称的"我"的含义。

将一同前往。全军共约两百余人。经过一些时日,他们到达了彭亨。于是,马六甲人和彭亨①人展开交战。

彭亨最初也是一个大国,乃是暹罗的属国。彭亨王名叫摩诃罗阇·苏拉(Maharaja Sura),与巴杜卡·布本是同宗兄弟。宰相来到彭亨之后,马六甲人与彭亨人激战正酣。一段时日之后,在真主的意志下,马六甲人轻松地击败了彭亨人。彭亨人全部四处逃散。

摩诃罗阇·苏拉逃到了上游地带。于是,宰相派室利·那拉·提罗阇、海军都督、室利·阿格尔·罗阇(Sri Akar Raja)、桑·瑟迪亚、桑·古纳、桑·纳亚、桑·加亚、比克拉玛、桑·苏拉那(Sang Surana)、桑·阿利亚(Sang Aria)、桑·拉丹(Sang Radin)、桑·苏拉·巴赫拉万(Sang Sura Pahlawan)、桑·苏拉以及所有的人一起去追赶摩诃罗阇·苏拉。在追赶的过程中,室利·那拉·提罗阇又猎野牛,又捕野鸡,哪里有好的沙滩他也要停下来游乐一番。

于是,室利·那拉·提罗阇的随从们说:"大人怎么能这样,我们这一点儿都不像有任务在身的样子。别人都在拼命追赶摩诃罗阇·苏拉,怎么能在这个时候还玩耍打猎呢?如果其他人追上并立功,我们可就什么都得不到了。"

室利·那拉·提罗阇说:"你们这些年轻人懂什么,摩诃罗阇·苏拉是不可能从我的眼皮底下逃脱的。他的名字在我之下,日子在我之下,时刻在我之下,他怎么可能逃出我的掌心。"

摩诃罗阇·苏拉躲在森林里整整三天,粒米未进,滴水未沾。于是,他走到一位老妇人的房前,向她讨要米饭。

那个老妇人心里想道:"听说这个国王正在被室利·那拉·提罗阇追捕。如果被人家知道他在我家里那我可怎么办?我最好还是去告诉室利·那拉·提罗阇。"

于是,那个老妇人对摩诃罗阇·苏拉说:"大人您先在这里坐一坐,我去采些菜来。"

老妇人到了海滩上,想要告诉各位随从。随从们先得知了这件事,然后室利·那拉·提罗阇也知道了。老妇人见到了室利·

---

① 原文作 Pahang,彭亨。《岛夷志略》作"彭坑",《明史》作"彭亨"。

那拉·提罗阁,告诉了他这件事。室利·那拉·提罗阁于是命众人前去包围摩诃罗阇·苏拉。于是,摩诃罗阇·苏拉被马六甲人抓住,并被带到室利·那拉·提罗阁面前。室利·那拉·提罗阁又把摩诃罗阇·苏拉押回交给巴杜卡·罗阇宰相。但是,摩诃罗阇·苏拉虽被室利·那拉·提罗阁捉拿到并没有被捆绑起来。到了宰相那里,摩诃罗阇·苏拉被交给了宰相之后也是如此,他被依照皇室的待遇关了起来。

宰相下令将摩诃罗阇·苏拉所骑的名叫伊优·底格酿(Iyu Dikenyang)的大象也带回马六甲。所有的将士集合之后,宰相也带着摩诃罗阇·苏拉一起返回马六甲。经过一段时间,巴杜卡·罗阇宰相回到了马六甲。于是他带着摩诃罗阇·苏拉前去觐见国王。苏丹·曼苏尔·沙非常高兴。他赏给巴杜卡·罗阇宰相非常华贵的衣物,一起前往彭亨作战的所有人也都得到了赏赐。作为抓到摩诃罗阇·苏拉的奖励,室利·那拉·提罗阁也被苏丹·曼苏尔·沙赏赐了伞、鼓、唢呐和长喇叭,只是没有赐他大铜鼓。

当室利·那拉·提罗阁离开马六甲时,苏丹·曼苏尔·沙为他举行册封仪式。室利·那拉·提罗阁奉旨住在彭亨。于是,他前往彭亨并统治这片领土。

摩诃罗阇·苏拉被苏丹·曼苏尔·沙交给宰相。宰相同样没有给他戴上枷锁。后来宰相又把他交给了室利·那拉·提罗阁,室利·那拉·提罗阁把他囚禁在自己接受人们朝见的宫殿的一角。但室利·那拉·提罗阁在他的囚室中给他准备了褥子和枕头,并且定时定量给他送去食物,还让人们以朝见国王的礼节来对待他。

有一次,室利·那拉·提罗阁正在接受人们的朝见。摩诃罗阇·苏拉说:"当臣的国家战败、臣被室利·那拉·提罗阁您抓获的时候我感觉我仍在王位上,当我到了宰相那里直到后来,我都感觉仍然在王位上。但只有在面对这位老人时我觉得自己是个囚犯。"

室利·那拉·提罗阁说:"摩诃罗阇·苏拉,你当然是国王大人,但你的德行不足。我室利·那拉·提罗阁是个大将,您的国家我都能打败,更不用说您本人了。这有什么好大惊小怪的?宰相是个大人物,他手下众多,您能逃到哪里去?但我只是个穷苦人,如果您要是逃走了,国王必定大怒于我。因此我才不得不把您囚禁起来。"

摩诃罗阇·苏拉说:"那我就祝贺大人了。"

摩诃罗阇·苏拉在监狱里待了一段时间后,有一次那只名叫伊优·底格酿的大象被人带去洗澡。经过摩诃罗阇·苏拉的囚室时,摩诃罗阇·苏拉叫住了它。摩诃罗阇·苏拉注视它时,发现它的指甲一个都不见了。于是,摩诃罗阇·苏拉说:"从来没见过我的大象是这个样子,难怪呀,我的国家战败了。"

后来苏丹·曼苏尔·沙的名叫甘赞吉(Kancanci)的御象逃跑了。作为主管象厩的官员,室利·罗摩(Sri Rama)奉旨前去寻找,但没有找到。当有人在沼泽或者刺林中遇到它,也没能把它抓回来。室利·罗摩把这些事禀告苏丹·曼苏尔·沙。苏丹于是命人在全国严加搜查。有人向苏丹·曼苏尔·沙禀告说,摩诃罗阇·苏拉对大象非常内行,国王于是让摩诃罗阇·苏拉去抓捕御象。

摩诃罗阇·苏拉对前来传诏的官员说:"请向陛下禀告,如果能够释放臣下,臣下才能去寻找御象。"

传诏官回去向苏丹·曼苏尔·沙禀告了摩诃罗阇·苏拉所说的话。苏丹·曼苏尔·沙于是下令释放了摩诃罗阇·苏拉。摩诃罗阇·苏拉被释放后,御象也被找到了。苏丹·曼苏尔·沙于是让所有的王子都去跟随摩诃罗阇·苏拉学习,因为苏丹·曼苏尔·沙希望有人能够懂得大象、懂得骑马、懂得使用武器。

那个室利·罗摩出身刹帝利,坐在椅子右边的扶手上,一直不停地嚼着栳叶。

室利·那拉·提罗阇有个姐妹,被苏丹·曼苏尔·沙娶为王妃,并生下了四个孩子,其中两个是儿子,两个是女儿。其中一个儿子名叫罗阇·艾哈迈德(Raja Ahmad)。后来室利·那拉·提罗阇病倒了,他觉得自己时日无多,于是派人去把巴杜卡·罗阇宰相叫来。

室利·那拉·提罗阇对巴杜卡·罗阇宰相说:"我病得很重,就快要死了。我的孩子还非常幼小,我首先希望真主眷顾他们,同时希望老弟你能把他们当做自己的孩子。除了四箱金子和四个仆人之外,我什么遗产都不能给我的孩子留下。一切就听凭老弟的安排。"

说完这些话之后,室利·那拉·提罗阇就归真了。苏丹·曼苏尔·沙也来出席室利·那拉·提罗阇的葬礼,并赐给他伞、鼓、唢呐、长喇叭和大铜鼓。葬礼结束后,苏丹·曼苏尔·沙带着悲伤回宫去了。于是,室利·那拉·提罗阇的孩子就都住到了巴杜卡·罗阇宰相的家中。

室利·那拉·提罗阇的儿子敦·达希尔接替了他父亲的位置,被封为室利·那拉·提罗阇,成为财相。室利·那拉·提罗阇的小儿子敦·穆塔希尔被封为室利·摩诃罗阇(Seri Maharaja),成为了天猛公。室利·那拉·提罗阇的另一个同父异母的孩子敦·阿卜杜尔,他非常喜欢挥霍浪费,才三天时间就把财产挥霍一空。如果在炎热的天气骑马走在树荫下,还随处带着厨师,真是太喜欢炫耀了。

第十章

话说那位中国皇帝。在把公主和敦·波尔巴蒂·布蒂送回马六甲之后,马六甲国王的书信也送到了中国。信被呈上来之后,皇帝命宰相宣读。在得知信的内容是马六甲国王向他称臣后,中国皇帝非常高兴。

此时,中国皇帝正身染顽疾,不久雅司病①蔓延全身。于是,皇帝命人请来太医,向他求医问药。太医为皇帝诊治之后,病情并不见好转。皇帝于是又请来数百名郎中为他诊治,但仍不见效。

于是,有一位老郎中前来向皇帝禀告:"陛下,这种麻风病不适合让小人们诊治,因为这种病是有原因的。"

皇帝问到:"什么原因?"

老郎中回答说:"陛下,原因就是马六甲国王寄来的那封信,那是天谴啊,如果陛下不能喝下马六甲国王的洗脚水并用马六甲国王的洗脚水沐浴,病是不会好的。"

中国皇帝听了老郎中的话,就派使者去马六甲索要马六甲国王的洗脚水。一切准备齐全之后,使者就起程前往马六甲。经过一段路程后使者到达了马六甲。于是就有人向苏丹·曼苏尔·沙禀告,说中国皇帝派使者前来索取国王陛下的洗脚水。苏丹·曼苏尔·沙来到大殿上接见中国使者,并命人接过来自中国的书信,送入大殿之中。国王命宣礼官宣读了这封信,信中写道:

父皇贻书贤婿盼贤婿略尽孝道以足浸水后将水呈送父皇。

于是,苏丹·曼苏尔·沙就给了使者一些洗脚水,并回了信。苏丹·曼苏尔·沙赏赐了中国使者,并把回信和洗脚水一并送到船上。

---

① 一种热带的痘状慢性皮肤传染病。

中国使者启程回国,过了一段时间就回到了国内。

使者把苏丹·曼苏尔·沙的书信和洗脚水送来,由侍从带进宫里。皇帝喝下了苏丹·曼苏尔·沙的洗脚水,并用苏丹·曼苏尔·沙的洗脚水沐浴,于是,身上因患雅司病而长的痘疹都消失了。皇帝恢复了健康后,发誓再也不让乌丁礁林①(Ujung Tanah)的国王来称臣。直到今日仍是如此。

中国皇帝说:"我的子孙们,再也不要有让马六甲国王称臣的想法,也不要让马六甲国王的子孙纳贡称臣,要和睦相处,相亲相爱。"

---

① Ujung Tanah,即马来西亚柔佛州的别称,意为"大地的尽头"。

第十一章

　　话说苏丹·曼苏尔·沙想要攻打锡亚克（Siak）国。因为锡亚克国①以前是一个大国，其国王是巴加鲁勇（Pagar Ruyung）的孙子，他的祖先是从须弥山上下来的桑·瑟波巴。由于他不向马六甲国王称臣，于是马六甲国王下令攻打锡亚克。马六甲国王派室利·阿瓦达纳（Seri Awadana）和六十名武官一起前往锡亚克。加亚·比克拉玛和桑·苏拉那均奉命跟随室利·阿瓦达纳。室利·阿瓦达纳是室利·阿玛尔·提罗阇宰相的孙子，室利·阿玛尔·提罗阇宰相有很多子女，最大的孩子名叫敦·哈姆扎（Tun Hamzah），敦·哈姆扎又生下了室利·阿瓦达纳。室利·阿瓦达纳做了苏丹·曼苏尔·沙的宰相。

　　室利·阿瓦达纳有两个孩子，一个名叫敦·阿布·萨班（Tun Abu Saban），另一个名叫敦·柏拉（Tun Perak）。敦·萨班生下孩子奥朗·噶亚·敦·哈桑（Orang Kaya Tun Hasan）；敦·柏拉生下女儿敦·艾莎（Tun Esah），儿子敦·艾哈迈德（Tun Ahmad）。室利·阿瓦达纳还持有莫尔堡（Merbau），在那个时代，莫尔堡是由三十艘三桅的兰加阑船②组成的。船队就绪之后，室利·阿瓦达纳启程前往暹罗，和卓·巴巴（Khoja Baba）也和武将们一起出发了。

　　几天的路程之后，他们就到达了锡亚克国。锡亚克的国王名叫博利·苏拉王（Maharaja Peri Sura）。其宰相名为敦·加纳·木卡·波巴尔（Tun Jana Muka Bebal）。当听说马六甲人来犯的消息之后，他立即加固城堡、召集人民。马六甲人于是逆流而上。

　　锡亚克城堡位于水边，于是马六甲人将船成双成对地停靠近城

---

　　① Siak，《马来亚史》、《东南亚史》译作"硕坡"，《印度尼西亚古代史》作"锡亚克"，许云樵译本作"锡国"。位于今苏门答腊岛东海岸。
　　② 原文 lancaran，一种快船。

堡。全副武装的马六甲人全面进攻,锡亚克人死伤众多。博利·苏拉王站在城头上,命令所有臣民奋勇作战。和卓·巴巴看到博利·苏拉王,就抬箭射去。博利·苏拉王的胸部接连中箭,倒地身亡。锡亚克人看到国王已死,全部溃散,四下逃窜。于是马六甲人攻破了锡亚克城堡,进入城内。马六甲人在城内大肆抢劫,所获颇丰。

博利·苏拉王有个儿子,名叫莫嘎特·古杜(Megat Kudu),被马六甲人擒获并带到室利·阿瓦达纳面前。之后室利·阿瓦达纳返回马六甲。回到马六甲后,室利·阿瓦达纳带着莫嘎特·古杜前去面见国王。苏丹·曼苏尔·沙大喜,室利·阿瓦达纳、和卓·巴巴和所有的参战人员都被国王给予了赏赐。莫嘎特·古杜也得到赏赐,于是国王为他和自己的女儿完婚,并封他为锡亚克国的国王,赐他苏丹·易卜拉欣(Sultan Ibrahim)封号。加纳·木卡·波巴尔做他的宰相。此后,国王与王后,即苏丹·曼苏尔·沙的女儿生有一子,名叫罗阇·阿卜杜尔。

前面提到苏丹·曼苏尔·沙的儿子穆罕默德王和艾哈迈德王。当国王的这两个孩子长大成人之后,穆罕默德王颇受国王宠爱,因而意图登上王位。一次,艾哈迈德王和穆罕默德王一起去骑马玩耍。碰巧巴杜卡·罗阇宰相的儿子敦·博萨尔(Tun Besar)和一群年轻人正在街道上踢藤球。艾哈迈德王和穆罕默德王经过时,敦·博萨尔正好把藤球踢了出去,击中了穆罕默德王的头巾帽,头巾掉了下来。

穆罕默德王说道:"我的头巾掉了!"

于是,捧着梽叶盒的侍从纷纷逃避,敦·博萨尔被一剑刺中心窝,倒地毙命。人们顿时骚动起来。

于是,宰相走出来询问人群骚动的原因。有人回答说:"大人,您的儿子被穆罕默德王杀死了。"然后那人向宰相禀明了事情的原委。

宰相问道:"你们为什么都全副武装啊?"

宰相的部下回答说:"我们要为我们兄弟的死报仇。"

宰相说:"我们马来人的规矩从不允许大逆不道。"

宰相说:"嘿,想造反的离开这!① 你们都走开,滚!我们马来人永

---

① 原文为 Hai, hendak derhakalah ke bukit, hendak derhaka ke busut。

远不能背叛君主。可是这位王子我们是不能推举他为王了。"

听了这番话后,宰相的部下都沉默不语。于是,敦·博萨尔的尸体被埋葬了。事情的全部经过都禀告了苏丹·曼苏尔·沙。

苏丹·曼苏尔·沙说:"宰相说了些什么?"于是,当事人把宰相所说的按马来人的风俗不能背叛国王以及不能推举王子为王的话禀告国王。国王大怒,命人把穆罕默德王叫来。穆罕默德王来了之后,国王对他严加训斥,怒不可遏。苏丹·曼苏尔·沙说:"这个该死的穆罕默德,我真后悔生下你。"

于是,苏丹·曼苏尔·沙派人到彭亨去叫室利·毗阇·提罗阇回来。不久,室利·毗阇·提罗阇奉命返回。苏丹·曼苏尔·沙把穆罕默德王交给室利·毗阇·提罗阇,让他到彭亨去做国王。苏丹把从大西的里(Sedili Besar)到丁加奴(Terengganu)的土地都赐给了穆罕默德王,还把适合做宰相的人、适合做财政大臣的人和适合做天猛公的人也都赐给了穆罕默德王。一切就绪之后,室利·毗阇·提罗阇便回彭亨去了。室利·毗阇·提罗阇在彭亨立王子为王,人们称之为苏丹·穆罕默德·沙。事情完结后,室利·毗阇·提罗阇回到了马六甲。

从风上之国到风下之国,马六甲王国的强大传遍了各个地方。所有阿拉伯人都称之为满喇卡(Malaqat)。在那个时代,除了巴赛、哈鲁两国之外,没有任何一个国家能够与马六甲匹敌。这三个国家的国王不管老少都互致问候。但是巴赛国的国王,不管是哪里的来信都被他读成是称臣的信件。

第十二章

话说望加锡(Mengkasar)国王瑟莫尔路齐(Semerluki)。讲故事的人是这样讲述他的故事的。在望加锡有一个叫巴鲁路伊(Balului)的国家,这个王国非常强大,很多国家都向它称臣。国王名叫莫交高(Mejokok),他娶了卡拉恩·蒂丹德玲·吉琦尼克(Keraeng Ditandering Jikinik)的互为姐妹的七个公主为妻。这七位公主都嫁给国王为妻,其中最小的一位公主,容貌尤其美丽。

七位公主中,年长的公主育有一子,他的父王给他起名叫卡拉恩·瑟莫尔路齐(Keraeng Semerluki)。一段时日之后,卡拉恩·瑟莫尔路齐长大成人。他非常勇猛,在望加锡无人能及。但他想要娶他父王的王妃为妻,就是那七位公主中年纪最小的一位。

卡拉恩·莫交高国王得知了这件事,并不把自己的这位王妃许配给自己的儿子。卡拉恩·莫交高国王对儿子卡拉恩·瑟莫尔路齐说:"我说皇儿啊,如果你想要娶像王妃那样的漂亮女子,就自己到马来半岛去抢吧,去找一个长得跟她一样的女子。"

于是,卡拉恩·瑟莫尔路齐组建了一支由两百艘各种船只组成的船队。一切准备就绪后,卡拉恩·瑟莫尔路齐启程上路,意图征服风下之国的所有船只。

他首先去了爪哇。他下令摧毁了爪哇的大片领土,因此不管他去到哪个国家都没有人敢把他驱逐出去。卡拉恩·瑟莫尔路齐接着又去了马来半岛,并摧毁了马六甲的所有诸侯国。于是,有人向苏丹·曼苏尔·沙禀告说:"我们所有的诸侯国都被望加锡的卡拉恩·瑟莫尔路齐王打败了。"

听到这个消息后,苏丹·曼苏尔·沙命令海军都督去驱逐瑟莫尔路齐。海军都督便开始筹备。一切准备就绪后,瑟莫尔路齐来到了马六甲海峡。海军都督也率船队出了海。与瑟莫尔路齐的船队相遇后,两方展开了激烈的交战。弓箭与吹箭如大雨般落下。海军都督与瑟莫尔路齐见了面,卡拉恩·瑟莫尔路齐于是下令抛出船锚,钩住了海军都督的船。海军都督的船被拖着在海上转圈,海军都督因此下令将两船破开。于是,瑟莫尔路齐的船队被海军都督的船队击败。然而仍然有很多马六甲人被吹箭射死,因为马六甲人不懂得吹箭这种武器。

于是,卡拉恩·瑟莫尔路齐接着又去了巴赛。巴赛的很多领土也遭到战火的侵袭。巴赛国王命令奥朗·卡亚-卡亚·罗阇·格纳彦(Orang Kaya-Kaya Raja Kenayan)前去驱逐卡拉恩·瑟莫尔路齐。奥朗·卡亚-卡亚·罗阇·格纳彦整装待发。一切就绪后,罗阇·格纳彦踏上征途,并与卡拉恩·瑟莫尔路齐在德尔利海湾(Teluk Terli)相遇。望加锡船队与巴赛船队展开交战。卡拉恩·瑟莫尔路齐与罗阇·格纳彦也见了面。卡拉恩·瑟莫尔路齐下令抛出船锚,钩住了罗阇·格纳彦的船。卡拉恩·瑟莫尔路齐于是又下令拖住罗阇·格纳彦的船在海上转圈。

罗阇·格纳彦说:"转吧,一会儿靠得近了,我就跳过去用剑刺你。"

卡拉恩·瑟莫尔路齐命令说:"把两船破开。"于是两船被破开,分离开来。

卡拉恩·瑟莫尔路齐说:"罗阇·格纳彦比海军都督勇敢。"

卡拉恩·瑟莫尔路齐由马六甲海峡返回,被海军都督尾随。所有偏僻的地方都已经被卡拉恩·瑟莫尔路齐征服了,他自己的船队也遭受了很多损伤。

卡拉恩·瑟莫尔路齐来到了翁格尔(Ungar)海峡。他把压舱石抛入翁格尔海峡,说道:"如果这块石头能够浮起来,那我就能到马来半岛来。"

于是那个地方被人们命名为"石头角"(Tanjung Batu)。那块石头也一直留存到今天。

卡拉恩·瑟莫尔路齐回到了望加锡。海军都督也回到马六甲面见苏丹·曼苏尔·沙。苏丹·曼苏尔·沙对海军都督和所有的参战人员都给予了赏赐。

在此之后，从船上下来的长老艾布·伯克尔（Maulana Abu Bakar）带来了经书《珠玑诗集》（*Durr Manzum*）①。他来到马六甲之后，受到了苏丹·曼苏尔·沙的礼遇。国王命人将他传召到大殿上，并且拜他为师向他学习。国王也颇受长老艾布·伯克尔的褒奖，长老艾布·伯克尔称赞国王心智聪颖、学识丰富。苏丹·曼苏尔·沙命人将《珠玑诗集》送到巴赛国的端·波玛达甘（Tuan Pematakan）那里去请他释义，完成之后又送回马六甲。

苏丹·曼苏尔·沙非常高兴，把《珠玑诗集》的释义给长老艾布·伯克尔看。于是长老艾布·伯克尔将释义朗读出来，并大大赞扬了端·波玛达甘。

在此之后，苏丹·曼苏尔·沙又派敦·毗阁·旺萨（Tun Bija Wangsa）到巴赛去请教一个问题：天堂里的东西会永远在天堂里，地狱里的东西会永远在地狱里吗？并且带去了七两金沙、两名女子，其中一个是望加锡的侨生子，名叫当·崩阿（Dang Bunga），另一个是宫廷侍从姆瓦尔（Muar）的孩子，名叫当·比巴（Dang Biba）。苏丹·曼苏尔·沙还给巴赛国王送去了带有装饰的黄宝石和紫宝石作为礼物。

苏丹·曼苏尔·沙对敦·毗阁·旺萨说："问问巴赛所有的学者：天堂和地狱里的东西会永远在天堂和地狱里吗？能够回答这个问题的人，敦·毗阁·旺萨您就可以把这七两金沙和两名女子都赏赐给他，并且还要把他所说的话，鸣鼓开道带回给我。"

敦·毗阁·旺萨回禀道："是，陛下。"他命人把信按照皇家礼仪送到船上，启程前往巴赛。

巴赛国王以极其隆重和尊贵的礼节接下了苏丹·曼苏尔·沙的信。到达大殿后，巴赛国王命人宣读了这封信。听到这封信的内容之后，巴赛国王非常高兴。敦·毗阁·旺萨也向国王表示了敬意。

巴赛国王对敦·毗阁·旺萨说："敦·毗阁·旺萨带来了什么旨意吗？"

---

① *Durr Manzum* 即 *Durr al-Manzum*，此书中文译名据台湾南华大学宗教学研究所蔡源林《马来西亚伊斯兰国教化的历史根源》一文。《珠玑诗集》作者是麦加一位苏菲大师 Moulana Abu Ishak。资料来源http://www.5doc.com/doc/577254。

敦·毗阁·旺萨回禀道:"根据国王陛下的旨意,能回答国王陛下信中所写的问题的人,可以得到七两金沙和两名女子的赏赐,他的答案也要被记录下来送回马六甲。"

于是,巴赛国王立即派人请来了敦·马赫度姆·穆瓦(Tun Makhdum Mua)。敦·马赫度姆·穆瓦来到大殿,与国王同坐。巴赛国王问敦·马赫度姆·穆瓦:"大人,马六甲王国王下令敦·毗阁·旺萨来这里询问一个问题:'是否天堂里的东西会永远在天堂里,地狱里的东西会永远在地狱里?'希望大人能满足我们的心愿,不要让我们感到羞愧。"

敦·马赫度姆·穆瓦回答说:"天堂里的东西会永远在天堂里,地狱里的东西会永远在地狱里。"

敦·毗阁·旺萨问:"除此之外没有其他的答案了吗?"

马赫度姆·穆瓦说:"没有了,因为依据《古兰经》来看,这是确定无疑的。"①

这时候敦·马赫度姆·穆瓦的学生敦·哈桑(Tun Hasan)也坐了下来。他的视线因为害羞而左右摇摆不定。他并不同意敦·马赫度姆·穆瓦的观点。之后,国王走了进来。所有前来觐见国王的人都各自回家了。当敦·马赫度姆·穆瓦回到家后,敦·哈散也来到他家面见敦·马赫度姆·穆瓦。

敦·哈桑说:"刚才您为什么那样回答国王的使者?如果答案只是那样的话,马六甲人也早就已经知道了,为什么还来这里询问呢?他们是不是想要不同的答案呢?"

敦·穆瓦问道:"那你认为怎样才对呢?"

敦·哈桑回答说:"我认为像我说的那样就是正确的。"

敦·马赫度姆·穆瓦说:"你说的对,是我的疏忽,但是话已出口,我们又能怎么办呢?"

敦·哈桑说:"这好办。大人您派人去请那个使者来,对他说,'刚才您当着众人的面询问这个问题,我给出了那样的答案。现在在僻静的地方我告诉您确凿可信的答案。"

---

① 本句原文为 Tiadalah, karena sabit dengan dalil Qur'an: جالدين فيها اندا。

马赫度姆·穆瓦说:"你说得对。"于是马赫度姆·穆瓦派人去请敦·毗阁·旺萨。敦·毗阁·旺萨于是来到敦·马赫度姆·穆瓦家。敦·马赫度姆·穆瓦请敦·毗阁·旺萨吃了饭,饭后,敦·马赫度姆·穆瓦把敦·毗阁旺萨带到了一个僻静的地方跟他说道:"刚才大人您在议事厅中间当着众人的面问我问题,我才那样回答。现在我把真正确凿可信的答案告诉您。"

敦·毗阁·旺萨听了敦·马赫度姆·穆瓦的话大喜,于是把那七两金沙和两名女子都给了他。敦·马赫度姆·穆瓦的答案也被鸣鼓开道带到船上。

巴赛国王问道:"来使为什么鸣鼓?"

封号为敦·加纳·马赫鲁克·比利-比利(Tun Jana Makhlok Biri-Biri)的伊斯兰教长老布江·加利(Bujang Kari)回禀道:"敦·马赫度姆·穆瓦在敦·哈桑的提醒下,回答出了来使的问题。"巴赛国王听到这个消息后大喜。在此之后,敦·毗阁·旺萨向巴赛国王祈求书信。

于是巴赛国王给马六甲国王写了回信,并被送到了船上,敦·毗阁·旺萨也得到了巴赛国王赏赐的衣物。之后,敦·毗阁·旺萨就带着答案返回了马六甲。回到马六甲之后,那份答案首先被送进了宫里,然后才是巴赛国王的书信。苏丹·曼苏尔·沙看了答案后大喜,立即对长老艾布·伯克尔表示了赞同。苏丹·曼苏尔·沙还大大赞扬了敦·穆瓦。

在那个时代,马六甲有一位伊斯兰教的宗教法官名叫优素福(Yusuf),是让所有马六甲人皈依伊斯兰教的马赫度姆·赛义德·阿卜杜尔·阿齐兹(Makhdum Sayid 'Abdu'l- Aziz)的曾孙。优素福法官并没有师从长老艾布·伯克尔,因为他也非常精通伊斯兰教。一次,优素福法官想要去参加聚礼①,正好经过长老艾布·伯克尔的门前。那时长老艾布·伯克尔正站在门口。优素福法官看到长老艾布·伯克尔被光线包围,就像油灯的灯芯被火包围一样。优素福法官立刻跑过来向长老艾布·伯克尔合掌下拜,长老艾布·伯克尔当即微

---

① 伊斯兰教徒星期五的集体礼拜活动。

笑着接受了他。于是优索福法官拜长老艾布·伯克尔为师。优索福法官学得入了迷,辞去了法官的职务。

于是他的儿子穆那瓦尔成为了伊斯兰教法官,在马六甲住了下来。

而后某一天,苏丹·曼苏尔·沙正在接受贵族、大臣、宫廷侍从和武将的朝见。苏丹·曼苏尔·沙对所有的贵族说:"我在真主面前祈祷,希望能够得到地域广阔的王国,真主已经赏赐给了我。但我还想向真主祈求,希望能够娶到比别的国王都好的妻子。"

于是所有的贵族都向国王奏告说:"是啊,陛下,正像陛下所希望的那样,陛下您已经娶到了爪哇和中国的公主为妻。还有比这更好的吗?过去伊斯坎达·左勒盖尔奈英国王也只不过娶到了中国的公主为妻,无法与现在的陛下您相比啊。"

苏丹·曼苏尔·沙说:"如果只是这些国家的公主,别的国王也有娶到的。但我想要娶别的国王都没有娶到的女子为妻。"

贵族们说道:"那陛下想让臣等做些什么呢?"

苏丹·曼苏尔·沙说:"我想向勒当山(Ledang)公主提亲。海军都督和桑·瑟迪亚去办这件事吧。"

于是,海军都督和桑·瑟迪亚回禀道:"是,陛下。"

敦·玛玛德(Tun Mamad)也被国王一同派去,因为他是开路军的首领。海军都督和桑·瑟迪亚也与敦·玛玛德一同前往。

经过几天的路程,一行人到达了勒当山的山脚下。所有人开始攀登勒当山。当走到一半时,风太过剧烈,上山的路也非常难走,以至于他们无法再继续向上攀登。

敦·玛玛德对海军都督和桑·瑟迪亚说:"海军都督大人和其他所有人就留在这里,让小人上去吧。"

海军都督说:"好吧。"于是敦·玛玛德带了两三个适合走山路的人一起往上爬。离笛声近了之后,强烈的山风吹得人像是要飞起来,云朵也仿佛伸手可得,山上的笛声悠扬悦耳,连鸟儿听到这美妙的笛声也因吃惊而忘记了飞翔。敦·玛玛德看到一个花园,于是走了进去。在花园里,敦·玛玛德看到四个女子,其中一个年纪较大的容貌非常美丽,肩上披着披肩。

她问敦·玛玛德道:"你是谁?是哪里人?"

敦·玛玛德回答道:"小人是马六甲人,小人名叫敦·玛玛德,奉苏丹·曼苏尔·沙之命来向勒当山公主提亲。但是大人您叫什么名字?"

那名女子回答说:"妾身名叫当·拉雅·拉尼(Dang Raya Rani),是勒当山女子的首领。大人您请在这里稍等,容妾身去向公主禀明您的来意。"说完这些话后,当·拉雅·拉尼和所有的女子就都消失不见了。

这时出现了一个老妪,背上长了三重驼背。她对敦·玛玛德说:"当·拉雅·拉尼已经把所有您说的话都禀告给了勒当山公主。公主说:'如果马六甲国王想向我提亲的话,就要给我造一座金桥、一座银桥,从马六甲一直通到勒当山。还要带七盘蚊子的心、七盘疥癣虫的心、一坛槟榔的汁液、一坛眼泪、一碗国王的血和一碗王子的血作为聘礼。这样我才能答应马六甲国王的请求。'"

说完这些话后,她就消失了。据讲故事的人说,说话的老妪其实是勒当山公主本人装扮而成。之后,敦·玛玛德下山回到了海军都督那里。他把勒当山公主说的话都告诉了海军都督和桑·瑟迪亚。于是海军都督和所有人都下山返回了马六甲。一段时间后,他们到达了马六甲。海军都督、桑·瑟迪亚和敦·玛玛德一起进宫觐见苏丹·曼苏尔·沙,把在勒当山听到的所有的话都向苏丹·曼苏尔·沙做了禀告。

苏丹·曼苏尔·沙说:"其他的条件我都能满足,但唯独要我孩子的血我做不到,因为我实在不忍心。"

第十三章

　　话说前面提到的巴赛国王,他名叫苏丹·宰纳尔·阿比丁(Sultan Zainal 'Abidin)。巴赛国王有一个弟弟,想要抢夺哥哥的王国。所有的巴赛人也都叛逆想要杀死他们的国王。于是苏丹·宰纳尔·阿比丁乘小船出逃,逃到了马六甲,向苏丹·曼苏尔·沙请求庇护。苏丹·曼苏尔·沙于是筹备护送苏丹·宰纳尔·阿比丁返回巴赛。一切准备齐全之后,苏丹·曼苏尔·沙命令巴杜卡·罗阇宰相、室利·毗阇·提罗阇、海军都督和所有的武将去护送苏丹·宰纳尔·阿比丁。

　　路上走了一段时日后,他们到达了巴赛。来到巴赛的所有马来人都与巴赛人展开了战斗,但巴赛人并没有被打败。因为马来人只有两万,而巴赛人有十二万之多。而且战斗是发生在一个小村庄里。于是,海军都督、室利·毗阇·提罗阇和所有的武将都聚集到巴杜卡·罗阇宰相那里,一起商讨战事。

　　宰相说:"诸位有什么想法?我们在这里已经很久了,一件任务都没有完成。如果是这样的话,我们最好还是回去,别再让国王陛下等着了。"

　　宰相的儿子敦·比克拉玛说:"大人,您怎么想回去了呢?我们完成了重大的战役了吗?儿臣以为,我们最好还是跟海军都督和室利·毗阇·提罗阇大人以及所有的武将一起再上岸去。"

　　海军都督和室利·毗阇·提罗阇对宰相说:"令郎说得对,我们所有人一起上岸去。"

　　巴杜卡·罗阇宰相说:"那好吧,明天咱们一起上岸去。"

　　第二天一早,所有人就都聚集到宰相那里。宰相命人摆出供所有人吃的米饭。

　　厨师说:"咱们的大盘子和碗不够,因为咱们要供应食品的人多出了二十个。"

宰相对所有人和武将们说："为了能更好地战斗,咱们同吃一桌饭①。"

所有人回答说："好的。"

于是宰相盼咐把叶子沿岸铺开,把米饭都搬到岸边。所有人不分贵贱都在同一张叶子上吃饭。

吃完饭,巴杜卡·罗阁宰相和室利·毗阁·提罗阁、室利·阿卡尔·罗阁(Seri Akar Raja)、敦·比克拉玛、敦·德拉奈、敦·比加亚(Tun Bijaya)、敦·马哈·门德利(Tun Maha Mentri)、敦·毗阁·提罗阁、桑·纳亚、桑·瑟迪亚、桑·古纳、敦·比加亚·苏拉·加亚·比克拉玛、桑·苏拉那、桑·阿利亚、桑·拉那、桑·苏拉·巴赫拉万、桑·瑟迪亚·巴赫拉万(Setia Pahlawan)、罗阁·因德拉·巴赫拉万(Raja Indera Pahlawan)、室利·罗阁·巴赫拉万(Seri Raja Pahlawan)、罗阁·提婆·巴赫拉万(Raja Dewa Pahlawan)以及所有的武将一起登上了陆地,行进的声音如同雷鸣,武器的闪光如同雷电交加。巴赛人也出来迎战,他们行进和呼喊的声音也如同雷鸣。巴赛人如潮水般涌来,旗帜林立。于是,两方交战,战士的呼喊声夹杂着大象和战马的嘶鸣,声音之大无法想象,就算是天上的霹雳也无法与之匹敌。两方都各有伤亡,血流成河,尸横遍野。由于受到巴赛武将的攻击,马六甲人也纷纷四散跑向水面。

宰相站在岸边向后看去:看到的只是水面。宰相有一个随从名叫格朗刚(Kerangkang),随身带着短矛。于是,巴杜卡·罗阁宰相说道："把我的短矛拿来,尽管它已经很老旧了,但我还要用它刺杀敌人。"

敦·比克拉玛与杭·伊萨克(Hang Isak)、尼那·萨哈克(Nina Sahak)三人一起以弓箭射向巴赛人。所有巴赛人都无法靠近,但凡有靠近的人都会死去。于是巴赛人转为防守。

尼那·萨哈克对敦·比克拉玛说："大人,我们这样怎么守得住呢?我们只有三个人,那些已经逃跑的人也不知道我们还在这里坚

---

① 原文中 sedaun 原意为"一叶",指"在同一张叶子上吃饭",引申为"同吃一桌饭",隐含"同为一家人"的意思。

守。二位大人留在这里,让在下去把那些逃跑了的人都找回来吧。"

敦·比克拉玛说:"好吧。"

尼那·萨哈克去把已经逃跑了的人都找了回来。不管见到谁,他都让他们去找敦·比克拉玛。于是所有的人都回来了。尼那·萨哈克还见到了敦·比克拉玛的女婿杭·哈姆扎(Hang Hamzah),他踩着庄稼逃跑,并不回头看,也没有找到正确的路线。

于是尼那·萨哈克对他喊道:"嘿,杭·哈姆扎,您为什么爬着逃跑啊?您被敦·比克拉玛招为女婿,不仅是因为您长相英俊、举止优雅以及波浪般的头发,也应该是由于您的勇敢吧?"

杭·哈姆扎说道:"大人在陆地上吗?"

尼那·萨哈克说:"在。"

杭·哈姆扎于是也回去了,他的盾牌带着铃铛,他的短矛装着铁树做的柄。于是他喊着吹嘘自己的话:"我就是当世的哈姆扎!"

他冲进如海一般的巴赛人当中,所有的马六甲人也都向巴赛人进攻,凡是看到的人统统杀掉。所有的巴赛人都被打散,四下逃窜,死伤众多。马六甲人于是从吊桥冲进了外城门,攻占了城池。巴赛的王宫也被攻陷,巴杜卡·罗阇宰相为苏丹·宰纳尔·阿比丁举行了登基大典。

宰相协助管理了苏丹·宰纳尔·阿比丁的王国一段时间之后,向苏丹·宰纳尔·阿比丁奏请回国。

宰相对苏丹·宰纳尔·阿比丁说:"陛下您要带什么话给您的父王吗?"

苏丹·宰纳尔·阿比丁说:"在马六甲称臣的就都留在马六甲吧。"

宰相听了此话非常生气,说:"那在巴赛称臣的也都留在巴赛吧。"然后他就上了船。

宰相和所有的马六甲人都回国了。当他们到达莲雾时,人们纷纷上岸说苏丹·宰纳尔·阿比丁已经被巴赛人迎接回国了。巴杜卡·罗阇宰相叫来了室利·毗阇·提罗阇、海军都督以及所有的武将。所有人都聚齐后,宰相与他们商议对策。

海军都督说道:"我们也回去拥立苏丹·宰纳尔·阿比丁为王吧。"

宰相说:"我不想回去了,因为他不想向我们的国王陛下称臣。"于是所有的人都说:"好的,我们唯宰相大人的话是从。"

于是宰相返回马六甲。经过一段时间的路程他们回到了马六甲。所有人都进宫觐见国王。苏丹·曼苏尔·沙听说宰相不肯回巴赛拥立苏丹·宰纳尔·阿比丁为王,于是大怒。海军都督到达之后,国王向他询问在巴赛发生的所有事情。海军都督对宰相进行了诽谤。国王于是对宰相更加生气。其时,宰相的所有儿子也都正在面圣。下朝之后,苏丹·曼苏尔·沙回到了内殿,所有面圣的人也都各自回家了。

宰相的儿子们来到宰相面前,向宰相诉说了海军都督对他进行诋毁的事。巴杜卡·罗阇宰相听了之后沉默不语。

第二天,苏丹·曼苏尔·沙出来接受众臣的朝见。所有的官员都到场了,只有海军都督没有来面圣。苏丹·曼苏尔·沙命人叫来巴杜卡·罗阇宰相,询问他海军都督在巴赛的所作所为。宰相在回禀中大大赞扬了海军都督。苏丹·曼苏尔·沙非常高兴,赏赐了宰相。此时海军都督的孩子们也在场。下朝之后,海军都督的孩子们回到他面前,向他诉说了宰相在国王面前对他的称赞。于是海军都督来到宰相面前,伏身趴在宰相的脚上。

海军都督对宰相说:"您是真正的大人物啊。"

先人们传说海军都督向宰相叩拜了七次。在此之后,苏丹·曼苏尔·沙又赏赐了敦·比克拉玛和杭·哈姆扎。敦·比克拉玛和杭·哈姆扎被国王赐予了巴杜卡·端(Paduka Tuan)的头衔,敦·比克拉玛还因为攻破了巴赛的功绩被国王授予"勇士"的称号。在那个时代,(这称号)共有40个。于是敦·比克拉玛的儿子,名叫敦·艾哈迈德,也获得了敦·比克拉玛·维拉(Tun Pikrama Wira)的封号。杭·哈姆扎被授予敦·波尔巴蒂·卡西姆(Tun Perpateh Kasim)的封号,就是他生下了室利·比克拉玛·罗阇·敦·达西尔公主(Seri Pikrama Raja Tun Tahir),据使臣所说,苏拉·提罗阇(Sura'diraja)海军都督也是敦·波尔巴蒂的儿子。

第十四章

关于占婆国王(Raja Campa)的传说,是这样描述的:一位了解这个故事的人讲述道,占婆国王居住在自己的国度,他的名字叫做马拉巴塔塔(Malapatata)。在占婆国王的宫殿旁边有一棵槟榔树。那棵槟榔树枝叶非常茂盛,上面的槟榔花蕾特别大,但是花开的时候却没有盛开。

于是占婆国王命令部下:"爬上去看看,槟榔花出了什么问题?"

国王的部下爬上树,把槟榔花取下,并拿下来给国王看。国王掰开花,结果看到在花中间有一个小男孩,而且面容非常英俊。接着这朵槟榔花的穗花鞘变成了哲明锣(Gong Jeming),而平面部分变成了波拉道短剑(Pedang Beladau)。这就是占婆国王的镇国宝剑。占婆国王非常宠爱这个小男孩,所以给他起名叫"包·格朗王子"(Pau Glang),并且吩咐所有王公和宰相们的妻子们给这个孩子喂奶,但是这个孩子却谁的奶也不喝。

且说占婆国有一头五色牛,刚好生了新的小牛。于是国王把它的奶挤出来拿去喂这个小孩。这个小孩竟愿意喝这头牛的奶。所以,至今占婆人不喝牛奶,也不杀牛。

没多久,包·格朗王子渐渐长大了,在得到这个王子之前,占婆国王还有一个女儿,取名为"包·比雅"(Pau Bia),占婆国王将自己的女儿许配给包·格朗,即这个从槟榔花中生出来的男孩。

不久,占婆国王去世了,包·格朗驸马继承了岳父的王位。在他继承王位之后,他努力建设国家,并且建成了比原来更大的国家。在国土范围内有七座山,同时整个面积相当于在风向正好的时候帆船航行一天的距离。这个国家建成之后,国王被称为雅克(Yak)王。

时间过得很快,包·格朗有了自己的儿子,包·特里(Pau Tri)王子。当王子长大后,包·格朗去世了。于是包·特里继承了父亲的王位,成为了国王,并且娶比雅·苏里(Bia Suri)为王后。后来包·特里和王后比雅·苏里有了自己的儿子,取名为包·伽马(Pau Gama)。

不久之后,包·伽马长大了,他的父亲包·特里去世了。于是包·伽马继承了他父皇的王位。他开始准备去麻喏巴歇王国。在准备好之后,国王陛下便出发去麻喏巴歇王国。行进一段时间之后,他终于到了扎巴拉(Jepara)①。当麻喏巴歇的国王知道占婆国国王特地来拜访他的时候,他立即吩咐所有的大臣前去迎接。在见过包·伽马之后,麻喏巴歇国王亲自带着包·伽马去见所有的王室贵族。在包·伽马到达麻喏巴歇王国之后,麻喏巴歇国王还将自己的女儿阿珍公主(Raden Galuh Ajeng)许配给他。随后不久阿珍公主怀孕,但是,包·伽马却请求回自己的国家。

麻喏巴歇国的国王下令道:"好吧,你可以走,但是你不能带走你的孩子。"

包·伽马祈祷道:"好吧,微臣是不可以反抗陛下的命令的。但是只要微臣还能活下来,微臣一定会再回到陛下面前的。"接着,包·伽马请求妻子。

阿珍公主说道:"你想给孩子起什么名字?"

包·伽马说道:"就叫罗阇·季卡那克(Raja Jikanak)吧,如果他能长大成人,希望他可以到占婆王国来和我相认。"

他的妻子回答:"好的。"

告别之后,包·伽马来到巴洋(Payang)②,从那里航行至占婆国。他离开后,阿珍公主生下一个男孩,取名罗阇·季卡那克。孩子长大之后,按照父亲包·伽马的嘱咐,母亲把所有的事情都告诉了他。得知这些后,他吩咐部下造了几十艘船只。随后罗阇·季卡那克便向麻喏巴歇国王请求,希望能去占婆,同父亲相认。

麻喏巴歇国王说道:"好吧。"

不久,季卡那克便乘船前往占婆。过了一些时间,终于到了占婆。季卡那克很快见到包·伽马。包·伽马见到儿子非常高兴,随即便在

---

① Japara:扎巴拉,现为爪哇岛上的一个城市。
② 原文此处存疑。

雅克国立儿子为王。不久,包·伽马去世。于是季卡那克接替父亲的王位。不久,他娶一位女子为妻,其妻名叫包·吉巴吉(Pau Ji Bat Ji),婚后生有一子,取名为包·古巴(Pau Kubah)。

后来,包·古巴长大成人,季卡那克国王去世。于是包·古巴继承王位。他娶包·摩扎特(Pau Mecat)为妻,并且有了儿女。其中有一位公主,长得非常漂亮。于是古及国国王(Raja Kuji)①前来求婚,但是包·古巴国王并没有答应他。于是古及国国王开始向占婆国发起战争,声势浩大。某日,古及国国王贿赂占婆国宰相,并准备好了协议。宰相答应替他开门,随即第二天凌晨就把城门打开了。城门打开后,古及国人全部冲了进来,疯狂地攻打占婆国臣民。占婆国臣民一部分坚决反抗,一部分妇女孩子躲避起来。最后雅克城沦陷,占婆国国王也不幸丧命。

占婆国国王的孩子和大臣们各自逃窜,谁也不知道对方逃窜到哪里。有两个占婆国国王的孩子,一个名叫因德拉·波尔玛·沙(Indera Berma Syah),另一个名叫沙·巴令旁(Syah Palembang),他们是乘船逃跑的。沙·巴令旁后来逃到了亚齐(Aceh)。

因德拉·波尔玛·沙逃到了马六甲。苏丹·曼苏尔·沙见到因德拉·波尔玛·沙,非常喜欢他。便要求他和随行人加入伊斯兰教。于是,因德拉·波尔玛·沙和他的妻子戈妮·迈尔塔姆(Kini Mertam)以及他所有随行者一起加入了伊斯兰教。因德拉·波尔玛·沙成为了苏丹·曼苏尔·沙的一位大臣。苏丹非常欣赏因德拉·波尔玛·沙的能力。这也是马六甲占婆族的由来。整个马六甲占婆族都是他们的子孙后代。

话说苏丹·曼苏尔·沙在位73年时,国势有变。一天,国王陛下病重,于是传唤王子、文官和所有的大臣。

苏丹·曼苏尔·沙对他们吩咐道:"诸位爱卿,我即将撒手人寰。而来世才是我唯一的理想之国。我要向宰相阁下和各位大臣公布我的遗嘱:我要让我的儿子罗阇·拉登(Raja Raden)继承我的王位。如

---

① Raja Kuji:此处译为"古及国国王"而非"罗阇·古及"是因为后面提到 Orang Kuji,可知 Kuji 是一个小国的名字。

果他有什么过错,希望能够得到诸位爱卿的原谅。因为他还是个孩子,不懂传统的礼数;诸位高官尤其要教他该如何为人做事。"国王还对他的孩子拉登嘱咐道:"你要好好爱护你的臣民,即便是他们犯了错误,你也要多宽恕他们。因为至上的安拉指示,真主确是与坚忍者同在的①。如果你的工作和安拉的工作同时出现,你要以安拉的工作为先。你要把自己的全部献给安拉。因为先知教导说:'谁依靠真主谁就能成功'②。我的孩子呀,如果你能按照我说的去做,就一定会得到安拉和安拉使者的保佑。"

听完苏丹·曼苏尔·沙的遗嘱之后,所有的人都伤心地失声痛哭。

随后宰相和文武百官跪拜国王道:"陛下啊,请不要用这样的话来伤微臣的心啊。微臣向安拉起誓,倘若安拉使陛下恢复健康,微臣将倾其所有财产赈济穷苦人,望安拉不必如此轻易地再恩赐于微臣。如果陛下花园中的草枯萎了,我们一定会遵照陛下旨意去办。"

于是苏丹·曼苏尔·沙驾崩,一切都按照王室的习俗妥善处理。

随即拉登登基为王。宰相为国王主持加冕典礼,封拉登王为"苏丹·阿劳丁·里亚特·沙"(Sultan'Alauddin Ri'yat Syah)。国王在位时异常强势。不久,国王苏丹·阿劳丁不幸染病,且病得很严重,一天腹泻多达十二次。宰相和海军都督与国王寸步不离;每天十次二十次地为国王喂饭,海军都督每天甚至于二三十次地为国王洗下身。

话说苏丹·阿劳丁还有个奶奶,即苏丹·曼苏尔·沙的母亲,被称作太皇太后(Raja Tuha)。她非常疼爱她的孙子苏丹·穆罕默德。所以太皇太后很希望苏丹·阿劳丁因病离世而由孙子苏丹·穆罕默德在马六甲继承王位。几天后,苏丹·阿劳丁病情好转,但是由于吃牛奶米饭,又旧病复发,差点儿一命呜呼。于是太皇太后派人通报宰相和海军都督,两人随即赶到。太皇太后的意思是:"我随后就到,我要扑倒在苏丹·阿劳丁面前,让他在我哭他的时候死去。"

太皇太后来到之后,想要接近苏丹·阿劳丁,但是宰相和海军都

---

① 原文为阿拉伯语 ان الله مع الصابرين。
② 原文为阿拉伯语 من توكل على الله كفى。

督却对太皇太后说:"太皇太后,请您不要靠近您的孙子。"

太皇太后道:"为何不允许我靠近他?"

宰相和海军都督答曰:"如果您再靠近陛下,就休怪臣等无理了。"

太皇太后说:"好哇!马来人也会造反了!"

宰相和海军都督道:"今天马来人就是要造反,如果太皇太后强行接近您的孙儿,奴才可就不客气了。"

最终,太皇太后没能接近苏丹·阿劳丁,宰相、海军都督和大臣们成功地保护了国王。然而,在至高无上安拉的庇佑下,苏丹陛下命不该绝。不久,苏丹·阿劳丁痊愈了。国王陛下奖赏宰相和海军都督每人一套锦衣,还赏给他们每人一台轿子。无论他(海军都督)去哪里,苏丹都要他的部下抬着他,护送他。可是宰相的轿子却被他用黄布包裹起来,放在他座位的对面。

于是宰相的部下纷纷拜见宰相:"宰相大人您为什么要这样?大人像是笨笃大叔(Pa' Si Bendul)①,国王赐给了轿子,还放起来了。您看海军都督得了国王赏赐的轿子,就命人抬着去这去那,他的部下就跟在他的轿子下面。人们看着,多风光呀!大人,如果海军都督坐轿子,我们谁都不去给他抬。"

宰相说道:"我是笨笃大叔吗?海军都督坐轿子出行,他的部下在下面跟随。如果外来人看到,会问:"坐轿子的是谁?"人们会回答:"海军都督。"接着外来人又问:"海军都督是最大的官吗?"人们回答:"算是大官。"外来人接着又问:"还有比他更大的官吗?"人们接着回答:"有啊,宰相就是比海军都督更大的官。"而当我坐轿子出行的时候,也一定会有人问道:"宰相是最大的官吗?"会有人回答:"算是大官。"紧接着有人会问:"还有人比他的官更大吗?"人们回答道:"没有了。"那些人都不知道国王,因为国王还年幼。这样一来,如果我坐轿子出行,你们都要在我的轿子下面陪着我,如果国王要坐轿子,你们也一样要陪在国王的轿子下面,那么我就会被错当成国王,那我不就凌驾于国王之上了吗?至于海军都督的下属他们不参与王宫的事,而你们却都是王宫的人。"宰相的部下听了这番话,都无话可说了。

---

① 原文尾注说,Pa' Si Bendul 可能是一个失传故事中的人物。

按照习惯,宰相得到好武器或好船就会有人向海军都督报告。

(海军都督会说):"让我看看"。宰相不给海军都督看,于是海军都督便强迫宰相给他看。海军都督非要看不可,宰相便只好给他看了。看过之后,海军都督还把东西拿走。而且通常总是这样。

于是,宰相的部下说道:"宰相为什么要这样?像是笨笃大叔,有了好的武器和船只都给了海军都督,都成他部下的了,我们什么都没得到。"

宰相说道:"我是笨笃大叔,还是你们是呀?如果有好大象或良马,我会要求留给自己;你们都知道我们的工作分工,海军都督是国家(军队)的统帅,因此好的武器我是要给他的。如果国王的敌人来进犯的时候,让我去与敌人拼杀,那么人们一定会说,他不是国王的武将,反倒我是武将了。"宰相的部下听了宰相话,都默不作声了。

在苏丹·阿劳丁在位数载后,国王和他的妻子敦·纳加(Tun Naja)王后,也就是室利·那拉·提罗阁的大女儿,室利·摩诃罗阁的妹妹,生了几个儿女。其中一个男孩的名字叫苏丹·艾哈迈德,另一个叫苏丹·阿卜杜勒·贾马尔(Sultan Abdul Jamal)。于是苏丹·阿劳丁便将他的大女儿许配给苏丹·艾哈迈德①。苏丹·阿劳丁的妻子还生了两个儿子,一个名字叫罗阁·穆那瓦尔·沙(Raja Munawar Syah),一个叫罗阁·宰那尔(Raja Zainal)。虽然罗阁·穆那瓦尔·沙比罗阁·马哈茂德(Raja Mahmud)年纪长,但是,苏丹·阿劳丁还是想让罗阁·马哈茂德继承王位。

话说有一段(时间),盗贼在马六甲活动猖獗。每天晚上都有人失窃,一直都没停止过。苏丹·阿劳丁得知盗贼如此猖狂之后,非常恼火。于是当天晚上,苏丹·阿劳丁就穿上盗贼的衣服,和杭·伊萨克以及杭·锡亚克一起微服在国内巡查,想看看国内的情势。到了某地之后,国王遇到了五个抬着箱子的盗贼。

国王发现盗贼后就立即驱赶他们。盗贼惊慌失措,五个人(扔下箱子)就逃跑了。于是国王和随从们打开了箱子。

接着苏丹·阿劳丁命令杭·伊萨克说:"你在这里看着箱子。"

---

① 原文注:这里指彭亨王子苏丹·艾哈迈德。

杭·伊萨克回答道："好的,陛下。"

于是,苏丹·阿劳丁和杭·锡亚克马上去追赶那五名盗贼。那些盗贼向山上跑去。国王追到了山顶,在山顶的布蒂树(budi)下与盗贼相遇。苏丹·阿劳丁大喊一声,向一个盗贼砍上一刀。砍刀正中那盗贼腰部,那盗贼像黄瓜一样断成两截。另外的四个盗贼向桥上跑去。国王追到桥上。到了桥头,国王又杀死一个盗贼。于是另外三个只好跳入水中游到河的对岸。随即国王返回,来到杭·伊萨克等待他的地方时,国王命令杭·伊萨克说:"把那个箱子抬到你家去!"

杭·伊萨克答道:"好的,陛下。"

苏丹·阿劳丁回到了宫殿。天亮后,苏丹·阿劳丁上朝。宰相、王公贵族、文武官员及夫人、武士、传诏官、武将等全部进宫拜见国王。苏丹·阿劳丁向室利·摩诃罗阇问话,因为他是天猛公,国王问:"昨夜有守卫吗?"

室利·摩诃罗阇答道:"有的,陛下。"

接着苏丹·阿劳丁问道:"我听说有一个人死在山上,还有一个死在桥头。如果真有此事,是谁杀的他们呢?"

室利·摩诃罗阇回答道:"回陛下,微臣不知。"

苏丹·阿劳丁说道:"室利·摩诃罗阇,你的守卫都成摆设了。我听说现在盗贼在全国非常嚣张。"

苏丹·阿劳丁随即传唤杭·伊萨克和杭·锡亚克将箱子抬上来。杭·伊萨克和杭·锡亚克立即照办。

苏丹·阿劳丁又吩咐杭·伊萨克和杭·锡亚克说:"昨夜你们都听到什么了?给宰相和各位大人们讲一讲。"

杭·伊萨克和杭·锡亚克于是按照国王的旨意讲述了整个事件的经过;在场的所有人都低着头,惊恐地朝拜国王。苏丹·阿劳丁吩咐大家仔细查问到底谁是这个箱子的主人。经过调查,失主原来是一位富商,名叫迪鲁巴拉姆(Tirubalam)。于是苏丹·阿劳丁命令手下将箱子归还给他。随后苏丹·阿劳丁退朝。各位达官显贵也都各自回府。

当夜,室利·摩诃罗阇便开始加强守卫。那天,室利·摩诃罗阇恰好遇到一个盗贼,两人厮打起来,盗贼的肩膀被室利·摩诃罗阇砍断,他的手臂还紧紧地握在店铺的门闩上。第二天白天,店主要开店,看见一只手臂握在他的门闩上,不禁大惊失色,大叫起来。从那天以后,在整个马六甲王国再也没有发现过盗贼。苏丹·阿劳丁的事迹也从此在马六甲流传下来。

　　有一次,一个人冒犯了罗阇·马哈茂德,即要继承王位的苏丹·阿劳丁的孩子。其罪过并非很大。室利·摩诃罗阇便吩咐下属杀了他。于是此人被处死。宰相得知后,说道:"看看室利·摩诃罗阇吧,教会了虎崽吃肉,将来说不定让虎崽吃了呢。"

　　话说不久,马鲁古国国王(Raja Maluku)来到马六甲,与此同时,丁加奴武将德拉奈(Telanai Terengganu)和罗干国国王也来到马六甲朝觐苏丹·阿劳丁。马鲁古国王还得到苏丹·阿劳丁赏赐的一套锦衣和其他一些礼物。

　　马鲁古国王非常擅长玩藤球,因此大人物们都和他一起玩,于是他成了核心人物。藤球传到他那里,他至少玩一百五十下,才会传给别人。所以谁想要他传球他就用手一指传过去,准没错。此后,他会坐在椅子上休息一下脖子,并且总有两个人轮流为他扇风。于是所有的年轻人都开始玩藤球。当球传到马鲁古国王那里,他就一直自己踢,足有做一顿米饭的工夫藤球老是踢上踢下,就是不落地,除非他要传给别人。这就是关于踢藤球的事。

　　马鲁古国王非常健壮。椰子坐果时,他将短剑抛出,就可以把椰果砍断。而丁加奴的德拉奈,他能用短矛一下刺中椰果,将椰果劈开。苏丹·阿劳丁也非常英武,如果椰子坐果,国王会用箭把椰果射飞。苏丹·阿劳丁非常喜欢马鲁古国王和丁加奴武将德拉奈。

　　话说有一天,马鲁古国王向长老优素福借马。于是当时有人赋歌一首:

　　　　马鲁古国王借马,
　　　　去找长老想办法;
　　　　您是年轻人的灵魂,
　　　　智慧精明又豁达。

　　在马六甲停留一段时间之后,马鲁古国王和德拉奈向苏丹·阿劳丁告辞回国。

正在彭亨国的苏丹·穆罕默德听说丁加奴的德拉奈瞒着他去马六甲拜见苏丹·阿劳丁,因此,苏丹·穆罕默德命令他的属下室利·阿卡尔·罗阇去丁加奴杀了武将德拉奈。当室利·阿卡尔·罗阇来到丁加奴,传唤要见德拉奈,但是德拉奈不想见他:"哪里有武将召见武将之礼呢?"于是室利·阿卡尔·罗阇叫人杀了德拉奈。德拉奈死后,室利·阿卡尔·罗阇回到彭亨国。随即苏丹·穆罕默德传旨让室利·阿卡尔·罗阇代掌朝政。

不久,苏丹·阿劳丁得知,丁加奴的德拉奈被彭亨国王部下室利·阿卡尔·罗阇杀害,非常愤怒。

于是国王降旨道:"彭亨国王已经向我们展示了他的残暴,那我们就去攻打他们的国家吧!"

宰相回禀道:"陛下,请饶恕微臣的愚钝。依微臣之见,陛下不宜即刻攻打彭亨。以免陛下遭受不必要的损失。最好先派海军都督去彭亨。"

苏丹·阿劳丁说道:"好,就按照宰相的意思办。"

海军都督马上开始准备。一切准备就绪后,国王的书信按照礼节被簇拥上船。随后,海军都督启程前往彭亨。不久,抵达彭亨。于是有人启奏彭亨王苏丹·穆罕默德:"马六甲国王派海军都督前来拜见陛下。"

彭亨国王随即出来接见。接着国王降旨前去迎接书信。室利·比克拉玛·罗阇·巴赫拉万(Seri Pikrama Raja Pahlawan),彭亨国的宰相,接旨去迎接书信。宰相来到海军都督船边,海军都督起身上岸。宰相接过书信,并把书信迎上了大象。于是两侧的队伍撑着白色伞盖,敲着鼓,吹奏着木箫和喇叭一路护送信函。

海军都督嘱咐手下说:"书信宣读完毕后,就去杀死室利·阿卡尔·罗阇的一个亲属。"

被吩咐的手下说:"尊嘱。"

随即书信迎到。所有拜见彭亨国王的人都从宫殿下来,只有国王一人留在宫殿里。大象被牵近宫殿,书信被迎取下来,然后当众宣读。信中这样写道:

　　　　　王弟向王兄致敬并为王兄祈福。

　　书信宣读完毕,大家各自落座。海军都督问候国王陛下后也坐了下来。刚刚坐稳,外面就传来了骚动声。

　　彭亨国王问道:"外面何故骚乱?"

　　有人答道:"陛下,马六甲海军都督的部下杀了室利·阿卡尔·罗阇的堂兄弟。"

　　于是彭亨王向海军都督说道:"是爱卿的人杀了室利·阿卡尔·罗阇的堂兄弟,还是爱卿前去查看一下才是,因为这是彭亨国王召见爱卿等马六甲王公贵族的规矩呀。"

　　于是海军都督吩咐将杀人者带进来。于是杀人者被捆绑着带上宫殿。海军都督问道:"你真的杀了室利·阿卡尔·罗阇的堂兄弟吗?"

　　杀人者回禀道:"确有此事,大人。"

　　海军都督启禀彭亨王道:"的确是微臣的手下杀死了室利·阿卡尔·罗阇的堂兄弟,但是微臣没有事先禀告陛下,因为室利·阿卡尔·罗阇对陛下的贤弟是有罪的,他杀死了丁加奴武将德拉奈也没有向马六甲报告。"彭亨国王听后沉默不语。

　　不久,海军都督向彭亨国王告辞。彭亨国王回书一封。这样写道:

　　　　　王兄贻书王弟阙下致敬。

　　于是国王陛下赏赐海军都督锦衣一套。国王的书信还是按照以往的礼仪被簇拥上船。随后,海军都督返回马六甲。抵达后,苏丹·阿劳丁便传旨前去迎取书信,并吩咐以大象、白色御伞和黄色御伞各一把的礼节一路护送。到了大殿门外,大象受命跪地,书信被取下后送往大殿,所有的鼓、木箫等乐器都留在大殿之外。进入大殿后由右侧传诏官接信,然后向众人宣读。书信宣读完毕,海军都督朝拜国王陛下,然后落座。于是苏丹·阿劳丁开始向海军都督询问情况。海军都督将事情全部经过禀报苏丹·阿劳丁。苏丹·阿劳丁听后龙颜大悦,论功奖赏了海军都督。

　　且说苏丹·易卜拉欣和锡亚克国王。有一个锡亚克人冒犯了国王,国王吩咐敦·加纳·帕克布尔(Tun Jana Pakibul)将他处死。结果他被敦·加纳·帕克布尔杀死。锡亚克国王杀人,但是没有奏请马六甲国王的消息传到马六甲。于是苏丹·阿劳丁派海军都督前往锡亚克国,海军都督立即准备,带着国王的书信乘船前往锡亚克国。

到了锡亚克国,苏丹·易卜拉欣也像彭亨国王那样按照礼节迎接书信。

于是迎接书信的大象靠近宫殿,书信被迎取下来,并当众宣读。

书信宣读完毕,海军都督问敦·加纳·帕克布尔:"是你杀的人吗?"

敦·加纳·帕克布尔答道:"正是,微臣遵旨行事。"

于是海军都督跟随苏丹·易卜拉欣,走到敦·加纳·帕克布尔面前。海军都督用左手指着敦·加纳·帕克布尔说道:"你这无德之辈,真是一个野蛮之人,一点儿规矩都不懂。杀了人居然未曾奏请马六甲国王,这样做对吗?难道你想在锡亚克国横行霸道吗?"

苏丹·易卜拉欣和在场所有的官员都沉默不语,没有一个人回应海军都督。不久,海军都督向锡亚克国王告辞。行前,苏丹·易卜拉欣赐予他锦衣一套,并且给马六甲国王回信一封,信中这样写道:

  愚兄我真诚问候贤弟。如果愚兄有什么过错,还请贤弟多多谅解。

书信被差人带走。海军都督也如愿返国。海军都督回到马六甲,将书信迎下,带入宫中。进入宫殿后,由专人当众宣读。读罢书信,海军都督朝拜国王,而后落座。

接着,苏丹·阿劳丁向海军都督询问出使情况。海军都督将事情全部过程禀报苏丹·阿劳丁。苏丹·阿劳丁龙颜大悦,论功奖赏了海军都督。

话说宰相不幸身患重病,卧床不起。于是吩咐把儿孙叫到床前。儿孙们要在一两天之内才能赶到。儿孙们到齐后,宰相开始向他们宣布遗嘱。宰相说:"儿孙们,你们不要把宗教和世俗本末倒置。这个世界的一切都不是永恒的。所有的生命都将以死亡而告终。希望你们虔诚地信仰至高无上的安拉和安拉的使者穆罕默德(愿真主保佑他,并赐给他安宁),同时忠实于国王,你们也不要忘记公正的先王与安拉的先知们规定的法律,真主和国王就像一个戒指上的两枚宝石。你们还要记住,国王如同安拉的代表。对先知的虔诚,就是对安拉的虔诚,正如至高无上的安拉在《古兰经》中所教诲的:'你们要虔诚地信仰安拉以及安拉的使者穆罕默德。'①这就是我对你们的遗嘱。你们都不要忘记,这样你们来世才能得到荣华富贵。"

接着,宰相转而注视室利·那拉·提罗阁。宰相对室利·那拉·提罗阁,室利·摩诃罗阇·穆塔希尔(Seri Maharaja Mutahir)说道:"穆塔希尔,你日后会当大官的,而且官位在我之上。但是不要以为你是国王的父辈。如果你心存这种想法,就会招来杀身之祸。"

宰相还转向敦·宰那尔·阿比丁(Tun Zainal 'Abidin),说道:"我说,宰那尔·阿比丁,如果你不在王宫做事,就去森林里住吧。你那个小肚皮吃点儿树芽和树叶就能填饱哇。"

宰相对敦·巴乌(Tun Pauh)说:"巴乌,不要在国内待了,你远走异国他乡,也许垃圾都会变成黄金哪。"

宰相又对敦·伊萨克(Tun Ishak)说:"伊萨克,你也不要在皇宫里谋生了。"

这些就是宰相对于其子孙的遗言,对每个人的嘱咐都不相同,而且都很有分寸。

苏丹·阿劳丁听说宰相病重,便前来看望宰相。于是宰相拜谢国王,并说道:"陛下,微臣感觉,微臣即将撒手人寰,而未来世界才是微臣的唯一希望。国王请不要轻信口是心非者的谗言;如果国王听信这种人,一定会后悔莫及的。陛下要克制自己的欲望,很多君王被安拉毁灭,失去政权,就是因为放纵自己的欲望。"

不久,宰相便回归安拉的身边。苏丹·阿劳丁以宰相级礼俗安葬了他。随后,敦·波尔巴蒂·布蒂,宰相的弟弟,被苏丹·阿劳丁指定为宰相继承人,被称为布蒂宰相(Bendahara Putih)。布蒂宰相有一个儿子,面貌英俊,名字叫做敦·艾布·赛特(Tun Abu Sait)。敦·艾布·赛特有两个儿子,大儿子被授予室利·阿玛尔·邦萨(Seri Amar

---

① 原文为阿拉伯文 أطيعوا الله وأطيعوا الرسول وأولي الأمر منكم 。

Bangsa)的头衔,小儿子名叫敦·穆罕默德(Tun Muhammad)。敦·穆罕默德有几个儿女:敦·阿丹(Tun Adan),敦·苏拉特(Tun Sulat),敦·哈姆扎的母亲和达图·达拉特(Datuk Darat)①的母亲。且说敦·穆罕默德,他在马来人中是比较有学问的,他懂得一些语法学、伊斯兰教法学和伊斯兰教法源学。

---

① Datuk,达图,马来人对族长、长者的称呼。

第十五章

话说哈鲁国，其国王摩诃罗阁·提罗阁（Maharaja al-Diraja）是苏丹·苏贾克（Sultan Sujak）的儿子，波尔巴塔（Perbata）的后代。且说摩诃罗阁·提罗阁国王派人来到巴赛，是罗阁·巴赫拉万（Raja Pahlawan）被派到这里。到了巴赛以后，哈鲁国王的书信被迎取入宫。传诏官接过书信，看信中写道：

> 王弟以此信表示问候。

但宣读人读道："王弟向王兄称臣。"

罗阁·巴赫拉万说道："所读与书信内容不符！"

接着宣读人又读："王弟向王兄称臣。"

罗阁·巴赫拉万再次说道："所读与书信内容不符！与其死在哈鲁，还不如死在巴赛。即使被巴赛的狗吃了，它也懂得识文断字。"

于是，巴赛人又重读一遍。这时罗阁·巴赫拉万勃然震怒，狂性大作，杀死很多巴赛人。罗阁·巴赫拉万和其他哈鲁人均被巴赛人诛杀。因此，巴赛国和哈鲁国从此冲突不断。

随后，摩诃罗阁·提罗阁国王命令武将室利·因德拉（Seri Indera）前去破坏马六甲的附属国。那时，从丹戎杜安（Tanjung Tuan）到诸格拉①（Jugra）人口密集，房屋不断。但几乎全部被哈鲁人损毁。苏丹·阿劳丁得知这一消息，马上派已故宰相之子巴杜卡·端率领海军都督、室利·毗阁·提罗阁以及所有武将去巡逻监视哈鲁国的船队。于是，巴杜卡·端和武将们立即出发。

且说，马六甲船队来到丹戎杜安的海域，与哈鲁船队相遇，于是两国船队立即开战，厮杀声震耳欲聋，仿佛到了世界末日一般。但哈鲁

---

① Jugra，指今马来西亚雪兰莪州蛤山。译文从许云樵译本作"阇伽罗"。

的战船数要远比马六甲的战船多。这时,室利·毗阇·提罗阇的船与哈鲁人三艘船对抗。箭和标枪像下雨一样。很快,哈鲁人登上了室利·毗阇·提罗阇的船。室利·毗阇·提罗阇战败,其下属纷纷跳入水中。

话说此时敦·伊萨克·波拉卡(Tun Isak Berakah),即敦·比克拉玛·维拉之子,巴杜卡·端的孙子,巴杜卡·罗阇宰相的曾孙,登上了室利·毗阇·提罗阇的船。敦·伊萨克·波拉卡和室利·毗阇·提罗阇都没有跳水逃命,他们仍坚守在船中。这时哈鲁人已登上了他们的船首。

敦·伊萨克对室利·毗阇·提罗阇说道:"大人,我们和哈鲁人拼了吧!"

室利·毗阇·提罗阇答道:"耐心些。"这时哈鲁人已经到了主桅处。

敦·伊萨克又说:"我们拼吧!"

室利·毗阇·提罗阇说:"还没到时候。"这时哈鲁人已经到了船的中部。

敦·伊萨克说道:"大人,我们拼了!"

室利·毗阇·提罗阇说道:"耐心些,还没到时候。"说完,他便进入了船舱。

敦·伊萨克说道:"哼,我以为室利·毗阇·提罗阇一定很勇敢,所以我才上了他的船。如果我早知道他是个胆小鬼,那我就上海军都督的船了。"此时哈鲁人来到尾舱。室利·毗阇·提罗阇才从尾舱中出来。

室利·毗阇·提罗阇对敦·伊萨克说:"伊萨克老兄,我们拼吧!现在就拼!"

敦·伊萨克说:"好。"

于是室利·毗阇·提罗阇和敦·伊萨克开始乱砍乱杀。哈鲁人如鸟兽散,纷纷跳入水中。部分人逃回自己的船上。室利·毗阇·提罗阇和敦·伊萨克穷追不舍,并登上哈鲁人的船。哈鲁人的船队失败了。室利·毗阇·提罗阇队伍中跳水逃跑的人全部返回。于是室利·毗阇·提罗阇和马六甲所有将士一齐向哈鲁人发起进攻,哈鲁人以失败告终,四处逃散。马六甲将士继续穷追猛打。哈鲁人纷纷逃命,跑回去禀告国王了。当听说哈鲁国的船队惨败后,国王摩诃罗阇·提罗阇非常愤怒。

他说:"如果骑着我的巨象悉·波东(Si Betung)亲自出征,整个马六甲,整个巴赛,要是没有城壕阻挡,就一定能把马六甲城踏平。"

且说马六甲人再次挑战哈鲁人。于是所有哈鲁人都出来迎战。此时马六甲所有船只都来到并停靠在东坤码头(Pangkalan Dungun)。接着马六甲人纷纷上岸解手。一个叫米·杜祖尔(Mi Duzul)的人遇到一只山羊,而他以为是个人。他大吃一惊,站起来就跑,气喘吁吁地追赶队伍。众人看见米·杜祖尔慌张逃跑的样子,都吵嚷起来。

众人问道:"米·杜祖尔,你怎么了?"

米·杜祖尔答道:"我遇到一个哈鲁老人。"①

听米·杜祖尔这么一说,大家便带上武器上了岸。查看之后大家发现,原来是一只山羊,不是人。于是所有的人都哈哈大笑起来。

于是人们说道:"嗨,米·杜祖尔,我们都上你的当了!"

随即所有人都回到船上。这时哈鲁船队来到,与马六甲船队相遇。战斗又开始了,厮杀声惊天动地,箭与标枪如雨点一样稠密。马来人有时用船冲撞,有时一齐投掷标枪,于是哈鲁人大败,向上游逃窜。而后巴杜卡·端和所有的武将返回马六甲。

没过多久,巴杜卡·端和所有的武将入宫拜见苏丹·阿劳丁。苏丹·阿劳丁听了他们的辉煌战绩之后,龙颜大悦。于是苏丹·阿劳丁奖赏了巴杜卡·端,奖赏了海军都督、室利·毗阇·提罗阇和所有的武将,他们都得到了国王赏赐的锦衣。

此后不久,室利·毗阇·提罗阇去世。室利·毗阇·提罗阇有两个孩子:一个叫敦·姑杜,被赐予室利·毗阇·提罗阇封号;另外一个被封为端·毗阇·提罗阇(Tuan Bija al-Diraja),他就是桑·室利塔(Sang Serita)的父亲。

话说苏丹·阿劳丁降旨,准备进攻坎巴尔②(Kampar),并指定室

---

① 原文此句后还有 kita hudu dia zuful,其义不详。
② Kampar,《诸蕃志》称"监篦"。

利·那拉·提罗阇作为这次行动的主帅。一切准备就绪,室利·那拉·提罗阇便和桑·瑟迪亚、桑·纳亚和桑·古纳(Sang Guna)一起带着其他武将和部下出发了。伊克迪尔·穆鲁克(Ikhtiar Muluk)也随从室利·那拉·提罗阇一同前往。

于是他们来到了坎巴尔国——其国王是摩诃罗阇·查亚(Maharaja Jaya),即罗阇·巴加·鲁勇·波坎·杜哈(Raja Pagar Ruyung Pekan Tuha)国王的后代。

在摩诃罗阇·查亚国王得知室利·那拉·提罗阇前来攻打坎巴尔国,立即传旨宰相敦·达芒(Tun Damang)召集所有子民,于是敦·达芒集合全国臣民,组成并参加了船队。随即,室利·那拉·提罗阇抵达坎巴尔国,所有的马六甲人都上了岸。于是摩诃罗阇·查亚国王骑着大象出来迎战,敦·达芒以短矛为武器在大象下陪护国王。

且说坎巴尔人与马六甲人相遇,双方立即交战,有的用短矛互相刺杀,有的用大斧互相砍杀,还有的互相射箭。由于马六甲人对坎巴尔人猛烈冲杀,双方伤亡惨重,鲜血染红了大地。

坎巴尔国王摩诃罗阇·查亚和宰相敦·达芒见此情形,立即出战,迅猛向马六甲人冲杀。他们冲杀到哪里,哪里便尸体成堆。于是马六甲人除了室利·那拉·提罗阇和伊克迪尔·穆鲁克都纷纷跳水逃命。这两位大人依然站在原地,岿然不动。此时,摩诃罗阇·查亚和敦·达芒与众多坎巴尔人并肩战斗。羽箭依然如同大雨满天横飞。

于是室利·那拉·提罗阇对摩诃罗阇·查亚国王说道:"陛下,这方寸土是微臣请战要夺取的。如果不得已而失手,微臣恭请陛下以短矛赐微臣一死。"

随即敦·达芒用短矛将伊克迪尔·穆鲁克刺中,接着又刺到他肩膀。于是伊克迪尔·穆鲁克摘下头巾帽,对室利·那拉·提罗阇说道:"大人,奴才受伤了。"于是室利·那拉·提罗阇马上给伊克迪尔·穆鲁克用布包扎起来。而后他用自己的箭射中了敦·达芒的耳朵,鲜血直流,立即扑倒在大象身下。

摩诃罗阇·查亚国王见敦·达芒已死,马上驱赶大象,追击室利·那拉·提罗阇。室利·那拉·提罗阇用自己手中的短矛刺向摩诃罗阇·查亚。国王被刺中胸膛,从大象上跌落下来,倒地毙命。看到摩诃罗阇·查亚和敦·达芒都丢了性命,坎巴尔人四处逃窜。马六甲人乘胜追击,一路追杀,最后把坎巴尔人都集中在城堡里。马六甲人纷纷进入城堡。于是室利·那拉·提罗阇凯旋。

没多久便回到了马六甲。室利·那拉·提罗阇进宫参见苏丹·阿劳丁。苏丹听过战报,非常高兴,便对室利·那拉·提罗阇和伊克迪尔·穆鲁克进行奖赏,穆鲁克的儿子和卓·布兰(Khoja Bulan)和和卓·穆罕默德·沙(Khoja Muhammad Syah)与传诏官站在一处。

苏丹于是将坎巴尔交给室利·那拉·提罗阇。室利·那拉·提罗阇首先辞去坎巴尔摄政王的职务,随后被苏丹派去坎巴尔立苏丹的儿子罗阇·穆那瓦尔·沙为王,室利·阿玛尔·提罗阇为宰相。于是室利·那拉·提罗阇奉命前去坎巴尔。到了坎巴尔之后,马上为苏丹·穆那瓦尔·沙举行加冕仪式。而后室利·那拉·提罗阇返回马六甲奏报苏丹。

光阴荏苒,时移世易。苏丹在位33年之后,突然身染重病。当得知自己已经时日不多,苏丹便吩咐部下把王子罗阇·玛马特(Raja Mamat)和所有大臣们都叫到跟前。所有的人都前来面见圣上。苏丹要求宫女们搀扶着他。苏丹从文臣武将中叫出五位:第一位是宰相,第二位是财相,第三位是天猛公,第四位是宗教法官穆那瓦尔·沙(Munawar Syah),第五位是海军都督。

于是苏丹吩咐道:"诸位爱卿知道,我将不久于人世。如果我死了,我的王位将由我的儿子罗阇·玛马特来继承。非常希望诸位爱卿能够像爱护我一样爱护他。如果他有什么过错或愚顽之处,还希望诸位爱卿能多多原谅他,毕竟他还是个孩子。"

在场的大臣们听完苏丹·阿劳丁的一席话,都不禁泪流满面。

于是在场的人都痛哭参拜国王道:"陛下,但愿安拉能延长您的生命,因为微臣还没有完成安拉交给我们的效忠苏丹的使命,请安拉不要让苏丹就这样离开我们。倘若国王手中的鲜花凋零,微臣们一定会按照陛下的嘱咐去做。因为我们所有的人都不愿意为其他国王效劳。"国王听了大臣们的话非常欣慰,于是转而注视着王子罗阇·玛马特。

苏丹·阿劳丁说道:"我的孩子,你要知道,这个世界不是永恒存在的。我的孩子,一切生命终归是要死亡的,而宗教信仰却是可以永恒的。"

"我的孩子,我能给你留下的遗产只有几句话。希望你严格按照宗教礼仪办事,不要非法侵害别人的权利,因为所有安拉的奴仆都交给了你。如果他们有困难,你要尽力帮助;如果他们受到虐待,你要立即查明真相,以使在世界末日时不要让安拉加重对你的惩罚,因为正如先知(愿真主保佑他,并赐予他安宁)所言:所有放牧人都将接受关于如何保护他人的讯问。① 其意思是,所有的国王在世界末日都要接受安拉关于如何保护其臣民的讯问。因此,你必须做事公正和严谨,这样真主在来世会保护你的。还有,你遇事一定要和各位大臣及官员们商量,因为国王们不论如何智慧和博学,如果遇事不与官员们商量,就不会得到安宁,也不会公正治国。国王好比是火,大臣和官员们好像木柴,没有木柴,火是不能燃烧的。② 还有一句名言,意思是,子民们是根,国王是树,没有根的树是站不起来的。国王和子民的关系就是如此。任何一个马六甲子民,不管他犯了多大的罪过,也不要立即将他处死,除非依安拉的法律必须处死,因为马六甲的子民都是你的主人。正如圣训中所说:奴仆犹如你的主人,③如果你将无辜的奴仆杀掉,你的王国将会毁灭。我的孩子,你要记住我的遗言,这样你日后为王时可以得到安拉的保佑。"

于是,苏丹·阿劳丁驾崩,离开人间去往永恒世界了。随即其子罗阁·玛马特登基,继承父亲的王位,封号为苏丹·马哈茂德·沙(Sultan Mahmud Syah)④。却说苏丹·马哈茂德·沙雍容大度,仪表堂堂,无与伦比。他在位期间,将当时马六甲锻造的格里斯短剑从三拃长缩短了二分之一。

话说布蒂宰相对室利·毗阇·提罗阁说道:"大人,已故苏丹陛下曾嘱咐大人您来接替王位的。"

---

① 原文之前有阿拉伯文كلكم راع وكلكم مسئول من رعيته。
② 原文中有一句阿拉伯文الرعيت جويحست سلطان درحسبه。
③ 原文之前有阿拉伯文العبد طين المولى。
④ 《明史》卷三二五《满剌加传》中称苏丹·马哈茂德·沙为"苏端妈末"。

室利·毗阁·提罗阁回答道:"我没有听说过这样的嘱咐。"

当苏丹·马哈茂德·沙听到室利·毗阁·提罗阁讲这件事时,虽然沉默不语,但是在心里却开始怀恨室利·毗阁·提罗阁。苏丹·马哈茂德·沙一共有三个孩子,一个男孩名叫苏丹·艾哈迈德,这是将要继承王位的王子,另外的两个都是女儿。

话说室利·罗摩已死,其子接替了他的职位,被赐予他父亲的头衔室利·罗摩,做大象总管(Panglima Gajah),其地位与他的父亲相同。室利·罗摩有两个儿子,一个封号为室利·纳塔(Seri Nata),一个封号为敦·阿里亚(Tun Aria)。室利·纳塔的孩子是敦·比亚基特·希塔姆(Tun Biajit Hitam),而敦·阿里亚的孩子是敦·玛马特(Tun Mamat),后来敦·玛马特又有了孩子敦·伊萨克和敦·皮鲁(Tun Pilu)。

有一次,室利·毗阁·提罗阁没有按时回宫过节。直到过节那天室利·毗阁·提罗阁才回到宫中。于是苏丹·马哈茂德·沙对室利·毗阁·提罗阁大发雷霆。苏丹·马哈茂德·沙训斥道:"你为什么回来晚了,室利·毗阁·提罗阁?难道你不知道我们的习俗?"

室利·毗阁·提罗阁答道:"微臣来迟是因为微臣以为昨天晚上新月还没有出来。此乃微臣的疏忽。微臣请求陛下宽恕。"苏丹·马哈茂德·沙说道:"朕知道,你是不喜欢我当政。"于是,国王下令杀掉室利·毗阁·提罗阁。

室利·毗阁·提罗阁对前去杀他的人说道:"我对陛下犯了什么罪?难道这点儿小错就要杀我吗?"室利·毗阁·提罗阁的话都被汇报给了苏丹·马哈茂德·沙。

国王说:"如果室利·毗阁·提罗阁不知罪,就把圣旨给他看。"苏丹的圣旨中室利·毗阁·提罗阁的罪行涉及四五件事。室利·毗阁·提罗阁看过后,哑口无言。随即室利·毗阁·提罗阁被处死。其子桑·瑟迪亚·文打烟(Sang Setia Bentayan)在僧伽补罗执政。

某天晚上,苏丹·马哈茂德·沙前往一个名叫敦·黛维(Tun Dewi)的女人家。发现敦·阿里·山当(Tun 'Ali Sandang)一个人在那里。于是苏丹·马哈茂德·沙立即返回。国王陛下扭头往后看,发现敦·比亚吉特(Tun Biajit),即达图·穆阿尔(Datuk Muar)还跟随着他。敦·比亚吉特有两个名字,在格朗村,他的名字是敦·伊萨克,而在淡巴加村(Kampung Tembaga)却又被叫做敦·比亚吉特。于是苏丹·马哈茂德·沙从蒌叶盒①里取出些蒌叶给敦·比亚吉特。敦·比亚基特心想:"苏丹陛下把蒌叶给我究竟是何意呀?我看是要我去杀了敦·阿里·山当吧?过去,国王蒌叶盒里的蒌叶可是非常神圣的,不是什么人都可以得到国王如此的赏赐。"于是敦·比亚吉特返回敦·黛维的房间,刺死了敦·阿里·山当。敦·阿里胸口被刺中,当场毙命。于是敦·比亚吉特出来,禀报苏丹·马哈茂德·沙。人们非常轰动,纷纷议论敦·比亚吉特杀死了敦·阿里·山当。

有人向室利瓦·罗阇报告了这个消息,因为敦·阿里·山当是室利瓦·罗阇的亲属。室利瓦·罗阇非常愤怒,于是派人截住并想杀掉敦·比亚吉特。但是苏丹·马哈茂德·沙却让他把敦·比亚吉特放了。敦·比亚吉特被释放了,随后来到巴赛。但是敦·比亚吉特不想朝拜巴赛国王。他说:"我是比亚吉特,除了苏丹·马哈茂德·沙,我不向任何其他国王跪拜。"随后敦·比亚吉特来到哈鲁,敦·比亚吉特也不向哈鲁王朝拜。后来,敦·比亚吉特来到文莱,他也不向文莱君主跪拜。敦·比亚吉特娶了文莱君主的女儿为妻。于是他在文莱国生儿育女,因此,达图·穆阿尔在文莱有很多儿孙后代。

敦·比亚吉特说:"我比亚吉特生在马六甲,也要死在马六甲。"于是敦·比亚吉特回到马六甲。到了马六甲后,比亚吉特便去拜见苏丹·马哈茂德·沙。当时苏丹正在用餐。苏丹将吃剩的食物赏给敦·比亚吉特。吃过饭之后,苏丹·马哈茂德·沙拥抱并亲吻敦·比亚吉特。还要他戴上头巾帽,并让他把头巾帽送给室利瓦·罗阇,因为苏丹·马哈茂德·沙认为,只要把敦·比亚吉特戴过的头巾帽送给室利瓦·罗阇,就不会被室利瓦·罗阇所杀了。

且说当时,室利瓦·罗阇正骑在象上。敦·比亚吉特由苏丹的奴仆带着来到。苏丹的奴仆对室利瓦·罗阇说:"圣上有旨,这是敦·比亚吉特,如果圣上有什么过错,还请大人原谅。"

---

① Puan:(王后、或新娘用于装蒌叶的)盒子。

室利瓦·罗阇看到敦·比亚吉特，用驱象棒①捣了一下敦·比亚吉特的头部，正中他的天灵盖，头骨陷了下去，敦·比亚吉特立即倒地毙命。苏丹的家奴回来禀告苏丹说，敦·比亚吉特已经被室利瓦·罗阇用驱象棒打死。苏丹听后，默不作声。原来苏丹非常喜欢室利瓦·罗阇，当时，苏丹欣赏的人一共有四位：第一位是室利瓦·罗阇；第二位是敦·乌玛尔(Tun'Umar)；第三位是杭·伊沙(Hang'Isya)；第四位是杭·哈桑·曾昂(Hang Hasan Cengang)。

且说苏丹·马哈茂德·沙如果出去划船游玩，便吩咐家奴把室利瓦·罗阇叫来。而后苏丹·马哈茂德·沙就在码头等他。可是苏丹等了做一顿饭的工夫，室利瓦·罗阇还没来，因为按照室利瓦·罗阇的习惯，当苏丹的家奴前来召唤他的时候，他便先回家睡一觉。家奴叫醒他，他才起床，接着去解手，洗澡，洗过澡，吃饭，吃过饭，开始选围腰，十二三次地穿上脱下，总是觉得不够好。然后穿上衣，戴头巾帽，还是如此这般地整理一番。然后披围巾，又是十四五次地披上摘下，总是觉得不行。接着走到房门，(又回来找妻子)，说道："因为圣上，老是遭圣上责怪，我这衣服总是有毛病。"如果真的没有穿好，妻子便一边叨咕，一边帮他再整理，于是又给他脱下穿上，再为他整理一番。此后，室利瓦·罗阇这才走出房门，来到院子里。接着又转身回房，坐在吊床上悠荡起来。这时苏丹的家奴再次催促他，他这才走出家门，前去面见圣上。

如果国王希望室利瓦·罗阇马上就到，便会吩咐敦·伊萨克·波拉卡前去传召他。敦·伊萨克到了，就对室利瓦·罗阇说道："大人，苏丹有旨召见！"

室利瓦·罗阇说道："好的。"于是室利瓦·罗阇回了房间。敦·伊萨克知道室利瓦·罗阇的习惯，便要了一卷席子，躺在走廊里。

这时敦·伊萨克对室利瓦·罗阇大喊："大人，我要点儿吃的，我肚子饿了。"于是室利瓦·罗阇立即拿来米饭。敦·伊萨克吃过饭，又说："我渴了，给我沏点儿喝的！"

室利瓦·罗阇说道："伊萨克每次来这，总是要求很多呀。快把我

---

① Kusa：一种带铁钩的驱象棒。

的衣服拿过来!"

室利瓦·罗阇随即围起围腰,照照镜子,戴上头巾帽,配上格里斯剑,并且围好围巾,接着便离开家,去面见苏丹·马哈茂德·沙了。室利瓦·罗阇一切的行为举止都非常得体,所以苏丹·马哈茂德·沙很喜欢他。

却说苏丹·马哈茂德·沙十分喜爱室利瓦·罗阇。有一次,苏丹·马哈茂德·沙吩咐手下去叫室利瓦·罗阇、敦·乌玛尔、杭·伊沙和杭·哈桑·曾昂。于是四人一起来面见苏丹。苏丹对四人说道:"你们有什么愿望吗?提出来,我满足你们。不论你们要什么,我都不会反对的。"

第一个拜见苏丹的是室利瓦·罗阇。

他是这样说的:"陛下,如果承蒙陛下恩赐,微臣想做大象总管。"

苏丹·马哈茂德·沙答道:"那朕就答应室利瓦·罗阇这个要求了。只是朕如何取得这个职务呢,因为室利·罗摩还健在。朕怎样从他手中把权力拿过来呢?朕将一个没有犯过任何错误的人撤职?倘若室利·罗摩死了,朕就一定任命室利瓦·罗阇做大象总管。"

接着,敦·乌玛尔拜见苏丹:"陛下,若承蒙陛下恩惠,微臣希望做海上之王。"

于是苏丹·马哈茂德·沙答道:"好啊,只是海军都督还健在啊。朕如何从他手中把权力拿过来呢?朕要把他撤职吧,可朕这里还不掌握他什么过错。如果海军都督不在了,朕就可以让敦·乌玛尔做海上之王了。"

看到前面两位大人没有得到苏丹的任何恩赐,杭·伊沙和杭·哈桑·曾昂思考了片刻。

于是,苏丹·马哈茂德·沙催促他们说:"你们有什么愿望呀?讲出来给朕听听。"

杭·伊沙奏道:"陛下,如承蒙圣上恩典,臣想要十三两黄金、四盒梽叶和一箱毛织品。"于是,苏丹立即满足了他的要求。

杭·哈桑·曾昂也前来奏报:"陛下,微臣想要十二三头母水牛和十二(三)个村落。"苏丹也马上满足了他的要求。

有一次,苏丹·马哈茂德·沙去找敦·比亚吉特的妻子,即海军都督的女儿私通。当时她的丈夫没有在家,还在他的领地。那天夜晚,苏丹直到凌晨时分才返回,一出来便碰见敦·比亚吉特刚从海上回来,当时陪他回来的人很多。而苏丹·马哈茂德·沙却没有几个随从。敦·比亚吉特知道苏丹刚从他家出来。这时他有了要杀苏丹的想法。但是由于他是马六甲的子民,因此他在手持短矛的情况下也不想改变他对马六甲苏丹的忠诚。于是他说道:"苏丹·马哈茂德·沙呀,原来陛下的本性就是如此。很遗憾,陛下是臣的君主,如果陛下不是臣的君主,那我肯定将这把短矛刺入陛下的胸膛。"

苏丹所有的手下对敦·比亚吉特都很愤怒。但是苏丹却说:"你们都不要生气,他说的没错。因为本来就是朕对他有罪,他杀我并不过分。马六甲的子民不想背叛君主,不愿改变自己的忠诚,所以他才有现在的行为。"于是苏丹起驾回宫。随即敦·比亚吉特休掉了妻子,从此他不想上朝面见苏丹,也不想工作了。为了安抚敦·比亚吉特,苏丹·马哈茂德·沙将自己的一个名叫敦·伊拉穆·苏达利(Tun Iram Sundari)的嫔妃送给他。敦·比亚吉特接受了,但是即便如此,敦·比亚吉特还是不愿去公众场合。

话说室利瓦·罗阇想和宗教法官穆那瓦尔·沙的女儿,也就是优素福长老的孙女结婚。因此法官穆那瓦尔·沙整夜未眠。吉日良辰一到,室利瓦·罗阇便乘坐在苏丹·马哈茂德·沙的坐骑——名叫巴里达摩赛(Balidamesai)的大象上,被婚队簇拥着去举行婚礼。敦·阿卜杜尔·卡里姆(Tun 'Abdul Karim),即宗教法官穆那瓦尔·沙的女儿坐在大象的头上,敦·宰那尔·阿比丁坐在象背上的轿座里,而室利瓦·罗阇则坐在象的臀部。于是迎亲队伍热热闹闹地向法官穆那瓦尔·沙的家前进。

法官穆那瓦尔·沙在村子里准备好了各种鞭炮。篱笆门也关了起来。

穆那瓦尔·沙法官说道:"只要室利瓦·罗阇能进村,我就让我的女儿和他举行并坐礼。"

当婚队来到穆那瓦尔·沙法官的家门外,法官便叫人点燃鞭炮,让人们欢呼起来,同时奏起各种乐器,实在是喧闹无比。这时大象巴里达摩赛突然受惊跑了。敦·阿卜杜尔·卡里姆无论如何努力,也没有控制得住它。室利瓦·罗阇见此情形,对敦·阿卜杜尔·卡里姆大喊:"大哥,最好向后退,退到大象中间去。让我到象头上去。"

于是敦·阿卜杜尔·卡里姆退到了大象的中间,室利瓦·罗阇坐上了象头。接着室利瓦·罗阇掉转大象的前进方向,让巴里达摩赛冲撞穆那瓦尔·沙法官家院子的大门。然后,不论人们怎样放鞭炮,大象都毫不理睬,径直穿过并踏入庭院。最后大象停在穆那瓦尔·沙法官的大厅前,室利瓦·罗阇便从象头上跳下来。

于是穆那瓦尔·沙法官为女儿举行婚礼。苏丹·马哈茂德·沙前来探望。婚礼仪式完毕,参加者一起用餐,苏丹·马哈茂德·沙吃过饭后起驾回宫。

且说穆那瓦尔·沙法官很精通波拉道剑术(Beladau),这是他在苏丹·阿劳丁时期,马鲁古国王来访马六甲时,向马鲁古国王学习的。当穆那瓦尔·沙法官坐着接受众人拜会时,面对走廊上的很旧的格栅,穆那瓦尔·沙法官对众人说:"你们要我砍断几根格栅,我就能砍断几根。"

有人说道:"砍两根。"于是穆那瓦尔·沙就砍断了两根。有人说砍三根,他便砍断了三根。人们要他砍几根,他就能砍断几根。

室利瓦·罗阇和穆那瓦尔·沙法官的女儿结婚后不久,有了一个儿子,名字叫敦·乌玛尔,封衔室利·博塔姆(Seri Petam),人称达图·拉幕巴特(Datuk Rambat)。且说室利·博塔姆有很多孩子,老大叫敦·达乌德(Tun Daud),他就是拔乌的酋长(Datuk Bauh);另外一个也是男孩,名叫敦·阿里·山当,他是达图·穆阿尔的父亲。还有一个是女儿,名字叫敦·宾坦(Tun Bentan),是敦·马伊(Tun Mai)的母亲;另一个叫敦·哈姆扎,是穆那瓦尔的父亲;还一个叫敦·杜卡克(Tun Tukak),是死在北大年(Patani)的乌玛尔的父亲。还有很多,这里就不一一列举了。

却说室利瓦·罗阇非常会驯养大象和马。室利瓦·罗阇养了一匹白马,他非常喜欢这匹马。甚至房间和露台都被他加宽加大做了拴马的地方。如果有人想借这匹马在月圆之夜骑着逛逛,室利瓦·罗阇会借给他。于是,借马人骑着马走两三圈,最后马把借马人带回拴马的地方。如果是敦·伊萨克·波拉克借这匹马,他便骑着马遛上一两圈,而后马将他带回拴马的地方。

接着敦·伊萨克·波拉卡便对室利瓦·罗阇的仆人说:"告诉大人,我渴了,要点儿东西喝。"于是主人吩咐给他端上饮料。喝完饮料之后,敦·伊萨克·波拉卡说道:"我再带这匹马出去遛遛。"

室利瓦·罗阇说:"好吧。"

于是敦·伊萨克·波拉卡带着这匹马又遛了两三圈,而后马又将他带回室利瓦·罗阇的住处。这时,敦·伊萨克就会对室利瓦·罗阇仆人说:"告诉大人,我饿了,给我上点儿米饭。"随即室利瓦·罗阇给他端来米饭。吃完饭,他又带着马出去遛了两三圈,最后又回来了,接着敦·伊萨克又向室利瓦·罗阇要些不常见的东西。

因此室利瓦·罗阇说道:"伊萨克,你每次来,都要这要那。干脆把马带走,尽情地玩一夜吧。"于是敦·伊萨克·波拉卡把马带走玩了整整一夜。

此后的某一天,来了一个帕坦人(Patan)①,非常擅长骑马。苏丹·马哈茂德·沙便命人把这位帕坦人带来见室利瓦·罗阇。帕坦人来到室利瓦·罗阇面前,(苏丹手下的人)说:"大人,陛下说,这个人很擅长骑马。"

室利瓦·罗阇对帕坦人说道:"和卓②,您擅长骑马?"

帕坦人回答说:"是的,大人。"

室利瓦·罗阇接着说道:"那就请您上我的这匹马吧。"于是吩咐仆人给马配上了鞍子和缰绳。随后帕坦人跃上马背,便驱马向前。

室利瓦·罗阇说道:"和卓,请策马!"于是帕坦人便以鞭策马。不料这位商人立即从马背上被抛了下来,狼狈地摔在地上。

室利瓦·罗阇问道:"喂,和卓,怎么了?"随即室利瓦·罗阇大声叫他的儿子:"乌玛尔!"敦·乌玛尔立刻赶到。

室利瓦·罗阇对儿子说:"年轻人,抽马!"于是敦·乌玛尔抽了马

---

① Patan:位于加德满都市中心南面8公里的Patan,始建于公元三世纪,城中的四支石柱据说更是公元前250年印度著名的阿育王(Ashoka)所立。Patan原名Lalitpur(拉利特浦),以美术城著称,城内到处都有印度教寺庙的佛教遗址。

② 原文为Khoja,专指"从波斯或印度北部来的商人"。

几鞭子,马便跳起舞来。帕坦人看到室利瓦·罗阇驯马技术如此高超,不禁十分惊诧。

话说敦·乌玛尔很受苏丹·马哈茂德·沙的喜爱。室利·罗阇·提罗阇(Seri Raja al-Diraja)有个孩子,名叫达图·邦克(Datuk Bongkok),非常勇敢。敦·乌玛尔的老师认为敦·乌玛尔不会死于对手的武器之下。因此,他有些忘乎所以,没有把敌手放在眼里。

且说杭·伊萨·潘塔斯(Hang 'Isa Pantas),其动作十分敏捷。在马六甲河上有一根圆木,他在上面行走,圆木总是浮在水面滚来滚去。若是别人在上面行走,水就会浸没四个脚踝。如果杭·伊萨·潘塔斯走在上面,那木头就会被踩得左右来回翻滚,直至走到对岸,他的双脚脚背都会滴水不沾。

话说杭·哈桑·曾昂和杭·乌素(Hang Usuh)的孩子结亲。婚礼结束后吃黄姜糯米饭①。夫妻互相喂对方三口之后,有人要把饭端走。于是杭·曾昂把着盘子说:"不要端走,我还要吃,我要把它吃完,因为我快没有钱了。"在场的女子听了都乐得前仰后合。于是杭·哈桑·曾昂又接着吃。等饭吃光了,盘子被端走了,杭·哈桑·曾昂才回到新郎的座位上。

话说苏丹·马哈茂德·沙向宗教法官优素福学习《古兰经》知识。而宗教法官优素福有些精神失常。当一个人放的风筝从他的屋脊上经过,他就叫放风筝的人松拐子放线。等人家放长了线,他又让人家卷拐子收线,并问道:"你们为什么这样无理,让风筝从我的房顶经过?"正因为如此,他就不再当宗教法官了。他的儿子穆那瓦尔·沙接替了他的职务。

却说苏丹·马哈茂德·沙骑着象在众多仆人的陪同下来到优素福长老家。到了优素福长老家门前,苏丹的仆人对看门人说:"告诉优素福长老,苏丹·马哈茂德·沙陛下驾到。"

优素福长老得知苏丹来了,说道:"关上门!苏丹大人到我这穷苦人家做什么?"

优素福长老的话被如实转达给苏丹·马哈茂德·沙。于是苏丹

---

① Adap-adap:(喜庆中吃的一种)黄色糯米饭。

起驾回宫。到了晚上,苏丹吩咐部下全部回家。宫中安静之后苏丹只带一个随从又去优素福长老家。他还亲自拿着《古兰经》。

到了优素福家门口,苏丹对优素福家的守门人说道:"告诉优素福长老,贫民马哈茂德来了。"

于是优素福的家门打开了,因为穷苦人就该来拜访穷苦人。这时优素福长老立即出来迎接苏丹·马哈茂德·沙,并请苏丹屋里就座。随即苏丹便开始向优素福长老学习念经。

且说容貌英俊的罗阇·宰那尔·阿比丁(Raja Zainal 'Abidin),是苏丹·马哈茂德·沙的弟弟。那时罗阇·宰那尔·阿比丁无人能比,几乎完美无缺。他行为得体,举止文雅,动作敏捷。且说他如果穿甩角围腰,便让裙角悬在外面,因为他喜欢折裙角。却说他有一匹马,名叫安邦安(Ambangan),他非常喜欢它。甚至在离他卧榻不远的地方,整个厅堂都腾出来,那匹马就拴在那里。于是他每天晚上起来二三次去看马。罗阇·宰那尔·阿比丁要是骑马,他就穿衣打扮。打扮好之后,便取来各种香料给马擦上。然后他跨马而去。

看见他骑马经过这里,全市镇的臣民轰动起来。所有在家受宠的姑娘和媳妇都争先恐后地一睹罗阇·宰那尔·阿比丁的风采。他们有的站在门口,有的趴在栅栏上,有的透过窗户,有的趴在房顶上,有的在墙上挖个洞,还有的爬上了篱笆。于是女人们送给罗阇·宰那尔·阿比丁的情人礼物多得手不暇接,更何况那数十盒蒌叶、数百盒香料和香草,还有那洗澡用的香精、编插好各种形状的兰花、茉莉花花篮和花环等就更是应接不暇了。这些东西罗阇·宰那尔·阿比丁看中的都收取了,而那些没看上的东西都被他赐给了年轻人。看来,那个时代的马六甲国确实有些情欲泛滥了。

苏丹·马哈茂德·沙得知罗阇·宰那尔·阿比丁的行为,非常愤怒。但是起初他只是把愤怒埋在心里,没有表现出来。后来苏丹叫来他的亲信,说道:"你们谁能把罗阇·宰那尔·阿比丁杀掉?但是不要走漏风声。"

当时没有一个人开口。随即有一个叫杭·波尔卡特(Hang Berkat)的守卫,私下对苏丹说了些什么。

苏丹·马哈茂德·沙说道:"如果说到做到,我就拜你为兄弟!"

当天晚上,在夜深人静的时候,杭·波尔卡特来到罗阇·宰那尔的家。他从拴马的地方爬上去,看到罗阇·宰那尔正在睡觉。于是杭·波尔卡特将刀刺入罗阇·宰那尔的胸,直插进他的后背。罗阇·宰那尔感觉自己被刺时,他摸了摸自己的驱象棒,发现不见了。接着他的身体颤抖,如同被宰的一只鸡。于是杭·波尔卡特返回家中。罗阇·宰那尔一命呜呼。人们都很震惊地议论说罗阇·宰那尔被盗贼杀了。消息传到了苏丹·曼苏尔·沙[①]那里。

苏丹·曼苏尔·沙说道:"宫里有人吗?"

杭·波尔卡特回答说:"奴才们都在,大人,有四五个人。"

苏丹道:"外面何故骚乱?"

杭·波尔卡特回答:"微臣不知,陛下,臣没有查看。"

苏丹道:"你去看看。"

不久,杭·波尔卡特回来禀告道:"陛下,听说罗阇·宰那尔被人刺死,刺客可能是盗贼。"

于是,苏丹·马哈茂德·沙知道是杭·波尔卡特将罗阇·宰那尔刺死。苏丹命道:"传各位王公大臣来见我。"随后各位大臣都来到苏丹面前。

苏丹·曼苏尔·沙前去瞻仰了罗阇·宰那尔的尸体,当日白天便按王子的礼遇将他埋葬。

一切结束后,苏丹·马哈茂德·沙返回宫中。

没过多久,杭·波尔卡特被赐予桑·苏拉(Sang Sura)封号,苏丹对他宠爱有加。

且说桑·苏拉的妻子和桑·古纳私通,被桑·苏拉发现。桑·苏拉截住桑·古纳。但是桑·古纳体格好,健壮魁梧,而桑·苏拉却骨瘦如柴,而且个子矮小。苏丹·马哈茂德·沙知道此事之后,很怜惜桑·古纳,因为他不是一般人,而是马六甲第一个锻造两扠半长格里斯短剑的人。同时,苏丹陛下也很喜欢桑·苏拉。因此苏丹对此事没有做什么评判。

[①] 按照行文和情节,原文的此处及以下三处的"苏丹·曼苏尔·沙"应改为"苏丹·马哈茂德·沙"。

一日,苏丹召见桑·苏拉。桑·苏拉来到。苏丹把桑·苏拉带到了一个安静的地方,对桑·苏拉说:"我有个想法要对你说,怎么样?"

桑·苏拉答道:"大人有话尽管说,微臣洗耳恭听,绝无二话。万死不辞。"

苏丹·马哈茂德说道:"我听说你要报复桑·古纳。倘若你还有仁爱心,我请求你这次不要再报复古纳了。如果你还有慈悲心,我请求你多多原谅他。"

桑·苏拉听完苏丹的话,一边卷起袖子一边说道:"陛下尚未理解微臣的感受,那天不是微臣替陛下雪耻的吗?"

苏丹·马哈茂德·沙说道:"无论你原来有何想法,我都不允许你去报复桑·古纳。但是我要惩罚桑·古纳,我将不允许他走出家门,不许他和朋友们一起玩。如果因为工作需要,我会叫他来,完事后就让他离去。"

桑·苏拉回答道:"好的,陛下,微臣遵旨。因为陛下是至高无上的,如果不遵从陛下的旨意,那微臣就不是奴才了。"

从此,桑·苏拉没有报复过桑·古纳。而桑·古纳被限制了外出和与年轻人玩耍的自由。如果苏丹有事找他,就叫他来,而后就让他回去。当苏丹·马哈茂德·沙听说桑·古纳出了家门,就会有人来到他的面前训斥他一番。于是,桑·古纳说道:"与其这样惩罚我,还不如把我捆起来交给桑·苏拉杀了算了。"

第十六章

话说坎巴尔国国王苏丹·穆那瓦尔·沙(Sultan Munawar Syah)驾崩。其弟罗阁·阿卜杜拉(Raja 'Abdullah)前往马六甲面圣。到了马六甲之后,罗阁·阿卜杜拉被苏丹·马哈茂德·沙收为女婿。苏丹·马哈茂德·沙把自己的女儿,即罗阁·艾哈迈德的妹妹许配给他,并立他为坎巴尔王,于是苏丹·阿卜杜拉返回坎巴尔。

不久,布蒂宰相去世。于是苏丹·马哈茂德·沙按照宰相葬礼的方式埋葬了他。葬礼结束后,苏丹·马哈茂德·沙叫来了几个合适的宰相候选人:第一位是敦·宰那尔·阿比丁;第二位是敦·德拉奈;第三位是巴杜卡·端;第四位是室利·那拉·提罗阁;第五位是室利瓦·罗阁;第六位是室利·摩诃罗阁;第七位是阿布·萨义德;第八位是敦·阿卜杜尔;第九位是敦·比加亚·玛哈·门特里(Tun Bijaya Maha Menteri)。他们九位排着队在苏丹·马哈茂德·沙的宫殿前站着。

苏丹·马哈茂德·沙问道:"诸位爱卿,你们哪一位能够担当宰相之职呢?"

巴杜卡·端回答道:"陛下,这九位均能胜任宰相之职。陛下中意哪位,哪位便将荣登宰相之位了。"

太后在门后听着。她对儿子苏丹·马哈茂德·沙说:"就让敦·穆塔希尔(Tun Mutahir)①当吧。"

于是,苏丹·马哈茂德·沙宣布:"请穆塔希尔做宰相。"

大家都一致赞同由室利·摩诃罗阁出任宰相一职。按照宰相的待遇,国王赏赐给了他锦袍一套,以及芳香龙脑木和一整套器具。

---

① 参照上文,Tun Mutahir、Seri Maharaja 和 Seri Maharaja Mutahir 是同一人,其中 Seri Maharaja 是封衔,Tun Mutahir 是他的名字,原书中后文的 Pa'Mutahir'也是指此人。

按照以往的规矩，任何人在被任命为宰相、财相、天猛公以及所有的大臣职务之时，都将被奖赏芳香龙脑木以及一套器具。但财相和天猛公没有文房四宝盒，而宰相会获赐文房四宝盒和墨水盘。如果任天猛公，将获赐一把定制长矛。

自从室利·摩诃罗阁出任宰相，马六甲也变得愈加繁荣。因为室利·摩诃罗阁非常公正廉明，慷慨大度，而且很注重保护商人，同时还很善于引导臣民。当时有一个习惯，每遇有从风上之国来船行驶至马六甲，他总是亲自去起锚，并让宗教学者祈祷真主保佑。祈福结束之后，说道："室利·摩诃罗阁祝福你们安全来到马六甲港、针蕉岛和中国山。"于是全体船员回应道："大家一起划顺风船，大家一起划顺风船。"

室利·摩诃罗阁有很多孩子。最大的孩子叫敦·哈桑，他取代父亲出任天猛公。他相貌英俊，体格也很好。起初，天猛公的工作是安排人在宫殿里用餐。每当他的人安排用餐时，他便穿上有边的围腰，披上围巾，戴上配有缨子的头巾帽。他走在朝觐大殿的谒见台上，安排人吃饭，用扇子指指点点，动作像是歌咏者在跳舞。

天猛公敦·哈桑是第一个改良马六甲服饰的。天猛公敦·哈桑有一个儿子，名叫敦·阿里（Tun'Ali），有一次宰相室利·摩诃罗阁坐在那里召见大臣们，宰相室利·摩诃罗阁问道："敦·哈桑和我哪一个好？"

大家回答道："大人您比您儿子好。"

室利·摩诃罗阁说道："你们这些人都错了。因为我的眼睛就是镜子，哈桑这孩子比我好。他虽年轻，但是值得我褒扬。"

所有人回答道："大人所言极是。"

宰相室利·摩诃罗阁本来就是一个相貌英俊的人，但他还特别注重外表。一天之内要换七次衣服。他的衣服有上千套。各种各样的，折好了放在模子上的头巾帽就有二三十条，这些他都穿过，镜子和他的身体一样高。

宰相室利·摩诃罗阁正在着装，已经围好了花裙，穿好了衣服，佩戴了格里斯剑，戴上了帽子。宰相室利·摩诃罗阁问他的妻子："爱妻，哪个头巾帽和我的这身衣装更搭配？"

宰相夫人答道:"这个头巾帽比较合适。"于是宰相夫人边说边给宰相戴上。

宰相室利·摩诃罗阇还有两个孩子,一个名叫敦·比亚吉特·路卡特(Tun Biajit Ruqat),一个叫敦·莱拉·旺萨(Tun Lela Wangsa)。室利·摩诃罗阇还有一个叫敦·东卡尔(Tun Tunggal)的女儿,被封为敦·莱拉·旺萨,并许配给室利·乌达那的儿子敦·阿布·赛特(Tun Abu Sait)。敦·阿布·赛特有一子,名为敦·哈桑。

且说宰相室利·摩诃罗阇比其他国家的宰相的资历都老。如果他上朝会客,王子们来了,他从不离席走下去施礼,他总是指着他们说"上来吧",当然例外的是,将要接替王位的王子来访,他要下去迎接。然而彭亨国王来访,宰相室利·摩诃罗阇就要起立迎接,彭亨国王便会上来和宰相平起平坐。室利·那拉·提罗阇·敦·达希尔(Seri Naga al-Diraja Tun Tahir),即宰相室利·摩诃罗阇的哥哥以及财相也都给予同样的礼遇。

话说室利·那拉·提罗阇有五个孩子,其中三子二女。三子分别是敦·阿里、敦·哈姆扎和敦·马哈茂德(Tun Mahmud);二女之一叫敦·姑杜,她面容姣好,苏丹·马哈茂德·沙娶她为妻,非常宠爱她,并让宫里的人都称她为"达图·端";这也是整个"达图·布蒂"(Datuk Putih)家族的称谓。

敦·阿卜杜尔是宰相室利·摩诃罗阇的弟弟,他也有很多孩子。有几个儿子,还有几个女儿。其中一个女儿嫁给了名门之后敦·拉那(Tun Rana),生子敦·希杜普·班江·达图·加瓦(Tun Hidup Panjang Datuk Jawa);还有一个女儿,名叫敦·敏达(Tun Minda),被室利·那拉·提罗阇收为义女。

话说泗水(Surabaya)的帕蒂·阿丹(Patih Adam)王子来到马六甲朝拜苏丹。苏丹·马哈茂德·沙赏赐给他一套锦袍。并让他与大臣们平起平坐。有一次,帕蒂·阿丹坐在室利·摩诃罗阇家的走廊里。那时敦·敏达还小,刚会在室利·那拉·提罗阇面前跑来跑去。

于是室利·那拉·提罗阇对帕蒂·阿丹说道:"你听,我的孩子在说什么。她似乎在说,想要嫁给殿下呢。"

帕蒂·阿丹低下头说:"是啊。"

不久，返航爪哇的季节到了，帕蒂·阿丹于是向苏丹·马哈茂德·沙告辞回国。

苏丹·马哈茂德·沙赏给他一些东西。帕蒂·阿丹还赎走一个和敦·敏达年龄相同、身材相仿的女奴带回泗水。

回到泗水之后，这名女奴得到应有的抚养。几年后长大成人，到了婚配的年龄，还给她成了亲。

且说帕蒂·阿丹再次准备去马六甲。他挑选了四十位优秀的贵族子弟一同前往。一切都准备就绪，帕蒂·阿丹便出发了。到了马六甲之后，帕蒂·阿丹便来拜见室利·那拉·提罗阁。帕蒂·阿丹说道："我此次来访是为了请求大人履行诺言，和大人的女儿成亲。"

室利·那拉·提罗阁说道："我并没有许诺让殿下与我的女儿成亲呀。"

帕蒂·阿丹回答："大人的孩子刚会跑的时候，大人不是说过'帕蒂·阿丹，我的女儿说，她很想让殿下做她的夫君'吗？"

室利·那拉·提罗阁答道："我的确这样说过，但我当时是在和殿下开玩笑啊。"

帕蒂·阿丹说道："哪里有王公贵族遭人取笑的道理？"

随即帕蒂·阿丹回去歇息。他心中暗暗盘算要强占敦·敏达。且说敦·敏达已经长大，单独住在一处。帕蒂·阿丹便收买了室利·那拉·提罗阁家所有的守卫。帕蒂·阿丹说道："请给我方便，让我和我的四十名同僚进敦·敏达的家门。"守卫同意了，让他们进入了敦·敏达的家。守卫因为受贿，失去了忠诚。正如阿里（愿真主为他脸上增光）的教诲：对于不尊贵的人是不会有真正的忠诚的。①

于是一天夜里，帕蒂·阿丹带领四十位贵族子弟进入了敦·敏达的家门。帕蒂·阿丹进入了敦·敏达的房间。随即人们一阵骚乱。室利·那拉·提罗阁得知后，非常气愤，吩咐集合所有的人。所有的人都带上了各自的武器。敦·敏达的房间被包围起来。这时帕蒂·阿丹坐在敦·敏达身边，压住敦·敏达的大腿，解开她的腰带，一头系住敦·敏达的腰，一头系住自己的腰。接着拔出格里斯短剑。

---

① 原文之前有阿拉伯文 حزم الوفا على من اصل اله 。

前来包围的人越来越多，武器看起来也是层层叠叠。所有的贵族子弟在极力反抗，但是四十个人均被杀戮，无一幸存。这时帕蒂·阿丹被告知："你的人已全被杀光，你不要反抗了。"

帕蒂·阿丹回答说："杀光了也没关系，反正敦·敏达我是要定了。"

于是有人进了房间，想杀帕蒂·阿丹。帕蒂·阿丹说道："你们杀我，我就杀死她。"于是有人向室利·那拉·提罗阁禀报了所有帕蒂·阿丹的行为。

室利·那拉·提罗阁说道："不要杀他，我怕他杀我的孩子。在我看来，如果我的女儿死了，全爪哇都抵不上她一个人。"

于是帕蒂·阿丹躲过一劫，还同敦·敏达成了亲。

却说帕蒂·阿丹在马六甲期间与敦·敏达形影不离，不管他去哪里，都和敦·敏达在一起。回爪哇的季节到了，帕蒂·阿丹便向室利·那拉·提罗阁告辞回国，并且请求带敦·敏达一起回去。室利·那拉·提罗阁同意了。于是帕蒂·阿丹向苏丹·马哈茂德·沙告别，苏丹陛下赏他锦袍一套。

随后帕蒂·阿丹启程回爪哇。航行不久，便抵达泗水。后来帕蒂·阿丹还和敦·敏达生下一子，名叫敦·侯赛因（Tun Husin），就是现在的泗水王子。

第十七章

话说吉打国王(Raja Kedah)前来马六甲拜会马六甲国王请求加冕。来到之后便被苏丹·马哈茂德·沙给予大臣一级的待遇。苏丹还赏赐吉打国王很多礼物。有一次宰相室利·摩诃罗阇在大殿里会见同僚。天猛公敦·哈桑和所有的文官都在座。饭菜由佣人端上来给宰相室利·摩诃罗阇。宰相便一个人用餐。按习惯,所有的官员都要等宰相室利·摩诃罗阇吃完后,才能吃饭,原因是宰相不和别人一起吃饭。于是宰相室利·摩诃罗阇用餐之后,其他人才开始吃饭。这就是他多年不改的习惯。

且说宰相室利·摩诃罗阇正在用餐的时候,吉打国王来了。宰相马上叫他入座。于是吉打国王坐在天猛公敦·哈桑旁边。宰相嚼完蒌叶,天猛公和其他大臣把宰相的剩饭端了下来。

接着天猛公敦·哈桑对吉打国王说:"国王大人,我们吃饭吧。"

吉打国王说道:"好的。"

宰相说道:"国王大人,不要吃我剩的饭菜。"

吉打国王说道:"没什么,宰相是长辈,对我来说就像父亲一样。"于是吉打国王和天猛公敦·哈桑以及其他大臣一起,吃了宰相剩下的饭菜。吃过饭后,又上了蒌叶。

在马六甲停留不久,吉打国王便向苏丹·马哈茂德·沙告辞回吉打王国。于是苏丹·马哈茂德·沙为吉达国王加冕,并按礼节赏赐他锦袍一套。吉打国王返回吉打,并在吉打登基。

话说苏丹·马哈茂德·沙有一位大臣,名叫敦·波尔巴蒂·希塔姆(Tun Perpatih Hitam),是敦·加纳·布伽·丹宕(Tun Jana Buga Dendang)的子孙。敦·波尔巴蒂·希塔姆有个孩子名叫敦·侯赛因,体格极佳。

敦·侯赛因说道:"如果有人控告我父亲,我就和他拼命!"

根据至高无上安拉的旨意，敦·波尔巴蒂·希塔姆与一位商人有了龃龉。于是敦·波尔巴蒂·希塔姆与这位商人一起请宰相断案。那个时候，尚有海军都督一职，而且宰相有个规定：如果断案，则海军都督、天猛公和宰相是不能分开的。如果有谁对宰相野蛮无礼，由海军都督将他斩首。如果罪犯须逮捕拘押，由天猛公执行。这是马六甲时期的法规。在敦·波尔巴蒂·希塔姆被宰相起诉之后，敦·波尔巴蒂·希塔姆的儿子敦·侯赛因前来过问父亲的案件。敦·波尔巴蒂·希塔姆看见儿子敦·侯赛因带着格里斯长剑来到面前，心里想：难道敦·侯赛因真的要像当初所讲的那样做吗？

于是，敦·波尔巴蒂·希塔姆站了起来。他用脚把席子踢到一边，同时说道："是哪位大臣竟如此断案？"

海军都督立即拔出格里斯剑，说道："大人何故在宰相面前如此无礼地踢席子？"随即海军都督用剑砍去。其他人也都拔出利剑向敦·波尔巴蒂·希塔姆刺去。宰相室利·摩诃罗阇不论怎样阻拦，也无济于事。于是敦·波尔巴蒂·希塔姆一命呜呼。敦·侯赛因看到自己的父亲已死，马上拔出格里斯剑打算反抗。

海军都督说道："敦·侯赛因想造反？"于是敦·侯赛因也被杀死了。随即海军都督前来觐见苏丹·马哈茂德·沙。并且向苏丹·沙禀报了事情的整个过程。

国王陛下说道："如果海军都督不杀他，他就会杀我们。因为他在宰相面前的行为如此野蛮，在我们面前也会这样。"故此苏丹·马哈茂德·沙奖赏海军都督锦袍一套。

第十八章

话说英得腊其利国王摩诃罗阇·摩尔隆（Maharaja Merlung）在马六甲去世。王子罗阇·那拉·僧伽（Raja Nara Singa）即位，与其王后，一位已故马来人的女儿，生有一子。当时马六甲苏丹依然控制着整个英得腊其利。且说英得腊其利的贵族子弟经过，总是被马六甲贵族子弟叫来陪同四处游走。叫来一个不够，还要叫其他人陪同。对此类事情英得腊其利人已忍无可忍，便前去参见那拉·僧伽国王。

于是英得腊其利人拜见那拉·僧伽国王道："陛下，我们请求回英得腊其利，微臣已不忍在马六甲住下去了，这里的人常常不尊重我们，简直把我们当做奴隶了。"

那拉·僧伽国王说道："好的。"于是那拉·僧伽王去面见苏丹·马哈茂德·沙。当时苏丹·马哈茂德·沙正在接见别人。

于是那拉·僧伽王拜会苏丹·马哈茂德·沙："陛下，如能承蒙陛下恩惠，微臣请求回英得腊其利，因为陛下虽然已将其赏赐于微臣，但微臣还未曾见过。"

然而苏丹·马哈茂德·沙未允许那拉·僧伽王回国。

那拉·僧伽王默默地听着苏丹·马哈茂德·沙的话。不久，那拉·僧伽王告别苏丹返回英得腊其利。回国后，他便听说摩诃罗阇·摩尔隆的弟弟摩诃罗阇·杜班（Maharaja Tuban）去世，留下一个儿子，名叫摩诃罗阇·伊萨克（Maharaja Isak）。由他统治英得腊其利。那拉·僧伽王来到英得腊其利之后，摩诃罗阇·伊萨克就被敦·科奇尔（Tun Kecil）和敦·巴厘（Tun Bali）赶下台，这两个人是英得腊其利的大人物。

且说摩诃罗阇·伊萨克来到凌牙，并和凌牙国王的女儿成亲。凌牙王去世之后，摩诃罗阇·伊萨克继承王位。后来国王生有很多孩子。却说那拉·僧伽王登基，成为英得腊其利的君主。

话说苏丹·马哈茂德·沙派人到羯陵伽国买布。苏丹要求买四十种布，每种布四匹，每匹布四十种花式。于是杭·纳迪姆（Hang Nadim）按照国王的嘱咐前去羯陵伽国。杭·纳迪姆本是一位马六甲人的儿子，海军都督的女婿，室利·摩诃罗阇宰相的后代。

且说杭·纳迪姆登上杭·伊萨克的船，向羯陵伽驶去。不久到达羯陵伽。杭·纳迪姆拜见羯陵伽国王。并且把苏丹·马哈茂德·沙的想法全部转达给羯陵伽国王。羯陵伽国王马上命人召集所有画匠，于是所有画匠都到了，大概有五百人之多。羯陵伽国王要求所有画匠按照杭·纳迪姆的想法描绘花样。于是所有的羯陵伽画匠都在杭·纳迪姆面前画起来。画完后，他们将描好的花样拿给杭·纳迪姆看，但是没有一个符合杭·纳迪姆的要求。因此他们又重新画起来，结果还是没有符合杭·纳迪姆的。后来几种花样羯陵伽的各位花匠都试画过了，但还是没有让杭·纳迪姆中意的。

于是，各位画匠说道："好吧，按我们的能力只能画这样了。其他的样式我们不懂。但是我们希望能够得到杭·纳迪姆大人的指点。"

杭·纳迪姆说道："拿纸和墨来！"

于是，羯陵伽人拿来纸和墨递给杭·纳迪姆。

杭·纳迪姆便在纸上画出了他心里想要的花。

羯陵伽的画匠们看过杭·纳迪姆画的花样，十分惊讶。随着杭·纳迪姆描画的动作，画匠们的手情不自禁地抖动着。杭·纳迪姆画完之后，把花样展示给在场的所有人，说道："这就是陛下想要的花样。"

且说几百名羯陵伽画匠中，只有两位能够模仿杭·纳迪姆的花样。

于是诸位羯陵伽画匠说："既然我们在杭·纳迪姆面前不会画，那我们只能回家画啦。"

杭·纳迪姆说道："好的。"

于是，各位羯陵伽画匠回到自己的家中继续画。当符合苏丹·马哈茂德·沙要求的布被画好染好之后，全部交给杭·纳迪姆。返程的季节到了。杭·纳迪姆还是乘坐杭·伊萨克的船，并把所有的物品都装上了船。

第十八章

且说杭·伊萨克还带了一位沙里夫(Syarif)[①]乘坐他的船。算起来,这位沙里夫还有一些金子在杭·伊萨克的手里。

于是这位沙里夫对杭·伊萨克说道:"你那里还有我一些金子,返还给我吧。"

杭·伊萨克说道:"我这儿哪还有什么你的金子!你这位圣人怎能这样诬陷我?难道还要我的命根子不成?"

接着这位圣人说:"嗨,杭·伊萨克,我可是真主的仆人,你要给我你的命根子。你这次返航可有灭顶之灾呀。"

杭·纳迪姆对沙里夫说:"大人,奴才祈求大人饶恕。请不要让奴才招致这样的后果。"

随即这位沙里夫在杭·纳迪姆的背上擦了一下,说道:"纳迪姆,祝你平安!"于是沙里夫便回家了。

却说杭·伊萨克扬帆起航。到了大海中间,既没有雨,也没有浪,但是船却突然沉入海底。杭·伊萨克和船上所有的人都被淹死了。

可是杭·纳迪姆和几个随从以及货物单独在一个小船上,都没有遇到任何风险。接着他们路过塞兰国(Selan)。

塞兰国国王听说纳迪姆的船路过这里,马上接见杭·纳迪姆,并吩咐他做一个蛋皮灯笼。灯笼做好后,杭·纳迪姆又在蛋皮上精雕细刻,灯笼做得十分精细。点上蜡烛后,显得更加漂亮。于是杭·纳迪姆把灯笼呈献给塞兰国王。塞兰国王赏赐杭·纳迪姆各种礼物,并表示很希望留住他。但是杭·纳迪姆还是告辞乘船返回马六甲。

回到马六甲之后,杭·纳迪姆立即拜见苏丹·马哈茂德·沙。他带上四匹布呈送苏丹。并将买布的经过如实奏报苏丹。

于是苏丹·马哈茂德·沙说道:"我听说杭·伊萨克遭到那位沙里夫诅咒,为什么杭·纳迪姆要乘坐他的船呢?"

杭·纳迪姆说:"微臣之所以乘坐他的船,是因为其他船都不走。如果我等坐其他船,回来就要太迟了。"

于是,苏丹·马哈茂德·沙对杭·纳迪姆大发雷霆。

话说海军都督杭·杜亚不幸故去。他的女婿霍加·侯赛因(Kho-

---

① Syarif:高贵的人,对穆罕默德后裔男性的称呼。

ja Husin)被苏丹·马哈茂德·沙指定为继承人。杭·杜亚有两个妻子,一个妻子是室利·毗阇·提罗阇·达图·邦戈(Seri Bija al-Diraja Datuk Bangkok)家族的,有三个孩子。老大是女儿,嫁给了和卓·侯赛因;老二是男孩,叫敦·比亚吉特;最小的也是女儿,叫敦·希拉(Tun Sirah),嫁给苏丹·马哈茂德·沙,生下一子,名叫罗阇·黛维(Raja Dewi)。海军都督的另一个妻子是巴杜卡·罗阇宰相的家族成员,是巴杜卡·端的亲属,生有两个孩子,一个是男孩,受封头衔是古纳(Guna),另外一个是女孩,许配给了杭·纳迪姆。于是和卓·侯赛因接替岳父大人做了海军都督。且说和卓·侯赛因生有一子,名叫敦·伊萨(Tun'Isa)。

第十九章

　　话说彭亨国老王苏丹·穆罕默德·沙不幸驾崩，其子苏丹·阿卜杜尔·贾马尔继承王位。那时，彭亨的宰相受封头衔是室利·阿玛尔·旺沙·提罗阇(Seri Amar Wangsa al-Diraja)，他有一个女儿，叫敦·黛加·拉特纳·梦伽拉(Tun Teja Ratna Menggala)，长得非常漂亮，在整个彭亨无人可以和她媲美；她举止文雅端庄，无人能比。这就是人们做歌赞颂她的原因，歌是这样唱的：

　　　　敦·黛加·拉特纳·梦伽拉
　　　　白胡椒她能一个瓣成俩
　　　　倘若你不相信
　　　　誓言好比安拉的话

　　且说苏丹·阿卜杜尔·贾马尔很倾慕敦·黛加，非常想娶敦·黛加为妻。彭亨的宰相同意了，并根据现实情况将婚礼推迟到季节合适的时候操办。随即苏丹·阿卜杜尔·贾马尔命令宰相室利·旺沙·提罗阇携带遮尸布前去马六甲拜见马六甲国王，告知其父王已经去世的消息。于是按礼节把国王的信护送上船后，宰相启程前往马六甲。时日不多，便到了马六甲。

　　苏丹·马哈茂德·沙上朝接见彭亨使臣，命人把信迎取进来。随即信被迎入大殿并宣读：

　　　　微臣敬拜伟大的苏丹陛下。并禀告陛下微臣的父王已经归真。

　　得知彭亨国王驾崩后，苏丹·马哈茂德·沙七天没有上朝。之后，派室利瓦·罗阇前往彭亨为苏丹·阿卜杜尔·贾马尔举行加冕大典。于是苏丹的信被护送上船。室利·旺沙·提罗阇还得到了苏丹的赏赐。随后室利瓦·罗阇和室利·旺萨·提罗阇一起前往彭亨。

不久，二位抵达彭亨，苏丹·阿卜杜尔·贾马尔大喜，马上命人按礼节迎接苏丹的书信。信被迎大殿后，立即宣读：

　　王弟为王兄祈祷和祝福。至于依安拉旨意发生的一切我们怎能不恭顺遵从呢？为此，王弟我派使臣室利瓦·罗阇前往为王兄加冕。

却说苏丹·阿卜杜尔·贾马尔看了弟弟的来信异常高兴。于是开始举行加冕典礼，七天七夜庆宴不断。室利瓦·罗阇为苏丹·阿卜杜勒·贾马尔主持加冕典礼。典礼完毕，室利瓦·罗阇向苏丹·阿卜杜勒·贾马尔告辞回国。苏丹·阿卜杜尔·贾马尔对室利瓦·罗阇说道："先不忙回去，让我们去套象吧。现在正是大象下山的季节，大人不是非常喜欢观看套象嘛。"

室利瓦·罗阇说道："陛下，如蒙陛下恩惠，微臣还是想请求回去，如果微臣这个月不走，风向就要变了，微臣在此逗留太久，恐怕陛下的弟弟会怪罪于微臣啊。当然，微臣很想观看套象。能否把驯服的大象放在城镇中，然后让人去套呢？"

苏丹·阿卜杜尔·贾马尔说道："可以。"

于是国王把彭亨所有知名的驯象师都召集来。驯象师马上到齐。国王向驯象师们说明了室利瓦·罗阇的想法。

各位驯象师回禀道："野象我们都可以套住，驯好的象就更不在话下了。"

室利瓦·罗阇对驯象师说道："那就套吧，我想看看。"

于是国王命令苏丹·阿卜杜尔·贾马尔放出一头已被驯服的大象。还有几只象包围着它。十多个熟练的驯象师手握套索，像套野象一样向被放出的大象脚上抛出套索，结果没有套中这头驯象，而是套中了其他象，或是套中了驯象师的脖子和脚。见此情景，众驯象师们都惊诧不已。

因此驯象师们禀报苏丹·阿卜杜尔·贾马尔说："启禀陛下，小的无法在室利瓦·罗阇面前套住大象，因为室利瓦·罗阇太精通驯象术了。"

苏丹·阿卜杜尔·贾马尔见此羞愧难当，于是转身回宫去了。

所有在场的人也都各自回家。第二天,国王命令把他的一头名叫玛尔卡帕(Markapal)的象涂上油,所以象背滑得很,也没有佩轿座。

这头称作玛尔卡帕的大象,臀部陡窄,只能坐两个人。第三个人坐上就会掉下来。即使坐两个人也得佩上轿座才可以。于是,苏丹·阿卜杜尔·贾马尔骑上他那名为玛尔卡帕的大象,前往室利瓦·罗阇的住处。随即有人禀报室利瓦·罗阇说,彭亨国王陛下驾到。于是室利瓦·罗阇立刻出来迎接。

苏丹·阿卜杜尔·贾马尔对室利瓦·罗阇说道:"大人,你的孩子在吗?我想带他骑象。"

室利瓦·罗阇回答道:"在的,陛下。"

室利瓦·罗阇心想:"看来是想害死我的孩子啊,这么陡窄的象背,还没有安轿座,又涂了油"。室利瓦·罗阇喊道:"嘿,乌玛尔,快来!国王陛下要带你去骑象!"

敦·乌玛尔马上来了。

室利瓦·罗阇小声和敦·乌玛尔说了几句什么,然后说道:"去吧,跟国王骑象去吧。"

于是苏丹·阿卜杜尔·贾马尔命令大象趴在地上,敦·乌玛尔迅速跃上大象的臀部。而后大象站起来,向亚依淡(Air Hitam)走去。苏丹·阿卜杜尔·贾马尔带着大象一会儿走上又高又陡的坡地,一会儿下来。国王很希望敦·乌玛尔掉下来。而每当敦·乌玛尔感觉要滑下来的时候,就使劲用腿夹住象腰作为信号。这样,彭亨国王无论怎样驱赶,大象就是不走。国王的两脚用力赶象,也只能让大象的前腿探伸几下,而后腿始终一动不动。当敦·乌玛尔感觉坐好的时候,他便松开两脚,让大象继续前进。连续二三次都是这样。苏丹·阿卜杜尔·贾马尔十分惊讶,只好悻悻回宫。

此后,室利瓦·罗阇向国王告辞回国。于是苏丹·阿卜杜尔·贾马尔写回信一封,并赏赐室利瓦·罗阇锦袍一套。国王的信按礼节护送上船,于是室利瓦·罗阇返回马六甲。

抵达马六甲之后,按礼节把信迎入宫中。苏丹·马哈茂德·沙听完读信,龙颜大悦。听过室利瓦·罗阇在彭亨的所作所为,苏丹对他大加赞赏,并按规矩赏赐他锦袍一套。

且说室利瓦·罗阇前来向苏丹·马哈茂德·沙禀告,彭亨宰相的女儿敦·黛加相貌出众,天下无人能比,然而她已经和彭亨国王定亲,即将举行婚礼。听了室利瓦·罗阇的话,苏丹·马哈茂德·沙很想得到彭亨宰相的女儿。

于是国王降旨:"谁能把彭亨宰相的女儿带来,想要什么朕就赏什么。就是想要王国的一座城池,朕都答应。"

此时杭·纳迪姆正好在会见大厅下面候着,听到国王下旨,他思忖着,并自言自语道:"最好让我去彭亨,但愿能把敦·黛加带来献给陛下。"随即他便乘坐一艘小帆船前往彭亨。

抵达彭亨之后,杭·纳迪姆和一位占婆人结为至交,无话不谈。他的名字是希地·艾哈迈德(Sidi Ahmad)。一天,杭·纳迪姆对船长希地·艾哈迈德说:"宰相的女儿敦·黛加长得很美,我很想亲眼看看她的容貌。"

船长希地·艾哈迈德说:"的确很美,但是已经和彭亨国王陛下订婚了。你有什么办法见到她呀?她可是宰相大人的女儿,不要说我们,就是太阳和月亮也看不到她了。"

杭·纳迪姆在心里盘算道:"有什么办法得到她呢?"

此时一位年长的专门给人擦香粉的女人从这里走过。杭·纳迪姆把她叫进来,让她给自己身上擦粉。

杭·纳迪姆对这位老女人说:"大妈您在为谁做事?"

擦粉老妇答道:"我是宰相大人家中的仆人。"

杭·纳迪姆问道:"能进宰相的家里吗?"

擦粉老妇答道:"进宰相家是平常事,尤其宰相的孩子敦·黛加总是让我来为她擦香粉。"

杭·纳迪姆说:"我听说敦·黛加长得特别漂亮,确实是这样吗?"

擦粉老妇答道:"在整个彭亨国无人能比,但已经和国王定亲,下个季节就要结婚了。"

杭·纳迪姆对擦粉老妇说:"大妈您能保守秘密吗?"

擦粉老妇说:"如果真主允许,是可以的。我一直在听别人吩咐做事。"

于是杭·纳迪姆给了这个擦粉老妇很多金子、布和衣服。擦粉老妇看到这么多细软,她的心便被征服了。于是擦粉老妇答应帮助杭·纳迪姆保守秘密。

杭·纳迪姆说道:"如果可能,希望你能把敦·黛加带到我这里来,我要把她献给马六甲苏丹。"于是杭·纳迪姆又给了擦粉老妇一种魔粉,说:"把这个擦到她的身上。"

擦粉老妇说道:"好的。"于是擦粉老妇走进宰相家的庭院,喊道:"谁擦粉?我来了!"

敦·黛加吩咐丫鬟说:"把擦粉人叫来,我想擦粉。"

擦粉老妇随即进屋为敦·黛加擦粉。看到周围没有人,擦粉老妇便对敦·黛加说道:"很可惜,您这么漂亮的大家闺秀竟要嫁给这位小国王。要是一个伟大的国王做你的丈夫该多好啊!"

敦·黛加说道:"谁会比彭亨国王更伟大呢?"

擦粉老妇说道:"马六甲国王呀,他不但伟大,而且还很英俊。"

敦·黛加听完擦粉老妇的话沉默不语。于是擦粉老妇把杭·纳迪姆给她的魔粉涂到敦·黛加身上,同时用甜言蜜语引诱她说:"现在有一个马六甲国王的家奴就在这里,名叫杭·纳迪姆,是马六甲国王派来接你的。国王说,彭亨国王如果不给,就求得你的同意,而后让杭·纳迪姆把你抢走。如果您愿意被带去马六甲,马六甲国王就一定会娶你,因为他至今还没有娶妻。这样您就可以成为马六甲的王后了。如果您被彭亨国王娶为妻子,就要和彭亨王后争宠。如果你成为了马六甲的王后,日后就不用也不必向彭亨的王后低三下四了。"

听完擦粉老妇的话,敦·黛加便答应了。这正是:不要相信进入你房间的老妇,狮子怎能和羊群共处?

当老妇人看到敦·黛加已经同意,便跑去告知杭·纳迪姆。杭·纳迪姆听完老妇人的话非常高兴。于是杭·纳迪姆便去找希地·艾哈迈德船长,说:"您还有朋友之情吗?"

船长希地·艾哈迈德说道:"怎能没有呢?即使我到了奄奄一息的时候,您的事我也要管。"于是杭·纳迪姆把他与敦·黛加如何许诺的整个事情经过都告诉了船长希地·艾哈迈德。

杭·纳迪姆说道:"如果你还有朋友之情,那就请你上船,回头我在彭亨河口等你,第二天黎明时分,我去下游和你见面,然后一起去马六甲,到时让国王陛下赏赐你!"

希地·艾哈迈德船长说:"好的。"

于是希地·艾哈迈德船长召集他的人:"立即上船起航,季风快到了。"

且说希地·艾哈迈德船长可不是一般人物,他的人都这样认为。他登上帆船,顺流而下直奔彭亨河口,一直开到围障之外。他把船停在那里。那天晚上,杭·纳迪姆找来擦粉老妇,吩咐她将宰相家的守卫都贿赂好。于是所有的守卫拿到贿赂后都准备接应杭·纳迪姆。接近凌晨的时候,人们正在酣睡,擦粉老妇把敦·黛加带到守卫那里,守卫打开大门,杭·纳迪姆正好在门外等候。擦粉老妇将敦·黛加交给杭·纳迪姆,杭·纳迪姆用布把敦·黛加的手包起来。敦·黛加伸手配合,而后被带到渡船上。这时接她的船已在码头停靠。于是杭·纳迪姆把敦·黛加带上船,便向下游行驶。

却说彭亨港口的隔栅是两层的。杭·纳迪姆在衣袖里装满了沙子,然后把沙子撒到水中,听起来就像有人在撒渔网。接着他让隔栅守卫把隔栅打开。隔栅守卫听到撒渔网的声音,就把栅栏打开了。于是杭·纳迪姆出来,来到第二道隔栅时,还是用同样的方法。出了两道隔栅之后,杭·纳迪姆便用力划船,一直来到希地·艾哈迈德船长的帆船处。杭·纳迪姆将敦·黛加带上帆船。这时正好风也来了。因此希地·艾哈迈德船长下令起锚,向马六甲航行。

天亮后,敦·黛加的保姆来见宰相说:"大人,小姐不见了,谁也不知道她去了哪里。"

宰相听了大吃一惊。吩咐家人各处寻找,但是没有找到。于是从彭亨宰相的家中传出哭泣的声音。

苏丹·阿卜杜尔·贾马尔得知此事后,又惊诧,又悲伤。下令到各处仔细搜查。这时有一个来自彭亨河口的人前来报告,说凌晨时分看到杭·纳迪姆带着一个非常漂亮的女子上了希地·艾哈迈德船长的船,向马六甲方向驶去了。彭亨国王听说此事极为愤怒,命令立即备船。于是准备了四十艘船。苏丹·阿卜杜尔·贾马尔陛下亲自去追赶杭·纳迪姆。各位彭亨武将也都各乘一条船,急匆匆地出发了。在克邦岛(Pulau Keban)遇上了希地·艾哈迈德船长的帆船。彭亨人开始进攻,场面十分混乱。有一个彭亨武将突然出现,钩住了帆船,但他被杭·纳迪姆用箭射中,落水身亡。

于是这艘彭亨的船败退回去。紧接着又一艘船出战,同样败退回去。这样两三艘船接连败北之后,彭亨的武将再没有敢站出来了。苏丹·阿卜杜尔·贾马尔见此情形,命令自己的船冲上去。当国王的船靠近时,杭·纳迪姆用箭射中了彭亨国王的伞顶,伞裂开了。

杭·纳迪姆说道:"喂,彭亨人,看到我的箭术了吧?如果我想一个一个地射你们,你们的眼珠可就保不住了。"彭亨人亲眼看到杭·纳迪姆射箭,感到毛骨悚然。因为当时杭·纳迪姆的射箭本领是极为高超的,甚至连树木都能用箭射裂。

这时大风骤起。希地·艾哈迈德船长拉起船帆向大海远处驶去。彭亨的船只都未能继续追击,因为浪很大,而他们的船又都很小。

于是彭亨人都沿着海岸返回了。

且说希地·艾哈迈德船长驶向马六甲。没多久,便到达目的地。有人向苏丹·马哈茂德·沙禀告,杭·纳迪姆乘着希地·艾哈迈德船长的帆船从彭亨回来了。彭亨宰相的女儿敦·黛加也被带了回来。苏丹·马哈茂德·沙得知后,异常兴奋。当天晚上,杭·纳迪姆拜会苏丹·马哈茂德·沙,并且把敦·黛加献给苏丹。苏丹甚为惊奇,一边赞美真主①,一边对杭·纳迪姆大加赞赏,同时赏给他锦袍一套,金银无数。苏丹还把巴杜卡·端的妹妹许配给杭·纳迪姆。希地·艾哈迈德船长被封为敦·塞迪亚·提罗阁(Tun Setia Diraja),并赐予他宝剑一把,还赏给他谒见苏丹时站立的特殊位置,其地位和传诏官(abintara)②一样。

却说苏丹·马哈茂德·沙与敦·黛加大婚后,敦·黛加极受苏丹宠爱。不久苏丹·马哈茂德·沙和敦·黛加便有了一个女儿,即伊拉姆·黛维(Iram Dewi)公主。据讲故事人说,有一次,苏丹·马哈茂德·沙问敦·黛加:"杭·纳迪姆是怎么样带你上船的?"

敦·黛加回答道:"陛下,不要说接近我,他都没有在近处看过我。

---

① 原文为阿拉伯文 سبحان الله عمايصفون 。

② 原文为 abintara,即马来文 bentara,意为"国王侍从、传诏官"。

他接我上船时,手上还垫了布。"

听到敦·黛加这样说,苏丹·马哈茂德·沙心中大喜,于是苏丹再给杭·纳迪姆加赏。

却说希地·艾哈迈德船长驶离彭亨后,彭亨国王怒气冲冲地返回。随即他登上了自己的坐骑,名叫毕曼·靖古巴特(Biman Jengkubat)的大象。

国王对宰相和所有的武将说:"你们都去准备,我要和马六甲开战!即使不战,我也要用毕曼·靖古巴特撞倒马六甲的宫殿。"

于是,国王便用大象撞自己的宫殿,并真的撞倒了。陛下说道:"日后我就这样用这头大象去撞马六甲的宫殿。"

看到苏丹·阿卜杜尔·贾马尔如此愤怒,武将们都胆怯地低下了头。随即苏丹愤愤回宫。不久,彭亨国王的这一举动传到了苏丹·马哈茂德·沙那里。

于是苏丹·马哈茂德·沙对马六甲的武将们说道:"谁能把彭亨国王那头想撞我们马六甲宫殿的大象给我拿下?但是你们要发誓,无论它犯了什么罪,都不要杀它。"

海军都督和卓·哈桑(Khoja Hasan)说道:"陛下,降旨吧,让微臣去彭亨吧。如果至高无上的真主允许,微臣将把彭亨苏丹的坐骑带回来,献给陛下。"

苏丹·马哈茂德·沙说道:"好的。"于是国王吩咐室利·摩诃罗阇宰相写信给彭亨。随后按礼节将信护送上船,海军都督出发前往彭亨。

没多久,到了彭亨,有人禀告苏丹·阿卜杜尔·贾马尔说:"马六甲海军都督遵陛下弟弟之命前来拜见陛下。"

于是苏丹·阿卜杜尔·贾马尔上朝。他命人把马六甲使臣带来的信呈上来。随即按礼节将信迎入宫殿,而后宣读。国王大喜,于是海军都督听从国王的安排,坐在彭亨国王室利·阿卡尔(Seri Akar)的上首。

海军都督向苏丹·阿卜杜尔·贾马尔报告说:"陛下,我听说陛下对陛下您的弟弟之事非常生气,为此,特奉您弟弟之命前来面见陛下。陛下的弟弟说:'兄弟之间为何要争斗呢?马六甲和彭亨不是如同一个国家吗？'"

苏丹·阿卜杜尔·贾马尔听到海军都督如此奏报,便说:"谁向马六甲传的消息,简直在编造谎言！都督您想,彭亨怎么可能和马六甲对抗呢？"于是苏丹·阿卜杜尔·贾马尔坐着聊了一会儿便退下去了。前来拜会国王的人也都各自返回。且说海军都督把船停靠在为彭亨国王洗大象的地方。当牧象人把大象带来时,海军都督把他们叫来,送给他们食物和金子。

于是这些牧象人都很喜欢海军都督。大象毕曼·靖古巴特的牧象人就不必说了。接着海军都督便设法收买他,还把自己的船腾空一部分,并修理加固好。因为海军都督来彭亨只带了四条船。在彭亨逗留了一些时日后,海军都督便向彭亨国王告辞,准备回马六甲。

苏丹·阿卜杜尔·贾马尔写了回信,并奖赏海军都督锦袍一套。随即按礼节将信护送至海军都督的船上,而后护信人回宫。海军都督出发不久,把船停下来,等待牧象人带象下来洗澡。到了大象洗澡的时候,所有的大象都被牧象人带下来。大象毕曼也来了。于是海军都督叫来毕曼,并把毕曼引到船上。因为毕曼的牧人非常喜欢海军都督,所以他愿意听从海军都督的话。当大象上船之后,海军都督便下令起航,顺流而下。于是彭亨人轰动起来,大声传告:海军都督把大象毕曼带走了。

苏丹·阿卜杜尔·贾马尔闻知此讯后,非常愤怒。国王说:"朕被马六甲国王当猴耍了！这简直是,嘴里给你喂香蕉,屁股给你扎一刀。"

因此苏丹·阿卜杜尔·贾马尔命令所有的武将立即准备三十条船,去追赶海军都督,统帅是敦·阿里亚。于是他们出发追赶海军都督去了。

一直追到大西的里才遇到海军都督。敦·阿里亚发起进攻,其他武将随即出战。海军都督看见有谁接近,便向谁放箭。所有的彭亨人都不敢接近海军都督。敦·阿里亚见状立即挺身而出。海军都督射出一箭,正中桅顶,船桅裂开了。海军都督再放一箭,射中了遮阳伞,伞断了。

却说敦·阿里亚正手执皮盾(jebang)站在主桅前,这时海军都督的箭像闪电一样将他的盾劈开,而他却毫无感觉。转瞬间,所有手持皮盾的人都与盾一起被射穿,所有握长盾(rangin)的人都与盾一起被射穿,所有持圆盾(perisai)的人也与盾一起被射穿。死者不计其数。敦·阿里亚结果也是如此,他挺身出战,冲向海军都督的船。只见海军都督射出一箭,击穿敦·阿里亚的盾,又透过他的胸,使之身负重伤。看到敦·阿里亚中箭,彭亨人的船只纷纷仓皇败退,乱作一团。海军都督趁机脱身,沿着海岸线,继续向马六甲航行。

不久,海军都督一行抵达马六甲。苏丹·马哈茂德·沙听说海军都督归来,还把彭亨国王的坐骑带回,立即下令迎接海军都督。于是海军都督进宫拜见苏丹,苏丹按照奖励王子的规格犒赏了海军都督。

于是苏丹命令把大象卸下船,然后带入宫中。看到这头大象,苏丹心中大喜,便命令将大象交给室利·罗摩,因为他是大象总管。

且说去追赶海军都督的彭亨船队全部回到彭亨,立即将事情经过禀报苏丹·阿卜杜尔·贾马尔。苏丹听了异常震怒,就像被激怒的蛇一样团团转。却说苏丹·阿卜杜尔·贾马尔立他的儿子苏丹·曼苏尔(Sultan Mansur)继承王位。苏丹·阿卜杜尔·贾马尔从王位上退下来,迁居鲁布泊勒塘(Lubuk Peletang)。听说苏丹·阿卜杜尔一直向上游迁移,直至听不到国王上朝击鼓的声音,才在那里定居下来。从此苏丹·阿卜杜尔·贾马尔便在那里做长老,他就是后来人们称呼的已故长老(Marhum Syeikh)。

话说苏丹·曼苏尔·沙在彭亨登基,由他的叔父罗阇·艾哈迈德(Raja Ahmad)和罗阇·穆扎法尔(Raja Muzzafar)辅佐朝政。

第二十章

话说有一个国家名曰哥打马里盖(Kota Maligai)①,国王叫罗阇·苏莱曼·沙(Raja Sulaiman Syah)。暹罗国得闻哥打马里盖国物丰国富②,于是暹罗王的一位王子昭·室利·邦沙(Cau Seri Bangsa)便调集兵马,出征攻打哥打马里盖。罗阇·苏莱曼出城迎敌,两位国王战在一起。

昭·室利·邦沙暗道:"倘若罗阇·苏莱曼为小王所败,小王将加入伊斯兰教。"

于是,在至高无上的真主的意志下,哥打马里盖国失陷,国王罗阇·苏莱曼·沙也为昭·室利·邦沙所杀。所有的哥打马里盖国民也受到了昭·室利·邦沙的惩罚。

随后,昭·室利·邦沙加入了伊斯兰教。他传诏寻找适合的地方建国立都。下人向昭·室利·邦沙奏报道:"有一位网鱼的渔夫住在海边,名叫北大年③(Pa'tani)(渔夫的名字和他所住的地方都称作北大年),臣等都觉得北大年很适合。"

于是,昭·室利·邦沙起驾亲往北大年。他发现那个地方确实如下人所言,十分适于建立国都。昭·室利·邦沙便在那里开国,国名遵从那位渔夫的名字,叫做北大年。时至今日,那个地方仍被称作北大年。

昭·室利·邦沙派遣使节赴马六甲朝见,并向苏丹·马哈茂德·

---

① Kota Maligai,本意为"宫殿之城",许云樵译本意译作"宫堡",并认为这个地方指的便是今天泰国的"北大年"一带,本书从音译。

② 原文为 terlalu baik,直译为"非常好",意译为"物丰国富"。

③ Pa'tani,根据原文直译为"大泥大伯",今此地名译作"北大年"。《东西洋考》中误将"大泥"作"浡泥",许云樵《北大年史》中予以纠正。

沙敬求册封①。于是，握坤蓬②(Akun Pal)便奉命启程。经过几日的路程，他抵达了马六甲。早有人向苏丹·马哈茂德·沙奏报北大年的使臣的到来。苏丹·马哈茂德·沙随即命人按照迎接彭亨国书的礼仪，迎接北大年的国书。

北大年的国书就这样被呈递上朝，并随后在大殿上宣读。国书中说道：

> 臣子北大年王致书父皇马六甲苏丹阙下千万敬拜臣子今遣使握坤蓬朝见父皇并乞册封。

苏丹·马哈茂德·沙闻悉后天颜大悦，便赏赐握坤蓬朝服一套并让他与马六甲宫廷传诏官同席而坐。随后，苏丹·马哈茂德·沙命宗教法官穆那瓦尔·沙修书③一封，册封昭·室利·邦沙为苏丹·艾哈迈德·沙(Sultan Ahmad Syah)。诏书写好后，苏丹·马哈茂德·沙将朝鼓和礼物赐给握坤蓬，并赏赐了他。于是，握坤蓬将诏书、朝鼓迎上船，启程返回北大年。

船抵达北大年后，握坤蓬请国王陛下登基。昭·室利·邦沙随即荣登大宝，号苏丹·艾哈迈德·沙。苏丹陛下有一子名叫昭·格玛(Cau Gema)。昭·格玛的后代为暹罗国王。

在那以后，自上风方向有一艘船来到马六甲。船里有一位学识渊博④的学者⑤，他的名字叫做沙达尔·贾汉长老(Maulana Sadar Jahan)。于是，苏丹·马哈茂德·沙向沙达尔·贾汉长老求教，并命王子罗阇·艾哈迈德也跟随学习。沙达尔·贾汉长老便被人们称作"马赫杜姆"⑥(即"先生")。马六甲的王公贵胄也纷纷求学于他。

---

① 原文为 memohonkan nobat，许云樵译本译作"乞赐朝鼓"。
② 本译名参照许云樵译法。按许注，"握坤"为古代暹罗封爵第五等，"蓬"为爵名。
③ 原文为 Khitab，خطب，意为"讲话、书信"。
④ 原文为 alim，它有三个主要的意义："(伊斯兰教知识)渊博的、博学的、有学识的"；"虔诚的、笃信的"；"(性格良好)谦和、内敛的"，根据上下文译作"学识渊博"。
⑤ 原文为 pandita，即 pendeta，意为"知识渊博的人；印度教(基督教)的传教士"。
⑥ Makhdum，对宗教人士的称谓。

有一次，某晚宰相室利·摩诃罗阇同长老沙达尔·贾汉坐在一起谈学论道。此时，室利·罗摩喝得大醉而来。室利·罗摩是个嗜酒贪杯之徒。他来朝见苏丹·马哈茂德·沙。

苏丹吩咐宫奴道："赐室利·罗摩御酒。"于是，便有人拿出一个盛满酒的银钵，放在托盘中呈上，赐予室利·罗摩。随后，室利·罗摩来到宰相室利·摩诃罗阇家中，便看到宰相正与"马赫杜姆"畅谈。

室利·罗摩道："咱们一起学习吧。"

于是，宰相室利·摩诃罗阇对室利·罗摩说道："大人①快请坐。"长老沙达尔·贾汉看到室利·罗摩喝得烂醉，嘴里满是酒气。

于是他便说道："الخمرام الخبائث（意思是：酒乃万恶之母）。"

室利·罗摩应道："الحمقام الحبائث（意思是：愚蠢的人乃万恶之母）。先生为何从上风方向来到这里？先生来不就是为了从那些愚蠢的人那里获得财物么？"

"马赫杜姆"闻言大怒，便欲离开。宰相室利·摩诃罗阇百般挽留，但是"马赫杜姆"还是不愿留下，愤然返回家中。

于是，宰相室利·摩诃罗阇对室利·罗摩说道："你这醉鬼，对'马赫杜姆'尽是胡言乱语，幸好没有被苏丹陛下听到。倘若陛下闻知，定要叱责你。"

室利·罗摩道："说出的话，泼出的水，陛下要如何便如何，我又能怎么样呢？"

这时，下人将饭食端出，放在室利·罗摩面前，于是他便和在座众人一起吃了起来。吃过饭后片刻，室利·罗摩起身向宰相室利·摩诃罗阇告辞，随即返回家中。

翌日，宰相独自一人来到"马赫杜姆"家中。看到宰相室利·摩诃罗阇驾临，长老沙达尔·贾汉大喜。其时，敦·玛伊·乌拉特·布鲁②(Tun Mai Ulat Bulu)正求学于"马赫杜姆"。敦·玛伊·乌拉特·布

---

① 原文 orang kaya 是对有地位的人的一种尊称。

② Tun Mai Ulat Bulu，Tun 为马来西亚古代的贵族封衔，至今仍然沿用。通常马来西亚首相、副首相卸任后，将由最高元首为其册封。Ulat Bulu，本意为"毛虫"，译文从音译。

鲁此人原名为敦·慕尤丁(Tun Muhiyuddin),他是敦·宰那尔·阿比丁之子,(旧宰相)巴杜卡·罗阇之孙。因为他周身长满体毛,所以人称敦·玛伊·乌拉特·布鲁(意即"毛虫"敦·玛伊)。

敦·玛伊·乌拉特·布鲁向"马赫杜姆"学习之时,很难按"马赫杜姆"所授正确诵读。因为马来人本身的发音非常生硬①。这令"马赫杜姆"十分着恼。

他说道:"敦·玛伊·乌拉特·布鲁啊,你的发音太生硬了!我读的一个样,你读的却是另一个样!"

敦·玛伊·乌拉特·布鲁回答道:"是啊,先生,我模仿先生的语言,这对我而言十分困难,因为这不是我自己的语言。如若先生说我的语言,那也会如此。"

"马赫杜姆"道:"马来语何难之有,我有哪个词读不了?"

于是,敦·玛伊·乌拉特·布鲁说:"先生请读'kunyit'②。"

"马赫杜姆"读道:"Kun-yit。"

敦·玛伊·乌拉特·布鲁说:"错了,先生。请先生再读'nyi-ru'③。"

于是,"马赫杜姆"读道:"Niru。"

敦·玛伊·乌拉特·布鲁说:"Kucing④。"

"马赫杜姆"读时,读作:"Kusing。"

于是,敦·玛伊·乌拉特·布鲁说:"先生哪里会说我们的语言呢?我们模仿不好先生的语言,其理亦然。"

"马赫杜姆"沙达尔·贾汉非常生气地说道:"岂有此理,我再也不教这个'毛虫'了!"

---

① 原文为 karena lidah Melayu sedia sangat keras,字面意思是"因为马来人本身舌头很硬",意译为"发音非常生硬"。

② Kunyit,按音节划分为 ku-nyit,意为"姜黄(一种植物)"。

③ Nyiru,按音节划分为 nyi-ru,意为"一种(用藤条、柳条或竹篾编成的)用于扬米去糠的工具,簸箕"。

④ Kucing,按音节划分为 ku-cing,意为"猫"。

话说,苏丹·马哈茂德·沙欲遣使赴巴赛询问关于河外地的乌莱玛①('ulama Mawar al-Nahar)、呼罗珊的乌莱玛('ulama Khurasan)和伊拉克的乌莱玛('ulama Benua Iraq)之争。

于是,苏丹陛下同宰相及其他大臣商议道:"我们当如何向巴赛国求教? 倘若是修书询问,肯定会显得我们无知,因为巴赛人总是肆意篡改书信内容,我们写的'并颂祺祉',他们却读作'稽首敬拜'。"

宰相室利·摩诃罗阇道:"若然如此,我们便只派遣使节,而不送书信,只需要让使节将所问之事背诵下来即可。"

于是,苏丹·马哈茂德·沙说道:"如此甚好,但是我们必须派大臣敦·穆罕默德②(Orang Kaya Tun Muhammad)前往。"

敦·穆罕默德回禀道:"陛下,臣领旨。"

于是,敦·穆罕默德带上苏丹的谢礼,奉旨携书信上船,谢礼包括彭亨镶金弯刀一柄,白鹦鹉一只,紫鹦鹉一只。敦·穆罕默德随即启程,并在路上背诵书信内容。

抵达巴赛后,便有人向巴赛国王禀报道:"启奏陛下,马六甲使节到。"

于是,巴赛王下令礼官诸大臣,携大鼓、木笛、长喇叭、铜鼓,前往礼迎入朝。礼官及诸大臣见到敦·穆罕默德后,说道:"马六甲书信何在? 我等前来迎接。"

敦·穆罕默德答道:"我便是书信,请诸位带我入朝。"

于是,众人请敦·穆罕默德坐上象背,迎入朝中。进入王宫后,敦·穆罕默德便从象背上下来,站在了宣读官的位置,将书信内容口述出来,其文如下:

兄马六甲苏丹致书于弟真主于大地之影子圣尊巴赛苏丹遥祝祷今遣使敦穆罕默德及敦比查旺沙③入朝兄请问فقد كفر في الأزل ورازق (意为:至尊至大真主乃来世之创造者恩泽者此实من قال ان الله تعالى خالق)

---

① Mawar al-Nahar,阿拉伯语(ماوراء النهر mā warā' al-nahr),直译为"河外地(阿姆河以北的地方)"。按菲利浦·希提《阿拉伯通史》,马坚先生译作"外药杀河区(河中府)",详见菲利浦·希提著,马坚译,《阿拉伯通史》,北京:新世界出版社,2008 年,第 192 页。关于这一译法学界尚有争论,本译文从词典译法。

② 原文为 Orang Kaya Tun Muhammad,其中 orang kaya 为尊称,译文中译作"大臣"。

③ 原文为 Tun Bija Wangsa。

乃异端之言）(من قال ان الله تعالى لم يكن خالقا ازقا في الأزل فقد كفر)（意为：至尊至大真主非来世之创造者恩泽者此实乃异端之言欲知弟高论）。

于是，巴赛王召集巴赛国所有的宗教学者商讨，然而，竟无人能够给出解释。巴赛王道："敦·穆罕默德请上前。"于是，敦·穆罕默德趋前听候巴赛苏丹宣诏。苏丹陛下便对这一难题进行阐释。

巴赛苏丹随即对敦·穆罕默德说："这便是马六甲兄弟所期望的回答。"敦·穆罕默德对巴赛王的回答感到既欣喜又满意。

敦·穆罕默德说道："一如世界之主之旨意，陛下所言极是。"随后，敦·穆罕默德便向巴赛王辞归。巴赛王修书一封回复马六甲国王。敦·穆罕默德便携着书信上船，返回了马六甲。

经过几日的航程，敦·穆罕默德到达了马六甲。于是，巴赛王的书信被以古老的礼仪迎入宫，呈交苏丹·马哈茂德·沙。信函到了大殿之上后随即被宣读，其文如下：

> 敦·穆罕默德奏报了巴赛王的回答及在巴赛国的诸般经历。苏丹·马哈茂德·沙听闻后天颜大悦，并且同意巴赛苏丹的解释。苏丹随即按王子礼，赐给敦·穆罕默德和敦·比查·旺沙冠带衣袭以及其他赏赐。

第二十一章

话说六坤王（Ligor）①名叫摩诃罗阇·提婆·苏腊（Maharaja Dewa Sura）。（某日）摩诃罗阇·提婆·苏腊调集兵马，准备攻打彭亨。消息传到彭亨后，彭亨国王苏丹·穆那瓦尔·沙急忙下令加固城堡，并召集所有人民进入城堡，厉兵秣马，准备迎战。消息亦传到了马六甲，称六坤王奉暹罗王之命，要派兵攻打彭亨。于是，苏丹·马哈茂德·沙命人诏宰相室利·摩诃罗阇同室利·毗阇·阿提罗阇及诸大臣觐见商议六坤王欲攻打彭亨一事。

室利·那拉·提罗阇道："启奏陛下，如果我们不派兵救援彭亨，若彭亨国有何不测，有损陛下圣名。"

苏丹·马哈茂德·沙说道："若是如此，请宰相与众武将前往，这样最好。"

宰相道："陛下，臣领旨。"

于是，宰相室利·摩诃罗阇整装待发。苏丹又赏赐冠带衣袭诸物。随后，宰相室利·摩诃罗阇便同室利·阿摩罗·邦沙（Seri Amar Bangsa）、室利·乌塔马（Seri Utama）、室利·乌帕塔姆（Seri Upatam）、室利·纳塔、桑·瑟迪亚、桑·纳亚、桑·古纳、桑·查雅·比克拉玛②（Sang Jaya Pikrama）等诸武将出发。大小船只，不计其数。其时，城内国民人数亦有九万之众，这还未包括住在沿海的居民。海军都督住在双溪拉雅③（Sungai Raya）。按照习俗，双溪拉雅是海军都督的封邑。水军整装好后，海军都督便溯流而上，前往马六甲。双溪拉

---

① 原文作 Ligor，《诸蕃志》曾提到"单马令"，《宋史》作"丹眉流"，《岛夷志略》作"丹马令"，均为 Tāmbralinga 之对音，此地亦名 Sri Dharmara,janagara，意为"法王城"，即指今泰国南部的 Ligor，许云樵译本作"六坤"，《东南亚史》作"洛坤"。

② 许云樵译本译作"圣耶波迦罗摩"，供读者参考。

③ Sungai Raya，意为"大河"。

雅的水军共计三桅快船四十艘,一并驶向峇株巴辖,在那里与宰相室利·摩诃罗阇会师。

于是,海军都督上前拜见宰相室利·摩诃罗阇。盘陀诃罗·室利·摩诃罗阇道:"都督大人,我等一同赴彭亨。"

海军都督道:"下官尚未接到圣谕。"

宰相室利·摩诃罗阇道:"都督虽未接到圣谕,然而我已经接到。"

海军都督又道:"下官尚未入朝觐见圣上。"

宰相室利·摩诃罗阇说道:"我已然面圣,你我二人这便启程。"随即拉起海军都督的手。海军都督无法推托,便随宰相一同前往彭亨。到了彭亨,他们看到彭亨的城堡尚有一半未能完工,马六甲军队要修建完成①。于是,宰相室利·摩诃罗阇及众武将进宫朝见彭亨国王。苏丹·曼苏尔·沙喜不自胜。

苏丹·曼苏尔·沙对宰相室利·摩诃罗阇道:"宰相大人,城堡的一半尚未完工,就请马六甲军队(帮助)修建完成吧!"

宰相室利·摩诃罗阇道:"(陛下)请放心。"

于是,宰相召海军都督来见他,命马六甲全军协助建城。海军都督便召集全军,修建城堡。

海军都督此刻手脚口眼并用,忙得不可开交。嘴里发号施令;眼中盯着修建好坏;脚下四处奔走;手上还削着藤条。于是,在真主的赐福下,三日之内,城堡便已完工。

话说,六坤王率军杀到彭亨,人数之众,不可胜计。两军随即交战。在至高至大的真主天恩之下,彭亨屹立不败。六坤军队被彭亨人打得溃不成军,死伤无数。六坤王仓皇逃向上彭亨,从那里直奔北大年,随后撤回六坤。苏丹·曼苏尔·沙随即赏赐宰相室利·摩诃罗阇及马六甲武将一干人等,按品级各赐衣袭。于是,宰相室利·摩诃罗阇便向苏丹·曼苏尔·沙辞行。彭亨国王修书一封给马六甲苏丹。随后,宰相室利·摩诃罗阇便返回了马六甲。

在路上行了一些时日,众将到了马六甲随即进宫觐见苏丹·马哈茂德·沙。苏丹·马哈茂德·沙听闻彭亨得胜后大喜。却说,当时的

---

① 原文为 orang Melaka menyudahkan dia,与上下文衔接不上。

马六甲繁华异常,热闹非凡,四方商贾,纷至沓来。从流波①(Air Leleh)到上麻坡(hulu Muar),商人挏客,络绎不绝;自甘榜吉宁②(Kampung Keling)至瓜拉槟纳惹(Kuala Penajuh),商铺鳞次栉比,集市连绵不绝。即便从马六甲远行至诸格拉,也不用带上火把,因为所行之处,必有人家。马六甲国,盛极一时。其时,马六甲国民有十九万之众,沿海和属国居民尚未计算在内。

这一日,从果阿③(Goah)来了一艘佛郎机④商船到马六甲贸易。佛郎机人看到马六甲国富民丰;马六甲城街道纵横,市面繁华。马六甲全城的人纷纷涌出,围观佛郎机人。

所有的人都觉得十分诧异,有人道:"这是白色的孟加拉人。"每一个佛郎机人都被数十个男子簇拥着,有的捋佛郎机人下巴上的胡子,有的用手摸佛郎机人的脑袋,有的摘了他们的水手帽,还有的握握他们的手。

佛郎机船长随即上岸拜见宰相室利·摩诃罗阇。于是,宰相室利·摩诃罗阇收他为义子⑤,并送他一身衣袭。佛郎机船长也送给宰相室利·摩诃罗阇金链一条。

待到返航的季节,船长便返回了果阿。回到果阿后,船长便向总督⑥报告了马六甲国家丰裕、满城繁华的盛景。

那位总督的名字叫阿丰索·德·亚伯奎⑦(Alfonso d'Albuquerque)。他十分想一睹马六甲国风貌。于是,他命令舰队做好准备,包括大帆船七艘、长战船十艘、单桅小船十三艘。舰队集结完毕后,他便下令出征马六甲。

舰队抵达马六甲后,随即向岸上开炮。全马六甲城人听到炮声都

---

① Air Leleh,本意为"缓慢的流水"。许云樵译本作"滴流",指今马六甲的 Kampong Ilir(甘榜以列)。
② 许云樵译本作"吉宁城",指今马六甲北八里的 Tanjong Keling。
③ 一译"卧亚",指今印度果阿,常作 Goa。
④ 原文为 Feringgi,《明史》、《名山藏》、《东西洋考》称"佛郎机",指葡萄牙。
⑤ 许云樵译本译作"盘陀诃罗看待他像看待自己的儿子"。
⑥ 原文为 bizurai,葡萄牙文借词,葡萄文作 vice-rei,意为"(属地的)总督"。
⑦ 一译"阿方索·德·亚伯奎"。

相顾失色,有人道:"这是什么声音啊,仿佛打雷一般?"炮弹打到了马六甲人,有的被炸断头颈,有的断手,有的断腿。于是,马六甲人更加惊惶不安地看着那种武器,人们说:"这圆圆的武器叫做什么呀?怎的如此锋利,还可以杀人?"

翌日,两千葡萄牙人①手持火绳枪上岸,此外还有不计其数的水手(khalasi)和印度兵(lasykar)。于是,马六甲人在敦·哈桑天猛公(Tun Hasan Temenggung)统帅下,向佛郎机人反击。刹那间双方展开激战,硝烟弥漫,枪弹如雨。敦·哈桑天猛公带领马六甲人一阵猛攻,佛郎机人不敌,随即败退。马六甲人再次冲锋,随后杀向海边,追击佛郎机人。佛郎机人仓皇上船,随即开船逃回果阿。回到果阿后,众人将战况禀报总督。总督闻言怒不可遏,便要再集结舰队,攻打马六甲。这时,甲必丹·摩尔(Kapitan Mor)②进言道:"只要宰相室利·摩诃罗阇一日在,我们就无法击败马六甲人。"总督道:"若是如此,待我卸任总督之时,我自己一人去攻打马六甲!"

---

① 即佛郎机人。
② 甲必丹,是 Kapitan 的音译,含义包括:印度尼西亚群岛在殖民时期地方长官的称号(相当于村长或区长的官衔);华侨社会的首领;上尉;船长。

第二十二章

　　话说，宰相室利·摩诃罗阇的女儿敦·法蒂玛(Tun Fatimah)乃一绝代佳人，生得沉鱼落雁之貌，闭月羞花之容。敦·法蒂玛长大后，越发出落得美丽，可谓举世无双。因为是宰相的女儿，她可以穿其他人不能穿的服饰，这使得她更加美艳动人。宰相室利·摩诃罗阇想将她许配给室利·那拉·提罗阇的儿子敦·阿里。下聘礼①那天，宰相室利·摩诃罗阇请巴鲁(Baruh)的罗阇②来家中做客。巴鲁罗阇是当今圣上苏丹·马哈茂德·沙的叔叔，先皇苏丹·阿劳丁最大的一个兄弟③。于是，宰相室利·摩诃罗阇向巴鲁罗阇炫耀自己的女儿。巴鲁罗阇见到敦·法蒂玛的美貌，大为震惊。

　　于是，巴鲁罗阇向宰相室利·摩诃罗阇问道："当今圣上可见过令爱？"

　　宰相室利·摩诃罗阇答道："圣上还未曾见过小女。"

　　巴鲁罗阇道："宰相大人，老王有一言相告，还望大人勿怪。"

　　宰相室利·摩诃罗阇说道："大王有何言，但讲无妨。"

　　于是，巴鲁罗阇道："令爱天生丽质。老王以为，不宜下嫁皇室外的人。若大人愿听老王一言，便暂且不要将令爱许配他人。当今皇后彭亨公主薨逝，按马来皇室习俗，当没有皇后时，宰相之女可为皇后。"

　　宰相室利·摩诃罗阇道："大王，臣乃卑贱之人，自然与相同身份之人联姻。"

　　于是，巴鲁罗阇到："既然如此，那便依宰相之意，老王也只是提醒

---

① 原文为mengantar sirih，本意为"送梼叶"，译文作"下聘礼"。梼叶是马来本土婚俗里聘礼的标志。

② 罗阇即当地的国王、领主、诸侯王。

③ 有译本将Raja di Baruh译作"马六甲第六位苏丹·阿拉瓦丁·里阿亚特·沙的长兄"。

一下罢了。"

在那之后,宰相室利·摩诃罗阇便开始筹备嫁女之事。到了大喜之日,苏丹·马哈茂德·沙也应宰相室利·摩诃罗阇之邀,到婚宴上观礼。于是,苏丹·马哈茂德排驾宰相府。待到苏丹·马哈茂德·沙驾临后,敦·阿里便和敦·法蒂玛举行大婚典礼。

于是,苏丹·马哈茂德·沙走进相府,观看新人相互行"喂饭礼"。苏丹·马哈茂德·沙看到敦·法蒂玛的倾国之貌,惊为天人,一颗心顿时被敦·法蒂玛勾住。苏丹心里说道:"穆塔希尔叔叔真是可恶,如花似玉的女儿,竟然没给朕看过。"

于是,苏丹·马哈茂德·沙对宰相室利·摩诃罗阇怀恨在心。

新人礼成之后,苏丹·马哈茂德·沙便起驾回到宫中,茶饭不思,对敦·法蒂玛是日思夜想,魂牵梦萦。于是,苏丹·马哈茂德·沙便终日寻找宰相的罪状。敦·阿里同敦·法蒂玛成婚后,敦·法蒂玛生了一个女儿,芳名叫做敦·德朗(Tun Terang),长得也是美丽动人。

有一位羯陵伽人住在马六甲,做了沙班达尔①(Syahbandar),被称作罗阇·门德利亚(Raja Mendeliar)。他在当时富甲一方,马六甲举国无人能及。有一次,罗阇·门德利亚前去拜见宰相室利·摩诃罗阇。宰相对罗阇·门德利亚道:"罗阇·门德利亚啊,你老实和我说,你究竟有多少金子?"

罗阇·门德利亚答道:"大人,我的金子不多,只有五巴哈拉。"

宰相室利·摩诃罗阇说道:"我的金子也只比你多一巴哈拉啊!"

却说,宰相室利·摩诃罗阇也经常派下人去做生意,从未有过蚀本。

如果宰相室利·摩诃罗阇心情大好,他便召集全部门人和奴仆②。于是,宰相室利·摩诃罗阇说道:"小的们,你们想不想看金子?"

于是,所有的下人应道:"想看,老爷。"

---

① Syahbandar,一译"港主",即港务官,主要负责接待和联系外国商船、收纳进口税金和商品。

② 原文为 anak buah,许云樵译本作"孩子们",按照字面意思,指"一个家族或国家中的成员",后面对 anak buah 的称呼为 budak,可以理解为"下人、奴仆"。故译者认为此处应译作"门人、奴仆"。

宰相室利·摩诃罗阁便道:"某某,去将装金子的箱子抬来。"

于是,所有的下人便去抬箱子,众人一同将它抬到宰相室利·摩诃罗阁面前。宰相室利·摩诃罗阁下令将箱子里的东西倒在席子上,并让人用"斗"①来称量。

随后,宰相对所有的下人道:"每人抓一把,拿去玩吧!"于是,下人们每个人抓了一把金子,带到宰相室利·摩诃罗阁新建的房子里。他们将金子塞进屋子横梁或墙板上镂空雕空的地方,随后便出来了。

当造房的工匠来开工的时候,便发现了那些金子随即拿走了。宰相的下人们想起自己的金子时,便去那间屋子,想要拿走继续把玩。这时,他们发现金子不见了,于是所有的人都哭了起来。宰相室利·摩诃罗阁听到哭声,问道:"那些仆役为何而哭啊?"

下人回道:"方才拿去的金子不见了,老爷。"

于是,宰相室利·摩诃罗阁道:"哭什么,告诉我实情,我(肯定)再给你们便是。"于是,宰相又给了他们每人一把金子。

却说,宰相的奴仆们去捕野水牛或鹿的时候,如果没有猎捕到鹿,他们便在路过宰相牛圈时,进去杀死两三头牛。他们将牛捆起来,(割断喉管)宰杀掉。他们割下牛的大腿献给宰相。

宰相道:"这是什么肉?"

送过来的下人回道:"水牛肉,老爷。小的们刚才去打猎,一无所获。于是,小的们在路过老爷卡尤阿拉牧场(Kayu Ara)的牛圈时,牵走了一头水牛。"

宰相道:"呵呵,真是胡闹!打猎没有收获,却跑来'捕'我牛圈里的牛,都快成为习惯了!"

却说,宰相室利·摩诃罗阁的奴仆从沿海各地而来,他们穿着鲜红的衣服,裹着彩虹头巾。于是,宰相以为是客商到来,便请上到屋子里坐。他们便走上去。

宰相室利·摩诃罗阁问:"阁下高姓大名?"

那下人忙叩拜道:"小人是老爷的下人,某某之子,某某之孙。"

---

① 原文为 gantang,俗称"干冬",一种圆筒形量器名,容量不定,通常1干冬米约等于3.125公斤。

宰相道："既然你是某某之子,那么你到屋子下面去坐吧。"由此,可以看出宰相室利·摩诃罗阇的权势和尊贵。

宰相室利·摩诃罗阇心里想："我的财富对我的后代子孙来说,几世也享用不尽。"

话说,有一天过节,宰相和众大臣进宫,坐在大殿之上等候国君驾临。罗阇·门德利亚便上前给宰相请安。宰相将罗阇·门德利亚的手推开,说道:"吉宁人就是不懂规矩!你怎么能在王宫大殿上请安?不能到我府上么?"

罗阇·门德利亚默然不语,随即退下。有一名商人名叫尼纳·苏腊·迪瓦纳(Nina Sura Dewana)。他是全国商人的首领。尼纳·苏腊·迪瓦纳和罗阇·门德利亚之间有纠纷。那一日,两人打算一同拜见宰相。到了相府,已经将近下午时分,于是宰相回道:"两位先请回吧,天色不早了。明日两位再来吧!"

罗阇·门德利亚和尼纳·苏腊·迪瓦纳便向宰相室利·摩诃罗阇告辞,随后返回各自家中。

尼纳·苏腊·迪瓦纳心想:"那罗阇·门德利亚家财万贯,倘若他给宰相送礼,我便输定了。既然如此,我不妨今晚便去拜见宰相室利·摩诃罗阇。"

他打定主意后,天已经黑了。于是,尼纳·苏腊·迪纳瓦便取出一巴哈拉的金子,带着前往宰相室利·摩诃罗阇府上。到了相府的门墙外,尼纳·苏腊·迪纳瓦向宰相家的门房说道:"烦请通报宰相大人,就说尼纳·苏腊·迪瓦纳求见。"

于是,那门房快步进去通报。宰相便出来等候。尼纳·苏腊·迪瓦纳随即进去拜见宰相室利·摩诃罗阇,并将一巴哈拉的金子献上。

尼纳·苏腊·迪瓦纳对宰相道:"大人,这金子是小人的一点儿孝敬,给大人家里花销。"

宰相室利·摩诃罗阇道:"好吧,既然是你的一点儿心意,我便收下了。"于是,尼纳·苏腊·迪瓦纳向宰相请辞,随即返回家中。

有个吉宁人名叫基图尔(Kitul),是尼纳·苏腊·迪瓦纳的家仆。

这个基图尔欠罗阇·门德利亚一"卡提"①的金子。尼纳·苏腊·迪瓦纳从宰相室利·摩诃罗阇府上回来后,到了午夜,基图尔便跑去罗阇·门德利亚家,用力地敲门。罗阇·门德利亚吓了一跳,问道:"谁在门外?"

基图尔回答后,罗阇·门德利亚便命人开门。基图尔便走进去,看到罗阇·门德利亚正坐在那里和妻儿一家其乐融融。

基图尔便道:"罗阇·门德利亚大人,您今晚在这里享乐,大祸临头了还不知道!"

罗阇·门德利亚拉住基图尔的手,将他带到一个安静的屋子,问道:"基图尔啊,到底怎么回事?你听说了什么?"

基图尔道:"今晚尼纳·苏腊·迪纳瓦去了宰相那里,赠给宰相一巴哈拉的金子,要杀死大人您啊!如今,宰相已经和尼纳·苏腊·迪纳瓦串通一气,他们想要干掉大人您。"

听了基图尔的话后,罗阇·门德利亚随即拿出基图尔的借据,将它撕得粉碎。

随后,罗阇·门德利亚对基图尔说道:"你欠我的一卡提金子就此一笔勾销,今生来世都不用还了。我(今后)视你如同我的兄弟。"

于是,基图尔便回去了。当晚,罗阇·门德利亚拿出一巴哈拉金子、各种绚丽的宝石和华美的服饰,前去海军都督家。海军都督和苏丹·马哈茂德·沙关系甚密。

来到海军都督的门墙外,他敲门求见。于是,海军都督命人开门。罗阇·门德利亚便进去拜见海军都督。他将带来的财物全部进献给海军都督。

罗阇·门德利亚向海军都督说道:"大人,下官前来拜见,乃是为了免受牵连。还望大人启奏当今圣主,我与我家主人并非同谋。因为我已然得知宰相室利·摩诃罗阇蓄谋造反,(准备)篡夺王位,企图在马六甲称王。"海军都督看到这么多的财宝,早已为之所动,利令智昏。

于是,他对罗阇·门德利亚道:"我即刻将此事面陈圣上。"

海军都督随即入宫,觐见苏丹·马哈茂德·沙。他将罗阇·门德

---

① Kati,重量单位,1卡提等于16塔希尔(Tahil)或617.5克。

利亚的话全部转述给当今圣上苏丹·马哈茂德·沙。苏丹·马哈茂德·沙听了海军都督的奏报后,心中便即认定如此,因为他为了敦·法蒂玛一事,对宰相室利·摩诃罗阇早已心存怀恨。

于是,苏丹·马哈茂德·沙下旨,派敦·苏拉·提罗阇(Tun Sura Diraja)和敦·因陀罗·瑟迦罗(Tun Indera Segara)将宰相室利·摩诃罗阇处死。两人随即偕同其他御前侍卫前往。宰相室利·摩诃罗阇的所有仆从、门人,以及他的族人全部手持兵器,聚集在宰相室利·摩诃罗阇周围。宰相室利·摩诃罗阇之子,敦·哈桑天猛公意欲反抗。

宰相道:"哈桑啊,你要造反么?你要毁掉我们祖先的英名么?我们马来的风俗是不可叛君的啊!"

敦·哈桑天猛公听了父亲宰相室利·摩诃罗阇的话后,愤然将手中的武器扔掉,然后双手插在胸前。宰相随即对所有族人和家丁说道:"你们谁要反抗君命,便是让我在来世也遭人唾骂。"

听到宰相室利·摩诃罗阇的话,于是众人将手中的兵器扔掉,各自返回家中,只剩下宰相室利·摩诃罗阇和室利·那拉·提罗阇两兄弟,以及他们的孩子。敦·苏拉·提罗阇和敦·因陀罗·瑟迦罗便带着苏丹·马哈茂德·沙御赐的格里斯剑走进去,御剑放在一个银托盘上,用一块明黄的绸布盖着。两人将格里斯剑取出,呈在宰相室利·摩诃罗阇面前。

敦·苏拉·提罗阇对宰相和室利·那拉·提罗阇说道:"下官谨为大人祈祷。真主的惩罚已于今日降临。"

宰相室利·摩诃罗阇和室利·那拉·提罗阇回答道:"不论发生什么,只要是真主的裁决,我们都愿意接受。"

于是,宰相室利·摩诃罗阇和室利·那拉·提罗阇便被处死,他们的家丁中愿意和宰相一起死的,也都被处死。

这时,桑·苏拉带着圣旨从皇宫中飞奔而来,他说道:"圣上有旨,勿将全族诛灭,留下后嗣。"

敦·苏拉·提罗阇和因陀罗·瑟迦罗说道:"这可如何是好?剩下的只是小孩子了,圣上必然对我们大发雷霆。"

敦·因陀罗·瑟迦罗道:"这个小孩叫哈姆扎,咱们医治一下他,希望他能活下来。"敦·哈姆扎是室利·那拉·提罗阁的孩子,他的伤口从颈部一直到胸部。于是,敦·苏拉·提罗阁将敦·哈姆扎带回宫中,交给苏丹·马哈茂德·沙。苏丹命太医为其医治。于是,在至高至尊的真主的意志下,这个孩子活了下来。后来,苏丹·马哈茂德·沙十分地宠爱他。

宰相室利·摩诃罗阁死后,他全部的财产都被没收入了皇宫。苏丹·马哈茂德·沙看到所谓宰相要篡位的消息纯属子虚乌有,他便对不经详查就处死宰相室利·摩诃罗阁感到悔恨不已。于是,苏丹·马哈茂德·沙命人将造谣诽谤的罗阁·门德利亚处死,至于基图尔,苏丹命人将他用尖铁桩刺死①。而海军都督则被下令处以宫刑。

随后,巴杜卡·端,老宰相巴杜卡·罗阁的儿子,被苏丹·马哈茂德·沙任命为宰相。这位巴杜卡·端已十分年迈,而且行为古怪,牙也已经掉光了。巴杜卡·端一听到自己要做宰相,扑通一下,从坐的地方摔了下来。巴杜卡·端说道:"我这又瘫又跛的人,怎么做得了宰相?"然而苏丹·马哈茂德·沙坚持让他做了宰相。于是,他被人们称作卢布·峇都(Bendahera Lubuk Batu)②。这位宰相生了很多孩子,多达三十二个,都是同一个父母所生。而卢布·峇都的孙子、重孙多达七十四个。

却说,卢布·峇都的长子叫做敦·比亚齐德(Tun Biazid),这位敦·比亚齐德有些疯疯癫癫的。当他去集市上的时候,他看到什么就拿什么,不管东西是谁的。有人将这件事禀报给卢布·峇都。于是,只要敦·比亚齐德出门,宰相便命一名下人带着金子跟在后面。敦·比亚齐德在哪些店铺停留过,都被跟在后面的那个下人记下来。待敦·比亚齐德离开后,他便进去问道:"刚才那位大人都拿了什么?"

---

① 原文为 sulakan,这是古代马来亚的一种刑罚,用尖铁桩从屁股刺戳到肚子里,将人刺死。

② Bendahara Lubuk (Tanah) Batu,译文从音译。许云樵译本作 Bendahara Luba Batu(石洞宰相),布朗(C. C. Brown)认为 Bendahara Lubuk Batu 是"有很多孩子的人"之意,译者认为 Bendahara Lubuk Batu 可理解为"瘫痪宰相",因为马来文 Lubuk 是"河、海深处"的意思,马来成语 Batu jatuh ke lubuk 意为"如石沉大海,消失"之意,应是作者借以讽刺这位宰相没什么能力。

于是，店主说了他都拿了些什么。

跟着的那个下人说道："多少钱？"店主说了每样东西的价格后，那名下人便如数付钱。

宰相送给敦·比亚齐德一头大象。这头大象被敦·比亚齐德卖了十五次。宰相卢布·峇都听说大象被卖了，便又赎买回来，给了另一个儿子。敦·比亚齐德看到他的兄弟骑着那头大象，便将他叫下来，说道："这头是我的大象，是父亲送我的。"

他便将那头大象牵走。过了两三个月，又把它卖掉。宰相听说后，便又赎了回来。如此往复，几次三番。敦·比亚齐德曾因为打了宫里的人，三次被他父亲捆起来。最后，宰相请室利瓦·罗阇将敦·比亚齐德捆起来，送到宫里去。

宰相说道："室利瓦·罗阇，请把犬子比亚齐德交给圣上，请圣上将其处死。这样的逆子留之何用？我想亲手杀了他，又担心圣上为此不悦。"

于是，室利瓦·罗阇将敦·比亚齐德带到宫中，并将宰相的话转陈给苏丹·马哈茂德·沙。

苏丹·马哈茂德·沙道："宰相真是莫名其妙！只不过是奴才的事，却把他的儿子绑来了。快快放了。"于是，敦·比亚齐德被松了绑。苏丹·马哈茂德·沙又赐他一套衣袭。随后，命他回去见宰相。于是，室利瓦·罗阇将苏丹的旨意转达给宰相。

宰相说道："圣上便是这样啊！逆子比亚齐德被绑了起来，圣上却放了他，还赐他衣袭。他便比以前更加地肆无忌惮了。"

却说敦·比亚齐德这时站在宰相后面，他对年轻的伙伴说道："我父亲绑我的时候，还选和我衣服相配的颜色，我要是穿的红色的衣服，他便用绿色的绳子捆我。"大家听到敦·比亚齐德的话，都哈哈大笑。

宰相卢布·峇都还有一子，名叫和卓·艾哈迈德（Khoja Ahmad），他的封衔是敦·比克拉玛。敦·比克拉玛生有一子名叫敦·伊萨克·波拉卡。宰相卢布·峇都另一个儿子叫做敦·巴乌（Tun Pauh）。敦·巴乌的儿子叫做敦·贾迈勒（Tun Jamal），敦·贾迈勒有很多孩子，长子叫做敦·乌图桑（Tun Utusan），其他的孩子一个叫做敦·峇卡乌（Tun Bakau），一个叫敦·穆那瓦尔（Tun Munawar），还有一个叫做敦·苏莱曼(Tun Sulaiman),即室利·古纳·提罗阁(Seri Guna Diraja)。还有一个女儿名叫敦·瑟妮(Tun Seni),嫁给了桑·瑟迪亚的孩子敦·提拉姆(Tun Tiram);另一个女儿嫁给了敦·比亚吉特·希塔姆(Tun Biajit Hitam),两个人生了一个孩子叫敦·玛德·阿里(Tun Mad 'Ali)。

敦·峇卡乌有四个孩子,一个名叫敦·比亚吉特·易卜拉欣(Tun Biajit Ibrahim),一个名叫敦·宾坦,一个名叫敦·阿布(Tun Abu),封衔为室利·比查亚·比克拉玛(Seri Bijaya Pikrama)。敦·穆那瓦尔生有四子:一个名叫敦·布旺(Tun Buang),一个名叫敦·乌欣(Tun Usin),封衔为巴杜卡·室利·罗阁·穆达(Paduka Seri Raja Muda),一个名叫敦·侯赛因,封衔为室利·比克拉玛·罗阁(Seri Pikrama Raja);敦·穆那瓦尔德女儿嫁给了敦·宾坦。

室利·古纳·提罗阁也有很多的孩子,一个名叫敦·马特(Tun Mat),一个叫做敦·波(Tun Boh),一个叫做敦·波古(Tun Pekuh),还有一个叫做敦·扎伊德·波(Tun Zaid Boh)。宰相卢布·峇都还有一个女儿,嫁给了敦·波尔巴蒂·卡西姆(Tun Perpatih Kasim),生有一女名叫敦·普特丽(Tun Puteri),嫁给了敦·伊曼·提罗阁(Tun Iman Diraja),两人生有一子名叫敦·查希尔(Tun Zahir),他被封为室利·比克拉玛·罗阁,封地在巴土沙瓦尔(Batu Sawar)。

却说,已故的宰相室利·摩诃罗阁的那位美若天仙的女儿敦·法蒂玛,被苏丹·马哈茂德·沙娶做妻子。苏丹十分宠爱她。但是,敦·法蒂玛深爱着她的父亲。自她被苏丹娶做妻子后,别说开怀大笑,便是一丝微笑也不曾有过。为此苏丹也愁眉不展,懊悔不已。

话说,苏丹·马哈茂德·沙于是逊位,将他的儿子苏丹·艾哈迈德册立为新君。他将全部的大臣和皇室用品全部交给了苏丹·艾哈迈德。随后,苏丹·马哈茂德·沙便住在卡尤阿拉,而桑·苏拉依旧陪伴着他。

相传,苏丹·马哈茂德·沙想去丹戎吉宁(Tanjong Keling)或其他地方游玩,总是骑着马。依旧是桑·苏拉一个人护卫着苏丹陛下。桑·苏拉带着三样东西,一是盛桲叶和食物的船形盒子,二是长凳(bangku salai),三是圆肚水壶。

苏丹·艾阿哈迈德得知父皇出游时，便派所有的大臣前往跟随。苏丹·马哈茂德·沙看到众人赶来陪同后，便快马加鞭，不想让这些大臣跟着他。桑·苏拉也紧紧跑在苏丹马后寸步不离。桑·苏拉一边跑，一边用脚将马蹄印擦去，以免被人发现。同时，桑·苏拉在手掌中为苏丹·马哈茂德准备着梹叶和食物。这就是苏丹·马哈茂德·沙离开他的国家的故事。

苏丹·艾哈迈德登基后，对文武百官不甚喜爱。苏丹陛下唯独对敦·阿里、敦·玛伊·乌拉特·布鲁、敦·穆罕默德·罗杭(Tun Muhammad Rahang)以及其他十三个年轻人和所有的宫廷内侍从宠爱有加。这些便是苏丹陛下一起嬉戏的玩伴。

那位敦·玛伊·乌拉特·布鲁是敦·宰那尔·阿比丁的儿子。敦·宰那尔·阿比丁是宰相巴杜卡·罗阁之子，住在卢布吉纳(Lubuk China)，人称达图·卢布吉纳(Datuk Lubuk China)。敦·泽因·阿比丁有五个孩子，三个男孩是：长子敦·萨勒胡丁(Tun Salehuddin)，次子敦·贾鲁鲁丁(Tun Jaluluddin)，幼子敦·毛希丁(Tun Muhaiyuddin)，女儿嫁给了宰相室利·摩诃罗阁。敦·萨勒胡丁生有一子叫做敦·查希鲁丁(Tun Zahiruddin)；查希鲁丁又生了奥朗·卡亚·硕果(Orang Kaya Sogoh)和敦·苏莱曼(Tun Sulaiman)的父亲。敦·贾鲁鲁丁有一子名叫敦·玛伊(Tun Mai)，即那位人称"毛虫"的敦·玛伊·乌拉特·布鲁，他十分为苏丹·马哈茂德·沙所宠爱。苏丹封他为天猛公，封号室利·乌达纳(Seri Udana)。

却说苏丹·马哈茂德·沙对敦·法蒂玛宠爱有加，苏丹下令封她为皇后。然而，每次皇后怀孕了，她都将孩子打掉。如此两三次后，苏丹·马哈茂德·沙问敦·法蒂玛："为何皇后怀孕后又要打掉呢？你不想和朕有个孩子么？"

敦·法蒂玛回答道："陛下为何要和我生儿育女，陛下不是已经有子嗣继承王位了么？"

苏丹·马哈茂德·沙道："不论怎样，不要打掉我们的孩子。倘若是男孩，我便册立他为国王。"

在那以后，敦·法蒂玛便又怀孕了，这次她没有再打掉孩子。怀胎十月，敦·法蒂玛生下一名女婴，长得秀美异常。孩子一生下来，苏丹·马哈茂德·沙便将她抱在怀里,随后亲吻她,并给她取名为布提公主①(Puteri Putih)。苏丹对布提公主的喜爱,简直难以言表。后来,苏丹·马哈茂德·沙与敦·法蒂玛又生了一个孩子,依旧是个女孩,取名为罗阇·哈蒂佳(Raja Hatijah)。

话说,苏丹·马哈茂德·沙常常向"马赫杜姆"·沙达尔·贾汉求学。

---

① Puteri Putih,意为"长得雪白的公主"。

第二十三章

话说阿丰索·德·亚伯奎。自他从果阿总督一职卸任后,他便返回葡萄牙王宫觐见葡萄牙国王,索要一支舰队。于是,葡萄牙国王赐给他大帆船四艘,长战船五艘。他返回果阿装备给养,又集结了三艘大帆船、八艘战船、四艘长战船和十五艘单桅小船,总计四十艘战船。舰队随即向马六甲进发。

舰队开抵马六甲后,马六甲人(见到如此多的战舰)惊慌失措。有人将此事飞报苏丹·艾哈迈德,称佛郎机人大举进攻,敌舰有大帆船七艘、战船八艘、长战船十艘、单桅纵帆船十五艘以及小船五艘。于是,苏丹·艾哈迈德下令集结兵马,准备迎战。随后,佛郎机和马六甲军队开战,只见炮弹从船上如雨点般打来,炮声如雷,炮火仿佛天上的闪电,而火绳枪声噼里啪啦如同炸豆子一般。在猛烈的炮火下,马六甲军队守不住滩头阵地。于是,战船和小船从栈桥尽头冲杀过来。

苏丹·艾哈迈德骑着他那只名叫吉图季(Jituji)的御象出来,室利·乌达纳坐在象头以便苏丹能够稳坐在象鞍上,因为苏丹要向"马赫杜姆"·沙达尔·贾汉学习"认主学"①。敦·阿里·哈提(Tun 'Ali Hati)坐在象尾。于是,苏丹便冲向栈桥,站在如雨的炮弹之中。

"马赫杜姆"·沙达尔·贾汉双手扶着象鞍,向苏丹·艾哈迈德说道:"苏丹陛下,这里不是学习认主学的地方啊!我们还是回去吧!"

苏丹·艾哈迈德笑而不语。于是,苏丹·艾哈迈德便返回皇宫。佛郎机人在船上喊道:"马六甲人听着,你们小心了,明天我们便上岸!"

马六甲士兵回答道:"我们等着!②"

---

① 原文为'ilmu tauhid,即伊斯兰教研究安拉独一属性的学问。
② 原文为 baiklah,意为"很好",表示接受,译者将其译作"我们等着"。

于是,苏丹·艾哈迈德·沙下令集合军队,命他们都带好武器。天黑以后,全部的武将和贵族青年都在皇宫大殿上弯着腰等待着(天明)。

有的贵族青年说道:"与其在这里闲坐着,不如我们读一些故事,从中获得些教益。"

敦·穆罕默德·温塔(Tun Muhammad Unta)道:"说得是,最好向圣上要一部《穆罕默德·哈乃斐传》。"

于是,众青年转向敦·阿里亚,说道:"先生去向圣上禀报,就说臣等想借《穆罕默德·哈乃斐传》①,臣等希望可以从中获得些教益,因为明日佛郎机人就要打过来了。"

敦·阿里亚便进去朝见苏丹·艾哈迈德,并向苏丹转陈了众人的请求。但是,苏丹·艾哈迈德·沙赐给了他《哈姆扎传》。

苏丹·艾哈迈德说道:"朕想赐给你们《穆罕默德·哈乃斐传》,但恐怕你们不能全都如穆罕默德·哈乃斐一般勇猛。你们能像哈姆扎一样英勇就可以了。因此,朕赐给你们《哈姆扎传》。"

于是,敦·阿里亚捧着《哈姆扎传》从里面出来,将圣上的旨意传达给了众青年。所有的贵族青年都黯然无语。

这时,敦·伊萨克·波拉卡对敦·阿里亚说道:"请转奏圣上,此言差矣。如果圣上像穆罕默德·哈乃斐,那臣等便是巴尼亚(Bania')将军。如果圣上像穆罕默德·哈乃斐一样英勇,那臣等便像巴尼亚一般。"

于是,敦·阿里亚将敦·伊萨克·波拉卡的话全部向苏丹·艾哈迈德转奏。苏丹·艾哈迈德付之一笑,随即赐给了他《穆罕默德·哈乃斐传》。

天明之后,佛郎机人便上岸进攻。苏丹·艾哈迈德骑上大象朱鲁·德芒,室利·乌达纳在象首,敦·阿里·哈提坐象尾(保持象鞍平衡)。随即,佛郎机人与马六甲军队展开激战,在佛郎机人的猛攻下,

---

① *Hikayat Muhammad Hanafiah*,阿拉伯古典文学《穆罕默德·哈纳菲亚传》。根据梁立基教授撰写的《印度尼西亚文学史》上册第 199 页所述,"在马来文学里,有两部作品比较完整地讲述穆罕默德的生平,一是《穆罕默德·哈纳菲亚传》的头一部分;一是《先知传》。"

马六甲人溃不成军,只剩下苏丹孤身一人在象背之上。苏丹手持长矛,独战佛郎机人,随即手掌受了轻伤。于是,苏丹·艾哈迈德举起受伤的手,喊道:"马六甲的子民们,你们看啊!"

看到苏丹·艾哈迈德的手受伤后,众武将随即冲杀回来,如狼似虎般疯狂地与佛郎机人交战。敦·萨勒胡丁召唤奥朗·卡亚·硕果举矛杀向佛郎机人。突然,敦·萨勒胡丁被刺,直穿胸口,随即倒毙。接着,又有二十名武将被杀死。而室利·乌达纳也小腹下受伤。人们忙让大象跪下,将室利·乌达纳抬走。苏丹·艾哈迈德命太医为其医治。太医用栳叶根部检查了伤口。

太医随即说道:"没有大碍,可以治好;倘若再深半寸①,室利·乌达纳便性命不保。"

马六甲一败涂地,佛郎机人占领了皇宫大殿。马六甲人全都四散奔逃。宰相卢布·昝都也被人抬着逃走。抬轿的人叫做悉·瑟拉玛特·伽加(Si Selamat Gagah)。

佛郎机军队源源不断地追来。

于是,宰相对抬轿的人说道:"让我与佛郎机人决一死战。"他的儿孙们竭力阻拦。宰相道:"你们这些年轻人真是懦弱,要是我还年轻,我定与这马六甲共存亡。"

苏丹·艾哈迈德退到了上麻坡,随后又到了巴莪(Pagoh)。这时,苏丹·马哈茂德·沙住在昝都韩巴(Batu Hampar)。苏丹·艾哈迈德便在文打烟(Bentayan)建立城池。

佛郎机人便在马六甲住了下来。他们将马六甲宫墙拆掉建了座城堡,如今尚存。随后,佛郎机人前往麻坡,进攻巴莪。于是,在那里又大战一场。几日后,巴莪失陷,桑·瑟迪亚殉国。

苏丹·艾哈迈德·沙又撤向上麻坡,宰相在麻坡薨逝了。于是,众人将他安葬在卢布昝都(Lubuk Batu),人们将他称作达图·卢布昝都(Datuk Lubuk Batu)。苏丹·艾哈迈德·沙和他的父皇苏丹·马哈茂德·沙又从上麻坡前往彭亨。彭亨国王盛情迎接了他们。于是,苏丹·马哈茂德·沙将他同来自吉兰丹的皇后所生的女儿,嫁给了这

---

① 原文为 sekerat beras juga masuknya,意为"半粒米深"。

位名叫苏丹·曼苏尔·沙的彭亨国王。随后,苏丹·马哈茂德·沙从彭亨又去了宾坦。而苏丹·艾哈迈德则在科帕(Kopak)建立了国家。

却说,苏丹·艾哈迈德不喜欢文武百官、众位大臣,只和前面提到的那些近臣们亲近。这些年轻人在宫里大吃大喝,有鸡肉羹、黄姜饭和牛油①。而当众大臣、官员觐见苏丹·艾哈迈德时,那些年轻人便说道:"刚才吃的黄姜饭呢?刚才我们吃剩的鸡肉羹在哪里?(拿出来招待这些大人们。)"

苏丹·马哈茂德·沙闻悉他儿子的言行后,非常不满,于是派人将苏丹·艾哈迈德处死。苏丹·艾哈迈德驾崩后,他的父皇重新登基。于是,苏丹·艾哈迈德的那些亲随、仆从便被召集起来。

苏丹向那些年轻人说道:"你们不要害怕,就像侍奉那个艾哈迈德一样侍奉朕就可以了。"

那些人叩拜道:"是,陛下。臣等谨遵圣谕。"

苏丹·马哈茂德·沙又派人传敦·阿里·哈提觐见。敦·阿里·哈提不愿来,他说道:"臣乃是圣上之子,先皇帝一手提拔。若先皇死于敌手,臣当一同赴死。如今臣又能做什么,当今圣上旨意难违,天地不仁。马来子民从不叛逆,今臣仅求一死。"

于是,敦·阿里·哈提的话被转奏给苏丹·马哈茂德·沙。苏丹说道:"和阿里这小子说,如果那个艾哈迈德对他好,朕也将同样对待。他又何出此言呢?朕并无杀他之意啊!"于是,苏丹的旨意被转陈给敦·阿里·哈提。

敦·阿里·哈提回答道:"臣所要的只是一死,因为臣不愿再侍奉另一个君王②。"苏丹又传了几道旨意,想劝他回心转意。敦·阿里·哈提坚决不允,只是求死。

最后,苏丹·马哈茂德·沙道:"将敦·阿里·哈提处决。"

于是,苏丹·马哈茂德·沙重登皇位执政。前宰相之子敦·比克拉玛被封为新的宰相,封号巴杜卡·罗阇。宰相布蒂之孙室利·阿玛

---

① 原文为 hayam sup dan nasi kunyit dan minyak sapi。

② 原文为 karena patik ini tiadalah mau memandang muka orang lain,直译为"因为臣不愿意再看其他人的脸色"。译者转译为"不愿意再侍奉另一个君王"。

尔·邦沙，被封为首辅大臣（Perdana Menteri），与宰相平起平坐。却说，室利·阿玛尔·邦沙生有一子，名叫敦·阿布·伊萨克（Tun Abu Ishak），敦·阿布·伊萨克有一子名叫敦·阿布·伯克尔（Tun Abu Bakar），他在柔佛王朝时期也被封为室利·阿玛尔·邦沙。敦·艾布·伯克尔的兄弟叫做奥朗·卡亚·敦·穆罕默德（Orang Kaya Tun Muhammad）。他生下了奥朗·卡亚·敦·温淡（Orang Kaya Tun Undan）和奥朗·卡亚·敦·苏拉特（Orang Kaya Tun Sulat）。敦·伊萨克的封衔是巴杜卡·端。而室利·那拉·提罗阇之子敦·哈姆扎则被任命为财相，封号为室利·那拉·提罗阇。他深得苏丹·马哈茂德·沙的宠幸。而敦·比亚吉特·鲁帕（Tun Biajit Rupa），宰相室利·摩诃罗阇之子，被任命为门特利①（Menteri），封号为室利·乌塔马。室利·乌塔马生有一子，名叫敦·多拉（Tun Dolah）。而室利·摩诃罗阇之子敦·乌玛尔也做了门特利，封号为室利·帕塔姆（Seri Petam）。而室利·那拉·提罗阇的兄弟敦·穆罕默德，被任命为传诏官总领（kepala abintara），封号敦·那罗·旺沙（Tun Nara Wangsa）。巴杜卡·端的儿子敦·马特，封号为敦·比克拉玛·维拉。

却说，海军都督生有一子名叫和卓·哈桑，这位和卓·哈桑乃是郁郁而终，后被人葬在了武吉班道（Bukit Pantau）；这就是后来人所熟知的武吉班道海军都督。于是，杭·纳迪姆做了海军都督，他以英勇善战而闻名，曾经浴血奋战三十二次。海军都督娶了宰相卢布·峇都的表妹，生有一子名叫敦·马特·阿里（Tun Mat'Ali）。后来，苏丹·马哈茂德·沙的儿子，罗阇·穆扎法尔·沙（Raja Muzaffar Syah）被选为王位的继承人。罗阇·穆扎法尔·沙娶了宰相室利·摩诃罗阇的孙女，敦·法蒂玛和敦·阿里的女儿敦·德朗。

当罗阇·穆扎法尔·沙坐在王位上接受众人朝见时，他的王位那里首先铺着一张席子，接着是一块地毯，在地毯上有一块彩色坐席，坐席上又有王座，这位王储便坐在上面。

话说，敦·法蒂玛又有了身孕。怀胎足月后，生下一名男婴，长得十分英俊秀美。于是，苏丹·马哈茂德·沙给他取名为罗阇·阿劳

---

① Menteri，古代指"大臣"，今指"部长"。

丁·沙(Raja 'Alauddin Syah)。随着他的出生,罗阇·穆扎法尔·沙的王座便被收回。苏丹·阿劳丁·沙出生后七天,他的父皇为他行"剃发礼"。于是,罗阇·穆扎法尔·沙的地毯又被人拿走,只剩下了地上的席子,就像普通百姓用的一般。苏丹·阿劳丁·沙出生十四天后,他的父皇苏丹·马哈茂德·沙便为他举行了继位大典,命群臣尊其为"苏丹·穆达"①(Sultan Muda)。却说,过了很久,苏丹·穆达长大成人,德才兼备②,圣明神武。

---

① Sultan Muda,意为"年幼的苏丹"。
② Khuluq fan,意为"有良好的品行"。

第二十四章

话说坎巴尔的国王苏丹·阿卜杜拉（Sultan 'Abdullah）起来反叛，不愿再向宾坦的马六甲王室朝贡和称臣。于是，他遣使到马六甲请求佛郎机人的帮助，并得到了马六甲甲必丹（Kapitan Melaka）的援助。有人作了一首歌谣，里面唱到：

  拉呀拉，拉断了一腕尺，野芒果切成块儿，
  小小国王失心疯哟，甜甜的山竹丢一边，却去瞧那熟透的黄野果。

苏丹·马哈茂德·沙得知苏丹·阿卜杜拉反叛的事情，暴跳如雷。苏丹·马哈茂德随即下旨，集合兵马准备攻打坎巴尔。苏丹命四位门特利出征：第一是室利·阿玛尔·邦沙；第二是室利·乌塔马；第三是室利·帕塔姆；第四是室利·纳塔（Seri Nata）；第五位是海军都督杭·杜亚之子敦·比亚吉特（Tun Biajit），他是一位武将。兵马整装完毕后，随即出发，室利·阿玛尔·邦沙为三军统帅。

军队到了柯木卢丹（Kemurutan）后，佛郎机人已经赶来援助坎巴尔，共有单桅帆船十艘，双桅帆船五艘；佛郎机舰队乍遇马来船队，便即交战，打得异常激烈。

马来人随即溃散，他们纷纷跳入水中，游到柯木卢丹岸边，随后前往英得腊其利。

却说敦·比亚吉特的小妾在跳下水时，除了敦·比亚吉特德一把弯刀外，什么都没有带在身上。于是，众人带上那名小妾一同赶路。他们将那名小妾用席子卷起来，然后命下属背着。到了休息的地方，再打开把她放出来。

在路上行了几日，众人到了英得腊其利。于是，室利·阿玛尔·邦沙、室利·乌塔马、室利·帕塔姆、室利·纳塔和敦·比亚吉特特，偕同其他战败的人一起进宫觐见苏丹·那罗·辛加(Sultan Nara Singa)。苏丹·那罗·辛加忙犒劳众人,按不同品级一一赏赐。

敦·比亚吉特花大力气找了一只公鸡,细心照料。随后,他便开始斗鸡。米南加保人看到后,便和敦·比亚吉特比赛斗鸡。敦·比亚吉特便和他们斗鸡,有时候赢,有时候输,不过还是赢多输少。于是,所有的米南加保人便联合起来。

罗阇·那罗·辛加也有一只公鸡,乃是从米南加保带来的。这只鸡曾在三十多个国家比试,然后没有一个人愿意和鸡的主人比赛。那只鸡重达十塔希尔①。

那只鸡的主人说道:"谁要和我的鸡比试,必须拿和鸡同样重的金子作为赌注。"于是,罗阇·那罗·辛加命敦·比亚吉特和他比试。

敦·比亚吉特答道:"遵旨,陛下。"

所以,敦·比亚吉特去寻找公鸡。找到了他所想要的公鸡后,便细心照料。随后又用它和米南加保人比试。

于是,罗阇·那罗·辛加说道:"我们去赢那十塔希尔吧,那只鸡的主人会拿和鸡一样重量的金子为赌注,这样就有了一卡提的赌注。"

场外的人又下了十塔希尔的赌注,于是赌注加到了三十塔希尔。敦·比亚吉特的手下纷纷把注押在敦·比亚吉特身上。下的赌注相当后,两只鸡的脚上便被绑上利刃。敦·比亚吉特又把他那缝有护身符的短衫押上。

敦·比亚吉特喊道:"押我吧!"

于是米南加保人纷纷把赌注押在敦·比亚吉特身上。有的押一塔希尔,有的押两塔希尔,有的押三塔希尔。押满三十塔希尔后,敦·比亚吉特又把那些赌注分成若干部分,有的是两塔希尔,有的是一塔希尔,有的是半塔希尔。分好之后,他将金子分给他的朋友们,剩下的金子他便牢牢地拴在一起。

于是,两只鸡随即被放入场中。刚一落下,罗阇·那罗·辛加的公鸡就被敦·比亚吉特德公鸡刺中,刺在了嗓子上,随后摔倒在那里。宾坦人随即欢声如雷。自那以后,所有的米南加保人再也不肯和敦·

---

① Tahil,重量单位,1塔希尔相当于37.8克。

比亚吉特比试斗鸡了。

众人在英得腊其利住了一些时间，罗阇·那罗·辛加便命人将他们送回了宾坦。

却说，佛郎机军队大败宾坦军队后，舰队溯流而上，来到坎巴尔，晋见苏丹·阿卜杜拉。苏丹·阿卜杜拉赐给甲必丹·摩尔一套衣袭。随后，苏丹·阿卜杜拉登上佛郎机的单桅帆船，想看一看佛郎机的船是什么样子。佛郎机人立刻将苏丹·阿卜杜拉绑了起来，随即开船，溯流而下。于是，坎巴尔人全都瞠目结舌，愣在那里。苏丹·阿卜杜拉便被佛郎机人带回了马六甲。

到了马六甲后，甲必丹坚持要把苏丹·阿卜杜拉押往果阿。到了果阿后，苏丹·阿卜杜拉随即又被送到了葡萄牙。于是，有人作了一首歌谣，唱道：

    国王远方坐一坐，小心木板从天落，明知大麻是毒药，为何还要亲尝过。

苏丹·马哈茂德·沙闻悉苏丹·阿卜杜拉被佛郎机人抓走的消息后，十分难过。他命人去坎巴尔将苏丹·阿卜杜拉的群臣召来。于是，苏丹·阿卜杜拉的大臣们都来觐见苏丹·马哈茂德·沙。他对苏丹·阿卜杜拉的群臣大发雷霆。

苏丹·马哈茂德·沙说道："你们全都没有随我那孩子一同赴死，这可是真的？"

于是，众人全都低着头，没有一个人敢抬起头来。后来，坎巴尔的宰相巴杜卡·端被苏丹·马哈茂德·沙削了封爵，降为室利·阿玛尔·提罗阇（Seri Amar al-Diraja）。

第二十五章

话说老凌牙国国王驾崩,摩诃罗阇·伊萨克继位统治凌牙国。于是,他准备前去宾坦朝拜。一切准备妥当后,摩诃罗阇·伊萨克便坐船溯流而上,前往宾坦朝见苏丹·马哈茂德·沙。来到宾坦后,苏丹·马哈茂德·沙盛情欢迎摩诃罗阇·伊萨克·沙,并按照相应的礼仪接待他。摩诃罗阇·伊萨克的座位仅排在海军都督后面,因为按照礼仪,凌牙国王是坐在海军都督后面的。平时不论走在哪里,不论何时被招呼停下,凌牙国王都要停下来,以表示对海军都督的尊重。同样,通卡的国王见到宰相也是如此。这便是古代的礼仪,尤其适用于海军都督,因为从前海军都督的家族是摩诃罗阇·伊萨克家的长辈。

却说英得腊其利的国王罗阇·那罗·辛加也准备到宾坦朝觐。他听说凌牙国国中无人,便在路过的时候,洗劫了凌牙国。摩诃罗阇·伊萨克所有的妻儿都被俘虏,并被掠回了英得腊其利。因为罗阇·那罗·辛加和凌牙国王长期不和。随后,罗阇·那罗·辛加便到宾坦去朝见苏丹·马哈茂德·沙。苏丹·马哈茂德十分喜欢罗阇·那罗·辛加。

却说彭亨国王苏丹·曼苏尔·沙驾崩的消息传到了宾坦。

他的父皇和他妻子通奸时被他抓到,于是苏丹·曼苏尔·沙被他父皇杀死。苏丹·马哈茂德·沙便将他的女儿,那位嫁给了苏丹·曼苏尔·沙的公主召了回来。公主回来后,便被苏丹许配给了罗阇·那罗·辛加,苏丹·马哈茂德·沙又封他为苏丹·阿卜杜尔·贾利勒(Sultan 'Abdul Jalil),并赐他朝鼓。苏丹·马哈茂德·沙对苏丹·阿卜杜尔·贾利勒的宠爱有加,超过了其他任何一个驸马。苏丹·阿卜杜尔·贾利勒和他的妻子生下两个男孩,长子名叫罗阇·艾哈迈德,幼子叫做罗阇·穆罕默德(Raja Muhammad),小名叫做罗阇·庞(Raja Pang)。

却说摩诃罗阇·伊萨克回到凌牙后，看到自己国破家亡，妻儿全被英得腊其利人抓走了。于是，摩诃罗阇·伊萨克返回宾坦，意欲向苏丹·马哈茂德·沙控诉此事。到了宾坦后，他发现苏丹·阿卜杜尔·贾利勒已经被苏丹·马哈茂德·沙招为驸马。摩诃罗阇·伊萨克感到十分气馁。

于是苏丹·马哈茂德·沙为摩诃罗阇·伊萨克和苏丹·阿卜杜尔·贾利勒居中调停，下令将其妻儿全部归还。但是摩诃罗阇·伊萨克看到他与苏丹·阿卜杜尔·贾利勒内外有别，因为苏丹·阿卜杜尔·贾利勒已经作了苏丹·马哈茂德·沙的驸马。于是摩诃罗阇·伊萨克便向苏丹·马哈茂德·沙请辞返回凌牙。

到了凌牙后，当摩诃罗阇·伊萨克接见群臣时，他在脸上涂上了木炭和白灰。于是群臣对他说道："陛下，吾皇陛下脸上有炭灰。"

摩诃罗阇·伊萨克便马上擦掉。下一次他接受群臣朝拜时，脸上又是如此。之后如此这般两三次。

某日，摩诃罗阇·伊萨克接见群臣，脸上依旧涂着炭灰。于是大臣们说道："为何臣等总看到吾皇陛下脸上涂着炭灰呢？"

摩诃罗阇·伊萨克回答道："你们难道都不知道为何朕脸上涂着灰么？"

群臣答道："臣等委实不知。"

摩诃罗阇·伊萨克说道："如果你们能够洗净我脸上的秽迹，我便告诉你们为何。"

于是群臣答道："臣等怎会不愿为陛下服其劳？哪怕舍掉这条性命，臣等也将追随陛下左右。"

摩诃罗阇·伊萨克道："你们难道不知朕的妻儿为英得腊其利人所掳？如今，朕欲攻打英得腊其利，你们是否愿意随朕同去？"

群臣答道："是，陛下，臣等发誓愿往。"于是摩诃罗阇·伊萨克便整装待发。舰队集结好后，便浩浩荡荡地杀向英得腊其利。他们攻破了英得腊其利。当地人抵挡不住，因为众武将都随同苏丹·阿卜杜尔·贾利勒去了宾坦。苏丹·阿卜杜尔·贾利勒留下的妻儿便全部被俘虏。随后，摩诃罗阇·伊萨克班师返回凌牙。

到了凌牙后，摩诃罗阇·伊萨克心里想道："当今圣上（苏丹·马哈茂德·沙)必然会讨伐于我。"于是,摩诃罗阁·伊萨克便向马六甲城寻求援助。甲必丹便派了三艘战船,两艘单桅帆船,八艘双桅帆船,两艘大帆船前来。英得腊其利人到了宾坦向苏丹·阿卜杜尔·贾利勒奏报了被攻打之事。苏丹·阿卜杜尔·贾利勒随即进宫叩见苏丹·马哈茂德·沙,奏报国家遭摩诃罗阁·伊萨克攻打一事,请求返回英得腊其利。苏丹·马哈茂德·沙听了勃然大怒,便下令集合军马,攻打凌牙。苏丹命海军都督为统帅,但海军都督不愿领命。

海军都督道:"臣愿到凌牙一趟,因为摩诃罗阁·伊萨克是臣的族人。倘若臣未能打败凌牙军队,定有人说臣徇私情。故请派臣去马六甲。"

于是,海军都督便率领战船十二艘前往马六甲。而桑·瑟迪亚作为统帅前去攻打凌牙。所有的武将也都同往。到了凌牙后,正遇到佛郎机舰队前来援助。佛郎机人的船在邓当港(Labuhan Dendang)靠岸。于是,桑·瑟迪亚率军和佛郎机人展开激烈战斗。佛郎机人将水路阻塞,桑·瑟迪亚率兵冲杀不过去。于是,桑·瑟迪亚指挥舰队同佛郎机大帆船交战。很多人被枪打中。桑·查雅·比克拉玛也被打中,断了手臂,筋脉顿时(在空中)荡来荡去。那艘大帆船未能被击沉,凌牙也没有失守。桑·瑟迪亚随即撤兵返回宾坦觐见苏丹·马哈茂德·沙。

于是,他将全部战事向苏丹·马哈茂德·沙奏报。苏丹十分生气。却说桑·查雅·比克拉玛领旨去找太医医治,太医用药为他止血。桑·查雅·比克拉玛疼得呻吟不止。桑·古纳对他说道:"你呻吟什么?你可是个男子汉啊!"

听了桑·古纳的话,他便安静下来。不论是怎样的治疗,他连声都不吭一下。几天后,桑·查雅·比克拉玛便死去了。

却说海军都督和桑·纳亚率十二艘战船前往马六甲。到了马六甲后,海军都督的舰队在马六甲河口停了三日。佛郎机船一艘也没有出来,因为全都开赴了凌牙,仅留下两艘小船。

一位名为贡萨罗(Gongsalo)的佛郎机人即将升任甲必丹。于是,他对马六甲的老甲必丹说道:"如果你带着两艘船出港,马六甲人不会攻击你的。"

马六甲的甲必丹道:"我同这两艘船出去,必然会被那位海军都督攻击,他可不是普通人。"

贡萨罗听了他的回答后,便取出一盘桲叶,命人带到栈桥上,说道:"谁愿意和我一起去把宾坦的海军都督打退,便从这盘子里拿一片桲叶。"

于是,葡萄牙士兵们全都围了上来。贡萨罗便上船做好准备。随后,两艘单桅小船载着贡萨罗出港,船上没有印度兵划桨,全部是白色的佛郎机士兵。

海军都督看到两艘船靠近,于是对桑·纳亚说道:"将军带六艘小船、一艘单桅帆船,我带六艘小船、一艘单桅帆船,咱们杀过去。"

海军都督和桑·纳亚随即分兵,划着冲过去。随即遭遇那艘佛郎机帆船,便打了起来。与海军都督交战的是贡萨罗坐的帆船,两艘船靠得很近,双方打得异常激烈。贡萨罗船上的士兵或死或伤,血流到海军都督的船上,直没膝盖。血从船网和挂着的布帘上滴下来,仿佛下雨一般。佛郎机的船上亦是如此。随着战斗的进行,船已经从马六甲河口漂到了泵务①(Punggur)。

桑·纳亚在进攻另一艘帆船时,遭到佛郎机人枪炮射击。桑·纳亚也中了弹,伤势严重。随后,桑·纳亚的船漂走了,其他船的人也没有留下。于是,另一艘佛郎机船朝海军都督开火,支援贡萨罗。幸得有另一艘支援,否则佛郎机人必败无疑。此时,战船渐渐分开,佛郎机人撤向武庄巴希尔(Hujung Pasir),他们被困在那里,无法进入马六甲河(Sungai Melaka)。城堡里的佛郎机人便出来接应他们。由此,马六甲作了一首歌谣,唱道:

> 马六甲的甲必丹,名叫贡萨罗
> 丢人的贡萨罗,羞得无话说

海军都督和桑·纳亚便返回了宾坦,随后叩见苏丹·马哈茂德·沙。苏丹对海军都督不愿去凌牙一事大为恼怒,但是赏赐了桑·纳亚冠带衣袭,并且把自己的一个名叫敦·沙妲(Tun Sadah)的女儿许配给了桑·纳亚。两个人后来生了两个孩子,儿子名叫敦·多拉,女儿名叫敦·穆娜(Tun Munah),敦·穆娜嫁给了敦·阿卜杜尔的儿子

---

① 泵务,位于今马来西亚柔佛州境内。

敦·比郎(Tun Bilang),那位敦·阿卜杜尔是老海军都督杭·杜亚的儿子,两个人生了敦·莫罗柯(Tun Merak)。

过了不久,苏丹·马哈茂德·沙下令攻打马六甲。他命巴杜卡·端为统帅,同去的还有敦·那罗·旺沙、敦·比克拉玛、海军都督、桑·瑟迪亚、桑·纳亚、桑·罗纳(Sang Rana)、桑·室利·斯提亚和其他众武将。英得腊其利的国王苏丹·阿卜杜尔·贾利勒作为监军同往。军队整装完毕后,巴杜卡·端和苏丹·阿卜杜尔·贾利勒便率众武将开赴马六甲,只剩下众位大臣留在宾坦。

船队驶到了大海上之后,遇上了一艘要去马六甲的文莱帆船。于是,巴杜卡·端召船长来见。船长便来参见巴杜卡·端。桑·斯提亚的船离文莱船较近。他便和敦·柯罗(Tun Kerah)、敦·穆那瓦尔、敦·多拉一同上了那艘船。那些年轻人随着桑·瑟迪亚上了文莱帆船后便要抢东西。文莱船长看到他的船被劫掠,便向巴杜卡·端请辞,随后回到他的船上。桑·瑟迪亚看到船长回来了,便上了自己的船。那位船长回到船上后,发了疯一样攻击船上的人,于是那些人纷纷跳到海中。那位船长随即开船返回,而离得近的宾坦船已经抢了俘虏。

海军都督对巴杜卡·端说道:"下官以为,大人最好下令查一查那些抓了俘虏的人,万一圣上问起,也好交代。"

巴杜卡·端回答道:"都督所言极是。就请都督前去查问。"

海军都督道:"是,下官这便去查问。"于是,海军都督前去搜查,那些抓到俘虏的人,抓了两人,他便带走一人,抓了四人,他便带走两人。海军都督来到敦·柯罗的船上。其时,敦·柯罗正在招待他的下属吃喝。(他让)下属们聚集在船头,于是船头便沉了下去。海军都督看到敦·柯罗的船头下沉,觉得敦·柯罗没有抓到俘虏。海军都督随即又来到敦·多拉的船上。敦·多拉抓了两个人,一白一黑。

海军都督对敦·多拉说道:"你从两个里面挑一个你喜欢的,另一个我带走。"

敦·多拉说道:"我只抓到两个人,大人还要带走一个。既然要带,便全带走吧!"

海军都督说道:"不要这样说!你还是挑一个,我只带走一人。"

敦·多拉说道:"我不想挑,你都带走吧!"

海军都督说道:"好,既然你不想要,来人,带走!"

海军都督刚想将两个俘虏都带下船,敦·多拉道:"留下黑的那个。"海军都督付之一笑,将黑的那个俘虏留了下来。海军都督又去了桑·瑟迪亚的船。桑·瑟迪亚将自己的船全部召集过来。

桑·瑟迪亚说道:"都督大人若是要查在下,在下便和大人打一场。从来不曾有武官搜查武官的。海军都督是大将,在下也是大将。"

海军都督道:"兄弟啊,我只是奉巴杜卡·端大人(Orang Kaya Paduka Tuan)之命前来搜查,不是来打架的。你要是愿意,我就搜查,要是不愿意,我便回去禀报大人。"

于是,海军都督前去拜见巴杜卡·端,并将桑·瑟迪亚所言一一转陈给巴杜卡·端。巴杜卡·端便派他的下人去搜查桑·瑟迪亚。到了他船上后,桑·瑟迪亚说道:"既是巴杜卡·端大人的人,在下愿接受搜查,若是海军都督便不可,因为他也是武官,在下也是武官。"

此后,巴杜卡·端一行从外海继续进发。几日后,来到了马六甲。于是,船队停靠在沙巴岛(Pulau Sabat)。苏丹·阿卜杜尔·贾利勒、巴杜卡·端和众人便即上岛游玩。时近下午,所有的英得腊其利人拿出朝鼓,便要敲击。

苏丹·阿卜杜尔·贾利勒道:"先不要敲鼓,大人还在这里。"

巴杜卡·端说道:"敲吧,我们便要和敌人作战了。"

苏丹·阿卜杜尔·贾利勒说道:"既然大人发令了,那就敲吧!"于是,众人便开始敲鼓。巴杜卡·端便即返回船上。苏丹·阿卜杜尔·贾利勒道:"巴杜卡·端羞辱了朕。明知道他不会朝拜我的朝鼓,由此朕才禁止敲鼓。为何一边让敲鼓,一边自己又返回船上;这不是想让朕难堪么?"

苏丹·阿卜杜尔·贾利勒的这些话被巴杜卡·端听到。

巴杜卡·端说道:"我岂能朝拜英得腊其利王的朝鼓?"巴杜卡·端的话又被苏丹·阿卜杜尔·贾利勒听到。

于是,苏丹·阿卜杜尔·贾利勒道:"我知道巴杜卡·端大人不能参拜我的朝鼓,所以我才不让人敲。为何巴杜卡·端又让我们敲呢?"

在那以后,船队来到了马六甲。众人约定于主麻日夜里攻打马六甲。桑·瑟迪亚从海上进攻,巴杜卡·端和海军都督等众武将从流波进攻。那天晚上,狂风大作,暴雨倾盆。于是,没有办法从陆地上进攻,而桑·瑟迪亚当晚攻打了一艘大帆船,将其击沉①。到了第二天(周六)夜里,巴杜卡·端集结人马准备上岸进攻。却说苏丹·马哈茂德·沙的坐骑,那头名叫比达姆·斯提亚的大象,留在了麻坡。于是,巴杜卡·端命人将其牵来。进攻时,巴杜卡·端便骑着比达姆·斯提亚,象官坐在象首,封衔为摩诃罗阇·昆查拉(Maharaja Kunjara)。而巴杜卡·端带着他的儿子敦·马哈茂德坐在象鞍上保持平衡。那位敦·马哈茂德被人称作达图·六坤(Datuk Ligor)。

于是,海军都督和众武将便在巴杜卡·端的大象下步行前进。这时,佛郎机人的枪炮如暴雨般从城堡上打过来。战士们纷纷倒毙。没有人愿意提着灯笼。巴杜卡·端手下有两个年轻人,一个叫做杭·哈桑(Hang Hasan),一个叫做杭·侯赛因(Hang Husin),自愿拿着灯笼。在猛烈的枪炮下,所有人都不敢和巴杜卡·端的大象走得太远。

众人道:"大家小心比达姆·斯提亚,它很坏(nakal)。否则咱们躲开了枪弹,却被大象杀死了。"

摩诃罗阇·昆查拉说道:"各位不要害怕,只要它的象鼻子一不规矩了,我便踢它。"

靠近马六甲城堡后,巴杜卡·端便指挥比达姆·斯提亚进攻马六甲城堡,战斗中右边的象牙折断了。许多人被城堡上佛郎机人的枪弹打中,死伤不断。天色渐亮,于是众人撤退到小丘上。随后,苏丹·阿卜杜尔·贾利勒修书一封派人送去宾坦,将这里的战事在信中一一奏报。信中大大褒奖了桑·瑟迪亚,而狠狠地中伤了巴杜卡·端。

信到了宾坦后,苏丹·马哈茂德·沙阅毕怒不可遏。随即派敦·比查亚·苏腊(Tun Bijaya Sura)召回巴杜卡·端。苏丹交给他两封书信,一封给桑·瑟迪亚,里面写道:

兄谨祝弟桑·瑟迪亚一切安好。

一封给巴杜卡·端,连名字都没提及,里面写道:

---

① 原文为 oleh Sang Setia pada malam itu dilanggarnya sebuah kapal, alah. C. C. Brown 译本译作 sank one ship,意为"击沉了一艘大船"。

倘自称比哈姆扎和阿里更英勇,倘自称比伊玛目·安萨里① 知识更渊博,若然不是,那便是比赛义德·哈克②更大的说谎者。

于是,敦·比查亚·苏腊便出发了。到了马六甲之后,比查亚·苏腊向巴杜卡·端传达了圣旨,并将书信公布于众。巴杜卡·端听了信的内容,知道那是在说他。于是,巴杜卡·端便同苏丹·阿卜杜尔·贾利勒及众武将班师回朝。大象比达姆·斯提亚也被带回宾坦。

路上行了几日后,到了宾坦。众人便进宫面圣。他们发现苏丹·马哈茂德·沙正在接见别人。于是,罗阇·阿卜杜尔·贾利勒、巴杜卡·端和众武将向苏丹叩拜,随后坐在各自的位置上。苏丹·马哈茂德·沙向苏丹·阿卜杜尔·贾利勒询问此次战况。于是苏丹·阿卜杜尔·贾利勒将这次战斗的经过全部奏报给苏丹·马哈茂德·沙。

苏丹·阿卜杜尔·贾利勒奏道:"如果巴杜卡·端决意进攻,在主麻日之夜,同桑·瑟迪亚一起进攻,臣以为当能重创马六甲。"

苏丹·马哈茂德·沙听了苏丹·阿卜杜尔·贾利勒的奏报,大发雷霆。巴杜卡·端跪下向苏丹·马哈茂德叩头。随后,转过脸冲着苏丹·阿卜杜尔·贾利勒。

巴杜卡·端说道:"苏丹·阿卜杜尔·贾利勒啊,我这里有礼了。请告诉陛下,这也都不是实情。我是约好主麻日夜里进攻,但是当晚狂风大作啊!我这把老骨头又有什么办法?别说打仗了,就是想拉被子来盖都不能啊!但是你没看到第二天晚上,我骑着大象进攻马六甲城堡,连象牙都折断了吗?你的话的意思是:'你苏丹·阿卜杜尔·贾利勒是当今圣上的宠爱的驸马爷,你想怎么说就怎么说。'但是我不怕你,不论你怎么诽谤我,我怕的只是当今圣上天颜大怒。至于你,英得腊其利的国王,也别想在我头上称王。你想斗,我便和你斗!"

苏丹·阿卜杜尔·贾利勒低着头听着巴杜卡·端说的话。苏丹·马哈茂德·沙也沉吟不语。此时,众人朝见苏丹时候已长,苏丹·马哈茂德·沙便起驾回去。众人也各自返回家中。

---

① Imam Ghazali,伊斯兰教最伟大的教义学家。
② Saiyid al-Haq,因资料所限,此人名具体事迹不详。

第二十六章

话说锡亚克国的国王苏丹·易卜拉欣已崩殂。于是,他和马六甲国的公主所生之子,罗阇·阿卜杜尔在锡亚克登基,代替其父苏丹·易卜拉欣继承王位。罗阇·阿卜杜尔登上王位后,随即整装前往宾坦,朝见苏丹·马哈茂德·沙。在路上行了几日后,罗阇·阿卜杜尔一行到达了宾坦,随即进宫觐见苏丹·马哈茂德·沙。苏丹·马哈茂德·沙见罗阇·阿卜杜尔到来,喜笑颜开。于是为罗阇·阿卜杜尔举行册封大典,封其为苏丹·和卓·艾哈迈德·沙(Sultan Khoja Ahmad Syah)。随后,苏丹·马哈茂德·沙将苏丹·和卓·艾哈迈德招为驸马。

日月如流,转眼间苏丹·和卓·艾哈迈德·沙同苏丹·马哈茂德·沙的女儿生下两名男孩,一个名叫罗阇·伊萨克(Raja Isak),一个名叫罗阇·库德拉特(Raja Kudrat)。

在那之后,某天晚上,苏丹·马哈茂德·沙突然想起了他那些西方的属国已经很久没有来朝见,比如木歪①(Beruas)、曼绒②(Manjung),而敦·阿里亚·比查·提罗阇(Tun Aria Bija Diraja)自马六甲沦陷后,便再没朝见过他。于是,当晚,苏丹·马哈茂德·沙命人传宰相觐见。宰相随即入宫。

苏丹·马哈茂德·沙道:"宰相有何高见?西方诸国已然脱离我国的掌控。"

宰相奏道:"陛下,依臣之见,最好下旨派巴杜卡·端往西,传敦·阿里亚·提罗阇觐见。(因为)巴杜卡·端乃是他的姻兄。"

苏丹·马哈茂德·沙道:"宰相所言极是。传旨给巴杜卡·端吧!"

---

① Beruas,木歪,位于今马来西亚霹雳州境内。
② Manjung,曼绒,位于今马来西亚霹雳州境内。

宰相道："是，陛下。"宰相随即出宫，返回家中。随后，他派人去传巴杜卡·端。巴杜卡·端来了后，宰相便将苏丹·马哈茂德·沙的旨意一五一十传达给巴杜卡·端。巴杜卡·端同意前往。翌日上午，苏丹·马哈茂德·沙接受大小藩王和文武百官的朝见。宰相和巴杜卡·端也进宫面圣，随即坐在古礼所规定的座位上。

宰相向苏丹·马哈茂德·沙奏道："陛下，奉陛下昨晚旨意，臣已传诏巴杜卡·端。巴杜卡·端愿往。"

苏丹·马哈茂德·沙听了宰相的奏报，天颜大悦，于是说道："甚好，既然爱卿愿往，朕即刻下旨。"

巴杜卡·端奏道："是，陛下。微臣谨遵圣意，不敢有违。倘若其不肯善从，臣便是抓，也要把他抓来叩见天颜。"

于是，巴杜卡·端集合了二十艘船准备启程。准备妥当后，巴杜卡·端便携妻子和儿子出发。他的儿子叫做敦·马哈茂德·沙，人称达图·六坤。

却说，巴杜卡·端的妻子名叫敦·沙布图（Tun Sabtu），乃是敦·阿里亚·比查·提罗阁的妹妹。

巴杜卡·端一行在路上行了几日，到达了西部。敦·阿里亚·比查·提罗阁便出来盛情迎接巴杜卡·端。两人相见后彼此拥抱亲吻。

巴杜卡·端说道："你妹妹我也一同带来了。"

敦·阿里亚·比查·提罗阁说道："沙布图妹妹也来了？"于是，敦·阿里亚·比查·提罗阁将一行人带回家中。

随后，敦·阿里亚·比查·提罗阁问巴杜卡·端："兄台大人此来，所为何事？"

巴杜卡·端答道："我此来乃是奉旨召你入朝面圣的。"

敦·阿里亚·比查·提罗阁说道："即便未被召见，我也准备前去朝见圣上，不然我还会向谁称臣呢？除了苏丹·马哈茂德，其他人我是不去朝拜的。但若是大人如此前来传召，我是不会去的。哪怕你只是乘着一艘小船而来，名义上也是前来讨伐。我此番若是前往，定会被别人说不是自愿而往，而是大人逼迫我去的。"

巴杜卡·端说道："言之有理，既然如此，那便让令爱敦·摩（Tun Mah）和小儿马哈茂德成亲吧！"

敦·阿里亚·比查·提罗阁道："如此甚好。"

待到良辰吉日，敦·马哈茂德便和敦·摩成了亲。随后，巴杜卡·端返回了宾坦。而敦·马哈茂德则被留在了敦·阿里亚·比查·提罗阁那里。巴杜卡·端将雪兰莪封给了敦·马哈茂德，随即启程返回。到了宾坦之后，巴杜卡·端进宫叩见苏丹·马哈茂德·沙，并将敦·阿里亚·比查·提罗阁的话转奏给苏丹·马哈茂德·沙。苏丹·马哈茂德·沙听后甚为欣喜。却说巴杜卡·端离开后，敦·阿里亚·比查·提罗阁便准备前往宾坦。他召集了三十艘之多的船只，准备妥当后，敦·阿里亚·比查·提罗阁随即启程。

来到宾坦后，他便进宫朝见苏丹·马哈茂德·沙。苏丹·马哈茂德·沙见到西方藩王来朝，喜不自胜。

于是，苏丹赐给他冠带衣袭以及朝鼓，准他在西方鸣鼓上朝。敦·阿里亚·比查·提罗阁随即答应带曼绒人和西边（远方）的全部军队攻打马六甲。随后，苏丹·马哈茂德·沙命敦·阿里亚·比查·提罗阁返回西方，并从手指上摘下一枚戒指，赠与敦·阿里亚·比查·提罗阁。

苏丹·马哈茂德·沙道："敦·阿里亚·比查·提罗阁，爱卿你便如同这指环，我们将其投入大海，盼望好运和财富若眷顾我们，便自己漂浮上来。"

于是，敦·阿里亚·比查·提罗阁便俯首叩拜，苏丹按其等级，又赐衣袭一套。敦·阿里亚·比查·提罗阁便启程。过了不久，到了西方。敦·阿里亚·比查·提罗阁便在西方鸣鼓上朝，众武将皆前来参拜。鸣过鼓后，众人叩见敦·阿里亚·比查·提罗阁。

敦·阿里亚·比查·提罗阁向宾坦方向敬拜，并说道："苏丹·马哈茂德·沙洪福齐天，万岁，万万岁！"却说敦·阿里亚·比查·提罗阁有三个儿子，一个叫做罗阁·莱拉（Raja Lela），次子叫做敦·罗纳（Tun Rana），三子叫做敦·赛义德（Tun Sayid）。

在那之后，苏丹·阿卜杜尔·贾利勒向苏丹·马哈茂德·沙请辞返回英德腊其利。没过多久，到达了英德腊其利。

第二十七章

　　话说哈鲁国王,名叫苏丹·侯赛因(Sultan Husin),相貌英俊,英明神武。苏丹·侯赛因道:"假如让我骑在我的战象达西囊(Dasinang)上,后面坐着悉·丹邦(Si Tambang),悉·比刚(Si Pikang)在下面驱赶着战象,我将攻无不克,战无不胜。战爪哇,则爪哇克服。攻中国,则中国城破。从陆地上讨伐佛郎机,则佛郎机人望风披靡。"

　　苏丹·侯赛因得闻苏丹·马哈茂德·沙之女罗阁·布提①,国色天香,貌美如花。于是心生爱慕,思之若渴。苏丹·侯赛因随即前往宾坦朝拜,欲向罗阁·布提求婚,因为他知道这位公主如花似玉,深得苏丹·马哈茂德·沙的宠爱。

　　然而,皇太后劝道:"皇儿切莫前往乌丁礁林,那里是我们的敌人。"

　　苏丹·侯赛因向皇太后说道:"即便孩儿被上国皇帝所杀,孩儿也要前去乌丁礁林拜见上国皇帝。"

　　皇太后几番劝阻,苏丹均执意前往。于是,在那之后,苏丹·侯赛因便启程前往宾坦。他带了两艘大帆船,一艘是苏丹御用,一艘是随行侍从们乘坐。在海上航行了几日,船队来到了拉亚姆(Layam)。苏丹·马哈茂德·沙下旨命宰相和众大臣前往迎接,并令宰相抱着苏丹·穆达也一同前往。于是,宰相带着十数艘船前往,并同哈鲁船队在特鲁盖(Telukai)相遇。苏丹·侯赛因的御船便驶近苏丹·穆达的御船。苏丹·侯赛因随即从舱中出来,恭敬地站在那里。宰相便也带着苏丹·穆达从船中走出。

　　苏丹·侯赛因道:"请让小王到您的船上去。"

　　宰相道:"还是请苏丹·穆达移步哈鲁国船上吧!"

---

　　① 即第二十二章出现的布提公主(Puteri Putih)。

苏丹·侯赛因应道："小王愿到贵宝船一坐，由贵船师划桨。"

宰相道："如此便请陛下移步到这艘船上。"于是，苏丹·侯赛因走上马六甲宰相的那艘船。随后，苏丹·侯赛因将苏丹·穆达抱在膝上。船师便划起桨，开船前行，而苏丹·侯赛因的御船则落在了远处。来到外城后，宰相说道："先停船稍候。"

苏丹·侯赛因道："为何停船？"

宰相道："陛下的御船落在后面了。"

苏丹·侯赛因说道："宰相啊，朕在哈鲁国时，便日思夜盼想要朝见圣上。于是，朕乘着两艘大船来到了这里，如今要朕等朕的御船？开船吧，让朕尽快觐见。"于是，船师便开船前进。

到了莲雾后，苏丹·马哈茂德·沙亲自乘大象前来迎接苏丹·侯赛因。苏丹·侯赛因随即俯身叩拜。苏丹·马哈茂德·沙拉起苏丹·侯赛因，与他拥抱、亲吻，随即拉他一同乘坐大象。苏丹·侯赛因坐在苏丹身旁，抱着苏丹·穆达，随后一同进入皇宫。

到了宫里，众人坐在大殿之上。苏丹·马哈茂德·沙请苏丹·侯赛因一同上座。侍从们随即奉上各种珍肴，苏丹·马哈茂德·沙便同苏丹·侯赛因一同进膳。

却说苏丹·侯赛因有一名传诏官，名叫室利·因德拉（Seri Indera），立于苏丹·侯赛因之侧。有人在大殿之外的院内斗鸡，喝彩声不绝于耳。苏丹·侯赛因兴奋地看着人们斗鸡。苏丹·侯赛因看得兴起，随即背向苏丹·马哈茂德·沙，伸出手来并喊道："给我下注。"

室利·因德拉拉住苏丹·侯赛因的大腿，说道："陛下，圣上在旁边。"

苏丹·侯赛因随即转过来并（向苏丹·马哈茂德）叩拜。如此这般。

苏丹·侯赛因手下有一名武将名叫丁（Din）。苏丹·侯赛因喝酒时（他有一个习惯），当他喝得大醉后，便要炫耀他的武将。他说道："这个阿丁，他父亲十分英勇，传到他这里也是一般的骁勇善战。有谁是父亲懦弱，儿子却勇敢的呢？"苏丹·侯赛因把他的所有的武将全炫耀了一遍，但是他尤其夸耀阿丁。

有人告诉苏丹·侯赛因，苏丹·马哈茂德·沙不愿招他为婿。听到这个消息后,苏丹·侯赛因说道:"倘若不愿招我侯赛因为驸马,我便踏平宾坦这块土地!"说着他便卷起袖子,只听嚓的一声,因为扯得太用力,衣袖被撕了下来。苏丹·侯赛因又将格里斯短剑塞进衣袖,抡起袖子动作太猛烈,袖子嚓啦一下破裂了。

据当时的人讲,那一天,苏丹·侯赛因换了七套衣服,给他的格里斯短剑更换了七次剑鞘。在那之后,苏丹·马哈茂德·沙(决定)招其为驸马。苏丹·侯赛因闻之顿时欢天喜地。于是,苏丹·侯赛因所有的武将都从哈鲁赶来拜见他。每日都有一两艘船到达。当所有人聚在一起时,共有百人之多。

却说苏丹·马哈茂德·沙便为苏丹·侯赛因和罗阇·布提举行婚礼庆典,婚庆持续了三个月之久。到了三个月的时候,罗阇·布提便被许配给苏丹·侯赛因。成婚之后,罗阇·布提并不喜欢苏丹·侯赛因,便跑回她父皇身边。于是,苏丹·马哈茂德·沙便将自己另一个女儿赐给了苏丹·侯赛因。

但是,苏丹·侯赛因却不肯,他说道:"这是小王的妹妹,小王不要,小王只要自己的妻子!"

宰相便向苏丹·马哈茂德·沙献言道:"陛下,为何陛下在公主殿下不愿回苏丹·侯赛因身边这件事上加以纵容呢?倘若陛下随意纵容,旁人听了该怎么说陛下啊?"

苏丹·马哈茂德·沙说道:"宰相所言甚是。"于是,他命人好言劝说罗阇·布提,让她返回苏丹·侯赛因那里。后来,罗阇·布提回到了苏丹·侯赛因身边。侯赛因大喜过望,于是苏丹·侯赛因和罗阇·布提十分恩爱地生活在一起。

苏丹·侯赛因打算返回哈鲁。苏丹·侯赛因便说道:"小王无法继续留在宾坦,其因有三:一者,杭·恩琫(Hang Embung)总是窃窃私语;二者,敦·罗纳喜欢说'借过';三者,敦·比查·苏腊(Tun Bija Sura)总是唠唠叨叨。"说到杭·恩琫的窃窃私语,不论他说什么,或好或坏,都是悄悄地和旁人说,所谓耳语一般都是说秘密的事情,不免令人看着他起疑。说到敦·罗纳的口头禅"借过",即便是大家已经两三个人坐得很挤了,相互间大腿都挨在一起,他也要从人们中间穿过,一边说着"借过,抱歉",一边就从人们中间迈过去。说到敦·比查·苏腊的唠唠叨叨,假如他在那里唠叨,旁人没有看到他,他便要拽住那个人,用力扯人们的衣服,直到大家看他为止。因为以上三人的缘故,苏丹·侯赛因无法住在宾坦。

于是,他便向苏丹·马哈茂德·沙请辞返回哈鲁。苏丹·马哈茂德·沙下旨:"准奏。"

苏丹·侯赛因随即集结船队,整装待发。一切准备妥当后,苏丹·侯赛因和他的妻子罗阇·布提偕同前去向苏丹·马哈茂德·沙叩拜。苏丹·马哈茂德·沙和他的两个孩子拥抱、亲吻。苏丹·马哈茂德·沙宫中也是哭声一片,仿佛有人去世一般。苏丹·马哈茂德·沙随即赐给罗阇·布提冠带衣袭、宫中用具,数量之多,数不胜数,仅金子一项便有一巴哈拉。苏丹将他的诸般用度皆赐予了罗阇·布提。留给苏丹·穆达仅镏金铜碗一个,名作"阿迪摩纳·沙利·阿逸①",另有雕龙宝剑一柄。

宰相向苏丹·马哈茂德·沙奏道:"陛下,苏丹·穆达皇太子殿下未来登基,继承王位,陛下将大小诸物均赐予远嫁哈鲁的公主殿下,(如今)已经没什么留给太子殿下了。"

苏丹·马哈茂德·沙道:"只要苏丹·穆达一柄御剑在手,那便有金子,即有国家便有黄金。"

苏丹还赐给远嫁哈鲁的公主男女侍从各四十名,这些侍从中,有的带着老婆前往;有的离开了父亲,独自前往;有的已经作了父亲,离开孩子,去了哈鲁。

在那之后,苏丹·侯赛因一行便顺流而下。苏丹·马哈茂德·沙一直将公主送到了达达阿逸(Dada Air)。直到看不到苏丹·侯赛因的船,苏丹·马哈茂德·沙才上船,随后返回皇宫。却说苏丹·侯赛因一行在海上行了几日,到达了哈鲁。苏丹便偕妻子下船,进宫给皇太后请安。皇太后喜笑颜开,与两个孩子拥抱、亲吻,思念、悲伤之情,随之尽扫。

皇太后向苏丹陛下问道:"苏丹都看到什么景致了?"

苏丹·侯赛因道:"(孩儿)看到许多美丽的景色,但是最美的只有

---

① Adimona Sari Air,Sari Air 为"水之精华"的意思。

两样。"

皇太后问:"皇儿说的是哪两样?"

苏丹·侯赛因·沙回道:"一样是,倘若马六甲国王赐御膳,共二十三道菜肴,随侍的人多达十六七人,会不会十分的喧闹呢?却连地板的吱吱声都没有,突然菜就全上来了。他们的盘子有多大呢?有我们四倍之大呢!另一样是,所有的碗碟、托盘都是金的、银的或是镏金的。"苏丹·侯赛因的母亲听到他的孩子讲述这些事情后,感到非常不可思议。

第二十八章

话说彭亨苏丹前来朝见苏丹·马哈茂德·沙。却说这位国王,彭亨苏丹被苏丹·马哈茂德·沙招为驸马,将名叫哈蒂佳的公主许配于他,同时册封他为彭亨王。在宾坦盘桓了些时日后,诸藩王便向苏丹·马哈茂德·沙请辞,随后各自返回国中。

一天,有人向苏丹·马哈茂德·沙奏报道:"自果阿来的船队现已来到马六甲,(共计)大船三十艘、三桅舰四艘、长战船五艘、单桅帆船八艘、双桅帆船两艘,他们将攻打我们。"

苏丹·马哈茂德·沙便下旨,命宰相修缮城堡、集结兵马。苏丹陛下又令室利·乌达纳召集所有人加固外城,因为他是天猛公。

于是,所有奴隶的工作都明文写出。室利·乌达纳也给自己的奴隶草拟了一份。内容如下:

> 室利·乌达纳的奴仆,一名坦达(Si Tanda),持长矛,主发令;一名瑟拉玛(Si Selamat),持栳叶盒,主掌舵;一名杜阿(Si Tua),持大刀,主划桨;一名德基(Si Teki),持水壶,随侍左右。

这份公文被呈给苏丹·马哈茂德·沙御览。苏丹陛下阅毕之后,火冒三丈,怒道:"若是轮到了室利·乌达纳做了宰相,真主都会让我们下地狱啊!"

在那之后,外城修建完毕。桑·瑟迪亚便请命驻守外城。桑·瑟迪亚奏道:"城在臣在,城破臣亡。若是佛郎机人来了,却又何妨?臣将以这两门大炮轰击敌船。这种大炮,炮弹如中国甜橙①一般大小,一门唤作怒涛龙(Naga Ombak),一门唤作游蛙(Katak Berenang)。它们就好比龙和蛙一般。"

---

① 原文为 limau manis,学名 *Citrus nobilis*,*Citrus suhuiensis*,中文叫做沙柑、川橘。

话说,佛郎机舰队随即到来。苏丹·马哈茂德·沙命帕提·苏腊达腊(Patih Suradara)前去探明敌情。他在拉亚姆遭遇了佛郎机舰队。于是,他便火速驾船返回。有人问道:"帕提·苏腊达腊,前方什么情况?"

他答道:"佛郎机人的战舰已到卢布(Lubuk),小船已到了登基卢(Tengkilu),他们的小帆船随处都是!"到了科帕后,帕提·苏腊达腊便将自己所见全部禀报给苏丹。于是,苏丹传旨给巴杜卡·端:"佛郎机舰队在吗咬港(Tebing Tinggi)河口!"

室利·那拉·提罗阁便来到巴杜卡·端船上,想要与其商议(对策)。这时,佛郎机船逆流而上,四艘战船转眼即至。巴杜卡·端的船随即被佛郎机船团团围住,两艘自右舷而来,两艘自左舷而来。其他的船也渐渐跟上来。

于是,有人向巴杜卡·端说道:"大人,我等作何计议?佛郎机船涌上来了。"

巴杜卡·端沉吟不语,心里想道:"假如此时我发起进攻,室利·那拉·提罗阁在此,则战报上不免有他的名字,由此获得嘉奖,因为他深得圣上宠幸。"于是,巴杜卡·端召来杭·阿济·马里斯(Hang Aji Maris),他乃是巴杜卡·端的船长,他同阿济·马里斯耳语一番。杭·阿济·马里斯便去了船头。

室利·那拉·提罗阁说道:"巴杜卡·端大人,让我们迎击佛郎机人。"

巴杜卡·端道:"甚好。"

此时,杭·阿济·马里斯从船头说道:"我们的船搁浅了。"

于是,巴杜卡·端说道:"若是我们的船搁浅了,那撤退吧!"

杭·阿济·马里斯便下令划桨返航。于是,所有的人便撤回了。待到退潮之时,佛郎机人便发起进攻。他们将战船停泊在外城。海水上涨后,系泊的木桩全都被海水拔起。人们从陆地上开炮,轰击佛郎机战船,佛郎机人却毫不理会。他们向桑·瑟迪亚的城堡攻过来。两军随即交战,激烈异常,死伤之人,不计其数。桑·瑟迪亚便向河对岸求援。

于是,苏丹·马哈茂德·沙传旨敦·那罗·旺沙道:"速援桑·瑟迪亚。"

敦·那罗·旺沙向苏丹一拜，随即前往。巴杜卡·端看到，前往增援的人，不是战死，就是光着身子游回来。

于是，巴杜卡·端向苏丹·马哈茂德·沙奏道："陛下，臣奏请陛下派臣的小婿前往，敌军强悍，臣可依靠之人，除小婿外别无他人。"

苏丹·马哈茂德·沙便宣旨道："命敦·那罗·旺沙速返。"敦·那罗·旺沙便带兵返回。

却说战事越发白热化，桑·瑟迪亚也阵亡了。海军都督亦身受重伤。宾坦人随即溃败，落荒而逃。苏丹·马哈茂德·沙却不愿离开他的皇宫。他喊道："倘若佛郎机人杀到，朕便在此与他们拼了。"

室利·那拉·提罗阁道："陛下，请御驾速速撤离，城已沦陷了。"

苏丹·马哈茂德·沙道："室利·那拉·提罗阁啊，朕（来时）已知道宾坦乃是一座孤岛，但朕决议坚守不退，故定居宾坦。若是当时便想到要退，为何不在大陆上建立都城呢？按马来皇室习俗，国亡君亡啊！"

室利·那拉·提罗阁说道："陛下此言差矣，凡国必有君王，若圣上愿意，便是十个国家也能建立起来。"

苏丹·马哈茂德·沙说道："室利·那拉·提罗阁休要多言，朕决不离开这里。"

室利·那拉·提罗阁见状，便一把拽起苏丹·马哈茂德·沙，硬将他拉走。苏丹·马哈茂德·沙喊道："苍天作证啊，是室利·那拉·提罗阁带我逃跑的。"

室利·那拉·提罗阁说道："臣自愿携陛下逃跑。"

苏丹·马哈茂德·沙道："我们的财宝、金子都留在这里，我们怎么办？"

室利·那拉·提罗阁说道："臣来保护陛下的财产。"

于是，室利·那拉·提罗阁对宰相说道："快把陛下宫中的财物都带走。"

宰相答道："好的！"宰相随即下令抓来了许多人，不让他们逃跑。他随即将金银财物分给他们，并命他们携带这些财物。众人将财物一分而空。此时，佛郎机人冲进城里大肆抢掠。众人便四散奔逃。

却说苏丹·马哈茂德·沙一行走在森林中，其中大多是妇女，男的只有室利·那拉·提罗阁一人没有和苏丹·马哈茂德·沙走散。众人行至某处，遇到了正在寻找妻子的敦·那罗·旺沙及其人马。

室利·那拉·提罗阁看到他后，说道："兄弟，此将何往？"

敦·那罗·旺沙道："我正欲寻找我的老婆。"

室利·那拉·提罗阁道："你快过来，陛下在此。"敦·那罗·旺沙答道："陛下在此一切安好，然而我的老婆要是被佛郎机抓去了，可怎么好？"

室利·那拉·提罗阁说道："你怎么能这么说呢？我们马来习俗，虽尚妻子儿女，然而怎可与君王相提并论？即便是我们的父亲，又是谁掌握着他们的生杀大权？不就是我们的君王么？而今正是我们向陛下效忠之时。况且为兄也一并在此，你忍心离开我而去么？"

听了室利·那拉·提罗阁的话后，敦·那罗·旺沙便返回来，跟随苏丹·马哈茂德·沙一行穿越森林。苏丹·马哈茂德·沙在途中不慎滑倒，扭伤了脚，无法继续走路。于是，众人用布将苏丹的脚底缠紧，苏丹方能够继续前行。

苏丹·马哈茂德·沙对室利·那拉·提罗阁说道："从今晨至今，朕还未曾吃过什么。"

室利·那拉·提罗阁闻此，便对敦·那罗·旺沙说道："弟弟，你去为陛下找些饭来吃。"

敦·那罗·旺沙便出发，走了不多时，遇见一个大婶携着一篮饭菜。敦·那罗·旺沙对她说道："来，大娘，给我们一些饭吧。"

那老妇人说道："大人请便。"于是，敦·那罗·旺沙拿了几片茜草叶①，将饭包在叶子里，随即带回呈给苏丹·马哈茂德·沙。苏丹这才进了膳。

用过膳后，苏丹·马哈茂德又说道："依室利·那拉·提罗阁之见，我们现在何去何从？我们现在可是一古邦②的金子也没有啊！"

---

① 原文为 daun balik adap，马来文又称 segoreh 或 daun puteri（公主叶），拉丁文叫做 Mussaenda mutabilis 或 Mussaenda glabra。

② 原文为 kupang，古代马来亚黄金单位名。一古邦约合十六分之一塔希尔（tahil）。

于是,室利·那拉·提罗阁吩咐敦·那罗·旺沙道:"弟弟,你去为陛下找些金子来。"

敦·那罗·旺沙道:"得令!"于是,他前去寻找金子。敦·那罗·旺沙看到一个人拿着个盒子,有两卡提那么重。敦·那罗·旺沙一把从那人手中将盒子抢过来,拔腿便跑。

那个人叫道:"看呀,敦·那罗·旺沙抢劫啊!"敦·那罗·旺沙也顾不得那个人喊什么,用布将盒子盖上,随即将其带给苏丹·马哈茂德·沙。

苏丹·马哈茂德·沙说道:"此举无伤大雅。"一行人继续启程,前往冬帕(Dompak)。

却说宰相跟随苏丹·马哈茂德·沙一行,而巴杜卡·端及其众妻儿流落在宾坦,他们随后到了沙翁。巴杜卡·端对他的儿子敦·比克拉玛说道:"你去海上,将我们在海上的人民召集起来。(然后)我们前去迎接苏丹陛下。"

敦·比克拉玛随即前往海上,召集住在那里的子民①。于是,所有的居民都聚集在了一起。

此时,巴杜卡·端的另一个儿子,敦·马哈茂德,也率领二十艘大船从雪兰莪赶来,与敦·比克拉玛在布鲁汇合。

于是,敦·比克拉玛对敦·马哈茂德说道:"走,我们去迎接苏丹陛下。"

敦·马哈茂德道:"甚好!"于是,敦·比克拉玛和敦·马哈茂德二人一同到冬帕晋见苏丹·马哈茂德·沙。却说这时,佛郎机人已经撤退了十五天。二人遂来到冬帕晋见,苏丹见到敦·马哈茂德等一行前来,大喜过望。敦·比克拉玛也将苏丹的御船一并带来。于是,苏丹陛下便登船启程。

苏丹·马哈茂德·沙对宰相说道:"依宰相之见,如今我们应当前往何处呢?"

宰相奏道:"臣的父亲曾谓臣道,倘若有大难降临于国内,则应将国王迎往坎巴尔。"

---

① 原文为 sakai,意为"部下、随从、奴仆",在此译作"子民"。

苏丹·马哈茂德·沙道："既然如此，那我们便去坎巴尔。"于是，苏丹·马哈茂德·沙一行启程前往坎巴尔。到了坎巴尔后，苏丹·马哈茂德·沙便在那里定居。因敦·马哈茂德及时迎驾有功，苏丹·马哈茂德·沙便欲加以封赏。

于是，苏丹·马哈茂德·沙对宰相说道："从这几个封衔中选一个赐予敦·马哈茂德·沙：一谓敦·塔拉尼（Tun Telani）；二谓敦·比查亚·摩诃门特利（Tun Bijaya Maha Menteri）；三谓敦·阿里亚·比查·提罗阁（Tun Aria Bija al-Diraja）；四谓室利·那拉·提罗阁（Seri Nara al-Diraja）。他喜欢哪一个便赐给他。"

宰相奏道："说到敦·塔拉尼这个封衔，虽然是祖先传下来的封号，却是过于古老了。而敦·比查亚·摩诃门特利这个封衔，虽然是赐给门特利的封号，但封给敦·马哈茂德·沙却不合适。说到敦·阿里亚·比查·提罗阁这个封衔，虽然是他的岳父的封号，但是那个封号是封给乌戎加弄①人（Hujung Karang）的。再说室利·那拉·提罗阁这个封衔，虽然是非常尊贵的封号，但是这个封号都是赐给年长的人的。既然敦·马哈茂德迎驾及时，就封他为室利·阿卡尔·罗阁吧！"

于是，苏丹册封敦·马哈茂德为室利·阿卡尔·罗阁。随后，巴杜卡·端和其他大臣、官吏纷纷前来觐见苏丹·马哈茂德·沙。

哈鲁国得知宾坦沦陷的消息后，苏丹·侯赛因随即前往坎巴尔朝见苏丹·马哈茂德·沙。苏丹·马哈茂德·沙见到苏丹·侯赛因到来，喜不自胜。苏丹·侯赛因的宰相名叫罗阁·巴赫拉万，也一同前来朝见。这位罗阁·巴赫拉万又叫罗阁·室利·本雅曼（Raja Seri Benyaman），本是哈鲁国内的一位极有权势的领主②。却说按照哈鲁国的习俗，用膳时，王公贵族先用，而喝酒时，则勇士先饮。然而这位罗阁·巴赫拉万不论用膳还是饮酒，都是在先。因为他既位高权重，又相当勇猛。

苏丹·侯赛因在坎巴尔住了些时日，便请辞返回哈鲁。又过了一

---

① Hujung Karang，今马来西亚柔佛州地名。
② 布朗（C. C. Brown）本在此处将其译作"一个位高权重的王子"。

段时间,宰相也归天了①。人们便将他葬在了坦坝②(Tambak),这也是为何后人称其为坦坝宰相(Bendahara Tambak)。于是,巴杜卡·端继任为宰相。而室利·乌达纳也已阵亡了。敦·那罗·旺沙便接替他担任天猛公一职。

苏丹·马哈茂德·沙对室利·那拉·提罗阁说道:"室利·那拉·提罗阁居功至伟,朕实在无以为报。若你想娶朕的公主,朕便招你作驸马。"

室利·那拉·提罗阁奏道:"陛下,微臣不敢有此念,臣乃一介草民,即便是陛下的儿女,也是臣的主人。"

苏丹·马哈茂德·沙道:"室利·那拉·提罗阁何出此言,此事合适与否,全凭朕一句话,何况朕正欲招你为婿。"

室利·那拉·提罗阁道:"陛下所言极是,然而芸芸大众不都是先知阿丹③的后裔,无一例外,有的生来是伊斯兰教徒,有的成了异教徒(卡菲尔),这便是所有人的差异,陛下。微臣的先祖皆侍奉历代先王,为奴为仆。若臣娶了陛下的公主,将有损历代马来先贤之圣名。"

苏丹·马哈茂德·沙道:"你若是不依朕之意,便作欺君叛逆论处。"

室利·那拉·提罗阁道:"陛下,祈恕微臣之顽固不化,臣甘愿因此被人唾骂,也要留下好的名声,臣决计不敢欺君叛逆。"

苏丹·马哈茂德·沙道:"室利·那拉·提罗阁,你真的不愿娶朕的公主么,那么朕可要为其另择贤郎了。"

室利·那拉·提罗阁道:"陛下圣明,臣意已决,请陛下为公主另择夫婿。"

于是,苏丹·马哈茂德·沙下旨,将公主嫁给彭亨国王的孩子。彭亨国王乃是王族谱系中代代传下来的国王。此后过了不久,苏丹·马哈茂德·沙身染重病。于是,他唤来宰相巴杜卡·端、室利·那拉·提罗阁以及其他诸大臣。只见苏丹靠在室利·那拉·提罗阁的

---

① 原文为 kembalilah ke rahmatullah,意为"归天、逝世"。
② Tambak,马来文意为"大坝、长堤"。
③ 原文为 Nabi Adam 'alaihissalam,《古兰经》称作"阿丹",即《圣经》中的亚当。

肩膀上,额头抵在室利·那拉·提罗阁的额头上。

苏丹·马哈茂德·沙说道:"朕感觉朕的病是治不好了。苏丹·穆达还是个孩子,朕便将他托付给各位了。"

于是,宰相和其他诸大臣纷纷说道:"陛下,愿真主令一切恶疾都远离陛下。然而,若是陛下花园中的草枯萎了①,臣等必将谨遵陛下的旨意。"

苏丹·马哈茂德·沙听了诸大臣的话后,十分高兴。此后不久,苏丹·马哈茂德龙驭宾天②,从现世去了来世。于是,众人按照皇室礼仪,将苏丹·马哈茂德·沙下葬。他驾崩后,人们称其为"坎巴尔已故的君主"。

却说苏丹·马哈茂德·沙在马六甲王朝时期,在位三十年。马六甲沦陷后,他自麻坡去了彭亨一年。此后在宾坦,他执政十二年,在坎巴尔又执政五年。所以,苏丹·马哈茂德·沙统治其王国长达四十八年。

这位"坎巴尔已故的君主"在其宾天后,苏丹·穆达便登基,其封号为苏丹·阿劳丁·里瓦亚特·沙(Sultan 'Alauddin Ri'ayat Syah)。宰相及诸大臣随即将太后赶出宫。太后说道:"为何将哀家赶走?难道怕哀家抢了苏丹·穆达的皇位么?"

诸大臣说道:"让罗阁·慕达③也一起离开这个国家!"

罗阁·慕达却说道:"再等一下,朕的饭菜还在厨房,还未做好呢。"

诸大臣道:"还等什么?现在就离开!"

于是,罗阁·慕达和他的王后敦·德朗,以及他的儿子,罗阁·曼苏尔便离开了皇宫。

罗阁·慕达说道:"告诉勒曼④(Encik Leman),朕若死了,请她照顾曼苏尔·沙。"

---

① 比喻苏丹·马哈茂德·沙龙驭宾天。
② 原文为 kembalilah ke hadrat Allah Ta'ala,意为"回到至高至大的真主面前"。
③ 此处的罗阁·慕达应是指苏丹·马哈茂德·沙的长子,那位被立为王储后不久,随着他的弟弟出生,又被废黜的罗阁·穆扎法尔·沙。
④ 布朗(C. C. Brown)认为,这里的 Encik Leman 指的是敦·法蒂玛。

于是，罗阇·慕达便上船去了锡亚克，从锡亚克又到了巴生。有一个曼绒人，名叫锡克·密(Sik Mi)。他常常从霹雳州到巴生来做生意。他在巴生遇到了罗阇·慕达后，便将他带回霹雳州，随后请他在霹雳登基。于是，罗阇·慕达登基，封号为苏丹·穆扎法尔·沙。

却说宰相巴杜卡·端将他的儿子室利·阿卡尔·罗阇派到雪兰莪居住，他在那里如同当地的土皇帝。

却说吉打苏丹有一个女儿名叫罗阇·茜蒂(Raja Siti)。于是，室利·阿卡尔·罗阇前往吉打州，迎娶了吉打国王这位名叫罗阇·茜蒂的公主，并将她带回了雪兰莪。随后，苏丹·穆扎法尔·沙将室利·阿卡尔·罗阇请到了霹雳州。室利·阿卡尔·罗阇到了霹雳后，苏丹·穆扎法尔·沙遂拜其为相。此后，苏丹·穆扎法尔·沙的妻子为他生了个女儿，取名罗阇·黛维(Raja Dewi)；后来，苏丹又得了几个孩子，一个名叫罗阇·艾哈迈德，一个名叫罗阇·阿卜杜尔·贾利勒(Raja 'Abdul Jalil)，一个名叫罗阇·法蒂玛(Raja Fatimah)，一个名叫罗阇·哈蒂佳(Raja Hatijah)，还有一个名叫罗阇·登阿。苏丹·穆扎法尔·沙和他的王后敦·德朗一共生了十六个孩子。苏丹还和他的妃子生了一个男孩，名叫罗阇·穆罕默德。

第二十九章

话说苏丹·阿劳丁·里瓦亚特·沙。这位苏丹登基之后,便欲同彭亨结亲。于是,苏丹·阿劳丁·里瓦亚特·沙下旨宰相巴杜卡·端,命其准备船只。宰相巴杜卡·端领旨即刻准备。船队集结完毕后,苏丹·阿劳丁·里瓦亚特·沙随即启程前往彭亨。

在路上行了几日,船队抵达了彭亨。其时,苏丹·马哈茂德·沙是彭亨的国王①。他一听闻苏丹·阿劳丁·里瓦亚特·沙到来,马上出来迎接苏丹·阿劳丁·里瓦亚特·沙。两位国王相见之后,苏丹·马哈茂德·沙向苏丹·阿劳丁·里瓦亚特·沙跪拜行礼,随后携他进入皇城之中,并请他坐在王座之上。苏丹·阿劳丁·里瓦亚特·沙同苏丹·马哈茂德·沙两人谈笑风生,十分愉快。待到了良辰吉日,苏丹·阿劳丁·里瓦亚特·沙便同苏丹·马哈茂德的妹妹成了亲。

在那之后不久,到了彭亨向暹罗国朝贡金银②的时节。于是,彭亨国王便欲遣使前往暹罗。他下令准备贡品船只。一切准备好后,苏丹·马哈茂德便命人修书给暹罗国王和帕拉克郎(Berakelang)③。按照习俗,彭亨国呈送给帕拉克郎书信也使用"敬拜"一词。撰写书信之时,宰相巴杜卡·端随侍在一旁。

苏丹·马哈茂德向宰相巴杜卡·端问道:"苏丹·阿劳丁·里瓦

---

① 与第二十八章中去世的马六甲国王苏丹·马哈茂德·沙(Sultan Mahmud Syah)同名。

② 原文为 mengantar bunga emas dan bunga perak,意为"进献金花和银花",按布朗(C. C. Brown)译本,这种贡品是以纯金银打造成花朵形状,每三年进献一次,由暹罗势力下的马来土邦向暹罗皇宫进献。见布朗译本,第 258 页。

③ 按本书尾注,Berakelang 即泰语 Phra Khlang 的马来语转写,意为"财相"。布朗(C. C. Brown)认为,Berakelang 为法文 barcalon 的马来文转写,即泰语的 Phra Khlang 意为"外相"。译者认为布朗的解释有误。此处译者采用音译,译作"勃拉克郎"。

亚特·沙向（暹罗的）帕拉克朗使用'叩拜'一词么？"

宰相巴杜卡·端道："别说您的这位苏丹弟弟了，即便是臣给帕拉克朗写信，也不用'叩拜'啊！"

敦·德拉赫曼（Tun Derahman）道："如今彭亨修书给克朗大人[①]，大人您不写一封一并呈送么？"

宰相巴杜卡·端答道："我本欲修书一封，奈何没有随书的赠礼。"

苏丹·马哈茂德说道："无妨，朕为你准备些礼物。"

宰相道："如此甚好！"于是，宰相便给帕拉克朗修书一封，文曰：

宰相遥祝尊贵的帕拉克朗安好。

随后，又写了一些其他的话。于是，苏丹·马哈茂德也将书信改为"遥祝安好"。书信准备好之后，使节便出发前往暹罗。早有人向帕拉克朗禀报，称马来使节携彭亨国王及乌丁礁林宰相的书信前来。

帕拉克朗道："（马六甲）宰相和彭亨国王信中都说些什么？"

使节应道："宰相修书向大人问好，彭亨国王信中亦然。"

帕拉克朗说道："将乌丁礁林宰相的书信呈入，彭亨国王的书信令其带回。彭亨国王向阿瑜陀耶（Ayodia）的帕拉克朗信中使用'问安'，没有这样的礼俗。"

使节说道："乌丁礁林宰相的书信便收下，我们彭亨国王的信便退回，这是何故？彭亨国王和宰相之间可是主仆身份啊！"

帕拉克朗答道："马来人的等级，我们怎么知道？按这里的礼仪，乌丁礁林的宰相要比彭亨国王的地位为尊。若然不信，可以查看《礼法典》[②]。或将书信内容修改，否则不予接纳。"

于是，彭亨使节将书信誊抄了一份，改为"敬拜"，这才被帕拉克朗收下。彭亨使节随即返回彭亨。到了彭亨之后，他便将所遇之事悉数

[①] 原文为 Orang Pahang berkiring surat apa di Kelang，按布朗注，此处应为 Orang Pahang berkirim surat pada Adi Kelang, datuk tiada berkirimkah？意为"如今彭亨要修书给克朗大人，大人您不写一封一并呈送么？"

[②] 原文为 tambera，按布朗注，此为泰文 tam ra 的马来文转写，意为"优先权记录"（Record of Precedence）。在此译作"礼节法典"。

奏报于苏丹·马哈茂德。

却说苏丹·阿劳丁·里瓦亚特·沙在彭亨住了些时日,便返回乌丁礁林。回国后,苏丹住在北干杜亚(Pekan Tuha),外城建在特卢尔河①上游(hulu Sungai Talar)。

却说室利·阿卡尔·罗阇成为霹雳宰相的消息传到了乌丁礁林后,苏丹·阿劳丁十分恼怒。宰相巴杜卡·端得知此事,随即将自己的冠带扔掉。

宰相说道:"不将室利·阿卡尔·罗阇带来叩见当今圣上,我决不戴此冠。"

宰相巴杜卡·端随即入宫。他头上没有戴着头冠,只穿着衣服,佩着格里斯剑。

宰相向苏丹·阿劳丁·里瓦亚特·沙叩拜道:"陛下,臣请旨前往霹雳召回室利·阿卡尔·罗阇。"

苏丹说道:"宰相不必亲往,朕令敦·那罗·旺沙去便是。"

于是,苏丹·阿劳丁·里瓦亚特·沙下旨说道:"敦·那罗·旺沙,朕命你赴霹雳宣室利·阿卡尔·罗阇来见朕,爱卿可愿往?"

敦·那罗·旺沙奏道:"倘若陛下命臣攻打霹雳州,臣万死不辞。而今陛下命臣宣召他来,臣祈恕罪,那霹雳州的太后乃是臣的侄女,臣不敢前往。"

于是,苏丹说道:"若是如此,请敦·比克拉玛前往霹雳宣召室利·阿卡尔·罗阇。"

敦·比克拉玛说道:"遵旨,陛下。"敦·比克拉玛随即去做好准备,待船队整装完毕后,他便启程前往霹雳。不几日到了霹雳,船队溯流而上,一直到达皇港②(Labuhan Jong)。霹雳皇宫听闻敦·比克拉玛前来宣召宰相室利·阿卡尔·罗阇。于是,霹雳宰相命人将饭装在锅里,菜用竹叶包起来,给敦·比克拉玛送去。使者将饭菜送到敦·比克拉玛那里,敦·比克拉玛见状勃然大怒,随即率船队返回乌丁礁林。

---

① Sungai Talar,今马来西亚柔佛州的 Sungai Telur,直译为"鸡蛋河",此处采用音译。

② 根据马来文 Labuhan Jong,其中 labuhan 为"港口"之意,Jong 在马来文一意为"一种皇室用船",在此笔者认为将 Labuhan Jong 译作"皇港",即停泊皇室用船的码头。

回到国内，敦·比克拉玛便进宫觐见苏丹·阿劳丁·里瓦亚特·沙。其时，苏丹正在接见其他的人。敦·比克拉玛便向苏丹叩拜，随即坐在自己的位置上。随后，他将霹雳之行尽数奏报给苏丹·阿劳丁·里瓦亚特·沙。

宰相巴杜卡·端（在一旁）听了之后，上前向苏丹·阿劳丁·里瓦亚特·沙奏道："陛下，除了臣，其他人去霹雳的话，室利·阿卡尔·罗阇是不会来的。请让臣前往霹雳。臣一到霹雳，便抓住室利·阿卡尔·罗阇的手，拉他上船。他若是不肯上船，臣便拔出格里斯剑刺死他。不是他死，便是臣亡。"①

苏丹·阿劳丁·里瓦亚特·沙说道："既然如此，好的，就依宰相之意。"于是，宰相便启程前往霹雳。

到了霹雳之后，苏丹·穆扎法尔·沙命人迎接乌丁礁林的宰相。迎来宰相巴杜卡·端之后，苏丹携着他一同入宫，宫人随即呈上御膳。

苏丹·穆扎法尔·沙对宰相说："宰相大人，随朕一同用膳吧！"

宰相巴杜卡·端说道："陛下，恕臣不可逾礼，陛下乃是臣的主人之子，请陛下用膳，臣祈陛下另赐其他吃食。"

苏丹·穆扎法尔·沙道："大人何出此言？朕若知道此举逾礼，又怎会邀请大人呢？"

宰相巴杜卡·端道："臣知道，正因如此，臣才祈恕罪。那些依礼不可与国王共同进膳之人，尚欲与王孙共餐，由此方衬托自身尊贵。臣之尊贵与否与此无碍，因臣已经可与陛下一同进膳。然而陛下乃臣的主人之子，望陛下恕臣之不恭。请陛下用膳，让臣在其他地方吃饭。"

苏丹·穆扎法尔·沙道："宰相大人勿要推托，请快上来，你我一别多时，朕心中十分挂念。"

宰相巴杜卡·端说道："为何陛下一再要臣一同进膳？臣深知其中之意，（陛下心里想）'朕邀乌丁礁林的宰相一同用膳，宰相必然心怀

---

① 原文为 ia rabah ke kiri, patik rabah ke kanan，直译为"（不是）他倒向左边，（就是）我倒向右边"，意为"要与他同归于尽"。

感激'①。请陛下心中不要抱有这样的想法。只要苏丹·阿劳丁·里瓦亚特·沙一日在乌丁礁林称帝,臣决不事二主。"

苏丹·穆扎法尔·沙道:"宰相大人言重了。"苏丹随即拉着他的手,并将饭菜放在他面前。

苏丹说道:"无须多言,大人,请随朕一同用膳。"于是,宰相将米饭拿起,放在栳叶之上。

宰相说道:"陛下,请。"于是,苏丹·穆扎法尔·沙(开始)用膳,宰相巴杜卡·端也陪着吃起来。当栳叶上的米饭吃完后,他便添上一些,但是菜却不再去盛。宴后,宰相巴杜卡·端向苏丹告退,随后来到室利·阿卡尔·罗阇的家中。室利·阿卡尔·罗阇立刻出来拜见他。于是,宰相一把抓住室利·阿卡尔·罗阇的手,随即将他带回船上。随后,宰相巴杜卡·端带着室利·阿卡尔·罗阇乘船顺流而下,返回乌丁礁林。苏丹·阿劳丁·里瓦亚特·沙见到宰相将室利·阿卡尔·罗带了回来,天颜大悦。

却说此后不久,坎巴尔的阿迪帕提②(Adipati Kampar)按照古代礼仪,携贡品前来朝贡。阿迪帕提首先前去拜见室利·那拉·提罗阇,因为按礼,坎巴尔的阿迪帕提,通卡的国王和巴生的曼达里卡③(Mandulika),以及其他掌管着有税收的小国首领,前来纳贡时,要先来拜访财相,随后由财相带入宫中。所以,坎巴尔的阿迪帕提先去拜见室利·那拉·提罗阇,因为他是财政大臣。但是那时,室利·那拉·提罗阇正身体抱恙。

于是,室利·那拉·提罗阇对阿迪帕提说道:"我的病还未痊愈,就请大人同桑·比查亚·罗纳(Sang Bijaya Ratna)入宫面圣吧!"

---

① 原文为 Apabila kubawa bendahara makan, nescaya lekat hatinya pada daku,按布朗(C. C. Brown)注,此处深层含义为"他会离开乌丁礁林,前来效忠于我"。

② Adipati,爪哇方言,意为"国王、地区首领"。按《印度尼西亚语——汉语大词典》dipati 意为"爪哇梭罗宫廷的王宫称号,王储,摄政王"。

③ Mandulika,按《印度尼西亚语——汉语大词典》andulika 即 Mandalika,为古代对县令、太守等官职的尊称。

坎巴尔的阿迪帕提便同桑·比查亚·罗纳一同进宫呈献贡品,因为桑·比查亚·罗纳是坎巴尔的沙班达尔。他们入宫时,苏丹·阿劳丁·里瓦亚特·沙正在接受群臣的朝见。

苏丹·阿劳丁·里瓦亚特·沙看到坎巴尔的阿迪帕提携贡品前来觐见,随即问道:"室利·那拉·提罗阁爱卿何在?为何让坎巴尔的阿迪帕提同桑·比查亚·罗纳独自入宫觐见?"

于是,阿迪帕提和桑·比查亚·罗纳奏道:"陛下,财相大人未曾康复,无法入宫觐见。我们得财相大人之嘱,方才入宫面圣。"

苏丹·阿劳丁·里瓦亚特·沙道:"将全部贡品带回。既然室利·那拉·提罗阁身体抱病,你们为何先行入宫纳贡?就这么想(入宫)见朕,奏报于朕?难道不懂规矩么?"

于是,阿迪帕提和桑·比查亚·罗纳便携贡品出宫,前去拜见室利·那拉·提罗阁。他们将圣上所言全部告诉室利·那拉·提罗阁。

室利·那拉·提罗阁道:"既是如此,咱们便一同进宫去。"于是,室利·那拉·提罗阁带着坎巴尔阿迪帕提的贡品入宫。到了皇宫后,室利·那拉·提罗阁奏道:"陛下,臣因贱体抱恙,未能入宫。乃是臣嘱他二人(独自)入宫面圣的。"

苏丹·阿劳丁·里瓦亚特·沙道:"此虽非大事,然而礼不可坏①。倘若不是爱卿他们入宫,则礼之不存啊!"

随后,各土邦领主将贡品呈给宰相。

在那之后,苏丹·阿劳丁·里瓦亚特·沙下旨,命敦·比克拉玛出兵莫泊当(Merbedang)②。敦·比克拉玛率战船六十艘而去。到了莫泊当,双方交战数日后,莫泊当最终城破沦陷;乌丁礁林的军队获得战利品无数。敦·比克拉玛随即班师回朝,携胜返回乌丁礁林。舰队驶到乌丁礁林,逆流而上,随后到了北干杜亚。敦·比克拉玛便入宫觐见苏丹·阿劳丁·里瓦亚特·沙。苏丹·阿劳丁·里瓦亚特·沙听到捷报,喜不自胜,于是封赏了敦·比克拉玛。

---

① 原文 tiada dijadikan 'adatlah yang demikian itu',直译为"礼仪不可以是这样",译者译作"礼不可坏"。

② 原文中有标注 5,但是后面尾注无注释。

第三十章

话说桑·纳亚,他久居马六甲,并在那里娶妻。因为这里自古便有许多马来人。桑·纳亚便与居住在马六甲的所有马来人密谋,想在佛郎机人去教堂的时候起兵造反,因为从前佛郎机人进入教堂之时,他们是不携带武器的。于是,所有参与计划的马来人将他们的格里斯剑都交给了桑·纳亚,由桑·纳亚藏在槟榔盒①中。

这一天,有一个佛郎机人来向桑·纳亚要一些槟榔。于是,桑·纳亚将槟榔盒推给他。那个佛郎机人便嚼起槟榔来。吃完上面的槟榔后,他便把盒子夹层的盖子拿起来,看到里面有很多的格里斯剑。

那个佛郎机人马上将此事禀报给甲必丹,他说道:"长官②,桑·纳亚(在盒中)藏了许多格里斯剑,究竟是何企图?"

听了那个佛郎机人的报告,甲必丹随即命人将桑·纳亚带来。桑·纳亚被带到之后,甲必丹又命人将桑·纳亚腰间的格里斯剑取下。

甲必丹说道:"桑·纳亚,你在槟榔盒中私藏许多格里斯剑,是何用意?"

桑·纳亚答道:"我想将你们这群人都杀光。"

甲必丹听了桑·纳亚的话后,随即将他带到城堡的最高层,然后把他从上面推了下去。只见桑·纳亚笔直地摔了下去,随后横死在地上。

此后,佛郎机人派遣使者到北干杜亚,通报桑·纳亚因为在马六甲阴谋起兵,已经被处死了。苏丹·阿劳丁·里瓦亚特·沙随即命人

---

① Karas bandan,布朗译作 Bandan chest,指"装槟榔(当地华人又称荖叶)的盒子"。
② 原文为 Sinyor,即葡萄牙文 Senhor,对领主、尊贵的人、所有者的尊称,可译作"先生、长官、大人"。

将佛郎机使者抓起来,把他带到一棵高高的大树上,然后命人将其推下,佛郎机使者当场毙命。

苏丹·阿劳丁·里瓦亚特·沙在北干杜亚将佛郎机使者处死的消息传到马六甲后,马六甲的甲必丹怒不可遏。他立刻下命舰队集结,准备出兵。舰队包括三桅舰三艘、长战船两艘、单桅帆船十艘、双桅帆船二十五艘。舰队集合完毕后,随即开赴乌丁礁林。

苏丹·阿劳丁·里瓦亚特·沙得知这一消息后,便下旨派兵驻守外城,任命敦·那罗·旺沙和敦·比克拉玛为将军。二人随即前去加固外城,并安置大炮十二门,炮弹长得像香橼①一样,如中国甜橙一般大小。

佛郎机舰队不日开来,其三桅舰逆流而行,使大炮朝向外城,随后开火。炮弹不断地打过来,其声震天。尽管如此,仍是未能攻下外城。于是,佛郎机人便弃船登岸,在海角处安营扎寨,置下几门大炮,继续向外城开炮,只听隆隆地炮声,恍若不断地响雷一般。这时,海军都督前来求见敦·那罗·旺沙和敦·比克拉玛。只见他身着绿色上衣,下围黑色裹裙,头冠也是黑色的,面有愠色,因为当时他在宫中失宠,没有任何官职。

海军都督对敦·那罗·旺沙说道:"得知大人在此,特前来拜见。"

于是,敦·那罗·旺沙赐他一身衣袭。

海军都督说道:"自天颜震怒于我,已有三年,不曾赐我官衣。而今(蒙大人垂爱)我才换了衣袭。"

此时,佛郎机人的炮弹如暴雨般落下,中者无不伤势惨重,有的断手,有的断腿,还有的连头也被炸掉。外城眼看便守不住了。

敦·比克拉玛对敦·那罗·旺沙说道:"大人,我们作何计议?不妨砍些大的钢柏树②,做成木盾,这样才能抵挡炮弹。"

敦·那罗·旺沙说道:"我们将这钢柏树砍倒,若是倒在地上,我们怎么抬得动?要让树倒在海中才可以。"

---

① 原文为 limau nipis,学名 *Citrus medica* 或 *Citrus aurantifolia*,中文叫做香橼、佛手。

② Kempas,一种坚硬的木材,学名 *Koompassia malaccensis*,中文学名叫做甘巴豆。

海军都督道："拿弓来。"只见他将细细的鱼线拴在弓两端的缺口上，随后一箭射向钢柏树，线便挂在树枝上。其他士兵将鱼线一端牢牢系在拖绳上，然后拉上去。于是，拖绳在上面打成一个死扣。

　　众人随后将大树拉倒，使其倒在河里。敦·那罗·旺沙命人将大树砍断。大树在河中被砍作三段，随即被制作成木盾。此时，只有厚厚的钢柏木盾后能够躲藏，其他地方皆无处可立。就这样，佛郎机人炮轰了三天三夜，马来人死伤不计其数。

　　却说宰相巴杜卡·端、室利·那拉·提罗阇和苏丹·阿劳丁·里瓦亚特·沙在宫中。宰相向苏丹·阿劳丁·里瓦亚特·沙奏道："陛下，臣请旨去下游查探战事。"宰相便顺流而下，来到外城。只见战事打得如火如荼。

　　宰相心想："外城看来是要守不住了。若是外城陷落，那敦·比克拉玛和敦·那罗·旺沙必然以身殉国。"于是，宰相立刻溯流而返。

　　宰相向苏丹·阿劳丁·里瓦亚特·沙奏报道："陛下，依臣之见，这外城恐将失守。若是外城失守，敦·比克拉玛和敦·那罗·旺沙则性命不保。今后陛下恐怕很难找到这样的贤臣。当速召回二人为善。"

　　于是，苏丹·阿劳丁·里瓦亚特·沙对杭·阿拉玛特（Hang 'Alamat）说道："速速前去召回敦·比克拉玛和敦·那罗·旺沙。"杭·阿拉玛特领命前去。

　　到了外城，杭·阿拉玛特对敦·比克拉玛和敦·那罗·旺沙说道："两位大人，陛下召两位大人回宫。"众兵士听到这个消息，随即一哄而散，无法阻拦。

　　敦·那罗·旺沙对敦·比克拉玛说道："我们作何计议，这里还有很多国王的兵器呢！若是我们现在回去，这些兵器不免流失。"

　　敦·比克拉玛说道："我们将其全部扔到河里。"于是，所有的兵器、大炮都被扔到河中。敦·那罗·旺沙和敦·比克拉玛随后溯流而上，返回宫中朝见苏丹·阿劳丁·里瓦亚特·沙。

　　宰相巴杜卡·端奏道："请陛下速往沙翁为善。"

　　苏丹·阿劳丁·里瓦亚特·沙说道："朕的御船，那艘装了龟甲竹壁板的'三翅硬椴快艇'怎么办啊？哎呀，肯定会被佛郎机人抢走的。"

敦·那罗·旺沙说道:"请陛下先行离开。臣为陛下夺回那艘船。"

于是,苏丹·阿劳丁·里瓦亚特·沙向河上游的沙翁进发。宰相和其他群臣也一同跟随前往沙翁。佛郎机人也尾随而来。敦·那罗·旺沙找来二十个素卡人①(Orang Sukal)上了苏丹的御船,将船划向上游;同时,他派了二十名士兵手持扁斧,在裂石(Batu Belah)上游等候。随后,敦·那罗·旺沙驶着御用快船逆流而上,紧追佛郎机人。他们的船驶过裂石后,众刀斧手便将大树砍断,使得大树横挡在河中间。这便是为何那个地方叫做横木(Rembat)。佛郎机人一直追到北干杜亚,共有两艘三桅舰。

苏丹·阿劳丁·里瓦亚特·沙随即下令修书一封,送给佛郎机的那位甲必丹·摩尔。遣去送信的使者皆半途而返,因为佛郎机战船的炮火过于猛烈。于是,海军都督的儿子敦·阿里领命再次前去送信。他们的小船驶向佛郎机战船时,对方炮弹便如雨点般飞来。

划船的土著说道:"大人,我们回去吧,炮火太厉害了。"

敦·阿玛特·阿里②(Tun Amat Ali)说道:"我是不会回头的!若是信未送到,那我海军都督之子的声名何在?快划快划,把我送到佛郎机人那里。"

土著船工依言继续划船,但是佛郎机人的炮弹不断打来,于是,船上的土人纷纷弃船跳入水中,只留下敦·阿玛特·阿里一人在船上。其时,弹如雨下,危险异常。

敦·阿玛特·阿里的船随波漂流,撞向佛郎机战舰。甲必丹·摩尔下令将放下绳索③,将敦·阿玛特·阿里拉上来。上了船后,甲必丹·摩尔请他坐在地毯之上,待之以礼。随后,甲必丹·摩尔命人携敦·阿玛特·阿里送来的信函,前往马六甲。到了马六甲后,甲必丹下令按皇室之礼,将信函迎入,并在他面前宣读。得知信的大意之后,马六甲的甲必丹命人传令给甲必丹·摩尔,令其接受马来人的停战

---

① 布朗认为 Orang Sukal 是 Sakai 土著的一种。
② 即上文提到的海军都督的儿子敦·阿里。
③ 原文为 cindai,意为一种马来花布。

协定。

　　使者回到北干杜亚,传达了马六甲的命令。于是,甲必丹·摩尔按礼送给敦·阿玛特·阿里一身衣袭,并让他携停战协定返回。敦·阿玛特·阿里返回沙翁后,随即朝见苏丹·阿劳丁·里瓦亚特·沙,并将一切悉数奏报。苏丹闻言后,大喜过望,随即赐敦·阿玛特·阿里冠带衣袭。此后,乌丁礁林和佛郎机双方罢兵停战。佛郎机人便返回了马六甲。

　　却说不久之后,室利·那拉·提罗阁蒙真主召唤,与世长辞。人们按照习俗,将其厚葬在沙翁,后人称其为"达图·尼桑·博萨尔"①(Datuk Nisan Besar)。敦·那罗·旺沙随即被任命为财相,敦·比克拉玛被委任为天猛公。而哈桑·天猛公之子敦·阿玛特·阿里,被任命为总管侍从。却说敦·阿玛特·阿里品德良好,其相貌之俊美,当世无双。他的一言一行在当时都无人能及。

---

　　① Datuk Nisan Besar,马来文直译为"巨碑达图"。

第三十一章

话说僧伽补罗的马来人首领①(Batin Singapura)名叫帕提·卢当(Patih Ludang)。他因为得罪了桑·瑟迪亚,桑·瑟迪亚想要杀他。于是,帕提·卢当携其族人逃到了彭亨。其时,彭亨国王苏丹·穆罕默德·沙已经驾崩。其弟罗阇·贾纳德(Raja Jainad)登基,继承了兄长的王位。此后,罗阇·贾纳德想到乌丁礁林去朝参。他便集结船只,并将卢当及其族人一同带上,作为御船的船夫。罗阇·贾纳德心里想到,"倘若我将他们作为御船的船夫一同带去,乌丁礁林的苏丹陛下便不得不将他们赏赐于我了。"到了乌丁礁林,罗阇·贾纳德沿河逆流而上,来到了沙翁。苏丹·阿劳丁·里瓦亚特·沙派人隆重迎接了罗阇·贾纳德。罗阇·贾纳德随即入宫朝见,向苏丹·阿劳丁·里瓦亚特·沙行叩拜大礼。随后,苏丹·阿劳丁·里瓦亚特·沙册封罗阇·贾纳德为苏丹·穆扎法尔·沙。与此同时,桑·瑟迪亚也召帕提·卢当前来拜见。于是,帕提·卢当便奉命而来,他心里想,"桑·瑟迪亚是不会杀我的,因为我是苏丹·穆扎法尔·沙御船上的人。"

当帕提·卢当到了桑·瑟迪亚那里之后,随即被桑·瑟迪亚处死。苏丹·穆扎法尔·沙听闻帕提·卢当为桑·瑟迪亚所杀,大发雷霆。

苏丹·穆扎法尔·沙说道:"这是早有预谋啊②,朕本以为,朕此来朝参,乃是表朕一片忠诚,但是看起来,(乌丁礁林)苏丹陛下的群臣并不高兴。桑·瑟迪亚将朕御船上的帕提·卢当带走并处理,当真岂有

---

① Batin,按《印度尼西亚语-汉语大词典》,意为"(马来人)首领(按照习惯法规定的头衔,高于族长、头人,但低于县长)"。Batin Singapura 即"新加坡马来人的头领"。

② 原文为 muhayya'at,即阿拉伯文مهيأت,按尾注意为 beda-benda yang disediakan(准备好的东西),译者认为表示 Patih Ludang 被杀一事是早就策划好的。按布朗注,此处阿拉伯文为معيار,意为 retinue(随从),与此处语境不符。布朗在此译作 vile deed(卑劣的行径)。

此理！即便真是想这么做，难道不能等到明天、后天么？"

苏丹·阿劳丁·里瓦亚特·沙得知桑·瑟迪亚所杀的帕提·卢当，乃是他从苏丹·穆扎法尔·沙的御船上带走的。如今，苏丹·穆扎法尔·沙正大发雷霆，想要返回彭亨。于是，苏丹·阿劳丁·里瓦亚特·沙对海军都督说道："命你前去，将桑·瑟迪亚绑了，带给朕的（彭亨）王兄。"

海军都督叩道："遵旨，陛下。"随即前往桑·瑟迪亚的宅邸。桑·瑟迪亚听说海军都督前来，领了旨要绑他。于是命人将院门紧闭①。

海军都督来到桑·瑟迪亚宅前，请其开门，他说道："开门，我乃是奉旨而来。"

桑·瑟迪亚应道："都督若是奉旨前来要我的性命，但进无妨，我甘愿领罚。若是前来将我锁了去，我决计不从。圣旨我不敢违，但我是不会听从于你的，自古不曾有武官相绑这样的道理。"

海军都督答道："兄弟，我此次奉旨而来，并非为和你争吵，只是来将你绑了去。兄弟若是愿意，我便绑；若是不肯，我便回去奏报苏丹陛下。"

桑·瑟迪亚道："若是都督来绑我，我定然不从，因为都督是大将军，我也是大将军。"

于是，海军都督回宫面见苏丹·阿劳丁·里瓦亚特·沙，并将桑·斯提亚的话全部奏报于苏丹。

苏丹听了海军都督所奏，十分恼怒。随即对宰相下旨道："去将桑·斯提亚绑了来。"

宰相叩道："领旨，陛下。"

于是，宰相随即前往桑·瑟迪亚家。桑·瑟迪亚听闻宰相前来，急忙出门来迎，一边拜倒在宰相脚前，一边说道："若是宰相大人要绑属下，属下无有不从。达图您是属下的主子②，别说是达图您来，便是您的随从来，属下也同样服从。若是海军都督，属下是决计不肯的。"

---

① 原文为 menudung pintu pagar，意为"将院门盖上、遮上"，译者意译为"将院门紧闭"。

② 原文为 datuk penghulu，意为"头领、头人、族长"。

于是,宰相将桑·瑟迪亚带入宫中,面见苏丹·阿劳丁·里瓦亚特·沙。

苏丹·阿劳丁·里瓦亚特·沙说道:"请宰相将他带去给我的王兄。"

宰相叩道:"遵旨,陛下。"苏丹·阿劳丁·里瓦亚特·沙又对海军都督和其他众武官说道:"你们所有人都陪宰相同往。"

于是,宰相命人将桑·瑟迪亚用裹头布绑了起来。

桑·瑟迪亚对桑·查雅·比克拉玛说道:"绑得松点儿,让桑·古纳站在我旁边挡着。用你的格里斯剑把裹头布削断①。除了当今的苏丹陛下,其他国王别想当我的主子。"

随后,宰相便押着桑·瑟迪亚前去拜见彭亨国王。到了苏丹·穆扎法尔·沙住的地方,桑·瑟迪亚同众武官一起站在院子里。只有宰相巴杜卡·端进屋,向苏丹·穆扎法尔·沙传达圣意。

宰相巴杜卡·端宣道:"乌丁礁林苏丹王弟问王兄安好,今王弟将桑·瑟迪亚绑来,因他刺死王兄之下属,故任凭王兄处置。"

苏丹·穆扎法尔·沙低着头,沉吟不语,看上去怒气填胸。

宰相道:"放开桑·瑟迪亚。"

于是,众武将将斯提亚松开。

宰相对桑·瑟迪亚说道:"上来叩见彭亨苏丹陛下。"

桑·瑟迪亚走上去,向苏丹·穆扎法尔·沙拜倒,随后坐在一旁。其他众武将也一同进屋,随后坐下。

宰相对苏丹·穆扎法尔·沙说道:"陛下何故独自沉默不语?陛下的王弟命人将桑·瑟迪亚绑了,并令臣将他押来,如此妥否?陛下,桑·瑟迪亚乃是乌丁礁林苏丹的武官,按律臣属于陛下的王弟。若是陛下得知臣押着桑·瑟迪亚前来,即刻出来相见,并命人为其松绑,如此不是更好么?倘若臣不命人松绑,陛下也不命人松绑,如此妥否?今后万望不要如此了。"

苏丹·穆扎法尔·沙说道:"小王亦是当今圣上的臣子,臣子是不可违背君王的意愿的,哪怕是不好的,一切君王的恩赐都应欣然接

---

① 原文为 jongkar-jongkarkan pada beta。

受。"

宰相说道:"陛下此言极是。望陛下(今后)勿要再口中所言非心中所想。"

宰相又对桑·瑟迪亚说道:"你今后不可再如此行事,彭亨苏丹、霹雳苏丹和当今圣上有何不同?安宁的时候,诸位苏丹都是我们的主人。若是动荡之时,则唯有当今圣上是我们的君王。"

随后,宰相巴杜卡·端对苏丹·穆扎法尔·沙说道:"臣请告退。不知陛下有何要转达给陛下的王弟、当今之圣上?"

苏丹·穆扎法尔·沙说道:"请宰相传达,小王忠于圣上,并叩谢圣上之赏赐。若蒙恩赏,希望圣上能将帕提·卢当的族人赐予小王。"宰相随即向苏丹·穆扎法尔·沙请辞回宫。

回宫见到苏丹·阿劳丁·里瓦亚特·沙,宰相随即将苏丹·穆扎法尔·沙的话一一转奏给苏丹·阿劳丁。

于是,苏丹·阿劳丁·里瓦亚特·沙说道:"准奏,将那些臣民赐予朕的王兄吧!"

苏丹·穆扎法尔·沙在沙翁住了些时日后,便向苏丹·阿劳丁·里瓦亚特·沙请辞返回彭亨。于是,苏丹·阿劳丁·里瓦亚特·沙按礼赐给他冠带衣袭。苏丹·穆扎法尔·沙随即启程返回彭亨。在海上行了几日后,到达了彭亨。

研究论文

《马来纪年》:版本、作者、创作理念及其他[①]

历史的历史

《马来纪年》(*Sejarah Melayu*)或《诸王世谱》(*Sulalat al-Salatin*)[②]的文本因流传久远而拥有了自己的历史。莱汉(Linehan)(1947)和卢尔温克(Roolvink)(1967)指出,在马六甲的马来王朝时期,《马来纪年》的结构可能比较简单,只记录一些国王的谱系表,这在伦敦皇家亚洲学会马克思威尔105手抄本(naskah Maxwell 105)中的简短谱系有所反映。后来在柔佛,《马来纪年》才发展成为一部完整的历史。从那时起,《马来纪年》经历了几个发展阶段。最初的手抄本也在柔佛被多次翻译,这不仅是因为宫廷需要用这部重要的作品来查阅国王和皇室的谱系,更是因为要让好的作品满足更多的人群阅读和收藏已经成为一种文化。

1612年在柔佛写作的《马来纪年》是一部相当重要的作品。很早以前,人们就赞叹这部作品的内容、语言和表现艺术。虽然如此,但是这部马来名著在翻译的过程中却被增删、扩缩,以至于我们发现有不少版本存在差异,其中一些差异非常大,而其他一些相对较小。

其中的一部译本流传到了"果阿"(Goa)。很可能是当时南苏拉威西岛上的果哇(Gowa),那时候一个重要的王朝。马来地区和苏门答

[①] 原文在全书正文前,是马来西亚国民大学穆罕默德·哈支·萨莱(Muhammad Haji Salleh)为本书所作的序言(Pengenalan),此处文章标题为译者所加。

[②] 《马来纪年》、《诸王世谱》和《国王后裔》是同一本书的不同版本译名,另有《马来由史话》和《马来由传记》两个中文译名。

腊诸王朝与南苏拉威西各王国之间的政治和贸易关系，促使一些重要的马来文学作品在上述两个地区之间得以交流，其目的是传播文学和娱乐的资源，或是进行收藏，尤其是当马六甲落入葡萄牙之手，马六甲的几个殖民地王国不再安全的时候。印度的果阿不可能成为马来名著的收藏地，马来名著从果阿被带到正在与葡萄牙斗争的柔佛进行修改也是不近情理的。

与此同时，许多证据表明，《因德拉布特拉传》(Hikayat Inderaputera)、《泽克尔·瓦能·巴蒂传》(Hikayat Cekel Waneng Pati)、《伊斯玛·亚蒂姆传》(Hikayat Isma Yatim)等几十部宗教名著都依据马来语文本进行了再创造或是被翻译为布吉斯语和望加锡语。在苏拉威西王朝的历史和谱系中，有证据表明，皇室以及丁加奴、柔佛和北大年的百姓曾经在那里定居，并与布吉斯和望加锡人通婚。他们的后代成为知识分子和王朝的重要官员。因此，卢尔温克(1967)和 A. 萨马德·艾哈迈德(1979)指出苏拉威西的果哇是马来名著的收藏地，这样的观点是十分有力的。

此前几年里，柔佛的王宫中没有早期版本的手抄本。因此，在苏丹·阿劳丁·里瓦亚特·沙(Sultan 'Alauddin Ri'ayat Syah)时期，当一部手抄本在果哇被收藏或是翻译，并被带回柔佛时，那么国王便会立即要求重新翻译该手抄本。那时候柔佛的首府是巴都萨瓦尔达鲁萨兰(Batu Sawar Dar al-Salam)。

如今，这部马来文学名著的文本有两个版本。第一个，也是比较出名的一个是由阿卜杜拉·门希(Abdullah Munsyi)1831 年在新加坡出版的，我将其称作巴都萨瓦尔版本，在这部作品被翻译时，柔佛首府的名字叫巴都萨瓦尔。该版本共有 34 章，之前有一个序言。序言说，被要求来写这部传记的人是巴杜卡·罗阇·敦·穆罕默德(Paduka Raja Tun Muhammad)(宰相)，他的昵称敦·室利·拉囊(Tun Seri Lanang)更为有名。这是在马来西亚、印度尼西亚甚至在世界上传播最广的版本。该版本有十个译本，我们能看到的有列宁格勒(Leningrad)、圣彼得斯堡(St. Petersburg)、伦敦、曼彻斯特、莱顿、荷兰以及马来西亚语文局(由 A. 萨马德·艾哈迈德在 1979 年编写的是其他译本的最初版本)等出版的。

此外,还有一个鲜为人知的版本,因为该版本没有出版成书。布拉戈登(Blagden)在 JMBRAS①(第3册,第一部分,1925年)撰写的一篇论文介绍过这个版本。这个版本仅仅只有两份手抄本。第一份手抄本名为莱佛士18文本(*Naskhah 18*,*Koleksi Raffles*),收藏在伦敦皇家亚洲学会,该手抄本有全文。第二部手抄本是第一部手抄本前100页的翻译,收藏在莱顿大学图书馆,索书号是 Cod. Or. 1704。这个版本有8章新的内容,故事一直写到敦·阿里·哈提(Tun Ali Hati)死亡之后,这些在第一份手抄本中是不曾出现的。舍拉拜尔(Shellabear)的版本是一个混合体,一直写到宾坦(Bentan)和柔佛时期,萨马德·艾哈迈德的版本也是如此。因此,该版本的故事流传到宾坦、柔佛以及苏门答腊的坎巴尔(Kampar)。

第二部手抄本的章节顺序与第一部手抄本也有细微差别。该手抄本的序言部分更加简短,国王要求作者"为所有马来国王的后裔创作一部带有马来风俗的传奇故事"。

在这部较短的序言中,没有提及宰相及其后裔的名字,这与巴都萨瓦尔版本是一样的,但是作者留下了国王命令他写作这部传记的时间,即伊斯兰教历1021年3月12日,也就是公元1612年。该序言也没有提到果哇的手抄本流传到柔佛。因此,这部手抄本不是果哇手抄本的翻译,也不是来自其他地方的手抄本。

比较古老的语言和比较准确的日期都证明这部手抄本的历史是比较久远的。为了清楚地进行阐释,我想把这部手抄本归到巴希尔拉惹(Pasir Raja)的序列中,我认为巴希尔拉惹是其他所有版本的源头。

尽管这两部手抄本之间只有为数不多的一些差别,但是这些差别非常重要。虽然如此,只有巴都萨瓦尔版本清楚提到日期和作者,也就是宰相,并把他的名字记作敦·穆罕默德或敦·室利·拉囊。而巴希尔拉惹版本并没有提及宰相的名字,这与当时的马来语言和文章的礼仪道德是相符合的。在他之后,译者添加了宰相的名字,这在以巴都萨瓦尔版本为基础的译本中已经得到证明。

---

① 即 *The Journal of Malaysian Branch of the Royal Asiatic Society*,皇家亚洲学会马来西亚分会会刊。——译者注。

《马来纪年》写于 1612 年,作者是敦·室利·拉囊。写作时间也可能比 1612 年更早,如温斯泰德(1938)所主张的那样。在这个问题上,我同意卢尔温克(1970)的说法,即 1612 年是这部作品写作的真正日期。尽管如此,当这部作品将要写成时,已经有各式各样的口头故事和家谱广泛流传,至少在宫廷中是这样的。

这个版本的一个译本(该译本及其增补的内容经常出现在马来作品的译本中)从果哇到达了柔佛。这个译本就是到达苏丹·阿劳丁·里瓦亚特·沙王朝的那一本。在此,我们遇到了一个大难题。问题非常奇怪,因为我们发现在这部作品的两份前言中有许多的相同点。

我认为实际的情况是新的译者以很奇怪的结构采纳了巴希尔拉惹文本中那个较早的序言,并依据时代的需要进行了调整。

巴希尔拉惹版本的序言没有编写者的名字。实际上,巴都萨瓦尔版本的编写者承认,巴杜卡·罗阇是最早的作者,作品的写作日期是回教 1201 年。编写者还为我们添加了一些关于宰相的信息,如宰相的真实姓名、昵称(巴杜卡·罗阇)以及宰相后代的谱系,并以此作为对这位受文化所限不愿提及自己名字的谦虚的作者的尊重。编者还为了特定的目的重新编排了这部最早的《诸王世谱》的章节顺序。之后,为了让读者能够更容易理解这部作品,编者又对该版本中的部分语言和字母拼写做了调整。

但是一些地方的解释与原文词句也存在分歧。例如,古词 perteturun 写作 petuturan,并用程度相对较轻的 jong 代替了 ejung 等等。

《诸王世谱》是奉圣旨创作的一部作品。现在还留存一份圣谕:"国王要求我为所有马来国王的后裔创作一部带有马来风俗文化的传奇故事,以致我们的子孙后代可以听到且知晓这些习俗,并从中获益。"尽管如此,在巴都萨瓦尔版本中,圣旨前有几句话是增加的,也有一些是删减的内容,还有一些话不是圣旨,而是传递圣旨的敦·班邦(Tun Bambang)的话。班邦说:"国王听说有人从果哇带来了一部马来的传奇故事,命令我们依据当地风俗习惯对这部传记进行修改。"巴都萨瓦尔版本还留下了真正的圣谕,即苏丹·阿卜杜拉的话:"国王要求创作一部带有马来风俗文化的、关于所有马来国王事迹和规矩的传奇故事,以致我们的子孙后代可以知晓并记住这些习俗,从中获益。"

国王的这种要求在巴希尔拉惹版本中出现过一次,在巴都萨瓦尔版本中出现过两次。在第一个版本中,圣谕的意思表达得比较清楚,结构也比较有序;而第二个版本出现的只是原文语句的只言片语,且意思几乎相同的圣谕还在其他地方有所承接,实际上无须再次提及。

现在,我们需要转到作者选用的研究方法上来。敦·室利·拉囊选择了一种方法,即:寻找一些仍然能记得有关马六甲和马六甲属地的知情者,然后向知晓马来风俗习惯和国王子孙谱系以及马六甲王朝事件的老人询问,例如从祖辈那里听说的事情。

因此,从果哇流传到柔佛的版本是来自最早的那个版本,这是非常清楚的。虽然如此,我们还是不能推测出这个版本是什么样的形式结构,有多少章节,以及与莱佛士18文本有哪些区别。我们只知道修改完善这个版本的工作包括增减和润色。这些工作可以从果哇版本与巴都萨瓦尔版本的比较中看出。

当莱佛士返回英格兰的时候,我们看见了巴希尔拉惹版本的历史得以延续。至今,我们不能确定莱佛士带回《诸王世谱》的时间,因为他多次回到那里休假。但是,我们知道他最后一次返回是在1826年,他乘坐的装有上百本马来手抄本的船被烧毁了。因此,这部手抄本在1826年之前,就已经到达英格兰。除了莱佛士18文本以外,莱佛士的妻子还赠送给伦敦皇家亚洲学会两部其他的《马来纪年》手抄本,即莱佛士马来35文本和39文本。

早期版本的特点

我们知道想要看到《诸王世谱》果哇版手抄本的可能性是非常小的。在最近的一个世纪里,我们连一部马来名著的早期版本都没有发现。鉴于气候会迅速毁坏纸张,以及我们的传统是迅速用新的文本手抄本替代旧的或是比较令人伤怀的文本手抄本,或是当手抄本破损时,我们就将之抛弃,那么我们会非常欣慰——因为莱佛士收藏了一部手抄本。依据这部手抄本,我们至少可以想象或是推测出这部手抄本原始的形式结构。为了介绍和宣传这部手抄本,给出这部手抄本的信息是有好处的。

莱佛士18文本收藏在伦敦皇家亚洲学会,共有203页,不包括文本开头的5页空白页。第一页有17行,但是以后的每一页有25行,除了第203页——该页只有6行。第一页的文字部分较小,但是足够吸引人,因为没有用红墨水或其他装饰。但是每一个故事开始时,正中间的一行都有红色的字体Alkisah作为醒目和重要的文本分界点。文字整洁。1994年,其中的几页被红墨水浸染,然而还是很容易阅读。

第一部手抄本在伊斯兰教历1021年,也就是公元1612年被进行翻译。但是,收藏在伦敦皇家亚洲学会的译稿没有日期。从C.威勒莫特(C. Wilmott)1812的英文手抄本水印,我们可以猜测该文本是在1812年后不久进行翻译的。这部手抄本由莱佛士的妻子在1830年转交给了一个组织。布拉戈登(1925),温斯泰德(1938),以及琼(Jong)(1961)和卢勒温克(1967)都怀着极大的热情对这两个版本进行了比较。

实际上(布拉戈登在1925年就提到此事),所有《诸王世谱》的内容都大致相同。只有最后六章,当马六甲被征服的故事结束、马六甲被侵占后的故事开始讲述时,有所不同。这就是伦敦皇家亚洲学会的莱佛士18文本和巴都萨瓦尔文本的区别所在。

伦敦皇家亚洲学会的手抄本在描述苏丹·艾哈迈德最好的朋友敦·阿里·哈提被自己的亲生父亲苏丹·马哈茂德·沙杀死之后,还有一些新的故事,这些故事在其他的8份手抄本中都不曾见过。布拉戈登认为,1925年伦敦的那篇手抄本的历史不超过百年。此外,我们通过斯杜阿特·西蒙德斯(Stuart Simmonds)和西蒙德·蒂格比(Simmond Digby)(皇家亚洲学会,1979:40)得知,1830年,斯坦福·莱佛士(Stamford Riffles)已经向伦敦皇家亚洲学会上交了自己收藏的80份马来文手抄本和45份爪哇文手抄本。

许多事情可能仍然在宫廷范围内或作者自己的家族中发生,包括马来人进攻葡萄牙人,也包括马来国王之间的争斗,看起来这些争斗形成的结果,最终倾覆了马来王朝的残余势力。马来人的失败被用最坦率的语言和令人印象深刻的细节描绘出来。在这个版本中,隐喻减少了,并且看不出作者有任何企图要美化故事情节或者为马六甲落入葡萄牙人之手而替马来人的失败寻求开脱。失败被马来人接受了,因为失败源于马来人的软弱和无能。

这部作品很可能是在马六甲王朝从宾坦迁移到柔佛之后所写的。宾坦在马六甲落败以后也遭到了葡萄牙人的进攻。我们看到了马来政治的分裂,以致一些人支持葡萄牙人,包括苏丹·马哈茂德的女婿,也就是苏丹·坎巴尔(Sultan Kampar)。宾坦多次进攻马六甲,但是都不曾取胜。当他们迁移到柔佛时,受到了荷兰人的帮助。荷兰人1641年在马六甲取得了胜利。此后,马六甲苏丹王朝再一次强盛起来。在以后大约20年的时间里,这个马来王朝都感到很安全。

在这样的背景下,从果哇流传来的《马来纪年》很可能被一位新的编译者修改过。但是,那位新的编译者使用的是哪一部果哇的文本呢?

不论是从时间,还是从语言、历史、叙述风格、文献参考、文化、风俗、衣着、武器、政体及其他的角度来看,《马来纪年》都是一部特别的作品,十分吸引人。自从《马来纪年》广为人知,尤其是在19世纪,欧洲和当地人都对其进行了许多编辑和翻译。下面是有关《马来纪年》文本和研究的一些重要出版物的题目,其中的大部分我将用于比较:

(ⅰ) 伦敦皇家亚洲学会,莱佛士18文本,马来文手抄本。1812年翻译,1612年创作。

(ⅱ) 莱顿大学图书馆 Cod. Or. 1704,该文本由穆罕穆德·苏莱曼(Muhammad Sulaiman)翻译。没有标注翻译日期,且只翻译了莱佛士18文本的前100页。

(ⅲ) 由约翰·莱顿(John Leyden)翻译为英语的《马来编年史》(Malay Annals)。该书由莱佛士作序,于1821年在伦敦出版。

(ⅳ) 1813年,由阿卜杜拉·门希在新加坡编辑的第一版文本。该作品在1884年由克林科特(Klinkert)再版。1952年,德欧(Teeuw)和西托莫朗(Situmorang)在雅加达用罗马字母出版。

（v） 由 M. Ed. 杜劳力尔（M. Ed. Dulaurier）收集的马来世界历史文本在杜劳力尔死后，于 1849 年由巴黎的 Imperimeric Nationale 再版，题为《马来主要编年史集》(Collection de Principales Chroniques Malayes)。

（vi） 由 M. L. 马尔瑟勒·德维克（M. L Marcel Devic）在 1878 年从杜劳力尔整理的文本翻译为法语的译本。

（vii） 由舍拉拜尔（Shellabear）增加和改写的（加威文，1896）。

（viii） C. O. 布拉戈登 1925 年在《皇家社会学院学报》上刊登的《一个未出版的〈马来纪年〉变异文本》。

（ix） 由 R. O. 温斯泰德编辑，1938 年在《皇家社会学报》第三部分，第十六卷出版的伦敦皇家社会学院图书馆的《马来编年史》或《马来纪年》，该文本是最早从莱佛士 18 文本翻译而来。

（x） 《马来纪年："马来编年史"》C. C. 布朗依据温斯泰德翻译的莱佛士 18 文本翻译为英语。1952 年第一版出版在皇家亚洲学会马来西亚分会会刊（*JMBRAS*）。之后由吉隆坡的牛津大学出版社在 1970 年再版，由 R. 卢尔温克作序。

（xi） 1959 年雅加达高山桥（Jambatan-Gunung Agung）出版社出版的《马来纪年》。加威文本。该文本来自阿卜杜拉·门希的版本。

（xii） 《诸王世谱》(《马来纪年》)由 A. 萨马德·艾哈迈德出版，该文本来自于马来西亚国家语文出版局收藏的三部手抄本：MSS 86，86A，86B。第一版在 1979 年由吉隆坡国家语文出版局出版。

实际上，莱佛士 18 文本曾经被翻译过，虽然只有 8 章未曾在之前的出版物中出现过。布拉戈登在 1925 年的皇家亚洲学会马来西亚分会会刊中对这些章节进行了翻译。之后，1938 年温斯泰德也是在皇家亚洲学会马来西亚分会会刊上出版了更为完整的版本。非常可惜的是,这个版本没有广泛传播开来,并且该杂志的阅读范围也相当有限。20世纪30年代,几乎所有的杂志都被英国的官员,可能还有荷兰的学者以及欧洲的图书馆预定,当地的孩子只能阅读到少数的几份。因此,这部作品的大部分在英国官员以及荷兰的研究者中传播,但不在创作作品的族群中传播。

与此同时,这部作品对于马来族来说是非常重要的,这部作品及其历史的主旨即是马来族。我们应该要阅读我们民族最重要的作品,要阅读所有的版本,包括阅读这个最古老的也是最重要的版本,之后再阅读这个版本的各种流传版本。

温斯泰德(和他的马来助手们)的翻译工作还是没能解决各种各样的问题,包括各种语言——马来语、爪哇语、波斯语、阿拉伯语和暹罗语中的词汇问题。1996年,尽管不是所有的词语都可以查出其形式和意义,但是大部分词汇都能进行比较,并加以确认。我认为,温斯泰德的工作得到了一些职员、语言学家和马来历史学家的帮助,因为他没有其他地方来查阅词汇和一些关于风俗、艺术的知识,除非他向他工作地的传统马来知识分子请教。尽管如此,但是他们的名字并没有留在作品之中。温斯泰德只是提到对布拉戈登、S. 范·容克勒博士(Ph. S. Ronkel)、A. S. 垂潼(A.S. Tritton)以及 C. S. K. 帕西所欠的人情。这些学者都来自英国。而且,我还感觉到这部手抄本的早期翻译工作是由马来的译者完成的,或者至少是得到了马来作家和翻译家的大力协助,因为温斯泰德选择的文本即使对于马来人来讲也是相当古老和复杂的。很多事情成为了马来人生活的精髓和行为方式,但不被外国人所知,即使是那些试图亲近马来人的人也未必知晓。

即使如此,我愿意承认布拉戈登、温斯泰德(以及他的所有助手们)的工作都是基于对这个文本进行的研究。布、温的工作由布朗继续完成,且布朗已经翻译了这个文本,这是一项十分复杂的工作。我认为布朗的英语译本没能完全把握莱佛士18文本中美丽、细腻的马来语,但是布朗深入了解马来地区的历史,且花费了很长时间进行比较工作,这对于我们进行此项研究是有帮助的。翻译工作不是一件简单的事情。译者不能把加威文原文中不理解的部分随意抛弃——这是一些译者经常干的事,而应该尽可能好地解决它,并给出相对应的英语翻译。虽然高级文学语言的细微差别常常会变为陈词滥调的毫无生气的英语,但是布朗还是在一定程度上成功地描述了这部大作。

温斯泰德在对莱佛士 18 文本的翻译介绍中指出,这部作品是人们发现的《马来纪年》最古老的版本。(这种说法也得到了布拉戈登的认可,布拉戈登指出:"因此,看起来似乎这个译本是真正的原文,因为距这部作品主体部分完成不久,该文本就被翻译了。"(1925)(JRAS[①]. 第 3 卷,第一部分,第 12 页。)布拉戈登给出了一些理由,包括作品语言比较古老,以及该作品的序言没有提到这部作品是从果哇版本修改来的等等,正如巴都萨瓦尔版本所叙述的一样。

语言证据

语言是时代的产物。一个时代的作品将会体现那个时代的气息、语汇以及用词方法。因此,马来作家的思想不可避免地要反映出那个时代的语言。虽然一部作品也会随着时代而改变,如巴都萨瓦尔版本一样,但是因为作品是写出来,而不是口述的,因此它的大部分形式仍然被保留,或者被间接地展示给人们。

如果我们寻找最有力的证据,也就是词汇,那么我们会发现一些古老词汇意味着这部作品年代久远。首先,原始马来语词汇的古老形式在现今的时代已经不存在或者不再使用了,因为那些古老的词汇已经被其他的词汇所代替。其中有下面这样一些单词:

> tuha, mentuha, poawang, mutah, nulayan, nyiah, taban, junun, ejung, tujerumusy, ngeran, lasa, jengkelenar, maya, bilalang, remak, semakuk, menguliling, datu nene, bubung

同样,我们认识的一些词缀,如 ber 的使用也以更加简短的形式 be 存在,看起来在 betingkah, belayam 等词汇中 be 的形式出现得更

[①] 即 *Journal of the Royal Asiatic Society of Great Britain and Ireland*,大不列颠和爱尔兰皇家亚洲学会会刊。——译者注。

早一些。

一些古老的鼻音形式,现在也不鼻音化了。如:

menengar(mendengar),mementang(membentang),mengantarkan(menghantanrkan)

除此以外,在早期,我们还可以通过梵语借词来猜测文本的年代。我们承认梵语在马来语的早期发展过程中是非常重要的。这个文本中包含了一些没有被马来语语音同化的词汇。在一项研究中,作者对《奈赛非的阿卡伊德》①(*Aqaid al-Nasafari*)这部著作的翻译很感兴趣(这部作品的写作时间与《诸王世谱》主体部分的写作时间相距不远,因为我们估计《诸王世谱》的主体部分写于十七世纪,也就是比《奈赛非的阿卡伊德》晚十年)。阿斯马·哈吉·奥马尔(Asmar Haji Omar)教授(1991:141)对其中的梵语借词进行了研究。这些梵语借词的形式都比较古老,我们在《诸王世谱》中也存在这样的词汇,如:

nugraha, manusya, binasya, basya, syegera, karena, karunia, syurga, pandita

与此同时,阿斯马(1991:141)还讨论了其他一些梵语借词是怎样被同化的,即怎样适应马来语的拼写和发音的。在《奈赛非的阿卡伊德》中出现的词汇在《诸王世谱》中也出现过:

kata, mula, raja, acara, antara, bangsa, rupa, bahawa, pahala, utama, pertama

如果我们寻找一些早期的没有经过同化的阿拉伯语借词,那么我们可能会收集到一些词汇。这些词汇可以作为莱佛士 18 文本年代的附加证据。这些词汇还保留着 sy, kh, f, ain, kadhi, 'aib, isyarat, khairan, fikir 的发音。我们还看见波斯语的词汇:keruh, khoja。

尽管如此,还应该指出的是,莱佛士 18 文本经历了一个过渡时期,一个同化的过程。因此,我们发现了有两种拼写形式的词语,一种

---

① 参见 http://www.hi138.com/? i52225 网页中论文第 18,另有网络资料译作《奈赛斐教典》(参见 http://baike.baidu.com/view/764836.htm)。——译者注。

形式与梵语、阿拉伯语、波斯语的原始发音很接近,另一种形式的发音和拼写已经被同化了。在莱顿 Cod. Or. 1704 手抄本中,没有发现这些词语早期的拼写形式。莱顿 1704 手抄本由苏莱曼在 1812 年翻译,比莱佛士 18 文本的年代要晚一些。苏莱曼根据 19 世纪末所使用的系统,调整了译稿中的字母拼写。莱佛士 18 文本大多反映出 17 世纪的语言和拼写。

莱顿 1704 手抄本虽然干净、完整,但是它只翻译了莱佛士 18 文本的一半内容,并且年代较早。形式也比较小巧。书页的顺序、插图和字迹都很漂亮,吸引人。

《诸王世谱》作者的文学天资以各种各样的基调表现出来,有时比较清淡,但也常常进行道德说教,有时也比较谦虚。作者参考《古兰经》里的语句,用广泛的历史观看待问题:历史上的所作所为都是要付出代价的,那个国家是一个人民向国王承诺的国家,国王是安拉选派到世界上的替身。

历史观或文学观充满了幽默、讽刺、道德和对比,但没有民族情绪,尽管它蔑视任何一个族群中的骗子和背叛者。马来民族的全部历史被看做是对国王的行动和回报,因为国王位于权力的顶峰。

在出众的文章特质中有一种叫做"素描"(vignette),它不但要描摹整个历史的痕迹,而且要用细腻却非尖锐的笔触来刻画:有人神经兮兮,有人顽皮不羁,既有翩翩君子,也有酩酊醉汉,绅士却要公主付账,渔夫痴想变作首相,仪容俊美的罗阇·宰那尔(Raja Zainal)以及其他数十位角色将引入展开细致的观察。

作品的理念

对于 20 世纪末研究该古老作品的研究者来说,我们感谢希里(Hilir)的国王不仅帮助我们描绘了他的意图,而且还展示了这部作品的内容和形式。形式和内容的结合刻画出了古代马来历史作品的理念和重要内容。

假如我们开启一段历史,那么我们会记录下的重要信息是家谱。因为后人一定会使用家谱作为后代合法谱系的参考。这就是以国王为基础的封建历史的核心。因此,当政国王要求作者整理从早期到当政时期的后裔家谱。在展示国王威严的过程中,这个家谱也应当要涉及重要的、非常出名的祖先。

尽管如此,但圣谕的用意不仅仅是注重家族谱系。因为如果只是需要整理家谱,那么一个清晰的谱系图就足够了。而一个谱系图仅仅吸引一部分人群,或者说吸引力有限。因此,国王通过敦·班邦(Tun Bambang)传令允许为这个谱系图添枝加叶。在马六甲马来王朝的风俗习惯中(实际上,我们很早就从在马六甲王国刚建立的描绘中发现了这些习俗,也就是在第一任国王苏丹·伊斯坎达·沙统治时期),作者用较长的篇幅讲述了觐见国王,在大厅的正式队列,官员的礼节顺序,以及衣物和允许穿着的颜色等习俗。此外,还描绘了使节出访,怎样依据等级和后代更换着装、配饰以及所允许的居所类型。

希里国王的圣谕清楚地表明这部将要写成的作品应当有"裨益",要对读者和后代带来裨益。我们明白这个意图,因为在马来文学中"裨益"是一部作品的最终和最主要目的。这种愿望在《伊斯玛·亚蒂姆传》(*Hikayat Isma Yatim*)中提及多次,马来的读者也希望能间接地从他们所读和所听到文学作品中获得"裨益"。

这个忠实于传统的马来作者不曾放弃机会与读者进行直接或间接的交流,因为他应该把传达历史和生活中的教训作为文学的一个任务。为了达到这一目的,他可以采用各种方法。作者非常喜欢使用的其中一个方法是把笔墨用于描述国王或某位重要宰相的临终嘱咐。从这些遗嘱中总结出的生活真谛可供千秋万代品味,成为本族人永恒的教诲。在最后时刻提到的东西,常常也是一个国王、统治者或品质优秀的人之榜样。除此之外,作者也关注国王与官员和人民的关系结构。情欲也得到了应有的位置,正如宗教被放在马来人生活的最顶端一样。

《马来纪年》所展示的故事都有道德、宗教和教育的因素。因此,读者阅读的时候不仅仅会获得关于马来国王后裔、马来风俗、马六甲马来王朝及其属地的重要事件的信息,还会了解到国王、贵族的残暴,以及残暴的国王是怎样遭到亡国报应的。傲慢也会以衰落为结局;诚实的官员会受到尊敬;专注一己私利、贪婪侵犯他人人权的国家最终会自取灭亡。

整个马来族的历史是由故事和轶事组成的。在这部作品中,这些故事变成了历史的印迹。这些故事包含着人们想要的结论,例如优秀的品质、被选出的应当被效仿的人物以及损害人类和国家的弱点和恶习,这些弱点和恶习应当避免。作者还用了不小的篇幅讨论人类与文明和平国家的关系。因此,这些简短的叙述使各种内涵与意蕴得以彰显,不仅仅是一部马来国王后裔的谱系。

马来语或周边地区的《诸王世谱》读者常常会对这些短小的叙述空间感到惊讶,这些叙述可以被带回到记忆中,且保持了马来族历史的形象和马来族的优秀品质以及马来人装腔作势的方法等等。

我们把这些故事分为两类:一类是基础故事,一类是分支故事。德芒·勒巴·达文(Deman Lebar Daun)和室利·特里·布瓦纳(Seri Teri Buana)之间的社会契约故事描绘了国王与人民之间的关系,这是第一类故事的例子。同样属于第一类例子的还有发现和建立马六甲王朝的故事,该故事具体写到马六甲树和鼷鹿把狗踢下河这样的事件。接着人们找到了马六甲富裕、强大和衰落的图景,并用一些清楚的事件把它分割开来。

尽管如此,仍然有数十个小故事可以归到分支故事中。这些故事与第一类故事一样拥有很强的艺术力,有助于把这部作品定位于世界名作。作者是细微形象或独特描绘的刻画者。通过它们,我们会发现独特的人物、罕见的感情和世人的典型行为。

许多这样的故事还展现在我们面前,好像试图满足我们所有的口味。正因为如此,每一个读者或听众都有自己的选择。我自己曾经选择了万·恩布克(Uwan Empuk)和万·马里尼(Uwan Malini)山的背景形象作为诗歌以外的想象因素。这两座山扮演着自然的背景,把稻谷叶子变成铜,把稻谷杆变成银,稻谷变成金。作者的想象在幽静的山坳中回响,奔流而下的火焰之泉令人迷醉。

接着,我对登阿国王(Raja Tengah)与先知穆罕默德的会面印象深刻。在那个梦中,国王的嘴被人吐满口水,当他从睡梦中醒来时,他发现"自己已经行过割礼,嘴边念着两句清真言。"很滑稽的是,他是如何被不懂伊斯兰教的人诬蔑的。

另一个留在记忆中的景象是海军都督在国王面前"谋害"宰相的故事。宰相是一个智慧和地位都很高的人,但是他仍然在国王面前赞扬海军都督,尽管他知道海军都督并非如此。最后,作者让海军都督静静地拜倒在宰相面前。真相无须争辩,但是它的出现确定了事件的结局,这给我们很大的提醒。

令人伤心的是,忠诚的奴仆希地·萨马尤丁(Sidi Samayuddin):"最好让头和身体分开,而不是和主人分开"以及著名的敦·法蒂玛(Tun Fatimah)的故事——无辜的法蒂玛父亲被苏丹杀害,苏丹因为看上法蒂玛的美貌而娶其为妻。这个故事抹杀了人性和公平,同时也博得了我们对法蒂玛的同情。法蒂玛忍受着作为丈夫的国王对自己的残害。

轻松幽默的章节也不缺少感情和笑料。杭·哈桑·曾昂(Hang Hasan Cengang)在狼吞虎咽时,要求不要把食物迅速拿走,"因为他还想吃,因为他的钱已经用完了。"这个故事展现了一个稀奇古怪但又惹人注目的人物。同样,还有敦·比亚吉特(Tun Biajit)的故事,他说话疯狂,但足够细致。几次犯错之后,他的父亲把他抓住。对此,他这样解释:"我现在被父亲捆住,我应该穿上带刺的衣服,应该用绿色的花绢捆我。"在刚刚脱离被判处死刑的可能性后,他就抱怨要适应那块布的颜色。关于沙达尔·贾汉先生(Sadar Jahan)对敦·玛伊·乌拉特·布鲁(Tun Mai Ulat Bulu)的诬蔑,以及对萨达尔先生马来语发音挖苦的回答都将长期留在记忆中,因为这些都是基于真实的民族感情。

还有其他许多故事能反映出作者叙述、比喻、准确选词的艺术天赋和完善每一故事的能力。

谢德·祖非达(Syed Zulfida)(1976:197-218)和尤素福·哈希姆(Yusof Hasim)以及拉赫曼·卡尔(Rahman Kaeh)(1978:119-134)在他们的论文中分析了《诸王世谱》中的笑料。这些笑料多种多样,有时与死亡相关,如敦·比亚吉特的故事;有时又打断了严肃的战争,如米·杜祖尔(Mi Duzul)的故事,以及室利·罗摩(Seri Rama),在酒醉时痛斥阿拉伯后裔时的莽撞,罗摩说:"为什么你们要从风里下凡来到这里?难道你们要从傻瓜的手里寻找财富?"虽然这样强硬的话是由一个不能控制自己语言的人说出的,但是说话人仍然把握住了核心意思。他回击了一个他可能在清醒时候不敢回击的人。作者也让敦·玛伊·乌拉特·布鲁扮演了同样的角色,去诬蔑了一个傲慢的人。作为作者的代言人,布鲁看透了人类的行为,并想进行协调。

这些就是从这部作品故事中获得的教训和大大小小的裨益,但是还有一些"裨益",它们以更小的形式蕴含在各种各样的故事和情节中,代表了印度尼西亚群岛(Nusantara)几个世纪的历史。

总之,我们发现文学和历史都有一个严肃和沉重的目的。其中,有一些通常的益处。从文学作品中获得的好处,应该可以在生活中为所有阶层的人使用。但也有一些目的是比较简单的,即为了娱乐读者和听众,用作者自己的话说就是:"使国王陛下欢心"。在这里,"欢心"是指一种来自于文学或知识经验的乐趣,它作为知识的结果被人们获得,作为引人入胜的故事和生活教训被人们接受。这就是更高一级的乐趣,它不是战胜敌人、观看舞蹈或打猎时获得的乐趣。它是一种开发读者——在这也包括国王——智力和经历的乐趣。

非常吸引人的是,在叙述性的散文中,为了描写,作者用上了类似慰藉故事(cerita-cerita lipur lara)中的诗歌。在这里,大多数的诗行就是班顿(pantun)。这些诗歌的作用是用严谨的语言总结故事,用语言创造和强化具体形象,直至可以被演唱出来,也就是把散文变为可以演唱的抒情诗,因为诗歌的结构是非常有序的。班顿不仅仅是娱乐,还是延续、加深或带来思考或批评。

因此,诗歌除了展现不同的形式和表达方式以外,叙述的节拍也是不同的,甚至会把我们带到隐喻国度的奇境中。

《马来纪年》的作者

在这部文稿的最后一页,明确留下了一个阿拉伯语词,意思是这部作品的作者是博苏国王(Raja Bongsu)。依据温斯泰德的说法,博苏是希里国的国王,也被称作苏丹·阿卜杜拉·马阿亚特·沙(Sultan Abdullah Ma'ayat Syah)。但是,如果我们回到文稿的第1页,我们会发现有较长的一段篇幅描述这部作品的历史源头,包括国王怎样命令宰相写这部作品:

……在苏丹·阿劳丁·里瓦亚特·沙陛下统治时期……在那个时候的巴希尔拉惹(Pasir Raja)建国,室利·那拉·旺萨(Seri Nara Wangsa),室利·阿伽尔·罗阇·法塔尼(Syeri Agar Raja Fatani)的孩子敦·班邦(Tun Bambang),传达了希里国王的圣谕……

国王说:"国王要求我为所有马来国王的后裔创作一部带有马来风俗文化的传奇故事,以致我们的子孙后代可以听到知晓这些故事,并从中获益。"

……我闻听圣谕,于是昂首挺胸,鞠躬尽瘁,战战兢兢……

由于我们得到了两种互相矛盾的信息,因此我们需要比较这部作品的序言。序言描述了宰相的写作目的,作品所想采用的形式,以及作品对作者有什么影响。最后,作者还说,他是怎样让自己行动起来投入到这项由他负责的大工程当中的。作者也叙述了他的研究方法,如从他的父亲和——"正如我从我的祖父(或祖先)及其父亲那里听说的"[①],以及其他的信息:"……我从先人那里收集信息……"这个证据表明,宰相是这部作品的作者,他千辛万苦地寻找那些可能已经不为巴希尔拉惹王朝人们所知的老故事,但是这些故事仍然被柔佛的老人们记得,他们可能是从马六甲迁移至此,或是从他们的祖先那听说了有关马六甲和其属地的故事。因此,说博苏国王是作者,只是表示对国王的一种尊敬罢了,因为博苏国王是当时柔佛王国所有权力的中心。这就是马来宫廷中的文学习俗,庇护者也会与真正的作者一起署名。

依据古典文学写作的传统,很少有一个宰相或其他的作者像阿卜杜拉版本中所看见的一样,记录下自己的后代。因此,所增加的关于宰相后裔的内容可能是之后的译者所为,他们知道作者的才干和背景,并把其记录下来以示对作者的尊敬,同时给后人留下完整的信息。在这一点上,莱佛士 18 文本更加原始。因为我们根本就没有发现作者的名字。温斯泰德(1938:36)说,当你试图猜测原作者的时候,"可

---

① 原文为阿拉伯语 كما سمعت من جدي وابي。

能敦·班邦是真正的作者,再加上他的庇护者的后代,室利·拉囊……"但是,我相信序言已经很清楚地指出宰相而不是敦·班邦,后者是中间人。宰相感受到了所有的困难以及自己精神的惊愕,敦·班邦却没有。

在那个时代,一个宰相安排一个人成为柔佛文本的作者,这不是不可能。因为宰相具有极高的写作天赋和丰富的历史知识,已经闻名遐迩。因此,圣谕传给了宰相。况且,宰相与苏丹·阿卜杜拉都是来自马六甲、须弥山(Bukit Seguntang Mahameru dan Melaka)的后代。在日本、泰国和韩国,国王充当作者的现象并不罕见。宰相极具天赋,能腾出时间进行写作,不是没有可能。在马来地区也一样,例如在宾坦,阿里·哈吉国王(Raja Ali Haji)是《宝贵的礼物》(*Tuhfat al-Nafis*)的作者,同时也是一位宗教学者和统治者。在霹雳,《马来米萨》(*Misa Melayu*)的作者朱兰国王(Raja Culan)曾经作为副王,管理国事,他的情形与他所负的责任和柔佛国王宰相的情形没太大差别。

讨论《诸王世谱》的作者时,温斯泰德试图指出,伦敦皇家社会学院的两部手抄本,即39号手抄本和40号手抄本(在所有的7部手抄本中)表明《诸王世谱》的作者不是宰相,而是在他之前就已经完成。但是,这个证据仅仅是从所有十部作品中的两部作品中获得的,况且39号手抄本和40号手抄本是比较晚的版本。因此,我们不可以把这个证据和早期作品的证据等同。

在这种情况下,我们应该寻找其他的证据,可能从其他的作品中,也可能从其他的国家找。只有一部这种性质的作品可以帮助我们,即《御花园》(*Bustan al-Salatin*)(温斯泰德还不相信,并不认为这一部分已经被添加)。但是,相反地,我们可以证明,《御花园》的作者曾经阅读过《诸王世谱》,或多或少地了解《诸王世谱》写作的历史,因为那个时候,《诸王世谱》是一部巨作。带着这种信念,《御花园》的作者努鲁丁·阿勒·拉尼利(Nuruddin al-Raniri)写下了下面这番话:

第十二章说明了马六甲和彭亨王朝所有国王当政的日期:

写作《诸王世谱》的国王宰相说,他在伊斯兰教历三月的星期天,穆罕默德先知从麦加逃往麦地那时(1119),从父亲、奶奶和爷爷那听说。他写这部传记是要宣扬马六甲、柔佛和彭亨王朝的所有国王以及从伊斯坎达·左勒盖尔奈英（Sultan Iskandar Zulkarnain）开始的所有国王的谱系。

我们再回来看莱佛士18文本给出的写作时间，公元1021年，这个日期很大程度上是从其他手抄本翻译而来的。虽然莱佛士18文本只留下了宰相的称谓，而且是间接地留下（符合马来人自谦的品格），但是国王陛下的宰相巴杜卡·罗阇（Bendahara Paduka Raja）这个全称在《御花园》中有记载，这有助于我们从几个柔佛的宰相中进行确认。

不用怀疑，当我们阅读《诸王世谱》的时候，我们面对着一个印度尼西亚群岛上的天才，他不但通晓当代的历史，而且还非常了解这个民族生活的方方面面。他研究的问题不仅包括马六甲，还有几乎整个印度尼西亚群岛，从马鲁古到占婆，从麻喏巴歇到巨港，监笆，巴赛，宾坦和亚齐。

这位在马来地区知名的作家，在海外也众所周知。他了解历史、风俗、宗教、统治和战争。各种各样的知识积聚在一位马来天才的身上，最后这个天才把所有这一切都凝聚为一种写作风格，成功地对马来人的生活和历史进行了特写。

马六甲在十五世纪和十六世纪早期成为马来世界的中心。在这个地区，各种文化汇流交织。中国、占婆、文莱和麻喏巴歇的外交使节和商人来自东方；波斯、阿拉伯、土耳其、印度和葡萄牙的文化从西方飘然而至。文学和伊斯兰知识的传统迅速从波斯、印度和阿拉伯渗透。因此，我们阅读到了这样的事实，阿米尔·哈姆扎（Amir Hamzah）和穆哈默德·哈乃斐（Muhammad Hanafiah）的伊斯兰英雄故事已经非常受人欢迎。《珠玑诗集》（Durr Manzum）这样的宗教经典也已经留下印迹，人们已经探讨它的意义。写作的传统从阿拉伯——波斯源头丰富了马来方式。从印度，马来人了解了各种宗教故事、传说、动物故事和伊斯兰故事。从印度尼西亚群岛，爪哇文学为人所知，被大家喜爱。苏门答腊的传说被说马来语的族群分享。于是，在伟大马来作者觉醒的过程中，形成了一个当地文学、知识与前伊斯兰、伊斯兰和国际文学知识的网络。

随着各种文化一起到来的还有各种各样的语言。说到杭·杜亚能说十二种语言,我们可能会心微笑。但是,我们应当承认,作者想描述的是马六甲时期,马来人优秀的观念——马来英雄——马来族中的精英也是生活在世界上的人,他们知晓许多其他世界的语言。只有通过这种方法,这些精英才能跟着辉煌的马六甲一起成长。

在马来民族的历史中,敦·室利·拉囊具备这种优秀品质。他的作品表明他是生活在一个大世界(dunia akaliah)中的人。这可以从来自梵语、波斯语、普拉克里特语、阿拉伯语、爪哇语、泰米尔语和暹罗语的词句中得到证明。尽管这样,这些词汇也不是随便使用的,虽然不可否认作者想展现他对这些语言的驾驭能力。但是,为了公平,我们应当指出,所有这些借词都依据标准的马来语法和词序进行过重新整理。或许,在所有的马来文学中,《诸王世谱》是使用经典语言的最好模版,这些语言引人入胜、灵活多变、包罗万象。当为自己整理的《诸王世谱》作序时,阿卜杜拉·门希呼吁马来人要效仿这部作品的语言。

适合地点、叙事需要以及事件发展方向的各种语调装点和完善了《诸王世谱》。因此,我们常常感叹留在读者灵魂上的感情印记,这些印记是作者语言和故事的功劳。例如,在叙述建国、战争以及统治和宗教价值观的地方,语调是比较严肃和客观的。尽管如此,这部作品的其他地方也反映出作者也是一个讽刺家,含蓄地进行嘲讽,作者搞笑,但也进行教导和思考。

作家认真地用一份详细的国王后裔谱系描述了马来国王的祖先。但是,在其他一些需要不同基调的故事中,作者改变其基调以适应情状。例如,米·杜祖尔故事气氛就比较轻松。杜祖尔眼睛近视,分不清敌人和山羊;杭·哈桑·曾昂精神失常;室利·罗摩酗酒如命;敦·黛加(Tun Deja)漂亮动人。但是,在这里还需要提及的是,作者的特质不是一成不变的;甚至在一个故事中,作者的基调都会发展变化,使得故事富有色彩和活力。

语言介质

在此前的讨论中,我常常指出《诸王世谱》中作者使用的语言细腻,灵活。文中的语言和语言的使用手法吸引了国内外的研究者。通过其语言,我们不仅可以了解叙述故事和历史的技巧,而且还可以走进作者的艺术灵魂。甚至,可以了解十七世纪语言的概貌:罕见、细腻、引人入胜。

如果我们不细致考察这种特别的语言介质,那么我们可能就无法深入了解作者的天赋。我们把《诸王世谱》作为马来古典文学的一部巨作,因为它的语言细腻,丰富。我们有证据证明,那时候,马来语在印度尼西亚群岛和商业领域被广泛使用。由于马六甲是一个具有巨大商业网络的大国,因此马来语的使用也同样广泛。在整个印度尼西亚群岛和海外地区,马来语被用来传播宗教、商业、礼仪和外交等知识。

好的语言能够捕捉到丰富多彩的生活和各式各样的习俗。这样的语言应该能从内外的视角,(从马六甲和马六甲以外的角度),描绘一个宽广世界的生活。对马六甲来说,马来语应当能够描绘历史发展和宫廷习俗以及乡村、市井生活;宗教和文化应该有自己的术语,因为马六甲感到自己很强大,很重要。

应当记住,这个世界应该包括统治秩序、艺术、工程、农业以及河海贸易。这些使马六甲强大。

《诸王世谱》的语言经过时代的历练变得成熟而有韧性,其人性化的经历使得语言灵活多变。语言只有尽可能关注生活,才能捕捉其经历。《诸王世谱》的语言向我们展示了其生活的内外范围,据此,马来语能在各个领域显现其能力,从诗歌到对暴君的抨击。马六甲的马来语、《诸王世谱》的马来语展示了一个完整的词汇宝库,因为马六甲感到如果想成为全印度尼西亚群岛的中心,那么这个世界是很重要的,需要人们的理解。外交、礼仪、书信艺术、礼物、战争、协定和友谊都被广泛地强调。

例如十五世纪,精神和宗教词汇可以表达这方面的思想。这些词汇中一部分是梵语借词,一部分是阿拉伯语借词。梵语和阿语是两个重要源头,能反映马来地区宗教的背景。在那个时期,语言中最出名的是宗教语言。如果我们考察一下整个马来半岛乡村和小岛上的宗教学校,就会发现马来语是一些重要宗教经典的语言。

马来语作为宫廷、王国和国王之间的书信用语而出名。马来语动听优美、独具风格。作者使用长篇的序言试图描述国王的势力及其王朝的边界,阿拉伯语的摘录部分也表明国王的宗教和外交甚广。国王的欲望和感情常常隐含在字里行间。

在贸易领域也一样,称重、财政、各种海运、货运的计算都使用世界和当地可以接受的术语表达出来。

如果我们转移注意力,不再讨论外交和权力问题,那么,我们会发现一个天赋极高、概念美丽的世界。这就是马六甲的艺术世界,其壮观宏伟通过宫廷建筑、服饰表现出来,这是《诸王世谱》引以为豪的两个方面。

在过去的叙述中,好的语言是美丽的语言。美丽不仅仅在于声音。声音对于马来人来说是一个重要因素。马来作者追求精确的意义,细腻的感情,描绘出一个独特的世界,这个世界在之前的马来文学中不曾被描绘过。因此,这篇作品成为外交语言的先锋,这些语言包含礼仪、风俗、幽默和生活的方方面面。

与《安达肯·佩努拉特传》(Hikayat Andaken Penurat)相比,《安达肯·佩努拉特传》的语言富有诗意,引人入胜,但是这部作品仅仅只存在于幻想和情感之中;而《诸王世谱》的语言不仅仅描述世界和历史人物,而且使用许多隐喻把价值、道德和感情具体化。

《诸王世谱》的历史任务是叙述历史要准确客观。所描述的东西应该不受制于个人的感情和利益。因此,作者所选择的语言应该是较客观的描述性语言,不受包含过激感情的批评所束缚。例如在莱佛士18文本的10—11页,我们能够读到下面的语句:

> 在朱林国王(Raja Culin)听说苏兰国王(Raja Syulan)要前来拜访后,朱林国王便命令召集手下所有的子民,召唤所有臣服于他的国王。当所有人员集合完毕,朱林国王便启程迎接苏兰国王。

这些语言符合正式用语和历史客观性的要求。个人的感情被排除在历史的世界之外。故事的发展不允许作者干预。事实占据了舞台,情节的叙述是为了描绘已经发生的事情。通过这样的方法,历史学家和作者把自己放在了事件和语言之外。

《诸王世谱》和《马来米萨》(*Misa Melayu*)所表现的历史是马来人独特的历史,因为尽管其叙述部分是客观的,但是常常也带有非历史的因素,包括文学、宗教、道德教化。因此,有些部分富有文学的灵魂——其情节的描写是为了教化,作为一个宗教或道德故事教导读者。

下面摘录的是描写敦·阿里·哈提的文字。敦·阿里·哈提是苏丹·艾哈迈德(Sultan Ahmad)的好友,苏丹·艾哈迈德是苏丹·马哈茂德·沙(Sultan Mahmud Syah)的孩子。由于阿里·哈提的生活方式与国家的发展不相适应,因此,苏丹·马哈茂德命令把他的孩子杀死。敦·阿里·哈提也愿意和他年轻的主人一起被杀死(敦·室利·拉囊:1612:169):

> 敦·阿里·哈提所说的话都传给苏丹·马哈茂德·沙。苏丹说:"对阿里说,如果{穆罕默德}(艾哈迈德)对他好,那么我也对他好。为什么他会这样说,因为我不想杀死他?"于是,人们把国王的命令传给敦·阿里·哈提。
>
> 于是,敦·阿里·哈提回答:"如果真主恩赐予我,那么我也请求被杀,因为我不想侍奉另一个君王。"于是,想要救活敦·阿里·哈提的命令也不需要了,只请求被杀。
>
> 于是,苏丹·马哈茂德·沙命令:"杀死敦·阿里·哈提。"

这段情节不像之前的情节一样属于客观叙述,而是回荡着一个奴隶和一位国王挚友团结一致的感情,尽管这位国王年轻且有缺陷。在残杀的背后回荡着残暴的声音。在这一点上,我们对苏丹·马哈茂德·沙依据法律重新建国的努力应该加以讽刺,因为他自己也杀死了许多敌人,包括无罪的宰相。接着,如果敦·阿里·哈提想被杀,这不是苏丹的任务,尽管阿里请求苏丹杀死他。

况且,这段历史故事常常通过媒体和文学被重新解读和诠释。故事被对话、事实和回答推动;那些深陷其中的人对此进行评价。他们被给予说话的空间,历史学家这时似乎选择不在故事中出现,而仅仅报道当事人的讲话。这部作品中大部分的故事是通过讲话者自己的对话和分析推动的。

我们还发现作者的语言比较偏向敦·阿里·哈提。阿里被看做是(尽管是隐蔽地)受害者。我们看到他的情况和进退两难的处境,感觉到他的错误比起正在惩罚他的苏丹·马哈茂德·沙的错误要小。因此,在这些故事中,我们不应该用客观的手法,而是把"人道主义"的感情深入其中。

如果今天我们感到《诸王世谱》的语言比较主观,那么我们应该看看由现代历史学家撰写的历史。任何形式的写作都不可能真正脱离感情——因为语言有内涵和包含深层的、个人的意义。写作的是人,被描写的也是人。从历史之音和对引言的尊重,都充满着谦虚借鉴之心,到国王想念孩子的语言,到精神失常者的描述,甚至到对阿拉伯人的批评形式——全部都触及感情,可能还带有主观气息。

尽管如此,为了向读者解释历史的发展动向,这些字面的意义应该发挥更大的作用。只有在刚才我们摘录的情节中,内在的因素才会发挥作用,甚至可以说是叙述的核心。因此,这类故事的语言和传达方式比历史更接近文学,正如现代历史学家所定义的一样。

接着,我们发现作者大量使用文学手法,如"隐喻"。最明显的一个例子就是苏丹·马哈茂德·沙想再娶妻子的故事。苏丹不是为了爱,而是为了展示他在马六甲的优势,表明他能够占有勒当山公主(Puteri Gunung Ledang)。勒当山公主的得名来自于一个美丽的传说。

于是,勒当山公主变成批判的工具,专门批判那些不善于控制自己欲望的国王。在情节的发展过程中,大山,能变换容貌的公主,以及一碗王子的血都成了比喻的形象,隐喻一个不能直接得出的结论。

其他各种各样的情节中都包含着一个形象或标志。万·恩布克和万·马里尼的故事中都有金、银和铜的形象,这些东西被用来表现马来国王祖先的光临。金的形象也被马六甲的最后一任宰相使用,他把金送给自己的孙子做玩具。

还有一个吸引《诸王世谱》研究者的因素是我们常常能在作品中看见的幽默。尽管依据现代的历史观,幽默实际上离文学更近,不是真正的历史因素。但是在《诸王世谱》中,幽默应该给以适当的位置,就像悲剧、苦难的生活、虐待和迫害一样。谢德·祖勒菲达（Syed Zulfida）(1976)，尤素福·伊斯坎达（Yusoff Iskandar）和阿卜杜拉·拉赫曼·卡赫（Abd. Rahman Kaeh）(1978：119－134)的研究讨论敦·室利·拉囊是怎样使用幽默因素的。但是，在这里，幽默与讽刺、智慧以及润色语言的艺术联系在一起了。

因此，近视眼米·杜祖尔以及被米·杜祖尔看作敌人的公羊；风度翩翩每天换几次衣服的室利瓦·罗阁宰相（Bendahara Seriwa Raja）；室利·罗摩和反抗顽固愚笨的阿拉伯人的敦·玛伊·乌拉特·布鲁；以及由于大笔花费，想在仪式上大吃的杭·哈桑·曾昂，以上这些情节从概念上讲都是文学套路，都是通过文学的手段表现出来。

语言是描述事件，表达意义，传达历史教训的最重要媒介。正如之前所展现的，其中一个方法就是对话。看起来对话是一个被人们喜欢的，可能已经被证明是有效的方法。我们知道，人们总是会重读马来传统文学。因此，人物间的对话，也就是一种可以被声音激活的戏剧，一定比直接的，没有演员声音的叙述要有效。

今天，我们不需要依据我们的概念来衡量包含浓厚欧洲观念的《诸王世谱》中的历史概念和事实。十六、十七世纪的叙述概念认为，故事可以成为历史叙述的一部分；传说以及从祖先那获得的消息，其意思也是可以被接受的，尤其是在并不看重事实真相，但更重视寻找感情、意义和好处的时代，正如国王要求写这部作品是为了"我们的子孙后代可以听到和知晓这些习俗，并从中获益"。这个目的就像前文所讨论的，已经成为这部作品最重要的方向和基础，也是这部作品依据的套路。

年代标记

西方的语文学十分重视日期和文本比较，这是可以理解的，因为在欧洲的历史上，以日期为基础的时间概念是历史的界限和标志。我们可以从中学到很多。但是，我们今天面对的时代是，马来文本的传统各不相同，不仅是时间概念的不同，而且还包括文化的嬗变和文学概念。

《诸王世谱》中的马来时间不是以月亮和太阳运动的日期来衡量

的,虽然作品有标明改写日期(或许是受伊斯兰文学的影响),而是以出生、结婚、死亡、战争、迁徙、建造宫殿、城镇和城市作为标准。古代的时间概念是从一个北半球的季节区分不是太明显的社会中演变而来的。虽然马来人意识到有雨季、旱季,有东北季风、西南季风之分,并且马来人自己安排种稻谷和果树的时间,但是对季节更加细致的认识在马六甲和它之前的时代是不重要的。具体的日期对安排生活和国家的运行是不重要的,重要的是有更大的时间在运转。

在十九世纪的马来文学文化中,虽然一部作品存在各种各样的译本,并且大部分译本都留下了翻译或写作的日期,但是在那个时代仍然有很多马来文学作品的译写者并不看重作品留下的日期。这些作品是为国王、贵族或是商人写的,因此需要有一个用途。这个用途并不总是需要根据时间去证明某件事。如果一个国王能在大时间的运动中证明自己是德芒·勒巴·达文的后代,并且从合法的谱系中得到证实就足够了。

一部作品可能被一个家族或一群人阅读,并作为家庭的宝藏收藏,而不是历史文本的证据。在这样的社会里,作品是不重要的。马来人的历史意识更多是基于现象、风俗和发生的事件。尽管马来人学习了阿拉伯、波斯和之后英国、荷兰等国的传统,但不是所有的作品都留下了日期;或许是因为马来人所学习的东西来自于不同的传统,在那样的社会中,还不曾留下详细的日期记录。这样的意识伴随着时代的变化,即在十九世纪三十年代之后,欧洲的影响剧增。

因此,虽然我们意识到日期的重要性,但是我们不应该把这种意识强加给那个时代的作家。我们应该接受这样的事实:这些文本是对几个世纪之前所写文本的解释。这些解释也是最早形式的变异体。最早的文本形式应该有各自的目的。每一文本都有助于满足其主人的需要,也具有特殊的意义界限。

在这里,历史的概念和文学的概念重叠。马六甲和柔佛马来族的现实比现代的现实包含要广,因为所有被相信的,被看见的,被感觉到的,被梦见的都是现实的因素和内容。因此,从黄牛呕吐物中出来的巴特(Bat),从鬼呕吐物中出来的犀牛以及战斗技术非同寻常的杭·杜亚(Hang Tuah),这些都与国王结婚、暹罗的进攻、佛朗机(Feringgi)的到来,以及马六甲的灭亡一样是现实。《诸王世谱》的历史概念不仅描绘了人的物质运动世界,还描绘了如梦境、欲望等精神世界。

讽刺、比喻、隐喻丰富了文学的表达方式,但是却被历史排除在外。因为在马来社会,早期的国王概念比较接近于王神(dewa-raja)。现实有时候应当由隐喻带来。隐喻一方面一定能传达现实,另一方面又拯救了作者,使其能继续写其他的文本。

虽然西方语文学家怀着较高的热情阅读作品的谱系,但是马来社会认为他们的文本符合时代和时间,因为被记录下的东西是对事件的描述,并且文本是时代所需要的,为了好的或不好的目的。而且,文本被作者呈现给读者是为了改良和书写时代。

尽管如此,巴希尔拉惹版本还是更加特别一些,因为该版本包含作品的全部文本,且被第一个作者进行了加工。这部马来族的第一部艺术和文学作品其来源是原始的,是由受人尊敬的祖先写作的。尽管后来的人使其发生了变化,但是对最初的作者来说,常常有一种忠实的感觉。最初的作者受到尊敬,因为人们认为他更加接近真实和睿智的源头。

写作传统

《巴赛列王传》(Hikayat Raja-raja Pasai)和《诸王世谱》是两个重要的证据,证明我们有加威(Jawi)文写作的传统。加威文之前的字母以印度字母和此前在马来半岛上被使用的印度尼西亚群岛字母为基础,可惜的是,我们不能再接触到这些文字了。落叶和纸张作为书写载体,气候和时间加速了对其造成的毁坏。

实际上,这个写作传统源远流长,具有来自西方的印度、波斯和阿拉伯传统,还有来自马来世界的爪哇传统。马六甲时代以及之后的马来作家的世界是广泛的,他们感到骄傲,因为他们可以从世界大传统中学习知识。因此,我们看到不少来自印度和波斯的故事和翻译作品。书页的装饰或花形的图画也证明马来人的知识是从印度和波斯学习而来的。

虽然马来口头文学的发展与笔头文学的发展大相径庭,但是口头文学贯穿马来历史始终。口头文学对笔头文学影响久远,至今,我们都能在重要的小说和诗歌中看出其印记。在早些时候,口语和书面语风格的写作传统相互交融影响。实际上,这种交融也证明了马来文化一方面保持原始文学文化,另一方面对新世界敞开胸怀。口头文学正如人们所猜想的一样,包含更多的原始成分,而笔头文学则更多雕章琢句汲取来自世界的知识。

《诸王世谱》是马来作家的实验,它描述了马来族的精神和行为。根据包含口语性质的材料,讲述者把我们带进欲望、梦想和民族的宏图中。悲伤、失望、失败、奋发、游乐、风俗和价值观常常被描述得很复杂,只有通过书写才能使之细致。作者带我们遨游在以几十个国王、宰相和马来英雄为代表的马来人的意识和潜意识之中。包含着一连串事件的"素描"和漫画中怪异的人物是非常好的例子。我们不但面对着马来人极高的智慧,还阅读着来自于非凡文学家的作品。

因此,在这里,我想强调的是《诸王世谱》的写作包含着口头文学和笔头文学两大传统。

在《诸王世谱》中,作者成功地使用了这两大传统。两大传统融合的成果是出现了一部描述马来族的作品,该作品使细致且富有诗意的描述成为可能。

《诸王世谱》文本非常特别,我们不应该再迟疑了,因为这部作品已经浸微浸消了。带着这样一种感情,我自告奋勇翻译莱佛士18文本。此时,还没有人想要翻译此稿,因此我的翻译"可能是有用的"。文学的大门总是向有兴趣的人敞开;马来天才作家作品的大门向所有人敞开。

传统文学是了解马来知识的大门——语言、历史、文学、政治生活、风俗和宗教。我们现在阅读的是一部文学巨著。根据我从事比较文学的经验,这部作品可以和世界其他的文学巨著相提并论。该作品想象力丰富,语言精美能够包含词语的主要意义和边缘意义。我们从其中能感觉到所描绘的马来人的感情。作者把我们带入了一个包罗万象的世界。宰纳尔·阿比丁·瓦希德(Zainal Abdin Wahid)、尤素福·依斯坎达尔、拉赫曼·卡额、乌玛尔·朱努斯(Umar Junus)、哈伦·达乌德(Haroon Daud)以及其他几位研究者,试图从文学的角度解读《诸王世谱》。但是，对这样一部巨著的研究还远远不够。我们还期待着用更丰富的想象力去理解这部巨著。我也不揣冒昧，成为了这部作品的研究者。

最后，我还想指出，我的翻译试图尽可能地保留古语形式、拼写和写作习惯以及完整的文本。我常常保留了一些翻译错误的字母，以便作者或译者研究这个问题该怎么解决，甚至页码该怎么编排。尽管如此，在文本注释部分，我还是试着指出一些其他可替代的词句，并修改了一些误译的地方。

我保留了 ain 和 hamzah 的语音。地名的拼写常常是用两个词语。例如 Singa Pura 和 Maja Pahit。

我尽可能地对古代的拼写形式和词语，如 menegar，karena，basya，Pasai，tujerumusy，nene，nulayan 等进行了相近的转换，以便读者和研究者把握十七世纪的语言使用方式。

此外，我也保留了一些宫廷的官名，尽管从翻译的角度看，这些官名的发音很奇怪。马来封建制度中的重要职位都被记录下来了，如 Seri Nara al-Diraja，Seri Bija al-Diraja 和 Maharaja al-Diraja。追根溯源，我们发现前缀 al 来自阿语，但是在马来语系统中，这样的形式很奇怪。当温斯泰德和 C. C. 布朗记录这些官名的时候，均删除了 al。尽管如此，我们发现，这种形式不仅在莱佛士 18 文本中使用，而且在 Cod. Or1704 手抄本中使用。因此，这种用法并非错误，而是很早之前的一种用法。莱佛士 18 文本的一位研究者穆罕默德·苏莱曼认为有必要保留 al。

但是，另一方面，我选择添加逗号、冒号，并且根据句子和说话人的意义，整理段落。我之所以这样选择是为了读者，尤其是在人们对复杂和古代文学写作方法兴趣不浓的时代。

《古兰经》、《圣训》以及阿拉伯的语句在这部作品中也保留了下来。在几个从事伊斯兰研究的朋友的帮助之下，我试着检查了这些语句，并在文本注释中给出了正确的形式。

在翻译过程中，我还使用了下面这些符号：

  （）表示编者认为必须增加的所缺词或字母。

{ }表示编者认为可以去掉的所缺词或字母。

页边的数字表示原作的页码,直线(|)表示起始页。

在本书的研究中,还使用了以下文本:

(i) 伦敦皇家亚洲学会,莱佛士18文本,1812年翻译。写作时间1612年。

(ii) 莱顿大学图书馆的《马来纪年》Cod. Or. 1704,穆罕默德·苏莱曼翻译。没有翻译日期。

(iii) 《马来纪年》。第一版由阿卜杜拉·门希编纂,新加坡,1813年。1884年,在莱顿,由克林格特(Klinkert)再版。1952年,德欧和西托莫朗(Situmorang)在雅加达用罗马字母出版。

(iv) 《马来纪年》,舍拉拜尔(Shellabear)译补。加威文版,1896年。

(v) C. O. 布拉戈登:《马来编年史》(*Malay Annals*),未出版的变异版本。1925年《皇家亚洲学会期刊》,马来部分,第3卷,第一部分。

(vi) 《马来编年史》或《马来纪年》,伦敦皇家亚洲学会图书馆,莱佛士18文本选集的最早版本。由R. O. 温斯泰德编着。1938年《伦敦皇家亚洲学会期刊》,马来部分,第16卷,第三部分。

(vii) 《马来纪年》:《马来编年史》。英语翻译C. C. 布朗,其依据的文本是温斯泰德编写的莱佛士18文本。1952年在皇家亚洲学会马来西亚分会会刊出第一版,之后1970年在吉隆坡,由牛津大学出版社再版,R. 卢尔温克(R. Roolvink)作序。

(viii) 《诸王世谱》(《马来纪年》)。由A. 萨马·阿哈迈德(A. Samad Ahmad)根据国家语文出版局的三部手抄本Cod. DBP MSS 86,86A,86B编着。1979年由国家语文出版局在吉隆坡出版第一版。

(ix) 《马来纪年》,马来卷一,曼彻斯琼里兰德大学图书馆,翻译《诸王世谱》，即《王族后裔》花了几年的时间，并获得了一些马来西亚和欧洲学者和朋友的帮助。

掐指一算，我对以下同仁表示衷心感谢：马来亚大学的阿布·哈山·沙姆教授(Prof. Dr. Abu Hassan Sham)、英国图书馆的安娜贝尔·伽劳普女士(Puan Annabel Gallop)、马来西亚国民大学的伊斯迈尔·哈米德教授(Prof. Dr. Ismail Hamid)、布克哈里·鲁比斯博士(Bukhari Lubis)、伊德里斯·扎卡里亚博士(Idris Zakaria)、伦敦大学的乌勒里智·克拉特兹博士(Ulrich Kratz)、伦敦皇家亚洲学会的米歇尔·波罗克(Michael Pollock)。

我还要感谢玛里亚姆·萨利姆(Mariyam Salim)和诺·贾纳·阿丹女士(Nor Jannah Adam)女士，他们细心、冷静地帮助我解决了在打字、检查和编辑中遇到的各种各样的问题。扎里拉·沙里夫(Zalila Sharif)女士为本书的出版做了一些管理工作。对于以上三位女士，我欠一份人情。

还应该感谢伦敦皇家亚洲学会，因为他们允许我出版了该学会收藏的莱佛士18文本的译本。

穆罕默德·哈支·萨莱(Muhammad Haji Salleh)
马来西亚国民大学
万宜(Bangi)
1996年7月1日

（骆永昆 译 罗 杰 校改）

《马来纪年》研究现状综述[①]

【内容提要】 《马来纪年》是马来文学史中最重要的历史文学著作。几百年来各国学者对它的研究成果非常丰富。本文使用韦勒克的文学研究理论,尝试从版本研究、内部研究和外部研究三个方面总结和整理《马来纪年》的研究成果。

【关键词】 马来纪年　东南亚文学　马来文学

《马来纪年》是马来古典文学巨著,温斯泰德(Richard O. Winstedt)评价这部作品是马来文学中"最著名、最有特点和最优秀的"[②]作品。从成书至今约四个世纪中,《马来纪年》不仅作为不朽的文学作品得到了全世界的关注,而且作为一部历史文化巨著,为研究马来半岛政治、文化、历史、社会等提供了丰富的材料。梳理《马来纪年》的研究成果,既有助于充分了解该作品的研究现状,又能够为学人开启研究思路,再度审视这部巨著,以获得以往未及发现的资料和启示。

一、《马来纪年》的版本研究

版本研究涉及两个方面,一为图书版本内容和形式的研究,二为图书版本发展过程的研究。前者探讨版本间内容的差异(如篇章的多寡、文字的差异等),或版本间形式的差异(如印刷方式、装订制度等),

---

[①] 本文曾以《〈马来纪年〉研究综述》为题,发表于《东南亚南亚研究》2011年第2期,内容略有不同。

[②] "Winstedt refers to it as the most famous, distinctive and best of all Malay literary works." As quoted in Johns, A. H., "Islam in Southeast Asia: Reflections and New Directions," *Indonesia*, 1975, 19: 33—55.

后者探讨图书版本的历史发展,揭示版本产生和变化的时间、地点和条件。①

关于《马来纪年》的手稿版本研究,卢尔温克(R. Roolvink)在1967年发表的论文②,区别并分析了保存在印尼、英国、荷兰和苏联图书馆中的29份《马来纪年》手稿③。卢尔温克认为,莱佛士18文本(Raffles MS No.18)是迄今发现的最古老的版本,成书时间在1612年。通过分析短篇手稿,可以推断《马来纪年》由马来王族的世系谱——《诸王世谱》(Sulalatu's-Salatina)发展而成。18世纪后半叶,《马来纪年》经过数次编辑和增删,形成长短版本。长版本的部分内容可以在舍拉拜尔(Rev. Dr. W. G. Shellabear)的中篇手稿中发现。

以上述手稿为基础的《马来纪年》印刷本主要有以下几种:最早的印刷本由阿卜杜拉·门希(Abdullah bin Abdulkadir Munshi)编辑,于1831年在新加坡出版,是目前流传最广的版本。1952年西托莫朗(T. D. Situmorang)和德欧(A. Teeuw)使用罗马字母拼写,再版了门希版本。④ 1979年,马来西亚语文出版局出版了由艾哈迈德(A. Samad Ahmad)编辑的《马来纪年》,同样以门希版为原本。1938年,莱佛士18文本发表在皇家亚洲学会马来亚分部期刊(JRASMB)上。1959年在雅加达出版了用阿拉伯字母书写的两卷本《马来纪年》。⑤

《马来纪年》已被翻译成英、法、中等几种语言在世界各国出版。最早的英译本由约翰·莱顿(John Leyden)完成,⑥ 此外还有 C. C. 布

---

① 张光忠:《社会科学学科辞典》,北京:中国青年出版社,1990年。
② Roolvink, R., "The Variant Versions of the Malay Annals," *Bijdragen tot de Taal-, Land-en Volkenkunde*, 1967, 123 3: 301-324.
③ 1979年R. Jones在牛津大学发现另一份和Abdullah Munshi版本相似的新版本的《马来纪年》手稿。转引自 Ming, D., "Access to Malay manuscripts," *Bijdragen tot de Taal-, Land-en Volkenkunde*, 1987, 143: 425-451. 目前《马来纪年》手稿共计32份。
④ Situmorang, T. D. and A. Teeuw: *Sejarah Melayu*, Djakarta: Djambatan, 1952.
⑤ Madjoindo, D., *Sejarah Melayu*, Djakarta, 1959.
⑥ 这个版本的电子书可以在新加坡国立大学网站上下载到。Leyden, J., *Malay Annals with an introduction by Sir Thomas Stamford Raffles*, F. R. S. London: Longman, Hurst, Rees, Ormf, and Brown, 1821.

朗(Charles Cuthbert Brown)根据莱佛士手稿翻译的英译本。① 1849年到1856年,杜穆里埃(Edouard Dulaurier)曾试图将《马来纪年》翻译成法语,但是未及完成便去世了。1896年,汤姆(Ar. Marre. Tom)完成了第一部法译本。1938年,德国学者欧维贝克(Hans Overbeck)完成德文译本。1993年印尼文化教育部主持的"印尼国家和地区文学著作培育项目"("Proyek Pembinaan Buku Sastra Indonesia dan Daerah")出版了印尼语改编版本的《马来纪年》。② 另外还有在原本内容上改编创作的历史故事,如 2008 年出版的《管窥宫室(〈马来纪年〉通俗本)》。③ 在华语圈中,最早将《马来纪年》翻译成中文的应该是许云樵。④ 该版本 1954 年初版,1966 年再版,以莱顿的英译本为蓝本,使用繁体中文,语言风格精炼,对原稿的评注和几篇增录的研究论文很有价值。2004 年马来西亚学林书局出版了由黄元焕翻译的另一版本。⑤ 该版本以 1952 年西托莫朗和德欧版为蓝本,使用简体中文,语言明炼易懂。

《马来纪年》原名 *Silat-Leteh-Al-Salatin* 或 *Peraturan Segala Raja-raja*,即《诸王世谱》或《列王史记》。莱佛士重命名之为 *Sulalatu's-Salatina* 或者 *Sejarah Melayu*。*Sulalatu's-Salatina* 直译成中文即"马来世系"或"马来系谱",而 sejarah 在马来语里又有"历史"的意思,因此另一中文译名称之为《马来由史话》。后来,约翰·莱顿的英译本将书名译作 *Malay Annals*,布朗的译作也沿袭了这一名称,转译成中文即《马来纪年》。但是这个译名是值得商榷的,因为此书并非严格意义上的编年史⑥,原书内容也并不强调

---

① Brown, C. C. , "Sejarah Melayu or Malay Annals: A Translation of Raffles MS 18'," *Journal of the Royal Asiatic Society*, *Malayan Branch* XXV(2 and 3), 1952.
② Mutiara, P. M. , *Sejarah Melayu*, *Indonesian*, Jakarta: Pusat Pembinaan dan Pengembangan Bahasa, Departemen Pendidikan dan Kebudayaan, 1993.
③ Syahrul, P. H. , *Dua mata bola di balik tirai istana (sejarah melayu versi populer): disadur dari kitab sulalatus salatin karya tulis Tun Seri Lanang*, Jakarta: Pelita Hidup Insani, 2008.
④ 许云樵:《马来纪年》,新加坡:南洋商报社,1954 年。
⑤ 黄元焕:《马来纪年》,吉隆坡:学林书局,2004 年。
⑥ 许云樵:《马来纪年》,新加坡:青年书局,1966 年,第 1 页。

时间概念。正如黄元焕在译本序中提出,《马来传奇》这个名字可能更符合原作的体裁。①

二、对《马来纪年》的内部研究

韦勒克(Rene Wellek)和沃伦(Austin Warren)的《文学理论》为文学研究提出了一个比较完整的框架,分为内部研究和外部研究。内部研究发掘作品内在的审美价值,外部研究揭示与作品相关的社会背景。新加坡学者廖裕芳在《马来古典文学史》中说:"因为《马来纪年》不仅语言规范优美,而且展示了古代马来社会的风貌,所以长久以来得到了学者的关注。"②充分肯定了《马来纪年》的内部和外部研究价值。

韦勒克和沃伦为文学内部研究建立了多层次的内部审美结构。个别文学作品的内部研究结构分为音韵、意象、隐喻和象征、诗和神话四个层次。对《马来纪年》的内部研究包括以下几个方面:

第一,语言特点研究。学者认为《马来纪年》的语言既体现了古典马来语的精髓,又借用了国外语言文字和写作手法。这种语言特点令《马来纪年》具有很高的文学审美价值,首先体现在它的语言音律优美,朗朗上口,是研究古典马来语言的范本。凡·德·沃姆(Van der Vorm)曾说:"任何对马来语感兴趣的人都应该研习《马来纪年》,不仅由于它的语言,而且因为它的内容告诉我们马来王室的传承以及在葡萄牙人到来以前马来王朝的命运。"③1831年,阿卜杜拉·门希出版

---

① 黄元焕:《马来纪年》,第16页。
② "Karena bahasanya yang dianggap betul dan indah, dan juga karena gambaran yang diberikan tentang masyarakat Melayu lama, Sejarah Melayu sudah lama mendapat perhatian para sarjana." Liaw, Y. F., *Sejarah Kesusastraan Melayu Klasik*, Jakarta: Penerbit Erlangga, 1993, p. 93.
③ "It must be said that anyone interested in the Malay language ought to study the work entitled Sulalatu'l-Salatina or penurunan segala raja, not only on account of the language but also because of the contents which inform us about the descent of the Malay kings and the fortunes of the Malay kingdom till the coming of the Portuguese," *Oud en Nieuw Oost-lIndië*, 1726, Vol. III, p. 26.

《马来纪年》的目的之一就是为了使青少年学习到正确的马来语。① 现在,书中的篇章已被纳入马来西亚中小学语文课本中。澳大利亚国立大学的"马来语检索系统"(Malay Concordance Project)收录了《马来纪年》的全部文本,作为马来语经典语库资料供研究者查询、参考。学者对文本中的词汇及语法的相关研究成果,如日本学者福岛弘惠对《马来纪年》中 nobat 和 tabal 两词用法差别的研究②、柴田纪男对《马来纪年》中动词子句的研究③等。另一方面,《马来纪年》借用了丰富的梵语、波斯语、阿拉伯语等外来词汇,外来词的研究对《马来纪年》版本年代的考证和马来语发展研究多有裨益,也反映了印度和阿拉伯文化对当时马来地区的影响。如《马来纪年》中的人物杭·杜亚(Hang Tuah)的官职"海军都督"(Laksamana)来源于印度史诗《罗摩衍那》中罗摩的弟弟的名字罗什曼那。后来这个词汇逐渐演变成马来语中的"海军都督"的意思;朱兰王和海底公主的三个儿子登上的山称作 Maha Meru,名称出自印度神话中的须弥山;Shah 源自波斯语,书中被用来指传说中的马来开国君王。福岛弘惠对《马来纪年》和《巴赛列王传》中的阿拉伯语借词词缀有过详细的比较和论述。④ 马来学者穆罕默德·哈支·萨莱(Muhammad Haji Salleh)认为:"敦·室利·拉囊运用了马来写作传统,广泛借鉴了其他国家的经验。其中印度元素经常被提及也易于辨认。除此之外,也可以在术语、语言、文体、章节组织结构以及其他方面发现爪哇、波斯、阿拉伯甚至葡萄牙的元素。温

---

① Liaw, Y. F. , *Sejarah Kesusastraan Melayu Klasik* , p. 93.

② Fukushima, H. , "A Study of the Classical Malayan Words nobat and tabal in the Sejarah Melayu (the Malay Annals)," *The Bulletin of the International Institute for Linguistic Sciences Kyoto Sangyo University*,1991, 12:53—69.

③ 柴田紀男:"「ムラユ王統記」におけるマレー語動同文の構造(Structures of Verbal Clause in Sejarah Melayu or Malay Annals)."国立民族学博物館研究報告,1982,7(3).

④ Fukushima, H. , "ヒカヤト・ラジャ・パサイとスジャラ・ムラユの中のアラビア語借用語彙:接辞法の比較(Kosa Kata Pinjaman dari Bahasa Arab dalam Hikayat Raja Pasai dan Sejarah Melayu:Studi Perbandingan Afiksasi)." *The Bulletin of the International Institute for Linguistic Sciences Kyoto Sangyo University*,1992, 13:296—317.

斯泰德的判断,即认为作者通晓爪哇语、阿拉伯语和波斯语,是可信的。"①

第二,写作技巧研究。《马来纪年》汇集了马来文学各种写作技巧和体裁的精华。C.C.布朗曾赞美说:"他(作者)的长处是生动如画般的描写,逼真地展现了场景和动作,社会特征和状态。"②他引用了书中很多精彩的故事和描写来阐述作者高超的文学手法,尽管他也承认作者存在对战争场景和女性的描写千篇一律、落入俗套的缺陷。③作者的人物刻画手法高超,例如作者描写杭·杜亚的英雄气概,并没有罗列华丽的辞藻,而是写杭·杜亚所到之处,所有人都跑到他的前面等待他的出现,一睹其英雄气概,甚至在丈夫怀抱中的妇女也不例外。

第三,诗歌和神话传说研究。卢尔温克曾专门研究过莱佛士18号、门希和舍拉拜尔版本中罕见的五行诗,认为诗句最后一行是抄录者或读者的评论笔记。④另外,《马来纪年》汇集了许多当地的民间神话、传说和故事。西村朝日太郎在他的专著《马来纪年研究》中曾给予这样的评价:"(《马来纪年》)清晰地反映了马来人的性情和世界观,因此从民族学的角度也是非常有意思的。"⑤富泽寿勇认为《马来纪年》是

---

① "Tun Seri Lanang menulis dari suatu tradisi sastera Melaka yang membawakan pengalaman dunia luas. Unsur-unsur India sudah sering disebutkan dan agak jelas kelihatan. Tetapi di samping itu unsur Jawa, Parsi, Arab dan malah Portugis dapat kita lihat dalam istilah, bahasa, gaya atau struktur penyusunan bab dsb. Kita dapat bersetuju dengan Winstedt bahawa pengarang ini mengetahui bahasa-bahasa Jawa, Arab dan Parsi "Muhammad Haji Salleh, *Sulalat al-Salatin:Adikarya Akalbudi Melayu*.

② "His forte is vivid and picturesque description, the lively presentation of scenes and actions, characteristics and states of society."Brown, C. C. , "A Malay Herodotus," *Bulletin of the School of Oriental and African Studies*, University of London, 1948, 12(3/4): 730－736.

③ Ibid.

④ Roolvink, R. , "Five-line songs in the Sejarah Melayu?" *Bijdragen tot de Taal-, Land-en Volkenkunde*, 1966, 122: 455－7.

⑤ "マライ人の心理的性格や世界観がかなり明瞭に反映しているので民族学的にも極めて興味の多いもの。"西村朝日太郎「馬来編年史研究(スヂャラ・マラユ)」東亜研究所,1942.

一则揭示了马来人宇宙观的"王权神话",围绕这一"神话核"分析了它的结构。指出伊斯坎达王的后代朱兰王与海底公主的结合体现了大地/水元素的结合,他们诞下的三个王子与须弥山上的种稻妇女结合,象征地—水—天三个宇宙元素的统一,使马来王权具有神圣的合法性。从槟榔花中生出的包·格朗(Pau Glang)的经历以相反的顺序重现了上述宇宙观。而后文中丹戎普拉王子(水)和麻喏巴歇女王(天)的结合,他们的女儿嫁给马六甲王(大地)的情节再次隐蔽地印证了这一宇宙观。① 不仅本土的神话传说被编录进书中,作者还借用了其他地区的传说故事以达到称颂和神化君王的目的。例如《马来纪年》中描述具有神话色彩的马六甲苏丹的身世时就是以伊斯兰传奇小说中的著名人物伊斯坎达·左勒盖尔奈英(Iskandar Zulkarnain)为原型的。② 而另一些学者认为文中的民间文学并非完全虚构,而是有一定的历史根据,反映了在马来社会相继进行的印度化和伊斯兰化过程。③ 传说故事中不乏具有历史记载和考古依据的片段,如朱兰王的传说可以从印度丹柔里的石碑碑文中找到历史原型,即1017—1024年间注辇王拉真陀罗进攻马来亚的事件。④

三、对《马来纪年》的外部研究

文学作品外部研究对象指作品产生的外部条件,包括传记、心理学、社会、思想和其他艺术五个方面。对《马来纪年》的研究始于二十

---

① 富沢寿勇:"「スヂャラ・ムラユ」の構造:マライ王権神話研究試論."民族學研究,1981,46(1):55—79.

② 王青:《马来文学》,北京:外语教学与研究出版社,2004年,第30页。

③ Othman, H., *Conceptual Understanding of Myths and Legends in Malay History*, 2008. 原文网络地址: http://www.ukm.my/penerbit/sari/SARI26-07/sari26-2007[06]new.pdf.

④ Winstedt, R. O., "Kingship and Enthronement in Malaya," *Journal of the Royal Asiatic Society of Great Britain and Ireland*, 1945, (2): 134-145. Hsu, Y. T., "Meninjau Sejarah Melayu dari Segi Nilaian Sejarah. IN Zahrah Ibrahim (edit)," *Sastera Sejarah: Interpretasi dan Penilaian*, Kuala Lumpur: Dewan Bahasa dan Pustaka, Kementerian Pelajaran Malaysia, 1986, pp. 37-55.

世纪后半期,以荷兰的学术机构为先驱,英国、法国等欧洲国家紧随其后。二十世纪,美国继承了部分欧洲的学术成果,开创了研究新领域,而亚洲国家加入《马来纪年》研究行列则是比较晚近的事了。总体来看,前期的研究主题围绕《马来纪年》的版本比较和内部研究(语言、诗歌和神话传说研究),以及部分外部研究(作者身份、成书背景、创作目的)。随着研究的不断深入和相关资料的发现,《马来纪年》中的史实和杜撰被仔细甄别,外部研究逐渐丰富起来,如对马来历史、社会文化和艺术的研究。虽然后期的研究不再将《马来纪年》作为考证历史的主要依据,但是它提供了一些完整而珍贵的本土资料,被嵌入东南亚历史、宗教、社会等领域的研究中。

第一,作者传记。《马来纪年》的作者身份和创作时间一直是未解的谜题。讨论作者身份问题首先应明确,《马来纪年》不是一部个人作品。因为《马来纪年》在《诸王世谱》的基础上,增加了许多故事和神话传说使之丰富,并且经过数次修订,产生了至少七种版本。这绝非个人之功。其次,讨论主要作者的身份,必须指出讨论目标为哪个版本。研究成书时期同样应回答这个问题。关于作者身份,目前主要有四种意见:

(1)在门希、舍拉拜尔、阿赫玛德等版本的序言中明确提出奉旨编纂《马来纪年》的人是柔佛宰相敦·室利·拉囊。杜古·伊斯坎达(Teuku Iskandar)、廖裕芳、阿赫玛德(A Samad Ahmad)、易卜拉欣(Muhd. Yusof Ibrahim)、穆罕默德·哈支·萨莱(Muhammad Hj. Salleh)、哈希姆(Muhd. Yusoff Hashim)和西蒂·萨勒(Siti Hawa Salleh),都同意《马来纪年》的主要作者是敦·室利·拉囊。而温斯泰德、许云樵、谢文庆(Cheah Boon Kheng)和伊斯玛仪(Abdul Rahman Ismail)认为,敦·室利·拉囊是《马来纪年》的编辑者之一,却不是作者。

(2)温斯泰德认为,莱佛士18文本的作者是熟知宫廷生活的泰米尔人后裔,他熟练掌握梵语、泰米尔语、阿拉伯语和波斯语。此人应是敦·班邦(Tun Bambang),阿卜杜拉王的侄子。

(3)布拉戈登(Blagden)提出,从作者的语言特点以及写作意图看,作者很可能来自霹雳州。

(4)维克(C. H. Wake)在1983年发表的论文中指出,"从果阿来的富人"(Orang Kaya Sogoh dari Goa,Sogoh 又作 Suku 或 Suguh,Goa 又作 Goha)是本书的作者和保存者,此人与霹雳州的宰相有血缘关系,参加过1511年的抗葡战斗。尤素夫·伊斯坎达(Yusoff Iskandar)和阿卜杜尔·拉赫曼·卡尔赫(Abdul Rahman Kaeh)认为,《马来纪年》初稿在1511年前已经完成。马六甲被葡萄牙攻陷后,《马来纪年》手稿被带到柔佛,由敦·室利·拉囊改写。① 关于成书时期,卢尔温克认为,莱佛士18文本完成于1612年,长短版本编纂成书在18世纪后半叶。而温斯泰德认为,莱佛士18文本在1532年前已经完成,1612年经过编辑后,形成长短两种版本。② 许云樵也认为,《马来纪年》大部分至少是在1612年的80年前完成。③

第二,创作目的。廖裕芳认为,《马来纪年》的创作目的之一是为了向马来臣民展示马来历代统治者的伟大和权威,提高臣民对国王的忠诚度,使之永不背叛君王。《马来纪年》中记载,马来臣民永远不背叛君王,君王永远不可以侮辱他的臣民。此约定是马来君王和臣民应遵守的基本原则,也是巩固王权的基础。C.C.布朗也指出对统治者的绝对忠诚、"犯上"禁忌和重视荣誉是马来臣民的主要特点。④ 米尔纳(Milner)认为,作者通过把君王描写成真主的代言人,并重新解释《古兰经》,来神化君主的绝对权威,使这个基本原则成为决不可违的禁忌。⑤ 宋聘分析了《马来纪年》中关于制定君臣协议的文本发现,这项协约是经过马来传统中特有的"讨价还价"式的协商(mesyuarat)达成的。"君主应言行公正(adil),不辱臣民(fidihat),否则会亡国;臣民应忠君(setia),不犯上作乱(durhaka),否则会遭天谴。"对臣民和君主的约束分别来自梵语和阿拉伯语中的两对词语,反映了在印度文化和伊斯兰教文化的影响下,马来

---

① V. Thilagavathi Gunalan,"Genesis Autograf Sejarah Melayu," *JEBAT*,1999,26:101—119.
② Liaw, Y. F., *Sejarah Kesusastraan Melayu Klasik*, p.97.
③ 许云樵:《马来纪年》,第323页。
④ Brown, C. C., "A Malay Herodotus."
⑤ Milner, A. C., "Islam and Malay Kingship," *Journal of the Royal Asiatic Society of Great Britain and Ireland*,1981,(1):46—70.

传统君权观念从本土的、模糊的雏形逐步发展,被实体化和被完善的过程。然而,《马来纪年》直接将发展完善了的君权观放在王权历史的开端,称马来建国伊始就有了君臣誓约,这是作者为了达成提高君主权威的创作目的而有意为之的。① 虽然书中极力宣扬"忠君"的思想,但是沃克(Walker)对前殖民时期马来地区的权力来源以及政治文化领域中社会行动产生之动因进行研究,发现《马来纪年》的文本对这两个问题的阐述多有异议,具有多元化的特点。虽然作者着力宣传王权的至高无上,但是在描写到现实的宫廷斗争和朝中纪事时,王权也受到来自地区身份、地方世袭、亲族义务、尊严和自主权的挑战。② 可见,《马来纪年》中宣扬的价值观是统治者为了巩固王权、教育人民而创造出来的,与现实中的行动准则并不完全一致。虽然作者的创作目的之一是赞颂统治者的权威,然而作者并没有脱离历史过分渲染统治者的功绩,对统治者的缺点也不避讳提及。

创作目的之二,是赞颂马来民族的勇敢和智慧等美好品德。书中记载马来使团巧施计谋窥看中国皇帝面容,不用一兵一卒巧退暹罗军等故事,读起来十分有趣又巧妙地赞扬了马来民族的智慧。③ 除了上述两个写作目的,安托尼·雷德(Antony Reid)提出撰写《马来纪年》的另一目的是为了解释马六甲何以在1511年的抗葡战争中被击败。葡萄牙人的武器更先进当然是原因之一,而马来人更相信另外一个原因:马来君主苏丹·马哈茂德(Sultan Mahmud)觊觎宰相室利·摩诃罗阇(Seri Maharaja)的美丽女儿,又听信谗言,杀害了宰相,违背了君臣誓约,因此遭到灭国的天谴。④ 君臣誓约体现了君与民之间的庇护关系。君主从真主处得到非凡的权力,作为臣民的精神领袖和一切资源的拥有者,向臣民提供庇护。作为回报,臣民应向君主尽忠。《马来

---

① 宋聘:《马来传统君权对现代领导人权威的影响——以马哈蒂尔为例》,外国语学院,北京大学,硕士论文,2008年。

② Walker, J. H., "Autonomy, Diversity, and Dissent: Conceptions of Power and Sources of Action in the Sejarah Melayu (Raffles MS 18)," *Theory and Society*, 2004, 33(2): 213-255.

③ Liaw, Y. F., *Sejarah Kesusastraan Melayu Klasik*, pp. 95-96.

④ Reid, A., *Charting the shape of early modern Southeast Asia*, Singapore: Institute of Southeast Asian Studies, 2000.

纪年》中杭·杜亚为了保护君主不惜杀害结拜兄弟的故事正体现了君臣誓约背后的"庇护关系"本质。而苏丹·马哈茂德辜负了臣民对他的忠诚,违背了庇护关系的原则,遭到天谴失去王位,这正是在马来人可接受的逻辑范围内寻找到的合理解释。如果不是出于这个原因而出现了另外的解释,那么马来人的传统逻辑意识和规范便会受到挑战。① 由此看来,《马来纪年》的成书在马来王朝行将灭亡的时刻,起到了巩固马来民族意识形态和社会规范的作用。

第三,内政外交史。书中对朝中史实和马来王朝对外关系的记载为学者批判性的历史研究提供了线索。在相关译本出现之前,荷兰学者凡·德·沃姆和瓦伦泰因(Valentijn)就对《马来纪年》进行过研究,并根据书中记载大致描绘出马六甲王朝简史和王族谱系。② 许云樵认为,中国典籍中记载的拜里迷苏拉(Parimicura)和母幹撒干的儿沙(Megat Iskandar Shah)两位君王是《马来纪年》中马来开国君伊斯坎达·沙(Iskandar Shah)的原型。③ 布拉戈登对马来王朝的官制有过详细的介绍。④ 在中央和地方的权力关系上,安达亚(Andaya)依据文本相关资料指出外岛和马来王国权力中心地带保持着不紧密的效忠关系,葡萄牙人的到来更加削弱了这层关系。⑤ 在和中国的对外关系方面,通过和《明史》等中国的历史记录相互比较、印证,中马两国的友好交往的历史细节逐渐清晰起来。⑥ 明朝和马来的友好关系为马来华侨移民创造了良好的

---

① 傅聪聪:《马来庇护文化与庇护关系的形成与演变》,外国语学院,北京大学,硕士论文,2008年。
② Roolvink, R. , "The Variant Versions of the Malay Annals," *Bijdragen tot de Taal-, Land-en Volkenkunde*, 1967, 123 3: 301—324.
③ 许云樵:《马来纪年》,第 303 页。
④ Blagden, C. O. , "Shahbandar and Bendahara," *Journal of the Royal Asiatic Society of Great Britain and Ireland*, 1921, (2): 246—248.
⑤ Andaya, B. , "Recreating a vision: Daratan and Kepulauan in historical context," *Bijdragen tot de Taal-, Land-en Volkenkunde*, 1997, pp. 483—508.
⑥ 郑闰:《和与满剌加三代国王——兼论明代中国与马来西亚的友好关系》,"睦邻友好"郑和学术研讨会,江苏南京,2002年。

社会环境,《马来纪年》中汉丽宝公主①远嫁马来王国的传说表明移民与当地社会融合得非常紧密。②

第四,宗教发展史。马来地区曾两度经历外来宗教文化的大规模影响,首先是来自印度的佛教(或湿婆佛教),而后是伊斯兰教。虽然《马来纪年》成书之际,马来地区早已被伊斯兰化,然而书中的神话、传说、地名等内容仍然隐含了与第一次宗教传播相关的信息。许云樵认为,三王子乘白牛到须弥山一节,三王子暗指印度教三大神(梵天、湿婆和毗湿奴),白牛为湿婆的坐骑。而新加坡和马来亚的命名也与佛教有关:新加坡意为"狮城",来源于古佛国"狮子国"——锡兰的别称以及佛教用品狮子座;而马来亚(Malaya)源自梵语,译为"山"③。《马来纪年》、《诸蕃志》和马可波罗笔记等资料对研究伊斯兰教在马来群岛的传播有着举足轻重的作用。马来地区保存下来的文字历史数量稀少,更使得《马来纪年》成为不可多得的本土历史资料。须文答剌—巴赛国首位苏丹的墓碑的发现证明,《马来纪年》对南洋群岛第一个伊斯兰教国家建国时间的记述符合历史事实。④ 书中记录马六甲王朝从第三代国王开始皈依伊斯兰教,成为伊斯兰教在彭亨、吉兰丹、北大年等周边地区传播的中心也是可信的。⑤《马来纪年》中记载了这样一则故事:当葡萄牙殖民军进攻马六甲之前,卫国士兵向苏丹祈求赠予《穆罕默德·哈乃斐传》(*Hikayat Muhammad Hana-fiah*),以激励士气。而苏丹赐予了他们《阿米尔·哈姆扎传》(*Hikayat Amir Hamzah*)。穆罕默德·哈乃斐是伊斯兰教刚创立时的英雄人物,而阿米尔·哈姆扎是伊斯兰教诞生前的波斯英雄,但他们都被描写成伊斯兰教的英雄

---

① 汉丽宝,马来语 Hang Li Poh 的音译。汉丽宝的故事在今日马来西亚家喻户晓,相传是明代嫁给马六甲苏丹的中国公主。本次翻译的《马来纪年》版本中,马来文原书 104 页出现的中国宰相名字 Li Po 和原书 106 页出现的中国公主名字 Hang Liu 分别音译为"李珀"和"杭柳",后者通常被认为就是汉丽宝公主。
② 张应龙:《郑和下西洋与满剌加的中国移民》,《学术论坛》,2006 年,第 3 期。
③ 许云樵:《马来纪年》,第 288—290 页。
④ 廖大珂:《1511 年前伊斯兰教在印度尼西亚的传播》,《南洋问题研究》,1995 年,第 3 期。
⑤ 黄云静:《伊斯兰教在东南亚早期传播的若干问题》,《中山大学学报(社会科学版)》,2000 年,第 1 期。

人物，并受到马来伊斯兰教社会的推崇，说明了马来社会的伊斯兰教文化并非直接来源于阿拉伯，而是经过波斯和印度传入的，融入了波斯和印度文化。①

第五，艺术与风俗。《马来纪年》是一幅展示马来王朝瑰丽艺术和精致建筑的风情画。书中提到的服饰、铁器、家具、乐器、花园无不具有十五、十六世纪马来的异域情调。阿里（Zakaria Ali）认为，这些物件具有两重意义：在叙述中偶然提到的物件描绘出了当时马六甲和周边海港城市的物质文化成就，也透露出当时的马来人理解和评价这些艺术品的标准。②。阿里的文章引用了《马来纪年》中马六甲苏丹派杭·纳迪姆去羯陵伽寻找能工巧匠创作纱笼布匹的故事，讨论了当时的马来风格的纱笼图案主题以及各国的染色工艺和布匹交易；介绍服装和饰品的穿着佩戴规范，如金子饰品和家具、黄色的服装和白色的伞是君主的专用物，普通人被禁止使用；格里斯短剑的保存和佩戴方式以及清真寺的建制等。③ 舍尔文（Sherwin）竟利用文本中"对建筑极为清晰和简明的描述"描绘出了马来国王苏丹·曼苏尔·沙的宫殿的草图。④ 此外，《马来纪年》对马来王国的社会文化和农业文化的描写为研究东南亚文化提供了诸多材料，如雷德（Reid）对马来社会嚼槟榔的习俗的研究⑤，杨（Jong）对东南亚农业仪式的解读⑥等等。

---

① 王青：《马来文学》，第 25—26 页。

② Ali, Z., "Notes on the Sejarah Melayu and Royal Malay Art," *Muqarnas*, 1993, 10: 382—386.

③ Ali, Z., A brief survey of Malaysian Art, Universiti Pendidikan Sultan Idris. Ali, Z., "Notes on the Sejarah Melayu and Royal Malay Art," *Muqarnas*, 1993, 10: 382—386.

④ Sherwin, M. D., "The Palace of Sultan Mansur Shah at Malacca," *The Journal of the Society of Architectural Historians*, 1981, 40(2): 101—107.

⑤ Reid, A., "From Betel-Chewing to Tobacco-Smoking in Indonesia," *The Journal of Asian Studies*, 1985, 44(3): 529—547.

⑥ Jong, P. E. d. J. d., "An Interpretation of Agricultural Rites in Southeast Asia, with a Demonstration of Use of Data from Both Continental and Insular Areas," *The Journal of Asian Studies*, 1965, 24(2): 283—291.

四、小结

本文从版本研究、文学内部研究和外部研究三个方面梳理了迄今对《马来纪年》的主要研究成果。对《马来纪年》的研究跨越了三个世纪,超越了地域的限制,足以说明这部作品内涵之丰富,影响之深远。梁立基先生认为《马来纪年》在七个方面体现出了卓越的历史价值:巩固王权的统治基础;奠定了马来王朝君臣应遵守的基本原则;比较真实地反映了马来王朝的对外关系史;揭示了马来王朝成败之理;在文学上汇集了不少民间文学的精华;成为古典马来语言的典范;在殖民者侵略的时代具有呼唤民族自豪感的精神价值。① 这七个方面囊括了既往的学者们对《马来纪年》研究的几个最重要的视角。

然而不论是对这部文学作品本身的研究,还是对书中历史材料的挖掘,抑或对现有研究成果的整理和再研究,都留有一定的发展空间。

1. 在版本研究方面,不同手稿的内容比较已经取得一些成果,而版本间的继承和发展关系还没有明确。在一些关键情节上,各版本间存在不一致,如杭·杜亚手刃的结拜兄弟是杭·卡斯杜里(Hang Kasturi)还是杭·杰巴特(Hang Jebat)②,以及兄弟相残的原因,在不同的版本中阐述各异。这一点不仅关系到对当时马来人价值观的理解,而且和《杭·杜亚传》(*Hikayat Hang Tuah*)等文学作品的比较也要建立在版本间内容无矛盾的基础上。

2. 《马来纪年》作为一部马来经典文学作品,其美学价值还需深入挖掘。不仅它的语言应该得到重视,它的叙事结构研究、班顿诗歌研究、与同时期其他马来文学作品的比较研究、与同期影响较大的外国文学和宗教文学的比较研究,都是值得继续研究的课题。

3. 外部研究中,一些重要的问题还没得到公认的答案。迄今为止,《马来纪年》的作者和成书时间尚未得到一致的结论。书中记载的

---

① 梁立基:《印度尼西亚文学史(上)》,北京:昆仑出版社,2007年,第228—234页。
② 其他版本间不一致的内容详见 Ahmad, A. S., *Sulalatus salatin (Sejarah Melayu)*, Kuala Lumpur: Dewan Bahasa dan Pustaka, Kementerian Pelajaran Malaysia, 1979.

历史事实虽然并非凭空杜撰,然而某些部分却也明显有夸张成分,以至于学者只把书中的记载作为相关研究的辅助参考资料,而不被用作研究的论据。对文本提供的资料还需深入挖掘。

  4.研究成果间的联系不足。《马来纪年》专门研究的成果非常丰富,涉及的领域非常广泛,但是由于相关研究资料的缺乏和这部作品本身的复杂性和综合性,研究成果之间的关联性和传承性并不明显。

(作者 薛松)

试析《马来纪年》的语言风格

【内容提要】《马来纪年》[1]是马来古典文学的巅峰之作,不论从语言、文化、文学还是历史的角度,该著作都堪称经典。就语言而言,《马来纪年》不仅包含经典的皇室用语、精辟的谚语格言、晦涩难懂的宗教语言,还包含独具特色的被动句。本文试运用印度尼西亚文体学理论探讨《马来纪年》的语言风格。

【关键词】《马来纪年》马来语[2]　文体学　语言风格

  风格,即英语的 style,源于拉丁文的 stylus(原指"笔尖",后引申为"写作风格"),既可指某一作家的文风,也可指某一时代运用的语言风格;既可指一种语体的特征,又可指一部作品的语言特色。[3]本文所指的风格主要有两层意思,即某一时代运用语言的风格和一种语体的特征。本文将首先从书面语体特征考察《马来纪年》作为书面语体尤其是书面文学语体的语言风格,其次从中期马来语的特征考察《马来纪年》所体现的时代特色。

一、《马来纪年》语言的书面语体特征

  与其他语言一样,印度尼西亚语的语体分为口头语体和书面语体两类。作为经典文学名著的《马来纪年》属于书面语体,具有书面语体的典型特征。

---

  [1]　本文采用的研究文本是 *Sulalat al-Salatin ya'ni Peteturun Segala Raja-Raja*(*Sejarah Melayu*), Karangan Tun Seri Lanang, dikaji dan diperkenalkan oleh Muhammad Haji Salleh, Yayasan Karyawan dan Dewan Bahasa dan Pustaka, Kuala Lumpur, 1997.
  [2]　本文所指的马来语包括古代的马来语和今天的马来西亚语及印度尼西亚语。
  [3]　孔远志:《印度尼西亚文体学》,北京:北京大学出版社,1993年,第23页。

（一）从词汇学的角度而言，《马来纪年》大量使用文学专业术语，以准确地描述和表达事物。如：

1. Maka segala raja-raja daripada segala pihak negeri pun berkampunglah dengan segala rakyatnya, tiada terhisabkan banyaknya.（《马来纪年》，第 11 页）

（于是，各个属国的国王和臣民都聚集在一起，数不胜数。）

2. Maka Uwan Empuk dan Uwan Malini pun khairan tercengang, syahadan dengan takjubnya melihat rupa orang muda terlalu amat baik parasnya dan sikapnya, syahadan pakaianya pun terlalu amat indah-indah.（《马来纪年》，第 21 页）

（万·恩布克和万·马里尼目瞪口呆，惊奇地发现，那个年轻人容貌俊秀，态度和蔼，衣着华丽。）

其次，大量使用旧词和古词。旧词和古词一般出现在书面语体，特别是旧文学和古典文学或描写历史的现代文学作品中。[①] 如：

3. Maka Paduka Seri Maharaja pun kembalilah ke istana baginda.（《马来纪年》，第 56 页）

（于是，国王陛下就回到了宫中。）

4. Adapun, keris itu pertama diaugerahkan baginda kepada Raja Dana.（《马来纪年》，第 89 页）

（却说，国王把第一把短剑赐给达那王。）

5. Sekali persetua Sultan Mahmud Syah pergi bermain dengan isterinya Tun Biajit, anak Laksamana.（《马来纪年》，第 157 页）

（一次，苏丹·马哈茂德·沙去找敦·比亚吉特的妻子，即海军都督的女儿私通。）

此外，《马来纪年》中常见的古词还有 hatta（于是，然后），syahadan（之后，接着），arkian（过后，接着；且说），sekali peristiwa（从前，有一次）等。

[①] 孔远志：《印度尼西亚文体学》，第 23 页。

(二)从词法学角度而言,《马来纪年》多使用连接词。如:

6. Setelah sudah kahwin maka Sultan Mahmud Syah pun berangkatlah ke istana baginda, santap pun baginda tiada.(《马来纪年》,第201页)

(婚礼结束后,苏丹·马哈茂德·沙还没用膳便启程回宫。)

7. Hai anakku, jikalau hendak beristeri baik parasnya seperti ma bongsu itu pergilah engkau merompak ke Hujung Tanah, mencari perempuan serupa dengan dia. (《马来纪年》,第118页)

(嗨,我的孩子,如果你想有一个像我的王妃一样美貌的妻子,那你可以到天涯海角,寻找一个与她一样美貌的女子。)

8. Adapun Hang Tuah berjalan itu belum tetap lagi, teranggar-anggar, karena lama sangat dalam pasungan itu. (《马来纪年》,第99页)

(却说,杭·杜亚走路不稳,跌跌撞撞,因为待在牢里太长时间没有动弹了。)

(三)从句法学角度而言,《马来纪年》有三大特点。

第一,很少使用包含多个复句的长句。这与其他文学作品的句子特点有较大差别。有些句子看似很长,实际上仅是一个单句(例句9)或一个简单复句(例句10)。如:

9. Maka baginda pun memberi anugerah persalin akan bendahara dengan pakaian yang mulia-mulia dan Seri Bija al-Diraja dan segala hulubalang yang mengiringkan Bendahara Paduka Raja.(《马来纪年》,第78页)

(于是,国王将华丽的服饰赐予巴杜卡·罗阇宰相及所有跟随宰相的武将。)

10. Setelah Nina Suara Dewana kembali dari rumah Bendahara Seri Maharaja maka pada waktu tengah malam Kitul pergilah ke rumah Raja Mendiliar.(《马来纪年》,第204页)

(尼纳·苏腊·迪瓦纳从室利·摩诃罗阇宰相的家中回来后,在午夜时分,基图尔便前往罗阇·门德利亚家中。)

实际上,《马来纪年》中更多的是类似 Maka Laksamana pun masuklah mengadap Sultan Mahmud Syah.（于是大将军进去拜谒苏丹·马哈茂德·沙。）这样的短句。

第二，多用陈述句。除对话外，《马来纪年》中罕见疑问句和感叹句，以描述事件和情况的句子居多。如：

11. Sudah mangkat maka ayahanda baginda pula kerajaan.（《马来纪年》，第 214 页）。

（国王驾崩后，国王的父亲主持朝政。）

12. Setelah itu maka ada seorang Jawa demam.（《马来纪年》，第 97 页）

（之后，一个爪哇人发烧了。）

第三，多使用被动句。《马来纪年》的最大语言特色就是被动句极其丰富，且别具特征，概而言之，共有五大基本特征。

一是数量大、种类全。《马来纪年》中的被动句数量大，与主动句不相上下。以该书第 16,17,18 章为例，第 16 章共 96 个句子，其中含有被动态动词的句子 56 个，占总数的 58.3%；第 17 章共 46 个句子，被动句 20 个，占总数的 43%；第 18 章共 81 个句子，其中被动句 44 个，占总数的 54%。就全书而言，每一章所含被动句的比例大致在 50% 左右。由此可见，被动句在《马来纪年》中的分量是相当重的。如果与现代马来语中被动句的数量相比，《马来纪年》中被动句的数量已经很多了。不仅如此，《马来纪年》中的被动句种类比较齐全。初步统计，共含有五类被动句：

第一类：含有人称代词的被动句：

13. Bahawa raja hamba terlalu sekali amat kasihinya akan Raja Iskandar, tiada dapat hamba sifatkan.（《马来纪年》，第 5 页。）

（第一人称代词）（我的国王非常喜欢伊斯坎达王，以至我无法形容。）

14. Bicarakan oleh kamu pada segala kebesaran Allah.（《马来纪年》，第 4 页。）

（第二人称代词）（你们谈论真主安拉的伟大。）

15. Barang yang dapat habis dibunuhnya.（《马来纪年》，第 13

页。）

（第三人称代词）（得到的东西都被他毁掉了。）

第二类：带前缀 di-动词的被动句：

16. Maka sekalian arta itu disedekahkan akan segala fakir dan miskin.（《马来纪年》,第 7 页。）

（于是,所有的财物被施舍给穷人。）

第三类：带前缀 ber-动词的被动句：

17. Maka segala orang yang berparang itu pun menjadi campur baurlah, tiada berkenalan lagi.（《马来纪年》,第 13 页。）

（于是,所有手持长刀的人都混杂在扬起的尘土中,无法辨认。）

18. Maka kedua gajah itu pun tiada beralahan.（《马来纪年》,第 13 页。）

（两头大象也未分胜负。）

第四类：带前缀 ter-动词的被动句：

19. Maka segala raja-raja daripada segala pihak negeri pun berkampunglah dengan segala rakyatnya, tiada terhisabkan banyaknya.（《马来纪年》,第 11 页。）

（第二人称代词）（各王国的国王们都带着他们的臣民集聚一堂,数不胜数。）

第五类：带前后缀 ke-an 动词的被动句：

20. Maka kedengaranlah khabarnya ke Benua China.（《马来纪年》,第 15 页。）

（于是听到了前往中国的消息。）

纵观全书,我们发现尽管《马来纪年》中的被动句种类齐全,但 di-型被动句还是占了绝对多数。看来强势的 di-型被动句至少在十七世纪就已经成为被动句的主流。

二是 oleh 引导第二人称被动句。《马来纪年》中第二人称代词被动句用 oleh 引导,这与现代马来语被动句相差甚远。现代马来语第二人称代词被动句与第一人称代词被动句一样,由人称代词＋省略词首的动词构成。如：Pakaian ini anda beli dari mana?（《基础马来西亚语第一册》,第 138 页,北京:外语教学与研究出版社,1993 年。)

《马来纪年》中由 oleh 引导的第二人称代词被动句基本句型是谓主式单动词谓语被动句①。如:

21. Ketahui olehmu, bahawa aku memanggil engkau ini aku hendak bertanyakan bicara kepadamu. (《马来纪年》,第 5 页。)

(你们知道,我叫你们来是有问题问你们。)

22. Bicarakanlah oleh kamu. (《马来纪年》,第 15 页。)

(你们说吧!)

从语义上看,这类被动句的句模一般为{动核+施事+受事}或{动核+施事}(省略式),例句 21 中的 mu 为施事,bahawa 从句就是受事,ketahui 为动核。同理,例句 22 中的施事是 kamu,动核是 bicarakanlah,受事承接上文省略。

从语用上看,这类被动句的述题经常后置或省略。例句 21 中的 bahawa 从句就是句子的述题部分,而例句 22 中的述题则承前省略。

三是被动句引导词 oleh 常用。现代马来语被动句中,被动态引导词 oleh 经常被省略②,但《马来纪年》被动句中紧跟被动动词的引导词 oleh 常常被保留。oleh 除了引导第二人称代词 kamu 或 mu 外,也引导名词充当句子补语。如:

23. Setelah dilihat oleh Raja Syulan, maka ia syegera tampil menaiki gajah meta. (《马来纪年》,第 12 页。)

(朱兰王看了之后,便立即上前骑上大象。)

当然,oleh 也有省略的情况,如:

24. Tuan puteri anak Raja Hindi pun dibawa baginda. (《马来纪年》,第 7 页。)

(兴迪王的公主也被国王带走了。)

---

① 关于马来语被动句的分类,请参阅拙文《现代马来语 di 型被动单句的句法语义研究》(骆永昆)(北京大学硕士论文)。

② 至于 oleh 究竟能不能省略,学术界还存在很大争议,但现代马来语被动句省略 oleh 已被默认,且逐渐成为一种趋势。相关内容,可参见拙文《现代马来语 di 型被动单句的句法语义研究》。

但第三人称代词 nya 不使用 oleh 引导,这与现代马来语第三人称被动句有所不同。如:

25. Maka segera dipanahnya.(《马来纪年》,第 12 页。)

　　(于是,他立即放箭。)

现代马来语中,有 olehnya 的用法,如:Yang di-Pertua boleh pada bila-bila masa meletakkan jawatannya melalui surat yang ditandatangani olehnya.(《马来西亚联邦宪法》,第 38 页。)

四是倒装被动句数量多。现代马来语被动句经常以两种形式出现,即基本形式:主语+谓语(被动动词)+宾语+……,如:Anak itu dididik oleh Pak Li dengan baik. 或 Banyak rumah baru telah dibina.(《基础马来西亚语》第一册,第 138,139 页。)和倒装形式:谓语(被动动词)+主语+宾语+……,如:Dan dihalaunya seekor anjing yang hampir dengannya.(Salina,1980:1)。相比较而言,倒装被动句在现代马来语被动句中数量不是太多。但在《马来纪年》中,倒装被动句的数量相当惊人,几乎占了被动句的一半。具体说来,《马来纪年》中的倒装被动句可分为两大类:

第一类:oleh 引导的补语倒装置于句首,如:

26. Maka oleh Sultan Mahmud Syah akan Raja Abdullah diambil baginda akan menantu.(《马来纪年》,第 165 页。)

　　(于是,苏丹·马哈茂德·沙收阿卜杜拉王为女婿。)

27. Maka oleh Hang Nadim segala artanya dinaikkannyalah kepada kapal itu.(《马来纪年》,第 176 页。)

　　(于是,杭·纳迪姆便把所有的财物都装到船上。)

第二类:被动动词倒装置于句首,如:

28. Maka dititahkan Raja Iskandar, ia kembali ke negerinya.(《马来纪年》,第 4 页。)

　　(于是,伊斯坎达王下令回国。)

29. Maka dipalu oranglah genderang berangkat.(《马来纪年》,第 8 页。)

　　(于是,人们敲起启程的大鼓。)

值得注意的是,第一类 oleh 置于句首的被动句在现代马来语被动句中比较少见,但《马来纪年》中这类被动句数量并不少。

五、di-nya+oleh+Noun 被动句。di-nya+oleh+Noun 式被动句非常独特,这类被动句在现代马来语中并不常见。如:

30. Maka disuratnyalah oleh segala mereka itu dengan bahasa Hindustan.(《马来纪年》,第 18 页。)

(于是,他们用印度斯坦语在石头上写字。)

31. Maka dibelahnya oleh segala utas suatu batu.(《马来纪年》,第 18 页。)

(于是,石匠们把一块石头劈开。)

32. Maka dilihatnya oleh Uwan Empuk dan Uwan Malini rumahnya di atas Bukit Seguntang itu bernyalah seperti api.(《马来纪年》,第 20 页。)

(于是万·恩布克和万·马里尼看见山上的房屋像火一样燃烧着。)

33. Maka diambilnya oleh menteri Raja Culan seekor kuda betina yang baik.(《马来纪年》,第 18 页。)

(于是,朱兰王的大臣便带走了一匹优良的母马。)

上述四个例句中的 di-nya 结构可分为两类:一类是例句 30 的 di-nya 结构,该句中的 nya 在句法上是主语,语义上是受事,语用上是主题。该句实际上是 Ia disurat oleh segala mereka itu dengan bahasa Hindustan. 的倒装形式。另一类结构是例句 31、32、33,这类结构中的 nya 在句法上是形式主语(真正的主语是施动者后面的名词),语义上是受事,语用上是主题。这类结构中的 nya 可以省略,但例句 30 中的 nya 不可省略。值得注意的是,这两种结构中的 nya 在句法、语义和语用平面都很相似,但从语用平面分析,一个是主题倒装移位(例句 30),一个是主题后置(例句 31)。

二、《马来纪年》语言的文艺语体特征

作为文学作品的《马来纪年》,其语言具有形象性,即以艺术的魅力从感情上打动读者。形象性是文艺语体的本质特征,主要体现在对

人物、场面和情节的描写上。①文学作品往往凭借栩栩如生的形象,动之以情,晓之以理,给人以美的享受。下面将摘录的是两位马来英雄打斗的场面:

> 34. Maka Hang Kasturi pun menyisihlah. Maka Hang Tuah pun naik. Maka dilihat Hang Tuah pada dinding istana ada sebuah utar-utar kecil. Maka segera diambil oleh Hang Tuah. Maka Hang Tuah bertemu-tikamlah dengan Hang Kasturi. Adapun Hang Tuah berutar-utar dan Hang Kasturi tiada. Maka dilihat oleh Hang Tuah gundik raja yang diperkendakinya oleh Hang Kasturi itu sudah dibunuhnya, maka ditelanjanginya, maka oleh Hang Tuah seraya ia bertikam itu sambil dikuiskannya kain perempuan itu dengan kakinya, rupanya seperti diselimut orang miskin. (《马来纪年》,第99—100页)
>
> (杭·卡斯杜里侧身躲闪。杭·杜亚跳跃上去。这时,杭·杜亚看见宫廷的墙壁上挂着一个牛皮制的小型盾牌,于是将它取走,与杭·卡斯杜里刺杀起来,但杭·卡斯杜里没有盾牌。杭·杜亚看见与杭·卡斯杜里私通的国王小妾已被刺死且赤身裸体。于是杭·杜亚一边刺杀杭·卡斯杜里,一边用脚将一块布踢到这个女子身上,犹如给穷人盖上毯子一样。)

上述文字将打斗场面描绘得具体、形象、生动,读后有身临其境的感觉。这就是文学语言形象性的魅力所在。类似这样的场面描写,在《马来纪年》中还有不少。又如:

> 35. Maka dibawa oranglah Tun Jana Khatib ke pembunuhan. Hampir tempat itu ada orang berbuat bikang, serta ditikam orang Tun Jana Khatib. Darahnya pun titik ke bumi, badannya lenyap terhantar di Langkawi. Maka oleh rang yang berbuat bikang itu sekepal darah Tun Jana Khatib itu

---

① 孔远志:《印度尼西亚文体学》,第87页。

diserkapnya dengan tutup pembikangan, lalu menjadi batu. Itulah datang sekarang.(《马来纪年》,第 55 页)

(于是,敦·加纳·哈迪卜被人带走准备处死。在哈迪卜将被处死的地方,有人在做烘糕。哈迪卜随即被刺死,鲜血滴向大地,身躯被运到兰卡威。烘糕人用烘糕盖罩住哈迪卜的一块血,之后血变成了石头。这个故事一直流传至今。)

三、《马来纪年》语言的鲜明时代特色

《马来纪年》中使用的马来语属于中期马来语,具有突出的时代特征。

第一,存在相当数量的阿拉伯语借词,且马来语一度改用阿拉伯字母拼写①。这一特点在笔者考察的《马来纪年》中表现非常明显。首先,《马来纪年》中每一章结尾处都标有阿拉伯语字母;其次,部分章节的正文中也出现阿拉伯语,如第一章正文部分,多次出现阿拉伯语,有些是对地名、人名的解释,有些则是直接使用了阿拉伯语作正文;再次,文中大量引用阿拉伯语借词,如 fakir(穷人),Quran(《古兰经》),sallallahu alaihi wasallam(愿真主保佑他并给他安宁),Allah Subhanahu wataala(至高无上的真主),以及许多人名如 Sultan Mahmud Syah(苏丹·马哈茂德·沙)等等。从以上三点可以看出《马来纪年》中的语言很大程度上受了阿拉伯语的影响。

第二,大量使用皇室用语或对皇室的尊称、敬语等。这是古代马来苏丹文化在语言中的特征,沿袭至今。如:

36. Maka titah Seri Teri Buana, "Jika demikian, baiklah bapa berlengkaplah."(《马来纪年》,第 25 页)

(于是,室利·特里·布瓦纳说:"既然如此,您就打点行装吧。")

37. "Hamba orang Melaka, nama hamba Tun Mamad."(《马来纪年》,第 124 页)

("我是马六甲人,名叫敦·玛玛德。")

---

① 孔远志:《印度尼西亚文体学》,第 106 页。

38. "Hambalah berpersembahkan dia ke bawah Duli Yang Dipertuan."(《马来纪年》,第 205 页)
   (我将他献给陛下。)
39. Maka mimpi baginda itu semuanya dikatakan kepada bendahara.(《马来纪年》,第 59 页)
   (于是国王把做的梦全都讲给宰相听了。)

第三,经常使用一些古老的官名。如:

40. Setelah sangat Laksamana hendak melihat dia maka ditunjukkan oleh Bendahara Paduka Raja.(《马来纪年》,第 137 页)
   (海军都督很想看那件宝物,于是宰相巴杜卡·罗阇就将宝物给他看。)
41. Paduka Tuan dan segala orang kaya-kaya dan segala hulubalang pun kembalilah ke Melaka.(《马来纪年》,第 149 页)
   (陛下和所有王公贵族以及武将们便返回马六甲。)

第四,出现一些古老的用法和句式。如:

42. Tiada hamba mau demikian; yang kehendak hamba, kita nilaikan harganya beberapa yang patut cuki ini kepada orang.(《马来纪年》,第 91 页)
   (小人不愿如此。小人的想法是,我们合理地估价这副棋子,把钱付给她。)
43. Baiklah; yang mana kehendak anak kita itu tidak kita lalui.(《马来纪年》,第 40 页)
   (好吧,我们就不同意孩子的这个要求。)

例句 42 中的 yang 相当于 adapun;例句 43 中的 yang mana 相当于 mana pun 或 segala。

此外,还有一些是古马来中的典型句式。如:

44. Makaada seorang raja di tanah Hindi terlalu besar kerajaannya, setengah negeri Hindi itu dalam tangannya…(《马来纪年》)①

---

① 以上 23,24,25 个例句均转引自孔远志:《印度尼西亚文体学》,第 107—108 页。

（有个君主在天竺的某王国执政,该王国国土辽阔,相当于整个天竺的一半。）

该句是《马来纪年》反复出现的句式,在某个国王出场时,作者总是固定使用该句式。

第五,在文学表现方面,《马来纪年》多使用修辞手法,如比喻、夸张和排比等。其中描写人物外貌特征时,经常且反复使用这样的比喻:

45. rupanya terlalu amat elok seperti bulan purnama empat belas hari

（其容貌俊美,宛如一轮满月）

描写两方交战的场面时,使用:

46. rupa senjata seperti hujan lebat

（举起兵器如滂沱大雨）

47. rupa gajah dan kuda seperti pulau

（大象和战马多如群岛）

夸张的手法有:

48. Jikalau guruh di langit sekalipun tiada kedengaran daripada sangat tampik segala hulubalang, dan gemerincing bunyi segala senjata juga kedengaran. Maka lebu duli pun berbangkitlah ke udara, siang cuara menjadi kelam kabutlah seperti gerhana matahari.（《马来纪年》,第14页）

（当时即使有隆隆雷声,也被武将们厮杀时的喊叫声和兵器抨击声所淹没。战场上尘埃飞扬,昏暗一片,犹如日食一般。）

49. yang enggang itu sama enggang juga, yang pipit itu sama pipit juga（《马来纪年》,第123页）

（犀鸟跟犀鸟,麻雀跟麻雀（喻物以类聚,人以群分））①

此外,从文学叙事的角度看,《马来纪年》多使用重复词语或句式,叙事节奏缓慢。如:

50. Maka sembah Patih Aria Gajah Mada, "Baiklah tuanku.

---

① 以上两句,转引自孔远志:《印度尼西亚文体学》,第109页。

Barang siapa pun baik, lamun tuanku bersumai juga."

　　Makaoleh Aria Patih Gajah Mada anak penyadap itu disuruhnya panggil, maka dibawanya pulang ke rumahnya. Maka dipeliharakan baik-baik.(《马来纪年》,第86页)

（于是,阿里亚·加查·玛达宰相回禀道:"好吧,陛下。您可以嫁给中意的任何人。"于是,加查·玛达宰相便把割胶人的孩子叫来带回家,好好照看。）

　　短短两段话连用四个maka。第二段话20个词就用三个maka,这种缓慢的叙述方式在《马来纪年》中非常常见。有时不仅是一个段落内部反复使用maka,甚至在连续几段开头都反复出现maka,形成段与段之间的反复,这样的叙述方式是古马来语特有,也是《马来纪年》语言风格的一大特色。

四、结语

　　综上所述,马来古典文学名著《马来纪年》包含了中期马来语的语言特征和古典文学的语言风格。作为中期马来语的代表,《马来纪年》中出现的一些古老词汇和句式浓缩了经典的马来苏丹文化和伊斯兰文化,具有鲜明的时代特征,是了解古代马来历史文化的重要途径;而作为古典文学语言的代表,《马来纪年》则以其独特的描写、叙事和修辞方式显示了马来古典文学的特征,是深入研究和理解马来文学不可多得的经典。特别值得指出的是,《马来纪年》中的被动句具有重要的研究价值。其句式之独特,不仅表现在被动句的"古典"特色,更蕴含着古代马来人独特的思维和表达方式,是研究马来语言文化学不可多得的资料。总之,《马来纪年》体现了马来民族的风格和灵魂,是一部真正的文学文化学和历史文学巨著。

（作者　骆永昆）

浅析《马来纪年》中的神话与传说[①]

【内容提要】《马来纪年》是马来王朝历史传记文学中最重要和最有影响的一部经典著作。学者们往往因《马来纪年》中存在大量神话和传说,评价不一。神话和传说是《马来纪年》中不可或缺的重要组成部分,它们不但具有维护王权统治、确立社会契约的功能,而且在传播历史、增强民族认同上发挥了重要的作用。本文拟从神话和传说的概念出发,通过民间文学理论对《马来纪年》中的神话和传说进行分类分析研究,同时揭示神话和传说存在的功能和意义。

【关键词】《马来纪年》 神话 传说 功能

《马来纪年》(*Sejarah Melayu* 或 *Sulalat al-Salatin*)作为传统马来历史作品中的经典名著,凭借其优美、标准的语言及对古代马来社会的生动刻画,历来为研究马来古代历史、文学、文化及社会的学者所重视。一般认为,《马来纪年》是由作者敦·室利·拉囊(Tun Seri Lanang)根据先有的马来王族的世谱故事以及后来从果阿(Goa)带回来的《马来传记》(*Hikayat Melayu*)进行编纂加工而于1612年完成的[②]。该书内容广泛,涉及马来王族的起源、马来王朝的历史演变和伊斯兰化的经过以及马来封建社会政治、宗教、文化等各方面的情况,可以说是一部描绘马来民族和马来王朝全部兴衰的历史长画卷[③]。

尽管《马来纪年》是唯一一部最全面、最权威阐述马来王朝发展历史的经典著作[④],但是学者们对其评价不一,其争论的核心之一在于

---

① 本文发表于《东方研究2007:东南亚研究专辑》,北京:经济日报出版社,2008年6月。
② 梁立基:《印度尼西亚文学史》,北京:昆仑出版社,2003年,第220页。
③ 同上。
④ 梁立基:《印度尼西亚文学史》,第221页。

《马来纪年》是史书还是文学作品。造成这一意见分歧的主要原因是《马来纪年》中记载的史实有很多与神话和传说掺杂在一起,"特别是有关马来王族起源、第一个马来王朝的建立和伊斯兰化过程,基本都是根据神话传说"而创作的[1]。由此,学界内产生了文学派和历史派两种观点,文学派坚持将《马来纪年》归为文学作品,而非历史。其代表人物英国的理查德·温斯泰德(Sir R. O. Winstedt)认为《马来纪年》的文本中包含了大量的神话传说,这背离了历史所应具有的特征[2]。温氏的观点得到了卢尔温克(Roolvink)的大力支持,卢尔温克强调现在看到的《马来纪年》是一本真正的古代轶事传说集,且它并未大量使用历史的写作方法[3]。乌玛尔·尤努斯(Umar Junus)则指出该书充斥了大量的虚构与幻想的因素,故而这样的作品已经不能归入史书的范畴[4]。

针对文学派提出的各种论据,包括哥特沙尔克(Louis Gottschalk)、博顿斯(J. C. Bottoms)、廖裕芳(Liaw Yock Fang)在内的历史派学者提出了反驳,哥氏认为小说、歌曲、诗歌及民间故事都可以作为史料。他以维吉尔(Virgilius)、贺拉斯(Horatius)、奥维德(Ovidius)的诗歌为例,指出他们的诗讲述了很多奥古斯都(Augustus)时代的罗马文明[5];廖裕芳指出,每个民族都有自己编写历史的传统,《马来纪年》反映了马来民族的世界观[6],清晰地勾画出15世纪马六甲的社会生活,无可否认该书是可以作为梳理马来社会史的重要史料的[7]。博顿斯(J. C. Bottoms)则对马来人的历史观作出了总结:"历史对他们来说包括了传说、幻想以及对宫廷和港口的描绘。它是真实与传说

---

[1] 梁立基:《印度尼西亚文学史》,第221页。
[2] Haron bin Daud, *Sejarah Melayu: Satu Kajian daripada Aspek Pensejarahan Budaya*, Kuala Lumpur: Dewan Bahasa dan Pustaka, Kementerian Pendidikan Malaysia, 1989, p. 1.
[3] *Sejarah Melayu: Satu Kajian daripada Aspek Pensejarahan Budaya*, p. 2.
[4] Ibid.
[5] *Sejarah Melayu: Satu Kajian daripada Aspek Pensejarahan Budaya*, pp. 2—3.
[6] Liaw Yock Fang, *Sejarah Kesusasteraan Melayu Klasik (Jilid 2)*, Jakarta: Penerbit Erlangga, 1993, pp. 98—99.
[7] *Sejarah Melayu: Satu Kajian daripada Aspek Pensejarahan Budaya*, p. 3.

的混合物：幻想与事实；娱乐与教诲。"①

　　本文的目的不在于论证《马来纪年》是史书还是文学作品，目前很多学者将《马来纪年》归为历史文学的范畴，认为它既非纯文学作品，也非完全的历史。《马来纪年》的作者为了给马来王朝的历史增添光辉的色彩，大量使用了神话故事和民间传说，而这些神话和传说对于马来历史的真实性和可信性具有巨大的影响。由此本文希望通过神话和传说的概念，提取出《马来纪年》中的神话和传说，并对这一文学派和历史派争论的焦点进行分类分析，并剖析神话和传说在《马来纪年》中发挥的主要功能，从而为以后更深入研究《马来纪年》这部历史文学著作奠定基础。

一、《马来纪年》中的神话与传说

（一）《马来纪年》中的神话

1. 神话的概念、功能、分类

　　关于神话的概念，首先，它是远古人民对自然及社会现象的理解与想象的民间口头传承叙事作品文学体裁之一，神话的主角是超自然的神祇和先民②。巴斯科姆（Bascom）指出神话的主人公是神或半神半人，神话发生在另一个世界或是我们所未知的远古时代的世界。第二，神话对创造和传承它们的人来说是一种事实，是神圣的③。对此，大林太郎在《神话学入门》一书中引用马林诺夫斯基的观点指出，神话不只被看作是真实的，而且被视为神圣而应受人们敬畏的东西④。人们对神话不仅完全接受并相信，并且这种相信已经变成一种不被质疑

---

① *Sejarah Melayu: Satu Kajian daripada Aspek Pensejarahan Budaya*, p.3.
② 《简明华夏百科全书》第五卷，北京：华夏出版社，1998年，第五卷，第253页。
③ 王娟：《民俗学概论》，北京：北京大学出版社，2002年，第52页。
④ 〔日本〕大林太郎：《神话学入门》，北京：中国民间文艺出版社，林相泰、贾福水译，1989年，第31页。

的教条①,以至于成为社会信仰体系的中心②。第三,神话是具有起源性质的事件。神话最主要的特质,是对自然现象和社会文化想象起源的解释,是对世界构成及起源的基本见解③。

因此,神话不是虚构或荒谬,相反它是由于人类强烈地希望解释周围的事物,于是集体创造了与它们思想相符合的解释,这些解释配上超自然的主人公和特定的信仰内核,便成为了完整的神话故事。除了解释的目的,人们为了"表达和强化一个社会的宗教价值和规范,同时提供可以借鉴的行为模式"④,为了保障祭祀、仪式、社会或道德规范的正当权威性和传统性,或者要求其真实性和神圣性时⑤,便创造了神话。马林诺夫斯基对神话的这一目的或功用作出了精辟的阐述:"神话在原始文化中有必不可少的功用,那就是将信仰表现出来,提高了并加以制定;给道德以保障而加以执行;证明仪式的功效而有实用的规律以指导人群,所以神话乃是人类文明中一项重要的成分;不是闲话,而是吃苦的积极力量,不是理智的解说或艺术的想象,而是原始信仰与道德智慧上使用的特许证书。"⑥

作为宫廷文学,《马来纪年》的作者使用了大量的笔墨对马来皇室和贵族以及社会上层的尊贵、显赫和日常行为加以描绘,这些描绘很多是在史实的基础上加入神话,通过这种夸张的叙述衬托马来皇室的崇高性和神性。《马来纪年》中的神话基本上是围绕着马来王族兴衰的,因此我们无法按照宇宙起源、人类起源和文化起源的分类方法对其进行归类。本文将《马来纪年》中的神话分为以下四类,即:

(1) 马来王族起源类神话
(2) 国家及地名起源类神话

---

① Ismail Hamid, *Perkembangan Kesusasteraan Melayu Lama*, Selangor: Pearson Eduncation Malaysia Sdn. Bhd. 2001, p.11.
② Mohd. Taib Osman, *Bunga Rampai: Aspect of Malay Culture*, Kuala Lumpur: Dewan Bahasa dan Pustaka, Kementerian Pendidikan Malaysia, 1988, p.141.
③ 钟敬文:《民俗学概论》,上海:上海文艺出版社,1998年,第242页。
④ 王娟:《民俗学概论》,第50页。
⑤ 《神话学入门》,第31页。
⑥ 钟敬文:《民俗学概论》,第266页。

(3) 伊斯兰教来源类神话

(4) 新概念（*Popular Idea*）起源类神话

下面我们就按照上述分类来分析《马来纪年》中的神话。

2. 《马来纪年》中的神话

第一类马来王族起源类神话，具体可以分为王族起源和王室成员降生两类。马来王族的起源对比我国的族源神话类别，可以看作是英雄始祖型神话，《马来纪年》巧妙地将伊斯兰教史上一位伟大的传奇人物——伊斯坎达·左勒盖尔奈英(Iskandar Zulkarnain)同马来王族起源联系在一起。书中讲到罗马族(Rom)的伊斯坎达国王是罗阇·达拉布(Raja Darab)的儿子，他统治着名为"Makadunia"（马其顿）的国家。一日伊斯坎达王到天竺国(Negeri Hindi)观日出，他战胜了天竺国王吉达·兴迪(Kida Hindi)并娶了他的女儿莎赫尔·巴丽娅(Syahrul Bariyah)为妻，两人育有一子名为阿里斯顿·沙(Aristun Syah)。阿里斯顿后来成为了印度国王，经历了数代子孙与王位交替，其间包括苏兰王(Raja Suran)，苏巴尔帕(Sapurba)和尼拉·乌塔玛(Nila Utama)等国王，最终他们的后裔伊斯坎达·沙(Raja Iskandar Syah)在马六甲建立了马六甲王朝。马来王室也就这样与充满神圣色彩的古代英雄联系在一起，显得无比崇高。

继伊斯坎达·左勒盖尔奈英之后，王族起源神话中的另一位主人公是苏兰王。苏兰王是印度一位所向披靡、"半神半人"的国王，"他的国土幅员辽阔，从东方到西方所有的国王都臣服于他，除了中国"①。苏兰王的故事充满神话色彩，一次他乘玻璃箱下海探险，来到了布颂人(Kaum Bu Sum)的王国，并娶国王阿克塔卜尔·阿尔德(Aktabu'l Ard)的女儿玛特哈勃·巴哈丽(Puteri Mahtabu'l-Bahri)为妻，生下了三个儿子，随后便返回自己的王国。为让后世知道他的事迹，苏兰王下令用印度文将海底探险的经历刻在石头上。苏兰王的神话故事从某种程度上反映出古代马来亚王族与印度王族间的关系。

苏兰王在海中的三位王子长大后得知了自己的身世，便乘着一头

---

① A. Samad Ahmad (Penyelenggara), *Sulalatus Salatin*: *Sejarah Melayu*, Kuala Lumpur: Dewan Bahasa dan Pustaka, 2003, p. 10.

白色的牛从海中来到现世。在神的旨意下,他们在黑夜中来到须弥山(Bukit Seguntang Mahameru)(今苏门答腊巨港附近①)。三兄弟降临的光芒使黑夜变成了白昼,漫山稻谷的谷穗也变成了黄金。大王子尼拉·巴赫拉万(Nila Pahlawan)在当地被封为苏帕尔巴,随后三兄弟所骑的白牛口吐浪花,从浪花中冒出一个男子向苏帕尔巴顶礼膜拜,奉他为王,苏帕尔巴便是马来世界的第一代王,而那名从牛口中降生的男子被称为巴特(Bat)。苏帕尔巴在米南加保(Minangkabau)当了国王;二王子克里斯纳·班迪塔(Krisyna Pandita)称王于丹戎普拉(Tanjung Pura)②;而小王子尼拉·乌塔玛(Nila Utama)留在了巨港(Palembang),娶了当地酋长德芒·勒巴·达文(Demang Lebar Daun)的女儿,并被封为室利·特里·布瓦纳(Seri Teri Buana)。根据《马来纪年》的记述,后来马六甲王朝的建立者伊斯坎达·沙便是这位三王子的后代。

马来王族起源类神话中的第二类是王室成员降生类,这类神话可细分为植物生人型和浪花生人型两类。在《马来纪年》中,王室成员的降生常常同一些神圣的东西联系在一起,例如竹子、浪花或槟榔穗花,这些东西在印度教和佛教中常被视为圣物,是神仙的化身③。例如在印度史诗《罗摩衍那》的马来版本《室利·罗摩传》(Hikayat Seri Rama)中,很多角色是从像竹子、污垢(daki)和蛇之中降生,这些事物被确信是大神毗湿奴和湿婆的化身④。植物生人型神话包括槟榔穗王子的故事,故事讲述了占婆王⑤(Raja Cempa)的王宫附近有一颗槟榔树上有一束巨大的穗花正要绽开,国王便令人将穗花从树上摘下,于是发现里面有个漂亮的小男孩,他便是后来的槟榔穗王子。小王子十分特别,他不喝宫里任何一个妇女的奶水,只喝一头五色牛的奶水。从此,占婆国便不再吃牛肉,并禁止宰牛。此外,与《马来纪年》密切相关

---

① 《印度尼西亚文学史》,第 222 页。
② Tanjung Pura 今名为冷吉市。
③ Zahrah Ibrahim(Penyelenggara), *Sastera Sejarah: Interpretasi dan Penilaian*, Kuala Lumpur: Dewan Bahasa dan Pustaka, Kementerian Pelajaran Malaysia, 1986, p. 143.
④ Ibid.
⑤ Cempa 有可能是 Campa,即占婆。

的《巴赛列王传》(Hikayat Raja-raja Pasai)中讲到王室成员降生时也有竹生人的神话，其中讲到穆哈玛特王在开荒时，从竹子里发现一个女孩，便带回去收养，取名竹子公主①。

浪花公主(Puteri Tanjung Buih)的故事属于浪花生人型神话，它讲的是一天有人看到浪花中有一个小女婴，于是向国王室利·特里·布瓦纳禀报。国王下令将女婴抱回来并封为浪花公主。后来浪花公主被许配给了一位中国武士，他们的后代男的被称为阿旺(Awang)，女的被称为达拉(Dara)。这个故事与后面要讲到的新概念起源类神话也有联系。类似的还有从白牛口吐的浪花中降生的巴特(Bat)的降生，尽管他不是王族，但也是与王族最近的人。

第二类神话是国家和地名起源类。这一类神话在《马来纪年》中十分常见，它往往是将国家的建立或者地方的命名与马来王室人物的言行联系在一起，故事中还会伴随一些自然因素譬如动植物，其中动物通常是具有奇异的特征，如敏捷、聪明等②。《马来纪年》中须文答剌-巴赛(Samudra-Pasai)的国名来自一只大蚂蚁和一条狗。马立克·沙里(Maliku's-Salleh)本名麦拉·希路(Merah Silu)，当他还未成为巴赛王时，一天他带着他那条名为巴赛的狗去打猎。途中，巴赛突然冲着一块高地狂吠不止。麦拉·希路上去发现一只猫一般大的蚂蚁，于是他便将蚂蚁吃掉并将此地称为须文答剌(Samudra)，即大蚂蚁(Semut Besar)的意思。后来麦拉·希路称王后改名马立克·沙里，他在须文答剌建造了王宫，并将国名定为巴赛(Pasai)，即与他的爱犬同名。类似的还有新加坡的得名，它是因为国王在那里见到了狮子于是将当地的地名淡马锡(Temasik)改为僧伽补罗(Singapura)，Singa 和 Pura 在梵文中分别是"狮子"和"城市"的意思，这也是为什么今天新加坡又被称为狮城的原因。

马六甲建国的故事中既有动物，也有植物。伊斯坎达·沙从苏门答腊逃到了波尔塔姆(Bertam)后，他在一棵树下休息并下令打猎。而

---

① 梁立基、李谋：《世界四大文化与东南亚文学》，北京：经济日报出版社，2000年，第319页。

② Sastera Sejarah: Interpretasi dan Penilaian, p.150.

他们的猎狗竟被当地的鼠鹿(Pelanduk)①追赶到了水中。伊斯坎达十分震惊,他说:"这里很适合建国,连小鹿都能把狗打败,倘若是人那将是多么强悍啊!"在得知他休息的那棵树名为马六甲树(Kayu Melaka)后,便将新国家命名为马六甲。

此外,《马来纪年》中一些地名的由来也与王室成员的言行有关,由此增添了其中的神话色彩。比如麦拉·希路当国王前是捕鱼的,但是他网上来的却全是蚯蚓。奇异的是这些蚯蚓煮熟后变成了黄金,水变成白银。于是,麦拉·希路捞到蚯蚓的地方如今便叫做"蚯蚓坪"(Padang Gelang-gelang)。

第三类是伊斯兰教来源类神话。伊斯兰教作为马来王朝宗教信仰的核心,从一开始就成为《马来纪年》的一条线索,作者在书中也对伊斯兰教的传入大加渲染。伊斯兰教在东南亚的传播实际上主要是通过商贸活动和平传教,但是在《马来纪年》中,作者将国王入教神话化,一方面表现了伊斯兰教的神圣、纯洁和崇高,另一方面衬托出马来王族的与众不同。

《马来纪年》中皈依伊斯兰教的第一个国家是巴赛国,这与史学家的研究不谋而合,当时首位入教的便是马立克·沙里这位充满传奇色彩的国王。《马来纪年》中称先知穆罕默德在位时对他的朋友们说:"未来有个国家名为须文答剌。当我们听到它的消息时,要使其皈依真主,因为那里将有许多真主的外理(Wali)降世。在穆塔巴里(Mutabari)国有一位穷人,你们也要带上他一同前往。"很久以后,须文答剌的消息传到了麦加,于是先知的后裔便派船前往,船长谢赫·伊斯玛仪(Sheikh Ismail)在穆塔巴里见到了苏丹穆罕默德(Sultan Muhammad)并带他一同前往须文答剌,沿途在范苏里(Fansuri)、拉密里(Lamiri)②、哈鲁(Haru)③和八儿刺(Perlak)传播了伊斯兰教,最终到了须文答剌。于是穆罕默德和谢赫·伊斯玛仪使麦拉·希路皈依了伊斯兰。当晚麦拉·希路梦见了先知,先知向他的口中吐了吐沫,他醒来后发现自己满身香气。第二天,麦

---

① 一种十分小的鹿。
② 即中国古籍中的蓝无里、南巫里。
③ 指印尼苏门答腊岛北部的哈鲁。

拉·希路只听了一遍《古兰经》便会诵读,于是他被封为苏丹马立克·沙里,他建立的巴赛国也成了伊斯兰教国家。

伊斯兰教在马六甲的传入与巴赛的故事十分相似。话说马六甲第四代国王格吉尔·伯沙王(Raja Kecil Besar)一天晚上梦见先知穆斯塔法(nabi mustaffa),先知让他诵读清真言①,并告诉他明天有从吉达(Jeddah②)来的船,要听从船上人的吩咐。翌日清晨格吉尔·伯沙王从梦中惊醒后发现自己已行过割礼,并学会诵读清真言。白天果然有从吉达来的船只靠岸,随后国王拜船上的赛义德·阿卜杜尔·阿齐兹(Syed Abdul Aziz)为师,并下令全马六甲国男女老少都皈依伊斯兰教。格吉尔·伯沙王改号苏丹穆罕默德·沙(Sultan Muhammad Syah)。马六甲的故事有明显抄袭巴赛王入教的痕迹,但两则故事都讲述了君主非同寻常的入教方式,由此将上层阶级同平民百姓区分开来,突显王室的神圣与崇高。

第四类神话是新概念(Popular Idea)起源类神话③,这类神话也可以归为文化起源类神话。所谓新概念,实际上是在神奇的事件发生后由此产生的一些新的名词和理念,例如"阿旺和达拉"(指宫中的青年男女)来源于浪花公主与中国武士的故事,《马来纪年》讲到两人结婚后他们的后代便被称为"阿旺"和"达拉",而马六甲王朝宫中的男仆(Perawangan)和宫女(Perdaraan)便由来于此。"君臣"(Yang Dipertuan dan Patik)以及"君权与叛逆"(Daulat dan Derhaka)这些概念出自德芒·勒巴·达文与室利·特里·布瓦纳的故事。自尼拉·乌塔玛在巨港称王并被封为室利·特里·布瓦纳后,德芒·勒巴·达文在与国王的对话中开始使用君和臣的称呼,这在书中还是首次出现,至今马来人和苏丹间还在使用这类称谓。而君权与叛逆源自德芒·勒巴·达文与室利·特里·布瓦纳(也有版本为桑·苏帕尔巴)之间的誓言。他们立誓臣民犯再大的罪,国王也不要羞辱他,可按法律判死

---

① "*Asyhadu alla ilaha i'l Allah wa asyhadu anna Muhammad-ar-rasulullah*"(我证:万物非主,唯有真主,我证:穆罕默德是真主的使者。)
② 沙特阿拉伯西部港口城市。
③ *Sastera Sejarah*: *Interpretasi dan Penilaian*, p. 155.

罪;而无论君主有多残暴,他的臣民也不可反叛①。这一文化已经成为一种民族的认同铭刻在马来人的思维之中,对马来人的观念和行为模式产生了重大的影响。

(二)《马来纪年》中的传说

1. 传说的概念、功用、分类

日本民俗学家柳田国男在《传说论》中将传说定义为:"广义,指的是把所有古来的传承,自然包括人们记忆流传在口上的说谭,以及较为奇特的信仰或习俗,只要问起就能得到某种说明的,都看作是传说"②。传说对于它的受众来说也是真实发生的事情,但与神话不同,传说的世俗色彩更浓重,所以它不具有神话的神圣性,"传说中的故事发生在不久以前的古代世界",其主角是人类而不是神仙。由于传说中的角色多是真实存在的历史人物,而事情也发生在人们所熟悉的地点,因此传说也被称为"民间历史"③。

相比神话解释、指导和约束的功能,传说作为"信仰故事",它在某种程度上为迷信和传统信仰存在的合理性和可信性提供了有力的印证④。换言之,传说是支持人们对某些事物的信仰的工具,但它并不是这种信仰的基础。此外,传说的另一大功用便在于它"揭开历史的帷幕,使人看到它的庄严与伟大"⑤。传说在古代往往是口口相传,讲故事的人常将真实的人物、地点同编造的故事掺杂在一起,由此使得故事比书面记载更为人所相信。尤其当故事的主人公是民族英雄或者著名人物时更能给人以深刻的印象,这对于鼓舞人民群众的爱国主义思想和民族自豪感,有着极为重要的作用⑥。

马来西亚的学者并未专门对《马来纪年》中的传说进行分类,有的学者将书中的传说笼统地划为人物传说一类。对此笔者更倾向于按

---

① *Sulalatus Salatin*:*Sejarah Melayu*, pp. 25—26.
② 刘守华、陈建宪:《民间文学教程》,武汉:华中师范大学出版社,2002年,第125页。
③ 王娟:《民俗学概论》,第64页。
④ 同上。
⑤ 钟敬文:《民俗学概论》,第267页。
⑥ 同上。

照钟敬文的《民俗学概论》一书的传说分类方法进行归类,因为《马来纪年》中的传说并不都是以著名人物(例如杭·杜亚)为传说核的,其中也包括其他类别的传说。具体分为:

(1) 人物传说

(2) 地方传说

(3) 史事传说

2.《马来纪年》中的传说

《马来纪年》中的人物传说大多以历史名人或民族英雄为主人公,他们不但强健、勇敢、睿智,通常还具有超自然的特性或神秘力量;他们为当地社会所熟知,成为大家效仿的榜样。其中著名的人物传说包括杭·杜亚(Hang Tuah)的故事、巴当(Badang)的故事。

作为马来民族最完美的传奇英雄,杭·杜亚在马来西亚家喻户晓,为人们所景仰。有关他的传说在马来西亚也脍炙人口,广为流传。有学者指出,《马来纪年》中描写的杭·杜亚,就好比班基故事中的伊努王子,英俊潇洒且智勇双全①。《马来纪年》是这样描写杭·杜亚的:"无论海军都督杭·杜亚到哪里都是人声鼎沸,人们都赞叹他的英勇无比;当他到了皇宫,那里便鼓噪起来;当他到了看台,看台上便喧嚣起来;他走在市场或其他地方时,爪哇所有的少女都为之疯狂;当杭·杜亚经过时,女子们即使在爱人怀中,也不禁要站起来一睹其风采。"② 杭·杜亚在书中还是忠君报国的典范,一次他遭人诽谤,苏丹竟下令将他处死,幸得宰相相助,他才暂时躲避起来。而他的结义兄弟杭·卡斯杜里(Hang Kasturi)因对苏丹杀死杭·杜亚不满,在宫里公然造反③。由于无人能制服杭·卡斯杜里,最后连苏丹都逃离了皇宫。苏丹十分后悔处死杭·杜亚,这时宰相忙告诉苏丹实情,苏丹便令杭·杜亚镇压叛乱。杭·杜亚为报君恩,杀死了自己的结义兄弟杭·卡斯杜里,保卫了苏丹的王位和利益。此外,杭·杜亚帮助马六甲王国东征西讨,立下赫赫战功,即便在晚年,他亦不顾年迈毅然上勒当山(Gu-

---

① *Sastera Sejarah: Interpretasi dan Penilaian*, p. 162.

② Ibid.

③ 也有版本说是杭·杰巴特(Hang Jebat)造反。

nung Ledang)为苏丹·马哈茂德·沙(Sultan Mahmud Syah)向公主求婚,这些都体现了他作为一代英雄忠勇兼备的优秀品质。杭·杜亚也因此深入马来人心,成为代代相传的传奇人物。

《马来纪年》中另一位传奇人物是来自新加坡的勇士巴当(Badang)。传说他吃下魔鬼的呕吐物后,获得了神力,后来被国王召入宫中做了武将。他接连打败来自羯陵伽国(Keling)和八儿剌国(Perlak)的大力士,使新加坡在东南亚扬名,巴当也成为马来的一位英雄。

第二类地方传说主要包括了一些山石和地名的由来等带有解释性的故事。例如新加坡的"大石头"(Batu Besar)由来的故事讲述了来自巴赛的一位贤人敦·加纳·哈迪卜(Tun Jana Khatib)因为在王后面前显示自己的魔法,于是被新加坡的国王下令斩首。但是当敦·加纳·哈迪卜被杀死时,只流了一滴血,而他的身体竟凭空消失了。更奇怪的是刑场附近一个糕点房里的人试图用一块糕点盖住那滴血时,糕点变成了一块大石头(Batu Besar)。至今,我们还可以在新加坡看到那块石头,至于敦·加纳·哈迪卜的尸体,有人说飞到了兰卡威(Langkawi)。有关石头由来的故事还有"新加坡河的石头"、"分成两半的石头"等传说。

关于地名由来的传说也很多,这里将这些故事归为传说是因为它们的命名与马来王族没有什么联系,因此不具有神圣性的特点。例如"鱼骨河"(Sungai Bersisik)的由来是因为这条河是当初巴当捕鱼的河,因为他捞上来的总是鱼骨、鱼刺,于是他便把它们全部倒回河中,那条河也由此得名①。

史事传说在《马来纪年》中十分丰富,其中有很多传说是连贯的传说群。例如,除了苏兰王欲征服中国的故事和浪花公主与中国武士结婚的故事外,作者在史实的基础上还演绎出许多与中国有关的传说故事。例如,中国皇帝听闻马六甲王朝的各种事情,便派使臣带一船的绣花针和各种奇珍异宝出使马六甲。中国皇帝表示欣闻马六甲王国之伟大,故特派人来修好;中国也是伊斯坎达·左勒盖尔奈英的后裔,因此与马六甲同宗;因为不知道中国国民几何,所以令每家每户交一

---

① Sastera Sejarah: *Interpretasi dan Penilaian*, p. 149.

根针,可见中国人口之多。苏丹曼苏尔同样将船盛满硕莪米,命使臣告诉中国皇帝这一船的米是马六甲一人一粒征集来的。中国皇帝信以为真,便决定将汉丽宝公主下嫁给马六甲国王。这便是马六甲(明朝时称满剌加)如何与中国建立外交关系的传说。除此之外,还有马六甲使臣在中国皇宫吃空心菜、马六甲苏丹的洗脚水治愈中国皇帝皮癣等传说故事,这些反映了当时两国之间密切的往来。

其他著名的史事传说包括马六甲苏丹向勒当山公主求婚的故事,剑鱼攻击新加坡的故事以及阿拉伯来的希地千里之外杀死暹罗将领昭·班丹(Cau Pandan)的传说等。这些故事至今仍流行于马来西亚,勒当山公主的传说甚至还被拍成了电影。

二、神话和传说在《马来纪年》中的功能

神话的出现是为了保障仪式、礼教、社会和道德规则的有效性和神圣性,而传说除了为这些信仰提供有力论据外,还起到了传播历史和维护民族文化的功用。廖裕芳指出,《马来纪年》创作的主要目的是为了凸显马来国王的崇高性和君权,从而使人民对国王加以敬畏并表现出不二的忠诚,并使得其他小领主也一同归顺[①]。因此,神话传说在书中的核心功能,便是维护和巩固王权的统治。笔者认为,《马来纪年》中的神话传说有如下功能:

(一)歌颂作用——赞颂皇室,突出其崇高形象,体现其神性

《马来纪年》的神话传说具有赞颂皇室的功能并不奇怪,作者敦·室利·拉囊本人便是宫廷宰相,他将马来王族与神话传说联系起来的写法可以"取悦苏丹","俾子孙后代得知其由来,永志不忘,并从中获得教益"[②]。为了体现王族的神性,无论是王族的起源还是王室成员的降生都被作者掺入了大量的神话传说。在马来王国的建立过程中,无

[①] *Sejarah Kesusasteraan Melayu Klasik*(Jilid 2),p. 95.
[②] *Sastera Sejarah: Interpretasi dan Penilaian*,p. 145. 亦见于梁立基、李谋:《世界四大文化与东南亚文学》,第321页。

论是须文答剌-巴赛还是新加坡,抑或是马六甲国,它们的建立越充满神奇色彩,国王的神性越能得到证明,因为只有王族才能遇到这样神奇的事情,而平民是碰不到的。另外,许多地名由来的神话传说都与王族言行有关,国王的王冠能使海中风暴平静、苏丹的洗脚水可以治愈中国皇帝的怪病等等传说也都从另一个侧面突出了马来王室的神性。作者通过神话和传说,一方面颂扬和赞美了马来王室;另一方面提高了马来王室的声望,增强了马来西亚的民族自豪感。

(二) 规范作用和宗教作用——维护王权统治,确立信仰核心,建立"社会契约"

在历史上,最高统治者往往利用(宗教)神话将自己神化或半神化,说明其最高权力的合理性和权威性,使社会各方面心悦诚服,从而使其权力成为最高权威,达到巩固和加强其统治地位的政治目的[①]。为突出马来王族起源的正统性和神圣性,作者一开始便将王族的血脉与伊斯坎达·左勒盖尔奈英联系在一起,而伊斯坎达的后裔苏兰王更是半神半人的人物,下海娶妻、结识魔王,无所不能;随后三王子降世时的神奇故事,更表现出王族神性的一面。作者在伊斯兰教传入前的部分,更多地将马来王族描写为神的化身,这与马来地区前伊斯兰时期的印度教宗教信仰的历史背景是分不开的,当时的马来君主以神王(Devaraja)的身份,合法地统治自己的国家。国王和皇室是神圣而不可侵犯的,人们也心甘情愿服从王族的统治。

随着伊斯兰教的传入和认主独一的宗教信仰的确立,马来王族不能再作为神的化身出现,于是作者在马来国王皈依清真的过程中加入神话传说的元素,无论是麦拉·希路还是格吉尔·伯沙王都是在穆圣和先知的指引下皈依伊斯兰教的,马来国王俨然成为了"真主在东方世界的外理(Wali)"。这也正符合了当地人将苏丹看作是"真主在大地上的影子"这一观念,而马来王室作为真神的仆人继续合法地统治

---

① 张玉安:《印度神话传说在东南亚的传播》,《北京大学学报》(哲学社会科学版),1999年第5期,第112页。亦见梁立基、李谋:《世界四大文化与东南亚文学》,第202—203页。

着国家。神话和传说突出了新宗教的神圣性,直接推动了伊斯兰教在马来地区的合法传播。

《马来纪年》通过神话传说,建立了"社会契约"即"君臣观念"和"君权和叛逆"观念。代表统治阶级的国王室利·特里·布瓦纳同代表人民的德芒·勒巴·达文订立了"君不辱臣,臣不叛君"的社会契约,成为了马来文化的内涵之一。随着社会的发展,国王成为了真主、宗教和习惯法(adat)的代表,马来谚语也讲到"君在法存,君无法亡(Ada Raja adat berdiri, tiada Raja adat mati.)"[①]。由此,君权观念得到了加强,时至今日,苏丹主权不可侵犯的观念,仍然深深铭记在马来人民心中,这与《马来纪年》中的神话传说故事不无关系。

《马来纪年》还通过神话传说传播阶级和社会阶层的观念,从巨港的德芒·勒巴·达文开始使用君臣的称呼后,马来社会中渐渐开始形成了不同的社会阶层,处于社会最顶层的自然是国王,代表人物是室利·特里·布瓦纳以及其他的马来君主;国王以下是贵族阶层,其代表人物是国王的子女亲戚以及德芒·勒巴·达文这些宰相大臣;再往下是平民阶层,这一阶级的代表人物有万·恩布克(Wan Empuk),后来的英雄杭·杜亚实际上也是出自平民阶层;而奴隶处于社会的最底层,代表人物是奴隶出身的巴当。马来社会的社会阶层属于金字塔形,权力集中在国王手中,通过这样的方式,以国王为核心的领袖文化在马来社会中扎根,确立并追随领袖成为马来民族一大重要的民族心理。

另外,神话传说还区分了不同的社会阶层的不同地位,例如在皈依伊斯兰教的神话中,马来君主入教充满神圣性,而国王皈依后,王公大臣们也皈依了清真,随后全国人民,男女老少也跟随入教。显然,即使面对伊斯兰教这样一个明确宣扬人与人平等的宗教,由于国王的地位更高,更特别,因此平民百姓是无法与国王的入教相提并论的。

---

① Tengku Lukman Sinar, "Jati Diri Melayu," Hashim Awang AR, Zahir Ahmad dan Zainal Abidin Borhan, ed. *Pengajian Sastera dan Sosiobudaya Melayu Memasuki Alaf Baru*, Kuala Lumpur: Akademi Pengajian Melayu, Unversiti Malaya, 1998, p. 512.

(三)凝聚作用——确立"马来"概念,增强民族认同

西方殖民者入侵、国家动荡不安的时代也正是《马来纪年》的创作时代,面对外来势力的冲击,马来民族急需一致对外。而神话和传说发挥了稳固、加强民族内部团结,增进共同信仰,增强民族认同感的功能。关于"马来"这个概念,西方学者指出,马来人即信奉伊斯兰教,日常讲马来语并遵循马来习俗的人①。而《马来纪年》为我们呈现的"马来"的特点包括,拥有共同的祖先——伊斯坎达·左勒盖尔奈英,信奉共同的宗教——伊斯兰教,使用共同的语言——马来语,忠于共同的国王——马来皇室,遵循共同的法律——习惯法,拥有共同的品质——有礼貌、睿智、勇敢、宽容,这些都通过神话和传说得到传达,马来人能够由此产生民族的认同感。同样,通过神话和传说的方式,这种对于历史和民族认同的叙述得到了延续,并能够给相关民族深刻的印象,使其不会遗忘自己的民族身份。神话和传说对于马来民族的凝聚作用是全方位的、宗教性的、规范性的、文化性的和心理性的。

(四)历史作用——弘扬历史,树立英雄形象

作者曾指出,写《马来纪年》的目的是要让马来子孙都不要忘记自己民族的潮流和王朝兴衰的历史,并从中获得教益②。联系本书的创作背景,当时正值马六甲王朝覆灭,西方殖民者入侵,内忧外患使得马来人民急切需要这样一部著作来激励民族精神。于是作者在书中使用了大量的神话和传说,为马来王朝的起源、传承、发展和到达顶峰平添了许多辉煌的篇章,通过传播历史信息,鼓舞人民的斗志。这样的传说能够给人留下深刻的印象,并在事后仍然流传③。

---

① Tengku Lukman Sinar, "Jati Diri Melayu," Hashim Awang AR, Zahir Ahmad dan Zainal Abidin Borhan, ed. *Pengajian Sastera dan Sosiobudaya Melayu Memasuki Alaf Baru*, Kuala Lumpur: Akademi Pengajian Melayu, Unversiti Malaya, 1998, p.511.
② 《印度尼西亚文学史》,第233页。
③ 钟敬文:《民俗学概论》,第267页。

作者通过《马来纪年》树立了巴当和杭·杜亚这样勇猛善战、精忠报君的英雄形象。由此,首先能够唤起马来人的民族自豪感,从而不被外敌轻易吓倒;第二,巴当和杭·杜亚捍卫了民族利益和民族尊严,为国家做出了巨大的贡献,给马来民族后世树立了榜样。第三,尽管有些学者对杭·杜亚的"忠"提出了质疑,认为与其说杭·杜亚是对国家忠诚,不如说他仅仅对君主忠诚。关于这一点,我们应该看到,《马来纪年》作为宫廷文学是为统治阶级服务的,杭·杜亚杀死义弟实际上是在宣扬封建伦常①,维护了马来皇室的主权和利益,所以杭·杜亚的忠君爱国无可厚非。而他的忠诚精神得到了马来民族的称颂,成为他的又一大优秀品质。

(五)教育作用——借神话传说讽刺和批评统治阶级

尤素福指出:"在传统社会,公然的批评一位罗阇②的行为是十分危险的,这是对君主的背叛。"③前面讲到马来人时刻遵循着"君权与叛逆"这一契约,因此这样直接批评君主几乎是不可能的。然而面对昏庸、暴戾、荒淫无道的君主,面对他的种种不堪行为,作为臣子是应当为其指正的。对于马来人这样一个温顺而又不好批评的民族,借神话和传说在暗中讽喻是最好不过的方法。例如新加坡遭剑鱼攻击的传说中,国王因嫉妒杀死了献计击退剑鱼的小男孩,作者虽然不能直接批评国王的残暴无道,但是借班顿诗加以讽刺,并在后面描绘了昏君最终的下场——国破家亡。作者通过昏君亡国的故事实际上是希望暗示马来苏丹要善待人民,做一个公正的君主。类似的故事还有荒淫的苏丹·马哈茂德·沙向勒当山公主求婚的传说,这些都从侧面对统治阶级进行了批判,实际上也起到了教育后人的作用。

---

① 朱维之、雷石榆、梁立基:《外国文学简编》(亚非部分),北京:中国人民大学出版社,1983年,第283页。
② Raja,即国王。
③ Sastera Sejarah: Interpretasi dan Penilaian, p.159.

三、结束语

综上所述,虽然《马来纪年》中包含了大量的神话和传说,但是这些并不影响我们将其评价为一部经典的历史文学作品,马来王朝的兴衰通过神话传说得到了艺术的展现[①],马来人的民族认同感和社会规范得以确立,同时神话传说巩固了王权的统治,发挥了弘扬、传播历史的作用,并对马来民族具有重要的教育意义。进一步分析这些神话传说,我们会发现它们同东南亚地区各种的神话传说有着许多相似之处,类似植物生人型神话在印尼、菲律宾也有流传,这体现了发达的农耕文化的影响;另外印度文化和伊斯兰文化在《马来纪年》中的神话传说中也得到了反映,例如从白牛口中降生的巴特在印度文化中是专门司职在国王加冕使宣读祷词的,而在《马来纪年》里也被作者搬过来烘托苏帕尔巴加冕时的神圣性。由此,我们应当继续对《马来纪年》中的神话传说进行探讨,以深入考察古代马来社会的思想和文化风貌,挖掘马来民族的价值观、世界观和宇宙观。

(作者　傅聪聪)

---

① 《印度尼西亚文学史》,第228页。

参考文献

中文文献：

1. 许云樵：《马来纪年》，新加坡：南洋商报社，1954。
2. 许云樵：《马来纪年》，新加坡：青年书局，2004年再版。
3. 黄元焕：《马来纪年》，吉隆坡：学林书局，2004。
4. 〔日本〕大林太郎：《神话学入门》，北京：中国民间文艺出版社，1989年。
5. 梁立基：《印度尼西亚文学史》，北京：昆仑出版社，2003年。
6. 梁立基、李谋：《世界四大文化与东南亚文学》，北京：经济日报出版社，2000年。
7. 刘守华、陈建宪：《民间文学教程》，武汉：华中师范大学出版社，2002年。
8. 王娟：《民俗学概论》，北京：北京大学出版社，2002年。
9. 张玉安：《东方神话传说》(第七卷)(东南亚古代神话传说下册)，北京：北京大学出版社，1999年。
10. 钟敬文：《民俗学概论》，上海：上海文艺出版社，1998年。
11. 朱维之、雷石榆、梁立基：《外国文学简编》(亚非部分)，北京：中国人民大学出版社，1983年。
12. 《简明华夏百科全书》(第五卷)，北京：华夏出版社，1998年。
13. 王青：《马来文学》，北京：外语教学与研究出版社，2004。

马来文(印尼文)文献：

1. A. Samad Ahmad (Penyelenggara): *Sulalatus Salatin: Sejarah Melayu*, Kuala Lumpur: Dewan Bahasa dan Pustaka, 2003.
2. Haron bin Daud: *Sejarah Melayu: Satu Kajian daripada Aspek Pensejarahan Budaya*, Kuala Lumpur: Dewan Bahasa dan Pustaka, Kementerian Pendidikan Malaysia, 1989.
3. Hashim Awang AR, Zahir Ahmad dan Zainal Abidin Borhan, ed. *Pengajian Sastera dan Sosiobudaya Melayu Memasuki Alaf Baru*, Kuala Lumpur: Akademi Pengajian Melayu, Unversiti Malaya, 1998.
4. Ismail Hamid: *Perkembangan Kesusasteraan Melayu Lama*, Selangor: Pear-

son Eduncation Malaysia Sdn, Bhd. 2001.
5. Liaw Yock Fang: *Sejarah Kesusasteraan Melayu Klasik* (Jilid 2), Jakarta: Penerbit Erlangga, 1993.
6. Mohd, Taib Osman, *Bunga Rampai: Aspect of Malay Culture*, Kuala Lumpur: Dewan Bahasa dan Pustaka, Kementerian Pendidikan Malaysia, 1988.
7. Yaccob Harun: *Kosmologi Melayu*, Kuala Lumpur : Akademi Pengajian Melayu, Universiti Malaya, 2001.
8. Zahrah Ibrahim(Penyelenggara): *Sastera Sejarah: Interpretasi dan Penilaian*. Kuala Lumpur: Dewan Bahasa dan Pustaka, Kementerian Pelajaran Malaysia, 1986.
9. Situmorang, T. D. and A. Teeuw: *Sejarah Melayu*, Djakarta, Djambatan, 1952.
10. Mutiara, P. M.: *Sejarah Melayu, Indonesian*, Jakarta, Pusat Pembinaan dan Pengembangan Bahasa, Departemen Pendidikan dan Kebudayaan, 1993.
11. Syahrul, P. H.: *Dua mata bola di balik tirai istana (sejarah melayu versi populer) : disadur dari kitab sulalatus salatin karya tulis Tun Seri Lanang*, Jakarta, Pelita Hidup Insani, 2008.

英文文献:

1. Brown, C. C.: "Sejarah Melayu or Malay Annals: A Translation of Raffles MS 18'," *Journal of the Royal Asiatic Society, Malayan Branch* XXV(2 and 3), 1952.
2. Fukushima, H.: "A Study of the Classical Malayan Words nobat and tabal in the Sejarah Melayu (the Malay Annals)," *The Bulletin of the International Institute for Linguistic Sciences Kyoto Sangyo University*, 1991.
3. Roolvink, R.: "Five-line songs in the Sejarah Melayu?" *Bijdragen tot de Taal-, Land-en Volkenkunde*, 1966.
4. Othman, H.: *Conceptual Understanding of Myths and Legends in Malay History*, 2008.
5. Walker, J. H.: "Autonomy, Diversity, and Dissent: Conceptions of Power and Sources of Action in the Sejarah Melayu (Raffles MS 18)," *Theory and Society*, 2004.
6. Sherwin, M. D.: "The Palace of Sultan Mansur Shah at Malacca," *The Journal of the Society of Architectural Historians*, 1981.

7. Jong, P. E. d. J. d. , "An Interpretation of Agricultural Rites in Southeast Asia, with a Demonstration of Use of Data from Both Continental and Insular Areas," *The Journal of Asian Studies*, 1965.

日文文献：

1. 柴田紀男，"『ムラユ王統記』におけるマレー語動同文の構造（Structures of Verbal Clause in Sejarah Melayu or Malay Annals)."国立民族学博物館研究報告，1982.
2. Fukushima, H. , "ヒカヤト・ラジャ・パサイとスジャラ・ムラユの中のアラビア語借用語彙：接辞法の比較（Kosa Kata Pinjaman dari Bahasa Arab dalam Hikayat Raja Pasai dan Sejarah Melayu：Studi Perbandingan Afiksasi)." *The bulletin of the International Institute for Linguistic Sciences Kyoto Sangyo University*,1992, 13: 296—317.
3. "マライ人の心理的性格や世界観がかなり明瞭に反映しているので民族学的にも極めて興味の多いもの。"西村朝日太郎,「馬来編年史研究（スヂャラ・マラユ）」東亜研究所，1942.
4. 富沢寿勇，"『スヂャラ・ムラユ』の構造：マライ王権神話研究試論."民族學研究，1981，46(1): 55—79.